후루미야 쿠지
illust. chibi

Unnamed Memory I

언네임드 메모리

'푸른 달의 마녀'와
저주받은 왕

긴 시간을 살며 강대한 힘을 지닌 다섯 마녀.

수백 년이라는 긴 시간에 걸쳐, 그녀들은 두려움과 재앙의 상징이었다.

이것은 마녀의 시대의 끝을 알리는 이야기.

그리고 한 왕족과 다섯 번째 마녀의 기나긴 이름 없는 이야기다.

Contents

Unnamed Memory

언네임드 메모리

'푸른 달의 마녀'와
저주받은 왕

I

후루미야 쿠지

illust. chibi

주요 등장인물

오스카
대국 파르사스의 차기 왕위 계승자. 마법을 무효화하는 전설의 왕검 아카시아의 소유자.

티나샤
별명은 '푸른 달의 마녀'. 황야의 탑 꼭대기에 살면서 달성자의 소원을 이루어준다고 한다.

라자르
오스카의 죽마고우이자 시종. 언제나 주군에게 휘둘려 고생이 많은 청년.

알스
파르사스의 무관. 무관들 중에서 가장 뛰어난 실력의 소유자로 오스카의 연습 상대.

멜레디나
파르사스의 무관. 알스의 소꿉친구이며 여자의 몸으로 뛰어난 검술 실력을 자랑한다.

카브
파르사스의 마법사. 티나샤를 기피하지 않는 호기심 왕성한 청년.

쿰
파르사스의 마법사. 현 궁정 마법사장 직위에 있는 초로의 남성.

실비아
파르사스의 마법사. 금발의 아름다운 여성으로 마음은 착하지만 약간 엉뚱한 면이 있다.

도안
파르사스의 마법사. 차기 마법사장으로 꼽히는 재능 있는 청년.

루크레치아
별명은 '닫힌 숲의 마녀'. 티나샤의 친구로 파르사스 북동쪽 숲에 산다.

그것은, 푸른 탑에 사는 마녀.

저주를 받은 왕족.

시간을 다시 써내려 갈 수 있다면 무엇을 바라는가.

모든 건 새롭게 다시 기록되는 이야기다.

1. 저주의 말과 푸른 탑

황야에 우뚝 솟은 탑은 어스름하게 푸르다.

풀조차 드문드문한 황량한 땅이 펼쳐진 가운데, 청년은 말 위에서 하늘 높이 치솟은 탑을 올려다보았다.

"이게 마녀가 사는 탑이구나."

눈앞에 솟은 탑을 올려다보는 그는 긴장한 기색조차 없다.

검은색에 가까운 갈색 머리카락, 눈동자는 해 저문 후의 하늘처럼 짙은 푸른색이다.

세련된 몸차림과 준수한 용모에서 타고난 기품을 엿볼 수 있다. 그뿐 아니라 탄탄한 몸에서 풍기는 당당한 기백은 아직 젊은 그를 전장에 선 장군처럼 보이게 했다.

당장이라도 말에서 내려 탑 안으로 들어갈 기세인 그를, 뒤에서 소심한 목소리가 불러 세웠다.

"전하, 역시 그만두심이…."

"시끄러워, 라자르. 여기까지 와서 겁을 먹으면 어쩌자는 거야."

청년은 못마땅하다는 기색으로 돌아보았다.

전하라 불린 그는 이 탑의 동쪽으로 펼쳐진 대국 파르사스의 왕태자 오스카였다. 죽마고우이자 시종인 청년 하나만을 대동하고 이곳에 온 그는 태연하게 말했다.

"기껏 성을 빠져나왔는데 그냥 돌아가면 의미가 없지. 여기까지 관광이나 하러 왔냐."

"관광을 하러 마녀가 사는 곳에 오는 사람이 어디 있습니까!"

마녀.

그것은 대륙에 다섯 명밖에 없는, 절대적인 힘으로 인해 이질적인 존재로 여겨지는 여자들이다.

'닫힌 숲의 마녀'

'물의 마녀'

'불리지 않는 마녀'

'침묵의 마녀'

'푸른 달의 마녀'

이 다섯 가지가 그녀들의 통칭이다. 마녀는 변덕스럽게 나타나 그 압도적인 마력으로 재앙을 초래하고 사라져 버린다. 수백 년이라는 긴 세월에 걸쳐 공포와 재앙의 상징이다.

그중에서도 가장 막강한 힘을 지닌 것으로 알려진 마녀가 바로 '푸른 달의 마녀'로, 그녀는 어느 나라에도 속하지 않는 황야에 푸른 탑을 짓고서 그 꼭대기에 살고 있다. 그녀는 이 탑을 끝까지 오른 달성자의 소원을 이루어준다고 하는데, 탑에 도전한 사람이 아무도 돌아오지 못한 것으로 알려지자 탑에 접근하는 사람도 점차 없어졌다.

그런 탑에 이 두 사람이 찾아온 것은 어떤 목적이 있어서였다.

라자르라 불린 청년은 젊은 주군에게 애원했다.

"너무 위험합니다. 마녀가 저주를 더 늘려놓으면 어떡하시려고요!"

"그건 그때 가서 생각할 일이고. 어차피 다른 단서가 없잖아."

"분명히 다른 방법이 있을 겁니다…. 찾아보면 반드시…."

애걸복걸하는 라자르를 무시하고 오스카는 말에서 내렸다. 그는 안장에 매단 장검을 풀어 허리에 두른 검대에 차려고 했다.

“다른 방법이 있긴 뭐가 있어. 벌써 15년이 지나도록 알아낸 게 하나도 없잖아. 일단 ‘푸른 달의 마녀’를 만나서 저주를 푸는 방법을 물어보고, 안 되면 이대로 저주를 건 장본인인 ‘침묵의 마녀’에게 가서 저주를 풀게 만들면 돼. 완벽한 계획이야.”

“하나도 안 완벽합니다.”

라자르는 울상이 되어 마지못해 말에서 내렸다. 키만 껑충하고 야윈 그 몸은 누가 봐도 전투와는 거리가 멀었다. 무기조차 없는 것은 경황없이 서둘러 성을 출발한 탓이다. 그는 성을 빠져나올 때에도 그랬던 것처럼 종종걸음으로 주군을 뒤따랐다.

“전하의 마음은 잘 압니다…. 하지만 15년 동안이나 아무도 마녀들에게 접촉하지 않은 건 위험이 너무 커서 그런 겁니다! 일단 ‘침묵의 마녀’는 어디 있는지도 모르고, ‘푸른 달의 마녀’의 경우는 이 탑을 끝까지 오른 사람이 없지 않습니까!”

“하긴 걸어 올라가기는 너무 높군.”

탑의 벽은 푸른 기가 도는 수정처럼 매끄러운 재질이다. 그것이 이음매 하나 없이 우뚝 솟아 있었다.

오스카는 그 까마득한 끝, 잘 보이지도 않는 탑 꼭대기를 올려다보았다.

“어떻게든 되겠지.”

“어떻게 안 된다니까요! 함정 천지라던데요! 전하께 무슨 일이라도 생기면 저는 무슨 낯으로 성에 돌아가야 합니까.”

“침통한 얼굴로 돌아가면 되지.”

가볍게 어깨를 으쓱하고 오스카는 태연하게 걸음을 옮기기 시작했다.

"기다려주십시오. 저도 같이 가겠습니다."

그 모습을 본 라자르가 허둥지둥 말 두 마리를 나무에 매어놓고 주군의 뒤를 따랐다.

일의 발단은 15년 전의 사건이다. 어느 밤, 성의 한 방에 마녀의 목소리가 울려 퍼졌다.

『너는 앞으로 자식을 낳을 수 없다. 거기 있는 네 아들도 마찬가지다. 너희의 핏줄은 여자의 배를 물어뜯어, 파르사스 왕가는 너희를 마지막으로 대가 끊길 것이다!』

그 저주의 말을 오스카 자신이 기억하는 것은 아니다. 그의 기억에 남은 것은 달을 등지고 선 마녀의 그림자와, 자신을 끌어안은 아버지의 떨리는 팔뿐이다. '자식을 낳을 수 없다'는 말의 중대성을 당시 다섯 살이던 그는 알지 못했다. 창백한 아버지의 얼굴을 보고서 그저 막연히 뭔가 안 좋은 일이 일어났구나 생각했을 뿐이다.

그는 왕의 유일한 자식이었다. 왕가의 존망과 직결되는 문제는 극소수만이 알고 있었고, 저주를 풀 방법을 찾기 위해 내로라하는 마법사와 학자들이 시간과 노력을 쏟아부었다.

한편, 오스카 자신은 영리하고 호방하며 대담한 소년으로 성장해 학문과 무술을 갈고닦았다. 그 뛰어난 실력과 준수한 용모는 저주 사실을 모르는 주위로 하여금 기대를 품게 하기에 충분해서, 파르사스 국내에서는 이미 '장래 역사에 남을 성군이 될 것'이라고 모두가 입을 모아 칭송하고 있었다.

그러나 저주 문제가 해결되지 않으면 남는 것은 악명뿐이다.

열 살이 넘어 저주의 의미를 이해하게 되었을 즈음부터 오스카도 저주를 풀 방법을 찾기 시작했지만 문헌을 아무리 뒤져도, 그리고 검술을 연마해 단서가 있을 것으로 짐작되는 유적을 찾아가봐도 저주를 풀 실마리조차 얻을 수 없었다.

그날 밤 이후로 15년이 흘렀다.

가까운 장래에 왕이 될 몸인 그는 국경 너머 서쪽의, 마녀가 산다는 푸른 탑 앞에 서 있었다.

"자, 그럼 갈까."

"아앗, 그렇게 무신경하게 문을! 좀 신중하게 여십시오!"

라자르의 비명을 한 귀로 흘리며 오스카는 양쪽으로 열리는 문을 힘차게 밀어젖히고 안으로 들어갔다.

둘러보니 그곳은 둥글고 넓은 홀이다. 중앙 부분은 천장이 없이 꼭대기까지 트여 있고, 오른쪽에 위로 올라가는 통로가 보였다. 계단이 아닌 완만하게 경사진 통로는 벽을 따라 나선을 그리며 위층으로 이어지는 것 같았다. 오스카는 인기척 없는 탑 내부를 올려다보았다.

"입구 부분은 대체로 기록과 비슷하군."

"이제 직성이 풀리셨습니까?"

"그럼 계속해서 가보자고."

성에 남아 있는 기록에 의하면, 탑 내부에는 많은 시련이 있으며 그것을 극복하고 꼭대기에 도달하면 마녀가 소원을 들어준다고 한다. 이곳을 찾아온 목적은 바로 그것이다.

오스카는 허리에 찬 애검의 감촉을 확인하고 걸음을 옮기기 시작했다.

난간이 없는 통로 저편에 원형의 공간이 보였다. 커다란 석판 같은 것이 서 있는 그곳을 향해 그는 통로를 오르기 시작했다. 주뼛주뼛 뒤를 따르는 라자르에게 오스카는 말했다.

"위험하니까 너는 거기서 기다려. 날이 저물기 전까지는 돌아올 테니까."

"아, 아뇨…. 그럴 수는…."

라자르는 옛날부터, 성을 빠져나가는 오스카를 따라다니다 봉변을 당한 적이 많았다. 그때마다 우는소리를 폭포수처럼 쏟아내면서도 여전히 무모한 주군을 버릴 생각은 없는 것 같았다.

오스카는 라자르의 모습에 쓴웃음을 짓고서 다시 앞을 향했다.

점차 가까워지는 원형의 공간은 작은 방만 한 크기다. 한복판에 세워진 석판에는 숫자가 길게 나열되어 새겨져 있었다. 걸으면서 생각하기 시작하는 오스카에게 라자르가 떨리는 목소리로 말을 걸었다.

"전하…. 저, 저건…."

"지금 생각 중이야. 뭔가 규칙성이 있을 것 같은데."

"그게 아니라! 뱀이 있습니다! 뱀이 어마어마하게 많다고요!"

"다 보고 있어."

원형 공간의 바닥에서는 무수히 많은 뱀들이 뒤엉켜 꿈틀거리고 있었다. 난간이 없는데도 뱀들이 밑으로 떨어지지 않는 걸 보면 아마 마법 장벽으로 둘러싸여 있는 것 같았다.

오스카는 걸어가면서 몸을 숙여, 통로로 밀려나온 뱀 한 마리의 머리를 잡았다.

"독이 없는 놈이니까 괜찮아. 그냥 걷기만 좀 불편할 뿐이야."

그러면서 뱀을 뒤로 휙 던지자 라자르가 자지러지게 비명을 질렀다. 오스카는 아랑곳하지 않고 뱀 떼 한복판으로 걸어 들어갔다. 석판 바로 앞까지 다가가 턱에 손을 대고 잠시 고민에 빠진다.

위로 이어지는 통로는 석판이 막고 있어서 지나갈 수 없다. 발에 휘감기는 뱀들을 무시한 채 생각에 잠긴 오스카 뒤를, 라자르가 작은 소리로 비명을 지르면서 엉금엉금 좇아왔다.

아마 이것이 첫 시련이리라. 오스카는 석판에 눈길을 고정한 채 중얼거렸다.

"알았다. 이건 백 년 전쯤 동쪽의 소국에서 연구되었던 숫자 이론이야. 풀 수 없는 명제로 일부에서 유명했지."

"못 푸는 겁니까?!"

"당시에는 그랬지만, 10년 전쯤 풀렸어. 이 탑에 사는 마녀는 꽤나 박식한 모양이군."

오스카는 손을 뻗어 석판을 쓰다듬었다. 손가락이 닿은 곳이 어슴푸레 하얗게 빛났다. 그 자국에 의지해 답을 적은 직후, 거대한 석판은 모래가 되어 무너져 내렸다. 동시에 발밑에서 꿈틀거리던 뱀들도 신기루처럼 사라져버렸다.

산더미 같은 모래만 남은 공간을 오스카는 감탄한 눈빛으로 둘러보았다.

"흠, 이런 느낌이군."

"…그냥 성으로 돌아가면 안 될까요?"

"안 돼. 점점 재미있어지기 시작했으니까."

들뜬 기색으로 통로를 올라가는 주인을 라자르는 허둥지둥 쫓아갔다. 탑 꼭대기는 아직 까마득히 멀기만 하다.

※

꼭대기의 창문으로 불어 들어오는 바람은 언제나 어딘가 메말라 있다.

여기저기 책이 쌓여 있는 바닥, 어수선한 넓은 실내에 목소리가 울려 퍼졌다.

"오랜만에 도전자가 왔습니다, 마스터."

입구에 서서 그렇게 말한 사람은 얼굴만 보면 대여섯 살 정도 된 어린아이다.

어깨까지 오는 하얀 머리카락에 연푸른색 눈동자. 어여쁜 얼굴이지만 표정이 없어 성별을 가늠할 수 없다. 감정이 느껴지지 않는 목소리는 인형을 연상시켰다.

어린이의 모습을 한 마녀의 사역마는 아무도 없는 테이블을 응시한다. 거기에는 김이 모락모락 피어오르는 찻잔만이 덩그러니 놓여 있었다. 한 시간 전부터 거기 놓여 있는 차는 아직도 전혀 식지 않은 상태였다.

있어야 할 사람만이 없는 광경. 그럼에도 대답은 금세 돌아왔다.

"웬일로 도전자가 나타났을까? 이젠 모두가 이 탑을 잊은 줄 알았는데."

"한 달 전에도 있었는데요. 첫 시련인 석판을 못 풀고 시간이 초과되어 버렸지만요."

탑 내부의 장치는 정기적으로 교체되고 있지만, 첫 시련이 그 문제로 바뀐 뒤로는 하나도 돌파하지 못하는 도전자가 늘어났다. 대륙 최대의 난관이라고까지 일컬어지는 탑에서 설마 그런 문제를 풀게 될 줄은 아무도 예상 못 했으리라. 덧붙이자면, 애당초 도전자 자체가 거의 없으니 탑 주인이 착각하는 것도 무리는 아니다.

사역마는 까마득히 밑에 있는 도전자들의 기척에 의식을 집중했다.

"이번 도전자는 순조롭게 올라오고 있는 것 같습니다. 상황을 살피러 가시겠습니까?"

"안 가. 모든 건 여기 도착하고 난 뒤부터야."

"알겠습니다."

마녀는 역사의 그림자 속에 숨어야 마땅한 존재다. 그녀가 자신이 사는 곳을 밝힌 것도, 이 탑의 시련을 극복할 수 있는 인간이 거의 없기 때문이다. 따라서 자신이 직접 내려가줄 생각은 없었다.

그녀는 낭랑한 목소리로 말했다.

"가렴, 리트라. 도전자가 실패했을 때에는 늘 하던 대로 처리하고."

"알겠습니다."

메마른 바람이 분다. 리트라라고 불린 사역마가 모습을 감추자 마녀는 허공에 거꾸로 뜬 채 고개를 갸웃했다. 펼쳐져 있던 책을 덮고 중얼거린다.

"순조롭게 올라온다 해도 어차피 첫 수호수(獸) 앞에서 막혀버리겠지만."

※

양날의 검이 사자의 목을 관통한다.

예상대로 피는 튀지 않았다. 새하얀 사자는 침입자에게 달려들려던 자세 그대로 조각상처럼 바닥으로 떨어졌다. 오스카는 검을 빼면서 말보다 훨씬 큰 그 몸을 살펴보았다.

"어쩐지 하얗다 했더니 진짜가 아니었구나. 마법으로 조종하는 수호수 같은 건가?"

"이렇게 거대한 사자가 있으면 무서워서 어찌 삽니까. 전혀 겁먹지 않는 전하도 무섭습니다…."

"준비 운동으로 딱 좋았어. 다음은 또 뭐가 나오려나."

사자가 있던 공간을 빠져나오자 그곳은 다시 탑의 통로였다. 오스카는 천장이 없이 트여 있는 탑 중앙부를 내려다보았다. 어느새 상당한 높이까지 올라온 것 같았다. 정신이 아득해질 것만 같은 까마득한 통로 아래의 광경을, 그러나 오스카는 아무 두려움 없이 바라보았다.

"떨어지면 끝장이군."

"제발 그렇게 가장자리 가까이 가지 마십시오!"

"밑에서 기다리라니까 굳이 쫓아와가지고…."

돌아보니 라자르는 벽에 딱 붙어 벌벌 떨며 걷고 있다. 그 상태로는 영원히 꼭대기에 도달하지 못할지도 모른다. 그러나 라자르는 표정만은 비장하게 단언했다.

"전하 혼자만 돌아가시게 만들 수는 없습니다!"

"누가 죽는다는 거야!"

오스카는 뽑아 든 검을 가볍게 휘둘렀다. 여기까지 오는 동안 다양한 함정과 수호수로 보이는 마물이 있었지만, 그는 그것들을 별 어려움 없이 돌파했다. 슬슬 탑 중간 정도는 지났을 것이다.

처음에 가장 큰 걱정거리였던 탑 자체의 까마득한 높이는, 시련을 통과하면 다음 층으로 자동 전송되도록 되어 있어서 현재까지 큰 영향은 없었다. 시련은 체력, 순발력, 판단력, 두뇌를 골고루 필요로 하는 것들이라 시험당하고 있다는 느낌이 강하게 전해졌다.

"원래는 여럿이 무리를 지어 도전하게 되어 있는 것 같군."

"여길 둘이 올라오는 무모한 사람은 없을 겁니다…."

"마지막 달성자가 내 증조부였다지?"

"그때에는 열 명이 올랐다고 합니다. 꼭대기에 도달한 사람은 당시의 국왕 전하뿐이었다고 하지만요."

"그렇군…."

오스카는 검을 잡지 않은 손으로 턱을 쓰다듬으며 생각에 잠겼다.

70년 전쯤에 이 탑을 끝까지 오른 증조부, 당시의 파르사스 국왕 레기우스는 '달성자' 자격으로 마녀의 조력을 얻었다. 그러나 거기에는 나름대로 대가도 있었다고 한다. 지금은 옛날이야기처럼 되어 아이들 사이에서만 입에 오르내리는 이야기다.

"현재까지는 낙승이군."

"제발 성으로 돌아가면 안 될까요?"

"너나 가. 어차피 도움도 안 되니까."

단호한 대답에 라자르는 꺼이꺼이 울었다.

그러는 동안 어느새 다음 문이 눈앞에 나타났다. 5층을 지났을 무렵부터 시련은 통로의 원형 공간이 아니라 구획을 지어놓은 하나의 방 안에 놓이게 되었다.

오스카는 거침없이 문을 열어젖혔다. 그러자 인간보다 족히 두 배는 큰, 날개 달린 석상 두 개가 방 한복판에 놓여 있었다. 아이들이 봤다가는 울음을 터뜨릴 것 같은 광경을 보고, 그는 태연하게 감상을 입에 담았다.

"딱 봐도 가까이 가면 움직이게 생겼군."

"분명히! 움직일 겁니다! 그러니까 그만 돌아가자고요!"

"넌 진짜로 밖에서 기다리라고…."

오스카가 호흡을 가다듬고 검을 뽑은 것과 거의 동시에 석상의 피부가 반들반들한 검은색으로 변했다. 공허한 눈구멍에 붉은색 빛이 켜졌다.

두 개의 석상은 소리도 없이 거대한 날개를 펴서 활개를 치더니 허공으로 날아올랐다.

오스카가 왼손으로 지시하자 라자르가 허둥지둥 벽 쪽으로 몸을 피했다.

그 직후, 석상 하나가 오스카를 향해 날아들었다.

매가 먹잇감을 노리듯이 검은 마물은 바람을 가르고 급강하했다. 갈고리 모양의 날카로운 발톱이 몸을 찢기 직전, 오스카는 번개같이 왼쪽으로 몸을 피했다.

하지만 그것까지 예측한 것처럼 다른 하나가 그의 눈앞으로 달려든다.

"이크!"

날아드는 발톱을 검으로 막아내면서 그는 두 마리 사이를 빠져나와 뒤쪽으로 돌아들어 갔다. 아무렇지 않게, 그러나 압도적인 힘으로 처음 한 마리의 날개를 잘라 떨어뜨린다.

날개를 잘린 석상은 귀청을 찢을 듯 날카로운 비명을 질렀다. 균형을 잃고 바닥에 떨어져 구르는 마물을 향해 오스카는 다시 검을 휘둘렀다. 거기까지는 그야말로 순식간에 벌어진 일이었다.

※

"마스터, 도전자가 석상의 방까지 도착했습니다."

사역마의 보고에 물을 끓이고 있던 마녀는 가볍게 미소 지었다.

"대단하네. 몇 명이야?"

"둘… 아니, 실질적으로는 한 명입니다."

상당히 놀라운 보고에 마녀는 한쪽 눈썹을 치떴다.

지난 수십 년 동안 여러 명이 무더기로 덤벼도 거기까지 도달한 자는 없었다.

하지만 석상의 방을 혼자 통과하기란 어려운 일이다. 공중을 나는 민첩한 적 둘을 상대로는, 누군가가 한쪽을 붙잡아두지 않으면 나머지 하나와 제대로 싸울 수 없다. 지금까지 가장 많은 탈락자가 나온 것도 그

방이었다.

“차를 준비하려고 했는데 소용없겠네. 거기까지 온 것만도 대단하니까 건투상이라도 줘야 하나?”

“쉽사리 돌파할 것 같은데요.”

“…뭐?”

※

무시무시한 비명 소리가 넓은 방 안에 메아리쳤다.

오른쪽 눈에 검이 박힌 마물은 처절한 비명을 지르며 몸부림쳤다.

다른 한 마리는 이미 바닥에 널브러져 있다. 움직임을 멈춘 거대한 몸은 서서히 검은 입자로 분해되어 그 파편마저 허공으로 사라지고 있었다.

남은 한 마리는 오른쪽 눈에서 검은 액체를 철철 흘리면서도 왼팔을 휘둘렀다. 상처 입은 분노가 실린 일격은 명중하면 즉사를 면치 못할 것이다.

하지만, 그 팔은 허공을 갈랐다.

오스카는 무서운 반사 신경으로 그 일격을 피하고 번개처럼 마물의 목을 베어버렸다.

머리가 바닥에 떨어지는 둔중한 소리. 머리를 잃은 거대한 몸은 좌우로 한 번 흔들리더니 결국 견디지 못하고 쓰러져버렸다.

“꽤 성가셨지만 그래도 뭐, 별거 아니네.”

그는 검을 휘둘러 검에 묻은 피를 털어냈다. 돌아보자, 라자르가 벽에 바짝 달라붙어 안도한 표정을 지었다.

“무사하셔서 다행입니다….”

“그 주먹에 한 방 맞았으면 나도 무사하지 못했을 거야.”

가볍게 농담을 던지고 오스카는 앞쪽을 보았다. 석상의 사체가 사라지는 것과 동시에 안쪽 바닥이 희미하게 빛나기 시작했다. 다음 층으로 이동하기 위한 전송 장치가 작동하기 시작한 것이다.

“가자.”

전송 장치를 향해 오스카는 걸음을 옮겼다.

하지만 그 순간, 방 전체가 격렬하게 흔들렸다.

“뭐지?!”

주위를 둘러보니 바닥에 여기저기 구멍이 나 있다. 방의 붕괴가 시련에 포함되어 있는 것이리라. 남아 있는 부분도 서서히 무너지기 시작하고 있었다.

“라자르, 서둘러!”

뒤를 돌아본 오스카는 경악했다. 벽 쪽에 있던 라자르와의 사이에 커다란 구멍이 생겨 라자르는 완전히 고립되어 있었다.

지금 자신이 건너뛰면 아슬아슬하게 가능할지도 모른다. 그러나 라자르가 이 구멍을 건너뛰기란 불가능하다. 그렇게 판단한 오스카는 라자르 쪽을 향해 발길을 돌렸다.

“기다려!”

바닥이 급속도로 무너져 내려 까마득히 밑에 있는 1층 바닥이 보였다. 전송 장치로 가는 길의 바닥도 징검다리처럼 변해가고 있었다.

그러나 라자르는 자신을 향해 달려오는 주인을 두 손을 내저으며 만류했다.

“전하, 먼저 가십시오.”

“바보야! 그러다 떨어져.”

“아뇨, 괜찮습니다. 죄송하지만 저는 먼저 가겠습니다.”

그렇게 말하고 라자르는 창백한 얼굴로, 그러나 미소를 지으며 정중하게 인사했다.

"부디 앞으로 나아가십시오…. 전하께서 왕이 되시는 날을 진심으로 기대하겠습니다."

철들었을 무렵부터 늘 곁에 있었던 시종은 고개도 들지 않고 그렇게 말했다. 희미하게 떨리는 목소리에는 비장한 각오가 담겨 있었다.

"기다려, 라자르!"

오스카의 목소리에서 초조함이 배어나온다. 그는 닿지 않는 팔을 뻗었다.

그러나 다음 순간, 귀청이 떨어질 듯한 굉음과 함께 라자르가 서 있는 곳의 바닥이 무너져 내렸다.

남은 층은 다섯 개.

하나같이 난해한 수수께끼 풀이와 막강한 마물들이 기다리고 있었지만 오스카는 담담하게 통과해나갔다.

애당초 혼자 올라온 것이나 마찬가지다. 라자르가 없어도 전력상으로는 지장이 없다. 단지 뭐라 형언하기 힘든 허탈감이 온몸을 지배하고 있을 뿐이다. 70년 전, 동료 열 명과 함께 이 탑에 도전해 혼자만 꼭대기에 도달한 증조부도 이런 심정이었을까.

그런 생각을 하면서 그는 마침내 맨 꼭대기 층의 문 앞에 섰다.

문을 열자 제일 먼저 눈에 들어온 것은 커다란 창문 너머로 보이는 풍경이다.

탑 꼭대기인 만큼 저 멀리 황야 끝까지 한눈에 들어온다. 기울어가는 저녁 햇살에 붉게 물든 자연은 웅장하고 아름다워 오스카는 말문이 막혔다. 이렇게 높은 곳에서 풍경을 바라보기는 처음이다. 밖에서 바람이 살랑살랑 불어 들어와 그의 머리카락을 흔들었다.

방은 넓고, 그리고 어수선했다. 벽 쪽에는 알 수 없는 물건들이 아무렇게나 쌓여 있었는데, 그것들은 검과 상자, 항아리와 석상 등 가지각색이었다. 그중에는 마법용품도 많이 섞여 있을 것이다.

하지만 가장자리의 그런 어수선한 물건들을 제외하면 나머지 부분은 지극히 평범한 방이다.

"…어서 와요."

피리처럼 가늘고 높은 목소리가 그의 귓전을 울렸다. 목소리의 주인공은 오스카가 있는 곳에서는 보이지 않는 안쪽 방에 있는 것 같았다.

"차를 준비했으니까 이쪽으로 오세요."

허리의 검에서 손을 떼지 않은 채, 오스카는 신중하게 걸음을 옮겼다. 안쪽 방도 입구와 다름없이 잡다하게 쌓인 물건들이 눈에 들어온다. 왼쪽의 창가에 작은 나무 테이블과 김이 모락모락 피어오르는 찻잔이 보였다. 그는 깊이 숨을 들이마시고 온몸을 긴장시킨 채 다시 한 걸음 나아갔다.

마녀는 그곳에, 그에게 등을 향한 채 서 있었다.

"당신 일행은 1층에서 잠들어 있어요. 다친 곳은 없으니까 안심하세요."

마녀는 그렇게 말하고서 돌아보고 미소 지었다.

※

"만나서 반가워요. 난 티나샤라고 해요. 애당초 나를 이름으로 부르는 사람은 거의 없지만요."

태연한 인사는 맥 빠질 정도로 가볍기만 하다.

그녀가 권하는 대로 자리에 앉은 오스카는 수상쩍게 여기며 물었다.

"네가 '마녀'라고? 그렇게 안 보이는데."

"'마녀'에게 겉모습을 논하는 건 의미 없어요."

재미있다는 듯이 고개를 갸웃하는 티나샤는 아무리 봐도 열여섯, 열일곱 살 정도의 아름다운 소녀다. 검은 로브를 입지도 않았고, 주름투성이 노파도 아니다. 고급스러운 옷감으로 만든 움직이기 편해 보이는 옷을 입고 그와 마주 앉아 있다.

다만 특기할 점은 그녀가 보기 드문 미모를 지녔다는 사실 정도일까.

길고 검은 머리와 도자기처럼 매끈한 하얀 피부. 깊고 검은 두 눈동자는 밤의 어둠을 수정 구슬에 담아놓은 것만 같다. 어딘지 나른해 보이는 온화한 미모는 지금까지 보았던 어떤 여자보다도 인상적이었다.

오스카는 소박한 의문을 입에 올렸다.

"그 외모는 마법으로 바꾼 건가?"

"실례되는 질문을 하는 사람이군요. 이건 원래 내 모습이에요."

"몇백 년을 살았다고 들었는데 주름이 하나도 없잖아."

"인간의 몇 배는 살았죠. 몸은 성장을 멈춰놓았을 뿐이에요."

그녀는 찻잔을 들어 붉은 꽃잎 같은 입술로 가져갔다. 상상하던 '마녀'와 너무 다른 모습에 오스카는 당황했다. 그 반응이 예상 범위 내였는지, 티나샤는 쓴웃음을 지으며 그를 재촉했다.

"그래서? 다음은 당신이 이야기할 차례 아닌가요? 혼자서 여기까지 올라온 사람은 당신이 처음이에요. 이왕 왔으니까 이름을 말해 주세요."

그 말에 오스카는 정색하고 자세를 바로 했다. 자연스럽게 배어 나오는 고귀함과 위엄이 그의 분위기를 바꿔놓았다.

"실례. 내 이름은 오스카 라에스 인클레아투스 로즈 파르사스다."

긴 이름의 끝부분을 듣고 마녀의 눈이 조금 커졌다.

"파르사스? 파르사스 왕족인가요?"

"제1왕위 계승자지."

"그럼 레기우스의 자손?"

"증손자에 해당해."

"우와아아아아아아아."

티나샤는 오스카를 말똥말똥 쳐다보았다.

"그러고 보니까 좀 닮은 것… 같기도? 레기우스가 인상은 더 선량해 보였지만요."

"안 선량해 보여서 미안하게 됐군."

태연하게 받아치는 오스카의 말에 마녀는 소리 내어 웃었다.

"미안해요. 하지만 당신이 더 잘생겼어요. 레그는 너무 순진해서 조금 유치한 면이 있었으니까요…."

그렇게 말하고 창밖을 바라보는 그녀의 눈동자에 순간적으로 그리움 이상의 무언가가 스치는 것을 오스카는 보았다.

오랜 세월을 살아온 자가 보이는 그 눈빛에는 이 소녀가 바로 '푸른 달의 마녀'임을 확신하게 만드는 감상이 있다.

하지만 그 감상도, 그녀가 다시 시선을 오스카에게로 향했을 때에는 이미 깨끗이 사라지고 없었다. 마치 평범한 소녀처럼 미소 짓는 그녀를 보자 오스카는 갑자기 궁금해져서 물었다.

"너는 여기서 혼자 사는 건가?"

"사역마가 있어요. 리트라!"

주인의 부름을 받고 방 입구에 리트라가 소리도 없이 모습을 드러냈다. 성별이 없는 사역마는 오스카를 향해 인사했다.

"처음 뵙겠습니다. 리트라라고 합니다. 일행분은 주술의 효과로 깊이 잠드셔서 이불을 덮어드리고 왔습니다."

"그래, 고맙다."

라자르도 무사하고, 현재까지는 티나샤도 적대적인 자세는 보이지 않는다. 마치 다과회 분위기다. 찻잔을 입으로 가져가자 그윽한 향기가 코를 간질였다. 그것은 세간에서 그럴싸하게 떠들어대는 탑의 이미지와는 거리가 먼 것이었다.

"여기 도전했다가 돌아오지 않은 사람들은 어떻게 된 거지? 집단 매장이라도 한 건가?"

그 질문에 티나샤는 노골적으로 얼굴을 찌푸렸다.

"남의 집 주변을 멋대로 공동묘지로 만들지 마세요. 탑 안에서 사망자가 나오게 하기는 싫어서 죽지는 않게 조치했어요."

"그 석상에 한 방 맞으면 보통은 죽어."

"치명상으로 판정되는 타격이 명중하기 직전에 도전자는 1층으로 날아가게 돼요. 실격자는 그 후에 기억을 적당히 조작해서 대륙 여기저기로 전송했어요. 대부분 실력을 시험해 보거나 명성을 얻고 싶어하는 자들이니까 그 정도 대가는 각오해야죠."

미소가 더욱 매력적으로 색을 달리한다. 차를 마시는 그녀에게는 탑 주인으로서의 위풍이 있었다. 기품 있는 태도와 미모가 어우러져, 장소만 그럴듯하다면 왕족이라고 해도 통했을 것이다.

오스카가 조금 놀란 표정을 지었을 때, 리트라의 목소리가 끼어들었다.

"하지만 마스터는 자식의 병을 고쳐달라고 온 도전자는 실격했어도 고쳐줬습니다."

"쓸데없는 소리 하지 마."

그녀는 멋쩍은 표정으로 오스카를 외면해 버렸다. 조금 전까지의 위압감은 삽시간에 사라지고, 외모보다 더 어린 소녀 같은 모습이다. 수시로 달라지는 인상이 오스카는 조금 재미있었다.

"종잡을 수가 없네."

"종잡지 않아도 괜찮아요."

새침한 대답도 귀엽기만 하다.

"마을엔 안 내려가? 다른 마녀들은 사람들 앞에도 종종 나타나는 것 같던데."

"내가 직접 사야 될 게 있으면 내려가기도 하지만… 함부로 다른 사람에게 관여하고 싶지 않아요. 내 힘은 기분에 따라 마구 사용해도 되는 게 아니니까요."

"과연. 그런 마음가짐은 '침묵의 마녀'도 좀 본받았으면 좋겠군."

별안간 튀어나온 다른 마녀의 이름에 티나샤는 고개를 갸웃했다.

"그건 당신이 여기 온 목적과 관련이 있나요?"

"…여차저차해서 내 저주를 풀어줬으면 좋겠어."

그녀의 질문에 오스카는 15년 전 어느 날 밤에 있었던 일을 간략하게 설명했다.

티나샤는 팔짱을 끼고 미간에 주름을 잡은 채 듣고 있다가 이야기가 끝나자 깊은 한숨을 내쉬었다.

"어쩌다 그런 저주를 당한 거죠?"

"아버지가 별로 이야기하고 싶어하지 않으셔서 정확한 이유는 나도 못 들었어. 아마 그전에 돌아가신 어머니와 관계가 있는 것 같아."

"…그렇군요."

그녀는 순간 무언가를 깨달은 듯한 표정이었지만, 오스카가 의아하게 여기기 전에 곧 다시 원래 표정으로 돌아와 팔짱을 풀고 검지로 자신의 관자놀이를 가볍게 눌렀다.

"먼저 양해를 구해둘게요. '저주'란 반드시 풀 수 있는 건 아니에요."

"그 말인즉슨?"

"이른바 '마법'의 경우에는 공통의 법칙에 의거해 구성, 발동하지만, '저주'에는 법칙이 없어요. 언어…, 그건 말뿐만이 아니라 몸짓 같은 모든 전달 수단을 포함하는데, 임의의 언어에 자신이 정의한 의미를 부여해 마력을 담는 게 '저주'예요. 당연히 거는 사람에 따라 달라지기 때문에… 극단적으로 말하면, 저주를 걸 때 해주(주1)의 존재를 정의하지 않으면 저주를 건 술자도 풀 수 없어요."

"…풀 수 없다고?"

"풀 수 없어요. 대신 '저주'라는 건 그리 강력한 힘은 가질 수 없어요. 자연적인 힘의 흐름을 개인의 의지로 차단하거나 왜곡하는 행위니까요. 사람을 직접 죽이거나 하는 힘은 없어요. 기껏해야 간접적으로 작용하는 정도고… 그것도 피할 수 없는 건 아니에요."

오스카는 의아한 생각이 들어 다시 물었다.

"하지만 이 저주는 꽤 강력하잖아."

"그래요, 당신의 저주는 그 범주를 넘어섰어요. 그건 당신에게 걸려 있는 게 실은 '저주'가 아니라 '축복' 혹은 '수호'라 일컬어지는 종류의 것이기 때문이에요."

"뭐?"

황당해하는 오스카 앞에서 티나샤는 의자에서 몸을 일으켰다. 날씬

주1) 해주(解呪): 저주를 풂.

한 몸이 테이블 쪽으로 기울고 하얀 손이 그에게로 뻗었다.

눈처럼 새하얀 피부. 다가오는 마녀의 손가락을 오스카는 힐끔 쳐다보았을 뿐 막지는 않았다.

하지만 보드라운 손바닥은 그를 건드리지 않고 아슬아슬하게 얼굴을 스칠 듯이 허공을 쓰다듬었다.

거기에 순간, 희미하게 빛나는 붉은 문양이 떠올랐다.

"뭐지?"

"당신에게 걸려 있는 '축복'을 눈에 보이게 만든 거예요. 극히 일부분이지만요."

티나샤가 손을 거두자 문양은 순식간에 사라져 버렸다. 그녀는 다시 의자에 앉았다.

"기본적으로 '축복'과 '저주'는 같은 방법으로 걸지만 힘의 방향이 달라요. 원래 있는 힘을 뒤에서 밀어주는 식이기 때문에, 술자의 역량에 따라 상당히 강력한 주술을 걸 수 있어요. 당신에게 걸린 건 그걸 역이용해서 아마 태아에게 강력한 힘을 부여해 수호하도록 되어 있는 것 같아요. 그러면 평범한 모체는 견디지 못해요."

오스카는 그로서는 매우 드물게 의표를 찔리고 망연자실했다. 마주 앉은 마녀가 그런 그를 안쓰러운 눈빛으로 응시하고 있다.

"어, 그러니까 결국, 풀 수 없다… 고?"

"당신에게 걸린 저주를 해석할 수 있다면 마법으로 경감시킬 수도 있지만 스무 개 정도가 복잡하게 얽혀 있어서…. 역시 '침묵의 마녀'답네요."

티나샤는 잘 보이지 않는 것에 시선을 집중하듯이 두 눈을 가늘게 뜨고 그의 가슴팍에 초점을 맞췄다.

"대단히 유감스럽지만…."

"어이…."

불편한 침묵이 둘 사이에 흘렀다.

영원히 계속될 것 같은 무거운 분위기를 깨고 티나샤는 몸을 일으키더니 가볍게 손뼉을 쳤다.

"애써 여기까지 왔는데 그냥 보낼 수는 없으니까, 내가 할 수 있는 일은 해볼게요."

그렇게 말하고 그녀는 방 안쪽에서 수반을 가져와 테이블 위에 놓았다. 수반 안에는 마법 문양이 새겨져 있고, 얕게 고인 물이 석양빛을 받아 반짝였다.

"무슨 방법이라도 있어?"

"단순한 대책이 있지요."

마녀는 다시 의자에 앉아 오른손을 수반 위로 뻗었다. 그러자 바람도 없는데 수면에 파문이 일었다.

"모체가 태아의 수호력을 못 견디는 게 문제니까, 그걸 견딜 수 있는 강한 여성을 아내로 맞이하면 될 거예요."

"…확실히 단순하긴 한데, 과연 그런 여자가 있을까?"

"아마 대륙에 한두 명쯤은 있지 않을까 생각해요…. 마력과 마법 내성 위주로 찾아볼 테니까 다른 조건은 어지간하면 그냥 넘어가주세요."

수반에 어딘지 모를 먼 곳의 숲 풍경이 비쳤다. 오스카는 두통이 올 것 같은 이마를 손으로 짚었다.

"유부녀나 노인이나 어린애면 어떡하라고."

"유부녀는 도리에 어긋나니까 안 되지만 노인은 마법으로 어떻게든…. 어린아이는 본인 취향대로 키울 수 있으니까 오히려 더 좋죠! 왕족의 경우는 스무 살 차이 나는 혼인도 흔하니까요."

티나샤는 꾸며낸 미소를 지으며 밝게 대답했다.

"아무튼 찾아볼 테니까 긍정적으로 생각해주세요."

"어이…."

정말로 두통이 올 것 같아서 오스카는 결국 양손으로 머리를 싸쥐었다.

적지 않은 기대를 품고 탑에 도전했건만 '최강'이라 불리는 마녀조차 이 모양이다. 게다가 저주를 건 당사자가 풀지 못할 수도 있다니, 이 정도면 방법이 없는 거나 마찬가지 아닌가. 이 상황에서 '긍정적'이란 소리가 잘도 나오는군… 생각하다가 오스카는 퍼뜩 어떤 생각을 떠올렸다.

"티나샤."

"우와, 깜짝이야! 왜요?"

"뭘 그렇게 놀라?"

놀라는 감정에 호응한 걸까, 건드리지도 않았는데 수면이 출렁거려 테이블을 적셨다. 티나샤는 젖은 오른손을 털었다.

"이름으로 불리는 적이 거의 없어서…."

"네 입으로 이름을 말해놓고서 무슨 소리야."

"미안해요."

티나샤는 리트라가 건네준 수건으로 테이블에 튄 물을 닦았다. 그리고 수건을 개면서 물었다.

"그래서 나를 부른 이유가 뭐예요?"

"생각해보니까, 너는 어때?"

질문의 의미를 이해하지 못한 티나샤는 자신의 얼굴을 가리키며 의아하다는 표정을 지었다. 그러자 오스카가 다시 물었다.

"너는 '침묵의 마녀'의 마력을 견딜 수 있어?"

"그야 얼마든지 견딜 수 있지만… 앗…!"

비로소 질문의 의미를 이해한 티나샤의 얼굴이 눈에 띄게 창백해졌다.

"그럼 결정이군."

오스카는 의자에 깊이 몸을 파묻고 찻잔의 차를 마셨다. 마주 앉은 티나샤는 창백한 얼굴로 엉거주춤 몸을 일으켰다.

"어, 잠깐만요…."

"있을지 없을지 모르는 여자를 찾는 것보단 확실한 방법이잖아. 달성자로서의 내 소원은 네가 여기서 내려가 내 아내가 되는 걸로 하겠어."

당연한 권리처럼 말하는 요구. 오스카의 말을 들은 티나샤는 경악한 나머지 그대로 얼어붙고 말았다.

하지만 곧 작은 두 손이 테이블을 탕 쳤다.

"바, 받아들일 수 없어요, 그런 건!"

"네가 할 수 있는 일은 한다면서."

"한도란 게 있어요! 절대 못 해요!"

얼굴이 파래져 발끈하는 마녀를 오스카는 재미있다는 듯이 건너다보았다.

"혹시 벌써 결혼했어?"

"결혼한 적은 없어요."

"그럼 애인이 있다거나?"

"있었던 적은 없어요."

"아까 노인은 마법으로 어떻게 할 수 있다고 했지?"

"물론 노인은 맞지만, 대놓고 노인이라고 하면 화나거든요! 아니, 그게 아니라!"

티나샤는 테이블 위로 몸을 기울이고 억지웃음을 지었다. 이마에 식은땀이 배어나오기 시작한다.

"왕가의 혈통에 '마녀'의 피를 섞으려 하다니 제정신이 아니군요. 중신들이 피를 토하며 결사반대할걸요."

"그건 좀 볼 만하겠는데…."

필사적인 저항을 능글맞게 받아치는 오스카를 보고 마녀는 지친 듯이 의자에 털썩 주저앉았다.

"레그를 닮은 건지 안 닮은 건지…. 성격 한번 대단하네요."

"못돼 먹어서 그래."

천연덕스럽게 웃는 그를 흘겨보다가 그녀는 고개를 저으며 호흡을 가다듬었다.

"아무튼 안 돼요. 그런 소원이 가능했으면 난 지금쯤 당신의 증조모일걸요."

그 말에 오스카는 내심 크게 놀랐다.

하지만 동시에 신기하게 납득이 되기도 했다.

마녀에게서 너무 순진했다는 평을 들은 그의 증조부는 아마 70년 전이 마녀에게 매료되었을 것이다. 그러나 티나샤는 그 청혼을 받아들이지 않았다. 파르사스에 전해지는 옛날이야기와는 상당히 다른 과거의 일에 오스카는 조금 흥미를 느꼈다. 자세한 내용이 궁금했지만, 만나자마자 그런 걸 묻는 것은 예의가 아니다. 그는 어린아이 같은 호기심을 꿀꺽 삼켜버렸다.

"증조부는 순순히 물러나셨을지 몰라도, 난 나니까 전혀 상관이 없어."

"그게 무슨 소리예요. 아무튼 안 돼요! 절대 안 돼요!"

"70년이나 지났는데 고집스럽게 그러지 말고 좀 유연하게 생각해 봐."

"유연한 데도 정도가 있어요!"

분통을 터뜨리는 주인 옆에서 리트라가 손을 뻗어 빈 찻잔을 치웠다.

사역마가 새로 찻주전자를 가져왔을 때에도 두 사람은 여전히 입씨름 중이었다.

오스카는 천연덕스러운 얼굴이지만 결코 물러서지 않았고, 마녀는 정신적으로 상당히 지친 것 같았다.

마침내 한계에 이른 마녀는 한숨을 내쉰 후 자포자기한 어조로 말했다.

"아, 몰라. 자꾸 그러면 기억을 조작해 성으로 돌려보낼 거예요!"

"그 발언은 인간적으로 좀 아니지 않아?"

"그건 내가 할 소리예요."

티나샤는 자리에서 일어나 의미심장하게 웃으며 오른손을 오스카 쪽으로 뻗었다. 무언가가 그 손으로 모여든다. 공기의 흐름이 순식간에 바뀌었다.

"어이, 이런 식이면 나도 반격한다!"

느긋하던 오스카도 몸을 일으켜 검을 반쯤 뽑았다. 그 검자루를 보고 티나샤는 노골적으로 인상을 썼다.

"그걸 왜 당신이 가지고 다니는 거죠? 국보 아닌가요?"

"이런 건 실제로 사용하는 게 더 좋으니까."

서슬 퍼렇게 연마된 양날의 검신은 티나샤의 시선을 받아 거울처럼 반짝거렸다. 검자루에는 오래된 장식이 달려 있다.

파르사스에 대대로 전해지는 왕검 아카시아는 절대 마법 저항력을 지닌 세계 유일의 검이다.

먼 옛날, 인간이 아닌 이가 호수에서 뽑아 선사한 검이라는 전설도 있지만 자세한 내용은 알려져 있지 않다. 건국 당시부터 있었던 왕검으로, 지금까지 실전에서 사용된 적은 거의 없으며 왕이 공식 석상에서 차는 검이었지만, 오스카는 그 검을 평범하게 자신의 검으로 사용하고 있었다. 당연하지만 마법사에게는 '천적'이라 할 수 있는 검이다. 마녀인 티나샤도 예외는 아니었다.

그녀는 괴로운 얼굴로 잠시 망설이다가 구성하고 있던 마법을 재빨리 지워 버렸다.

"으음, 그럼 조금만 더 대화를 해 볼까요."

"내 말이 그 말이야. 좀 진정하자고."

두 사람이 다시 마주 앉자 리트라가 차를 따라주었다. 티나샤는 헝클어진 검은 머리를 손으로 쓸어올렸다.

"당신은 좀 이상할 정도로 고집이 세네요. 슬슬 포기하세요."

"그건 피차일반인 것 같은데…."

오스카는 생각에 잠긴 얼굴로 찻잔을 입으로 가져가다가 문득 어떤 사실을 떠올렸다.

"참, 그러고 보니까 너는 70년 전에 파르사스 성에서 잠시 살았다면서?"

"반년 정도 살았어요. 마법도 가르치고 꽃도 키우고 그랬죠. 나름대로 재미있었어요."

상상이 가기도 하고 안 가기도 하는 생활에 오스카는 고개를 갸웃했다.

"그게 증조부의 소원이었어?"

"아뇨."

티나샤는 눈을 감고 미소 지었다. 단호한 어조에서 레기우스의 소원이 무엇이었는지 말해줄 생각이 없다는 게 느껴졌다.

오스카는 한쪽 눈썹을 슬쩍 치켜 올렸지만, 그녀의 뜻을 헤아리고 더는 묻지 않았다. 대신 지금 막 생각난 소원을 입에 올렸다.

"그럼 이렇게 하자. 1년 동안 여기를 떠나 파르사스에서, 내 옆에서 살도록 해. 이게 달성자로서의 내 요구야. 이 정도는 받아들일 수 있지?"

예상 밖의 요구에 티나샤는 어리둥절했다.

하지만 지금까지의 과정을 되짚어보면 그로서는 상당히 양보한 셈이다.

1년은 그녀에게는 결코 길지 않은 시간이다. 과거에 눈 깜짝할 사이만큼 짧은 동안 사람들과 어울려 살았던 파르사스의 그리운 풍경이 눈앞에 떠올랐다.

그녀는 깊이 숨을 들이마셨다. 그 숨을 전부 토해냈을 때, 그녀의 마음은 정해졌다.

"좋아요. 그렇다면 나는 당신의 수호자로서 탑에서 내려가겠어요. 오늘부터 1년간 당신이 나의 계약자예요."

티나샤는 팔을 들어 하얀 검지를 오스카의 이마 쪽으로 향했다. 손가락 끝에서 희미하게 하얀 빛이 반짝이더니 그녀의 손가락을 떠나 미끄러지듯이 허공을 날아가 오스카의 이마 속으로 빨려들어갔다.

그는 자신의 이마를 손가락으로 쓰다듬었지만, 특별히 달라진 것은 없었다.

"뭘 한 거야?"

"일종의 표식이에요."

마녀는 미소 지으며 몸을 일으키더니, 두 손을 위로 쭉 뻗고 기지개를 켜면서 굳어 있던 몸을 풀었다.

"탑을 떠나려면 입구를 닫아야겠지. 리트라, 부탁해."

"알겠습니다."

리트라가 방을 나가자 오스카도 자리에서 일어났다.

해는 완전히 저물어 멀리 산봉우리 사이로 어스름한 빛이 보였다. 그는 티나샤 옆에 서서 자신보다 훨씬 작은 그녀를 심술궂은 미소를 띠고 응시했다.

"도중에 마음이 바뀌면 파르사스에서 영원히 살아도 괜찮아."

"안 바뀌어요!"

이리하여 '푸른 달의 마녀'는 파르사스 왕태자의 수호자가 되어 약 70년 만에 역사에 그 모습을 드러내게 되었다. 그녀 자신의 운명을 들여다보는 이야기는 이제부터 시작된다.

※

"라자르, 일어나!"

주인의 목소리에 라자르가 반사적으로 벌떡 일어나보니 그곳은 탑 앞, 말을 묶어놓은 나무 밑이었다. 그는 주위를 두리번거리다가 바로 뒤에 서 있는 오스카를 올려다보았다.

"어라, 전하…. 제가 탑을… 올라갔던가요…? 벌써 밤입니까?"

"됐고, 성으로 돌아간다. 일어나."

몽롱한 머리와 기억에 고개를 갸우뚱하면서 라자르는 몸을 일으켜 말을 묶어둔 줄을 풀었다.

"이대로 그냥 가셔도 괜찮으시겠습니까?"

"그래, 이미 볼일은 끝났으니까."

의아하게 여기며 말을 끌고 돌아온 라자르는 그제야 비로소 주인 뒤에 누가 서 있는 것을 알아차렸다. 아름다운 소녀는 라자르의 시선을 느끼고 꽃처럼 미소 지었다. 어느 나라 출신인지 알 수 없는 검은 머리와 흰 피부, 힘 있는 검은 눈동자에 라자르는 완전히 매료되고 말았다.

"전하, 이분은…."

"마녀의 제자인데 탑을 떠나 당분간 파르사스에서 살기로 했다."

"티나샤라고 합니다."

공손하게 인사하는 소녀에게 라자르도 허둥지둥 고개를 숙였다. 탑을 떠난다면서 소녀는 짐 하나 없는 맨몸이었다. 이상하게 생각하고 라자르는 말을 끌어당기는 주인에게 다가가 귀엣말을 속삭였다.

"마녀의 제자라면, 설마 마녀를 만나셨습니까?"

"만났지."

"안 잡아먹히셨어요?"

"어쭈, 그러다 죽는다…."

오스카는 안장 위에 올라타서 티나샤에게 손을 내밀었다. 그는 걱정스러운 표정인 라자르에게 무슨 말을 하려다 말고 쓴웃음을 지었다.

"그냥 여러 가지로 재미있었어."

그러면서 오스카는 왠지 씁쓸한 표정인 소녀의 손을 잡고 말 위로 끌어올렸다. 몸집이 자그마한 그녀는 오스카 앞에 앉아 긴 속눈썹을 내리깔았다.

머리카락과 눈동자 때문일까, 투명한 밤을 연상시키는 미모의 소녀는 그러고 있으니까 마치 오래전부터 오스카 곁에 있었던 것처럼 잘 어울렸다. 라자르는 그림 같은 한 쌍을 황홀하게 바라보았다. 오스카가 그런 죽마고우를 보고 의아하다는 표정을 지었다.

"뭐 해? 성으로 돌아가고 싶다고 하지 않았어?"

"참, 그랬죠…. 죄송합니다."

라자르는 서둘러 말 위에 올랐다. 해는 완전히 저물어 밤이 빠른 발걸음으로 다가오고 있었다. 티나샤가 손을 한 번 흔들자 말의 코끝보다 조금 앞에 조그만 빛이 켜졌다. 밤길을 밝히는 불빛을 보고 오스카가 탄성을 질렀다.

“마법인가? 편리하군.”

“이 정도는 언제든지 가능해요. 뭔가 불사르고 싶은 게 있으면 말해 주세요.”

“필요 없어. 넌 그냥 내 옆에만 있으면 돼.”

자연스럽게 대답하는 오스카를 소녀는 어처구니없다는 듯이 올려다 보았다. 하지만 그녀는 곧 눈을 감고 미소 지었다.

그런 두 사람을 보고 있던 라자르는 문득 어렴풋한 예감을 느꼈다.

이제부터 무언가가 노도처럼 변해갈 것 같은 예감을.

“가자, 라자르.”

소녀를 태우고 주군의 말이 달리기 시작한다. 라자르는 자신도 고삐를 잡으면서 무심코 탑 쪽을 돌아보았다.

어스레한 어둠 속, 분명히 있었던 탑의 문은 사라지고 거기에는 주위와 똑같은 푸른 벽만이 이어져 있을 뿐이었다.

2. 되풀이해 마주하는 과거

대륙에는 현재 4대국이라 불리는 네 강국이 있다.

그중 하나가 대륙 중앙부에 넓은 영토를 가지고 있는 파르사스다.

암흑시대에 건국된 이 나라는 왕검 아카시아를 상징으로 삼고 있기 때문인지, 아니면 70년 동안 흔들림 없는 치세를 이어오고 있기 때문인지, 무력의 나라라는 인상이 강하다.

그것은 평상시에도 마찬가지라 성에서 일하는 자들은 매일같이 꾸준한 훈련을 쌓고 있다.

"…근면함은 여전하네요."

성의 외벽에 해당하는 회랑에서 티나샤가 내려다보고 있는 곳은 병사들의 대기소였다.

거기에는 널따란 광장이 있어서 아까부터 모의 시합이 벌어지고 있었다. 이 또한 훈련의 일환이리라. 1대1 시합을 조금 떨어진 곳에서 다른 병사들이 에워싸고 견학하고 있었다.

티나샤는 돌벽에 기대어 그들을 바라보았다. 그러고 있으면 그저 아름다운 소녀로밖에 보이지 않지만, 그녀의 실체는 대륙 최강이라 불리는 마녀다.

70년 전에는 모두가 아는 사실이었으나 이번에 그녀는 정체를 숨기고 성에 들어왔다.

그녀 자신의 본성과는 상관없이 일반적으로 마녀는 기피 대상이다. 300년 전쯤 마녀의 노여움을 사서 하룻밤 사이에 흔적도 없이 사라져

버린 소국이 있을 정도니까, 사람들이 두려움을 품는 것도 무리는 아니다.

정체를 숨기자고 제안한 사람은 티나샤였지만 오스카도 거기에 찬성해 현재 그녀의 신분은 수습 마법사로 되어 있다.

머리를 쓸어올리는 하얀 손가락에는 다른 마법사의 눈을 속이기 위해 마력을 봉인하는 봉식 반지가 여러 개 끼워져 있었다. 마찬가지로 양쪽 귓불에도 마법 문양이 새겨진 봉식을 착용하고 있다.

"……!"

느닷없이 강한 바람이 불어 눈에 먼지가 들어갔다. 티나샤가 눈물 고인 눈을 비비고 있을 때 뒤에서 목소리가 들렸다.

"이런 곳에 계셨군요."

돌아보니 라자르가 서 있었다. 책을 든 청년에게 그녀는 미소 지으며 인사했다.

"안녕하세요. 잠시 성안을 산책하고 있었어요."

"아, 여기서 훈련장이 보이는군요."

라자르는 그녀 옆에 서서 같이 광장을 내려다보았다. 티나샤는 시합 중인 한 사람을 가리키며 말했다.

"저 사람은 지금까지 계속 이기고 있는데, 무척 강하네요."

"알스 장군입니다. 아직 젊지만 장군들 중 제일가는 실력자지요. 지난달에도 소대를 이끌고 무장 강도 일당을 소탕했습니다."

빨간 머리 검객은 라자르의 말대로 오스카와 비슷한 연령대로 보였다. 알스의 오른손이 한 번 움직이자, 맞서 싸우던 병사의 검이 허공으로 날아갔다. 유난히 호리호리한 그 병사는 아픈 듯이 손목을 붙잡고서 뭐라고 말하고 있었다.

"비록 졌지만 저 사람도 꽤…. 일반 병사인가요?"

"그녀는 멜레디나라고 하는데 알스 장군의 부하입니다. 아마 곧 자신의 부대를 갖게 되지 않을까 싶습니다."

"대단하네요."

여성이라고 하는 그 병사를 더 자세히 보기 위해 티나샤는 시선을 집중했다. 하지만 너무 멀어서 화려한 금발 외에는 잘 보이지 않았다.

파르사스는 성별에 따른 직업의 제한이 적어서 실력과 의지만 있으면 거의 모든 직업을 가질 수 있다. 그래서 티나샤도 여성이라는 말에 별로 놀라지 않았지만, 그렇다 해도 여성 중에 실력이 뛰어난 병사는 흔치 않다.

"그녀는 기가 좀 세긴 하지만 좋은 사람입니다."

그렇게 말하고 라자르는 사람 좋은 미소를 지었다. 티나샤도 그 미소에 이끌려 덩달아 미소 지었다.

"그런데 모의 시합이 재미있습니까? 마법사분들은 이런 데에 별로 관심 없으신 줄 알았는데요."

"옛날에 검술을 좀 배운 적이 있거든요. 시간이 남아서 그냥…."

그 말에 라자르는 뜻밖이라는 표정으로 그녀의 가냘픈 몸을 힐끔 쳐다보았다.

"알고 보면 실력자… 라거나?"

"아뇨, 힘이 약해서 신통치 않았어요. 음… 아까 그 여성 병사는 이길 수 있을 것 같네요. 하지만 저 장군은 으음… 어렵겠는데요. 내가 질 것 같아요."

그녀의 태연한 대답이 농담인지 진담인지 라자르는 알 수 없었던 모양이다. 그는 결국 그 이상 아무것도 묻지 않았다.

훈련장에서는 알스가 또 다른 병사를 상대로 싸우고 있었다. 겁을 집어먹었는지 소극적인 병사에게 주위 사람들이 야유를 보내고 있었다.

라자르는 옆구리에 끼고 있던 책을 고쳐 들었다.

"하지만 전하는 알스 장군보다 더 강하십니다."

"네?"

소스라치게 놀라는 티나샤의 목소리에 라자르도 깜짝 놀라 그녀를 돌아보았다.

"왜 그렇게 놀라십니까? 이 나라에서 전하보다 강한 사람은 없습니다. 그 증거로 그분은 얼마 전에도 탑에서… 어라?"

라자르는 고개를 갸웃했다. 마녀의 탑에서 무슨 일이 있었던 건 확실한데, 막상 떠올리려고 하면 구체적인 기억이 전혀 없는 것이다. 한편, 티나샤는 굳은 표정으로 머리를 싸쥐었다.

"저 장군보다 더 강하다고요…? 끄응… 정말로요?"

"정말입니다. 물론 재능도 있지만, 그분은 그래 봬도 노력파입니다. 옛날부터 뭐든지 탐욕스러울 정도로 열심히 익히셨고 흡수도 빨랐지요."

"우와…."

"아니, 반응이 왜 그런 겁니까?"

"아무것도 아니에요…."

싫다는 표정을 짓고 있던 티나샤는 미간에 주름을 잡으며 팔짱을 끼었다.

"오랜만에 검 수행을 하고 싶어졌어요."

"왜…."

티나샤는 잠자코 응응, 고개를 끄덕였다. 이해하기 힘든 그 반응을 수상하게 여기면서도 라자르는 서재로 가기 위해 그 자리를 뒤로했다.

성벽 위에 혼자 남아 티나샤는 혼잣말로 투덜거렸다.

"역시 탑의 달성자다워. 방심하면 안 되겠어."

그래도 여차하면 오스카 하나쯤은 얼마든지 굴복시킬 수 있다. 그것이 마녀라는 존재다.

그렇게 생각하다가… 왕검을 떠올린 티나샤는 씁쓸한 얼굴로 한숨을 내쉬었다.

파르사스의 기후는 일년 내내 온화하지만, 그래도 한 해에 두 달씩 비교적 더워지는 여름과 약간 쌀쌀해지는 겨울이 있다. 지금은 초여름으로, 성도에서는 대륙의 주신인 아이테아 신 축제를 앞두고 있었다.

그런 어느 밤, 두꺼운 보고서를 읽으며 복도를 걸어가던 오스카는 맞은편에서 흑발 소녀가 다가오는 것을 알아차렸다.

"티나샤 아냐?"

"오랜만이에요."

이름을 불린 소녀는 종종걸음으로 오스카를 향해 달려왔다. 그는 몸집이 작은 소녀의 머리를 어린아이에게 하듯이 토닥거렸다.

"일주일 만인가? 성에서 지내기는 어때? 괴롭히는 사람은 없고?"

"난 애가 아니에요. 다들 무척 친절해요. 다소 이질적인 존재로 여기긴 하지만요."

"탑 출신이란 걸 밝혔으니까 어쩔 수 없지. 뭐 힘든 일이 있으면 말해."

"괜찮아요."

티나샤는 특별한 목적지가 없었던 모양인지, 자신이 왔던 방향으로 그와 나란히 걷기 시작했다.

"그건 일거리예요?

"응, 외교 관계라든가 축제의 경비 배치 같은 것들이야. 정리가 제대로 안 돼 있어서 골치 아파."

그는 두꺼운 서류 뭉치를 손가락으로 탁 튕기고 쓴웃음을 지었다. 옆에서 걷는 티나샤의 눈이 동그래졌다.

"당신이 그런 것까지 하나요? 궁중에서 빈둥거리며 사는 줄 알았더니."

"실례되는 말을 아무렇지도 않게 잘도 하는군. …지난달에 재상으로 계시던 숙부님이 돌아가셔서 일시적으로 일손이 부족한 상황이야. 뭐, 언젠가 해야 될 일이니까 상관없어."

"의외로 성실하기까지!"

"어이…."

그런 시시껄렁한 대화를 주고받는 사이, 두 사람은 오스카의 방 앞에 도착했다. 그는 지난 일주일 동안 바쁜 탓에 방치하고 있었던 수호자에게 물었다.

"시간 있어? 지금까지 어땠는지 보고를 듣고 싶은데."

"그렇게 말하니까 내가 꼭 당신의 밀정 같잖아요…. 현재까지 성안에 수상한 사람은 없었어요."

"그렇군…. 난 그냥 네 일상이 궁금했을 뿐인데."

엇갈리는 대화는 처음 만났을 때부터 그랬으니까 어쩔 수 없다. 방 안에 들어와서 마녀는 다시 대답했다.

"일단 평범하게 궁정 마법사 일을 하고 있어요. 출근하면 게시판에 일거리가 많이 붙어 있는데, 그중에서 마음대로 골라 소화하면 돼요. 그 외에는 강의도 듣고 연구도 자유롭게 할 수 있어서 꽤 즐거워요."

"마법사는 연구도 업무의 일환이니까."

그 부분의 예산은 넉넉하게 책정되어 있을 것이다. 대신 궁정 마법사는 성 안팎에서 밀려드는 업무를 분담해서 처리해 나간다. 마법 약과 마법 도구 제작도 그 일환이다.

넓은 방 안에서 티나샤는 허공에 둥실 떠올라 자신의 무릎을 끌어안았다.

"그리고 축제가 가까워져서 당일의 업무도 배정받았어요. 난 조명 담당이래요."

"조명 담당은 무슨 일을 해?"

축제의 경비 서류를 훑어보면서 오스카가 물었다. 당일의 경비는 병사들이 교대로 하게 되어 있고, 그들의 배치에 대해 정리한 보고서는 장군을 거쳐 재상이 확인하도록 되어 있다. 하지만 지금은 재상 자리가 비었기 때문에 오스카가 최종 확인을 하고 있었다.

티나샤는 손안에 하얀 불을 밝혀 보여주었다.

"이런 식으로 마법으로 만든 광원을 성 주위의 해자에 여러 개 집어넣어서 물속에서 빛을 발하게 하는 모양이에요. 실제로 하면 예쁠 것 같아요."

"아하, 그게 마법으로 하는 거였군. 물속에 램프라도 넣은 줄 알았더니."

"마법으로 하는 게 편하죠."

티나샤는 천장 근처에서 몸을 빙글 돌려 머리를 아래로 향하게 했다. 오스카는 황당하다는 표정으로 그 모습을 올려다보았다.

"진짜로 마녀가 맞긴 맞구나."

"뭘 새삼스럽게."

마법사 중에 주문도 외우지 않고 공중에 떠 있는 사람은 본 적이 없다. 애당초 부유마법 자체가 상당히 고도의 마법인 것이다. 게다가 티나샤는 마력을 봉인하는 장신구를 여기저기 하고 있다. 이러면서 과연 성안에서 정체를 제대로 숨기고 있긴 한 건지 오스카는 문득 불안해졌다.

그때 티나샤가 손가락을 딱 튕겼다. 그러자 멀리 떨어진 벽의 촛대에 불이 켜졌다.

"단, 빛을 유지하려면 술자가 힘이 미치는 범위 안에 있어야 해요. 평범한 마법사라면 기껏해야 건물 두세 채 정도의 거리겠죠."

"너는 얼마만큼 떨어져도 가능해?"

"음, 성도 어디에 있어도 괜찮아요. 봉식을 차고 있어도요. 그러니까 축제를 구경하러 갈 거예요!"

즐거운 얼굴로 생글거리는 마녀를 보자, 오스카는 괜히 심술을 부리고 싶어졌다.

"좋아, 당장 마법사장에게 얘기해서 귀찮은 일거리를 더 많이 배정해줘야겠군."

"안 돼요! 그러면 울 거예요!"

방을 나가려는 오스카의 옷자락을 티나샤는 필사적으로 붙잡고 늘어졌다.

"어차피 신입이라 아직 미덥지 않아서 중요한 업무는 아마 안 줄걸요."

"그야 그렇지. 장난이었어."

티나샤는 뾰로통한 표정을 지었지만, 오스카는 무시하고 자리에 앉아 다시 서류 확인 작업으로 돌아갔다.

"기대가 큰 모양인데, 전에 구경한 적 없어?"

"처음이에요. 전에는 축제가 끝난 직후에 왔었거든요. 그때 굉장히 아쉬웠기 때문에 기억이 나요."

"그럼 나중에라도 구경하러 오지 않고."

"레그가 죽을 때까지 파르사스의 영토에 들어오지 않기로 약속했거든요."

티나샤는 다시 천장 근처까지 둥실 떠올랐다. 하얀 옷자락이 허공에서 천천히 부풀었다. 오스카는 서류 뭉치에서 고개를 들고 그녀를 보았다.

"그의 사망 소식을 듣고 싶지도 않았고요. 그 뒤로는 축제에 대해서도 잊고 있었어요."

그녀는 소녀처럼 미소 지었지만, 그 표정에서는 아무 감정도 읽을 수 없었다.

허공을 유영하는 마녀는 모든 것으로부터 자유로운, 그리고 홀로 남겨진 아름다운 물고기 같았다.

오스카가 무심코 그 이름을 부르려 했을 때, 티나샤가 손뼉을 탁 쳤다.

"참, 당신에게 용건이 있었어요. 중요한 일은 아니라서 잊고 있었지만."

"용건? 뭔데 잊고 있었던 거야?"

"당신의 수호 이야기예요."

"내 수호가 그렇게 안 중요한 일이냐!"

"당신은 충분히 강하잖아요…."

그녀는 진심으로 못마땅하다는 얼굴로 대꾸했다.

"아무튼 계약이니까 지키긴 할 거예요. 다만 난 축제 당일에는 구경하느라 바쁠 것 같으니까, 미리 방어용 마법을 걸어놓을게요."

"그건 농땡이를 치겠다는 얘기잖아."

의욕이 있는 건지 없는 건지 헷갈리지만, 아마 없는 것이리라. 하지만 오스카도 수호가 필요해서 마녀의 탑을 오른 것은 아니다. 그는 서류를 정리해 테이블 위에 놓고 마녀를 올려다보았다.

"그래서 내가 어떻게 하면 돼?"

"이미 구성은 다 짜놨어요. 조금 복잡하거든요."

티나샤는 기쁜 얼굴로 오스카 앞에 내려서더니, 하얀 열 손가락을 깍지 끼고 두 손바닥을 그에게 내밀었다. 그 손과 오스카 사이에 금세 붉고 가는 선으로 이루어진 둥근 고리 다섯 개가 나타났다. 고리들은 형태가 풀리면서 서로 복잡하게 뒤엉켜 곧 거대한 마법 문양이 되었다.

눈앞에서 펼쳐진 놀라운 광경에 오스카는 터져 나오는 탄성을 간신히 참았다. 주문을 읊조리는 마녀의 목소리가 방 안에 울려 퍼졌다.

"계약의 영구함이여. 세 번의 시간과 두 개의 세상으로 정의하라……."

마법사는 보통 간단한 마법을 쓸 때에는 주문을 필요로 하지 않는다.

실제로 티나샤는 부유마법처럼, 원래 같으면 주문을 필요로 하는 마법이라도 그저 의식하거나 혹은 손만 내밀어 행사한다. 오스카가 그녀의 주문을 듣는 것은 이번이 처음이었다.

그런 그녀가 이번에는 긴 주문을 필요로 한다는 것 자체가 이제부터 걸고자 하는 마법의 강대함을 의미한다.

"…깨뜨려야 할 말을 근원부터 소거하고, 형성되는 비는 그 의미를 상실하노라…. 고리는 전부 고리가 되어 돌아가리니… 나의 법칙을 준수하고, 현출하는 모든 것으로 하라."

천천히 회전하며 복잡하게 얽혀 있던 문양은 주문이 끝나는 것과 동시에 한 점으로 모여들어 오스카의 몸 안으로 빨려 들어갔다. 그는 깜짝 놀라 두 손을 살펴봤지만, 붉은 문양의 흔적은 어디에도 없었다.

"굉장하군."

"음, 이제 다 됐어요. 반영구적으로 기능할 거예요."

티나샤는 깊이 숨을 마시며 참고 있던 호흡을 가다듬었다.

"마법과 물리적인 힘을 불문하고 외부의 공격은 거의 전부 무효가 될 거예요. 하지만 독이나 정신 작용 같은 건 못 막으니까 조심하세요. 그리고 나와 연결되어 있어서 내가 죽으면 효력은 사라져요. 반대로 말하면, 나를 죽이지 않는 한, 아무도 깰 수 없어요."

"그 정도면 거의 반칙 아냐?"

어떤 대가를 치르더라도 이런 수호를 얻기를 간절히 원하는 사람도 많을 것이다.

하지만 그들이 이 수호를 얻는 일은 아마 평생 없을 것이다. 마녀를 곁에 두고 있음을 실감하고서 오스카는 전율했다.

하지만 정작 티나샤는 그의 감탄에 피식 웃었을 뿐이다. 그녀는 벽 쪽으로 걸어가 장의자에 앉았다.

"마녀와 계약했는데 이 정도는 당연하죠."

"당연하기는…. 난 네가 나와 결혼해주면 그걸로 충분해."

"분명히 거절했었죠, 그거?"

"나만 안 죽으면 뭐 하냐고. 후계자가 없으면 다 소용없는 일이야."

오스카의 정론에 마녀는 말문이 막혀 버렸다. 티나샤도 거기에 관해서는 알고 있기 때문에 눈길을 피하는 것이리라. 그녀는 한숨을 내쉬며 날씬한 다리를 꼬았다.

"후계자가 없으면 소용없다니, 당신 말고 왕가의 혈통이 아무도 없나요? 친척이 몇 명 있었던 걸로 아는데요."

"친척은 있지만 모두 자식이 없어. 내가 네다섯 살쯤 됐을 때, 전국적으로 아이들이 홀연히 사라지는 사건이 빈발했다고 들었어. 최종적으로 없어진 아이들이 수십 명에 이르렀는데, 그때 내 사촌들도 여럿 행방불명되었고, 그 결과 나보다 젊은 왕가의 핏줄은 현재는 없어."

오스카는 주전자를 들어 잔에 물을 따랐다. 그걸 입으로 가져가면서 마녀를 쳐다보니 적지 않게 놀란 기색이었다. 방금 앉았으면서 티나샤는 용수철처럼 벌떡 일어나 오스카 쪽으로 걸어왔다.

"그 사건의 원인은 알아냈어요?"

"아니, 아직까지 수수께끼야."

"'침묵의 마녀'가 온 건 그 전후인가요?"

"어머니가 병으로 돌아가신 뒤니까… 아마 실종 사건이 잠잠해진 뒤였을 거야."

오스카는 공표되지 않은 기록과 어린 시절의 기억을 조합해 보려고 했다.

그때, 머리에 날카로운 통증이 퍼졌다.

달에

마녀의 모습

저주

목소리

날카로운 발톱

갈가리 찢긴

피투성이의

형태를 이루지 못하는 광경, 말을 이루지 못하는 조각들이 순간적으로 스쳐 간다.

하지만 그것들은 이내 처음부터 아무것도 없었던 것처럼 사라져버렸다. 깊이 박힌 가시와도 같은 이물감을 오스카는 고개를 흔들어 떨쳐버렸다.

"왜 그러세요?"

"아니…. 아무것도 아니야."

"피곤한가 봐요. 잠을 통 못 잔 얼굴이에요."

티나샤는 걱정스러운 표정으로 손을 뻗어 그의 볼을 어루만졌다. 서늘한 감촉이 기분 좋았다. 어깨의 힘이 빠지는 기분이다. 오스카는 작은 손을 붙잡고 웃었다.

"그래도 세 시간은 잤어."

"그건 잔 게 아니죠."

그녀는 어처구니없다는 표정을 짓더니 두 손으로 오스카의 팔을 붙잡고 일으켜 세웠다. 그리고 낑낑거리며 그를 침실 쪽으로 끌고 가기 시작한다. 그녀의 가냘픈 팔과 가벼운 체중에 장신의 오스카가 움직일 리 없지만, 마력이 작용한 건지 그는 쉽사리 끌려가 침대에 앉게 되었다.

"티나샤, 난 아직 정리할 서류가 남았어."

오스카가 곤혹스럽다는 얼굴로 올려다보자 그녀는 의미심장하게 웃었다.

"조금 자는 편이 의외로 더 빨리 끝날걸요."

"아니…."

"자, 금방 졸릴 거예요."

티나샤의 하얀 손가락이 이마를 건드린다.

뭔가 했구나, 생각하면서도 오스카는 이내 깊은 잠에 빠져들었다.

※

"어린이들의 실종과 혈통 단절의 저주라…. 대체 무슨 일이 있었던 걸까."

강제로 잠재운 계약자를 침대에 굴려놓고 티나샤는 다시 생각에 잠겼다.

15년 전이면 그녀에게는 최근의 이야기다.

하지만 탑에 틀어박혀 지낸 탓에 그런 사건이 있었다는 것도 모르고 있었다. 다시 말해 파르사스 왕가는 이 두 가지 요인이 겹치는 바람에 대가 끊길 위기에 처하고 만 것이다.

애당초 다른 왕가 같으면 피가 별로 섞이지 않은 먼 친척 중에서라도 새 국왕 후보로 아이를 데려올 수도 있다.

하지만 파르사스만은 그것이 불가능하다. 국가의 상징인 왕검이 핏줄에 의해 계승되기 때문이다.

"상당히 골치 아픈 상황인걸…."

대체 '침묵의 마녀'는 무슨 생각으로 저주를 걸었을까. 궁금하지만 찾아간다고 순순히 가르쳐줄 상대도 아니다. 정말로 꼭 알고 싶다면 자신이나 그녀, 둘 중 하나의 목숨을 걸 각오가 필요하며, 그렇게까지 하는 것은 계약 범위 밖의 일이다.

그래서 과거는 건드리지 않고 지금 있는 문제만을 정리한다. 그것을 가능하게 할 만큼의 힘이 자신에게는 있다고 티나샤는 생각했다.

그녀는 계약자가 안고 있는 서류 뭉치를 팔에서 빼내 대충 훑어보았다. 군데군데 오스카가 적어둔 것으로 보이는 수정 사항을 발견하고 그녀는 미소를 지었다.

"일도 꽤 잘하는 모양이네. 역시 노력가다워."

긴 세월을 살아오는 동안 많은 위정자들을 봐왔지만, 오스카는 그들과 비교해도 명군의 자질이 뛰어난 인재라고 할 수 있다. 그러나 저주에 걸린 이상, 그의 미래는 수호자인 티나샤 자신에게 달려 있다. 티나샤는 마법으로 잠재운 것을 기회 삼아 그의 머리를 쓰다듬으며 서류를 읽어 내려갔다.

그렇게 한바탕 정리를 마친 후, 마녀는 소리도 없이 방에서 자취를 감추었다.

오스카가 눈을 떴을 때, 마녀는 이미 방에 없었다.

시계를 보니 겨우 한 시간 정도밖에 지나지 않았다. 하지만 푹 잔 덕분인지 신기할 정도로 몸과 마음이 가뿐했다. 오스카는 침대 위에서 몸을 일으켜 가볍게 고개를 흔들었다.

문득 옆 테이블을 보니 아까 들고 있던 서류 뭉치가 그대로 놓여 있었다.

집어 들고 확인해 보니 맨 위에 새 종이가 첨부되어 있고, 여자의 필체로 신경 써서 살펴봐야 할 부분과 기타 요점이 일목요연하게 정리되어 있었다.

"역시 종잡을 수 없는 녀석이야."

그녀는 은둔자처럼 사는 것치고는 집무 능력도 있는 모양이다.

오스카는 정리된 내용을 대충 훑어보고 나서 쓴웃음을 짓고는 서류 뭉치를 들고 방을 나섰다.

※

성안 사람들이 모두 준비에 쫓기는 사이, 축제 당일은 눈 깜짝할 사이에 다가왔다.

성도에는 아침부터 구름 같은 인파가 넘치고, 예인들이 연주하는 음악 소리가 여기저기서 흥겹게 울려 퍼졌다.

석조 건물이 즐비하게 늘어선 화려한 거리. 간판의 색유리가 빛을 반사해 무지갯빛으로 반짝이고, 역사 깊은 거리를 오가는 사람들 중에는 이국 사람도 많아 평소에도 번화한 파르사스의 성도는 한층 북적거렸다.

파르사스력으로 526년, 제187회 아이테아 축제다.

“즐거워.”

티나샤는 도자기로 만든 작은 고양이 모양의 장식품을 들고 살펴보았다.

축제날이라 아침부터 혼자 거리를 구경하고 다녔는데, 노점상과 떠돌이 광대는 아무리 봐도 재미있기만 하다. 이렇게 많은 인파 속에 나온 게 몇십 년 만일까. 티나샤는 덤으로 얻은 고양이 장식품을 허리춤에 찬 작은 가방에 넣었다.

이대로 계속 축제를 즐기고 싶지만, 궁에 소속된 마법사인 이상, 일도 해야만 한다. 티나샤는 해가 기우는 것을 보고 당번을 맡은 성의 해자로 향했다.

희고 웅장한 성을 빙 둘러 에워싼 성벽과 해자. 평소와 달리 해자 앞길에는 노점상이 즐비하고 오가는 사람도 많다. 그 인파를 헤치고 그녀는 해자 옆에 서서 하얀 손을 들어 올렸다.

“켜져라.”

단 한 마디 주문. 희고 둥근 빛이 티나샤의 손에서 생겨나 물속으로 떨어졌다.

빛은 캄캄한 물속에서 다섯 개로 갈라져 일정한 간격을 두고 해자 안에 퍼졌다. 수면 위로 푸르스름하게 반짝이는 빛을 보고 지나가던 사람들이 환성을 질렀다.

마침 다른 담당 구역의 마법사도 거의 동시에 불을 켠 모양인지, 성벽이 어스름한 땅거미 속에 푸르스름한 빛을 발했다. 이웃 구역으로 시선을 향하자, 마법사 로브를 입은 사람이 티나샤를 향해 손을 흔들며 걸어왔다.

"어때, 잘되고 있나? 넌 신입 마법사지? 조명은 멋지게 잘된 것 같군."

"덕분에요. 감사합니다. 으음…."

"난 테미스라고 해. 잘 부탁한다."

남자는 오른손을 내밀었다. 팔 전체에 마법 문양이 검은색으로 새겨져 있었다. 드문 종류의 문양을 보고 티나샤는 내심 놀랐지만 겉으로는 미소를 지으며 남자의 손을 잡았다.

"티나샤예요. 잘 부탁합니다."

"난 당분간 이 근처에 있을 거니까 무슨 일 있으면 얘기해."

"네."

테미스는 친근한 미소를 지으며 사라져갔다. 이제 조명을 켜는 일은 끝났지만 당번은 늦은 밤까지 계속된다. 그동안 뭘 하면 좋을까. 그런 생각을 하면서 티나샤가 오가는 사람들을 둘러보았을 때, 바로 뒤에서 낯선 남자의 목소리가 속삭였다.

"…자리를 뜨지 않는 게 좋을 거야. 골치 아픈 일에 휘말릴 수도 있어."

"네?"

티나샤는 반사적으로 뒤돌아봤지만 눈에 들어오는 것은 축제의 북적이는 인파뿐이다. 누가 한 말인지, 그 이전에 자신에게 한 말인지조차 알 수 없다. 그런 가운데 그녀는 인파에 묻혀 멀어져가는 여행자 차림의 청년을 발견했다. 은발 소녀를 데리고 있는 그는 곧 인파 속으로 사라져 보이지 않게 되었다.

"…마법사?"

짧은 순간이었지만, 스쳐 지나간 청년은 자기 자신에게 마력 은폐술을 쓴 것 같았다. 티나샤는 봉식구를 찬 손가락을 턱으로 가져갔다. 쫓아가서 물어볼까? 잠시 망설이다 그녀는 고개를 가로저었다.

"여기는 파르사스니까."

대륙에서 제일가는 국가의 축제날이 아닌가. 평범하지 않은 사람이 있다 한들 이상한 일은 아니다. 평범하지 않기로는 둘째가라면 서러운 마녀는 그렇게 생각을 고쳐먹고, 달콤한 냄새를 풍기는 노점상을 구경하기 위해 그 자리를 떠났다.

국내외에서 인파가 몰려드는 축제에서 가장 중요한 것은 당일의 경비다.

요인과 요소 경호는 물론이고, 혼잡한 거리를 순찰하는 사람은 특히 순간적인 판단력과 주의력이 요구된다. 따라서 오스카는 거기에 '실전에 강한 사람'을 배치했다.

흥겨운 분위기 속에서 허리에 검을 찬 남자가 투덜거렸다.

"아, 축제는 역시 좋아. 나도 술 마시고 싶다."

"근무 중이야."

북새통 속을 터덜터덜 걸어가는 키 큰 남자와 옆에서 나란히 걷는 꼿꼿한 자세의 여자는 완전히 대조적인 분위기를 풍겼다. 하지만 그들은 똑같이 군더더기 없는 동작으로 사람들을 피해 인파 속을 미끄러지듯 나아갔다.

남자의 허리와 여자의 가슴팍에 달린 문장은 두 사람이 성 소속임을 나타내는 동시에 병사장보다 높은 지위임을 보여주고 있다. 빨간 머리에 아직 앳된 티가 가시지 않은 친근한 인상의 남자, 젊은 나이에 장군

직에 오른 알스는 옆에서 걷고 있는 소꿉친구에게 물었다.

"그건 그렇고 전하는 어디 계시지?"

"성안에. 집무 중이셔."

정면에 시선을 고정한 채 대답한 사람은 여성의 몸으로 소대 지휘권을 가진 무관 멜레디나다. 얼굴만 보면 새침한 미녀지만 어깨 위로 가지런히 자른 금발이 무인임을 보여주고 있다.

"올해에는 국외에서 오는 공식 방문객이 없어서 요인 경호는 거의 없어. 순찰만 똑바로 돌면 돼. …알아들어?"

그 말에 돼지고기 소금구이를 흘끔거리던 알스는 어깨를 으쓱했다. 멜레디나와는 한동네에서 함께 자란 사이였지만 성격 차이 때문인지 아직도 여전히 폭풍 잔소리를 듣고 있다.

애당초 성안 사람들 중에선 알스보다 오스카 쪽이 훨씬 더 문제 행동이 많다. 단독 행동을 좋아하는 왕태자는 성에서 몰래 빠져나가기 선수인 것이다. 성안에 있다고 해도 정말로 있는지는 알 수 없는 노릇이다.

"그런데 전하 옆에는 누가 있어?"

"경비는 필요 없다고 하셨어. 우릴 좀 믿어주시면 좋으련만…."

"전하에게는 경비보다는 감시가 필요할 것 같은데…. 솔직히 경비는 필요 없잖아. 전하가 더 세니까."

알스는 어깨를 으쓱하더니 갑자기 생각난 듯이 손뼉을 탁 쳤다.

"아하! 네가 전하의 경비를 맡고 싶었구나?"

"그런 거 아니거든."

새침한 표정을 짓는 그녀의 옆모습은 소녀 때와 달라진 게 없다. 알스는 이 소꿉친구가 주군인 왕태자에게 동경 비슷한 감정을 품고 있다는 것을 알고 있었다.

환한 밤하늘에 별이 하나둘 나타나기 시작한다. 큰길을 따라 걸어온 두 사람은 성의 해자 쪽으로 접어들었다.

거리의 소음을 찢는 비명이 들려온 것은 바로 그때였다.

여자의 날카로운 비명에 두 사람은 뛰기 시작했다. 비명을 지른 주인공은 해자 가장자리를 두 손으로 짚고서 물속을 들여다보고 있었다.

"아이가… 아이가!"

"빠졌나?"

여자는 하얗게 질린 얼굴로 알스를 보더니 넋이 나간 사람처럼 고개를 끄덕였다.

"알스!"

멜레디나가 그의 겉옷 옷깃을 잡았다. 그 손을 믿고 그는 겉옷을 벗어 던졌다. 장검을 검대째 풀어 던져버리고 번개같이 해자 안으로 뛰어든다.

축제용 조명이 있다고는 해도 물속은 어두컴컴했다. 알스는 의식을 집중하면서 바닥 쪽으로 헤엄쳐 내려갔다.

해자의 수심은 어른 키의 약 네 배 정도다. 유속은 없지만 그만큼 시야가 좋지 않다. 진흙에 빛이 비쳐 일렁거릴 뿐인 시야를 살피면서 알스는 초조함을 느꼈다. 숨을 쉬기 위해 일단 한 번 올라가려고 생각했을 때.

약하게 빛나던 광구가 갑자기 눈부시게 밝아졌다.

빛이 닿는 범위가 순식간에 확대되어 어둠을 잠식하며 마치 대낮처럼 물속을 비췄다.

갑작스러운 상황에 어리둥절한 알스가 주위를 둘러보자, 조금 떨어진 곳에 두 살 정도 되어 보이는 남자아이가 떠 있었다. 그는 의식이 없는 아이의 몸을 안은 후 물을 박차고 위로 올라갔다. 수면 위로 고개를 내밀고 숨을 토하자 주위에서 우와 환성이 일었다.

"멜레디나, 부탁해."

알스가 아이의 몸을 밀어 올리자 멜레디나가 아이를 받아 응급조치를 하기 시작했다. 그녀는 하얗게 질린 아이 엄마를 향해 말했다.

"걱정 마세요. 맥박도 있고 물은 거의 안 먹은 것 같아요."

"고, 고맙습니다!"

아이 엄마는 흐느끼며 두 사람에게 인사하고 아이의 몸을 꼭 끌어안았다. 그대로 모자는 급하게 달려온 의사와 함께 부랴부랴 진료소로 향했다.

알스는 그들의 뒷모습을 지켜보면서 흠뻑 젖은 옷자락을 쥐어짰다.

"이야… 술을 안 마셔서 다행이야…."

"당연하지."

"시야가 너무 안 좋아서 난감했었어. 아, 그러고 보니까… 이 구역의 빛을 만든 마법사가 누구지?"

"…나예요. 부주의해서 미안해요."

목청 큰 알스의 말을 듣고 군중 속에서 누군가가 하얀 손을 들었다. 이어서 앞으로 걸어 나온 티나샤를 보고 알스는 순간 마음을 빼앗겼다. 그는 물에 젖은 머리카락을 손으로 쓸어 올렸다.

"…아니, 그게 아니라… 빛을 강하게 해줘서 고맙다는 얘기였어."

티나샤는 잠자코 고개를 숙였다. 그녀의 머리 너머로 알스가 시선을 던지자, 건너편에서 소동을 알아차렸는지 옆 구역을 담당하고 있던 로브 차림의 마법사가 문양이 새겨진 손을 번쩍 들어 알스의 시선에 답했다.

모여든 사람들이 제각기 흩어지자 멜레디나가 챙겨놓은 검대를 주인에게 내밀었다.

"일단 옷부터 갈아입어."

"어… 알았어."

두 사람은 훈련장 쪽으로 나란히 걷기 시작했다. 해자에서 멀리 떨어진 곳까지 와서야 알스는 간신히 입을 열었다.

"깜짝이야! 그 미소녀는 누구야? 전부터 성에 있었나…?"

"마녀의 탑에 있던 마법사래. 전하께서 데려오셨어."

멜레디나는 불길한 말이라도 입에 담는 것처럼 소리 죽여 대답했다.

"아, 아하! 얘기는 나도 들었어. 어쩐지, 그래서였구나…."

"뭐가 그래서야?"

알스는 고개를 흔들어 머리카락에 맺힌 물방울을 털었다. 그 바람에 옆에 있는 멜레디나에게 물방울이 튀자 그녀는 질색하며 얼굴을 찡그렸다.

"아니, 전하는 여자에게 별로 집착하는 분이 아니시라 그 얘기를 들었을 때에는 좀 의외라고 생각했거든…. 하지만 그 정도면 무리도 아니네."

"뭐가 무리도 아닌데?"

"질투는 보기 추해, 멜레디나."

멜레디나는 뒤에서 있는 힘껏 알스의 등짝을 갈겼다.

※

축제가 이어지는 밤, 티나샤는 성 상공을 떠다니면서 발아래 거리를 내려다보고 있었다.

색색의 불빛으로 가득한 거리는 마치 칠흑의 천을 댄 보석 상자 같았다. 티나샤는 검은 드레스 자락을 바람에 나부끼며 손에 든 종이 새에 숨결을 불어넣었다. 노점에서 파는 장식품 새는 하얀 날개를 파르르 떨었다.

"티나샤!"

밑에서 그녀를 부르는 목소리는 계약자의 것이다. 마녀는 회랑에 선 그를 향해 천천히 강하했다.

"당신은 눈도 좋네요."

"네 주위는 희미하게 빛이 나."

"네? 그게 무슨 말이에요?"

마법으로 위장하지는 않았지만, 밑에서 잘 보이지 않도록 일부러 검은 옷으로 갈아입은 티나샤였다. 의아하다는 듯이 자신의 몸을 살피는 그녀를 보고 오스카는 미소를 지었다.

"많이 기대했으면서 축제 보러 안 가?"

"벌써 보고 왔어요. 조명도 정상적으로 유지 중이고요. 내친김에 해자에 사람이 떨어지지 않도록 공기로 벽을 만들어놨어요."

"그게 무슨 소리야?"

해자에서 있었던 사건은 아직 오스카한테까지는 보고가 올라가지 않은 모양이었다. 그는 별로 신경 쓰는 기색 없이 마녀를 손짓해 불렀다.

"나도 일이 대충 마무리됐으니까 같이 구경이나 갈까? 내가 거리를 안내해줄게."

"설마 성을 빠져나가자는 얘기는 아니겠죠. 안 돼요. 대체 무엇 때문에 사전 경비 계획을 세운 거냐고요."

"매년 빠져나가니까 괜찮아."

"우와아…."

이런 성격이라 마녀의 탑에도 덜렁 둘이 와버린 걸지도 모른다.

티나샤는 소리 없이 오스카 옆에 내려서더니 다시 종이 새에 숨결을 불어넣었다. 파르사스에서는 신기할 것도 없는 흔한 장난감을 가지고 노는 마녀를 오스카는 재미있다는 듯이 쳐다보았다.
“그게 뭐야?”
“아이들이 모두 가지고 다니기에 궁금해서요. 꽤 즐거워요.”
티나샤는 그렇게 말하고 종이 새에 입을 맞추었다. 그러자 하얀 새는 마치 생명을 얻은 것처럼 크게 날갯짓을 하더니 밤하늘로 날아가 버렸다. 멀어져가는 그 모습을 눈으로 따라가던 마녀는 그 아래 펼쳐진 경치를 바라보며 만족스러운 표정을 지었다.
“거리가 정말 아름다워요. 모든 불빛 아래 사람들이 있다는 게 꼭 거짓말 같아요.”
잔잔하게 미소 짓는 그녀의 머리를 오스카는 천천히 쓰다듬었다.
“탑에서 내려온 보람이 있었어?”
“네.”
“그렇다면 다행이군.”
그의 어조는 마치 자신이 그녀를 책임지고 있다고 생각하는 듯하다. 티나샤는 킥킥 웃으면서 다시 허공으로 둥실 떠오르려고 했다.
하지만 오스카가 갑자기 그녀의 손을 잡고 끌어당겼다.
“앗, 왜 이래요…!”
불평하려다 말고 티나샤는 그의 어깨 너머로 저쪽에서 라자르가 달려오는 것을 발견했다.
“전하! 큰일 났습니다!”
라자르의 당황한 모습을 본 두 사람은 의아하다는 얼굴로 마주 보았다. 헐레벌떡 달려온 청년은 티나샤를 보고 놀란 목소리로 말했다.
“티나샤 님, 여기 계셨군요! 지금 모두가 당신을 찾고 있습니다!”
“네?”
멋쩍은 표정이 된 티나샤의 머리를 오스카가 토닥거렸다.

"일은 안 하고 놀고 있으니까 그렇지. 잔소리 듣게 생겼네."

"그게 문제가 아닙니다! 사람이 죽었습니다!"

"뭐라고?"

라자르의 말에 이번에는 두 사람의 입에서 동시에 경악의 외침이 터져 나왔다.

※

라자르가 두 사람을 안내한 곳은 평소에 사람이 거의 다니지 않는 성 근처 뒷골목이었다.

어둠이 내린 막다른 골목길에 병사와 마법사들이 모여 있는 것을 보고 오스카는 입을 열었다.

"사체를 봐도 되겠나?"

"전하…, 이쪽입니다."

무리 속에서 궁정 마법사장 쿰이 나타났다. 그는 오스카를 손짓해 부르더니 땅바닥에 덮인 검은 천을 들어 올렸다. 거기에 있는 것은 인간의 형태가 아니라 시커멓게 그을린 고깃덩어리였다.

"욱…!"

라자르를 비롯해 시신을 본 사람들이 입을 틀어막고 뒷걸음질을 치는 가운데 오스카는 담담하게, 그리고 티나샤는 심각한 표정으로 과거에 인간이었던 살덩어리를 관찰했다. 오스카가 주위를 향해 물었다.

"누구인지 알아냈나?"

"마법사 테미스입니다. 타다 만 장신구가 남아 있었습니다."

"아!"

티나샤의 목소리에 일동의 눈길이 쏠렸다. 오스카는 복잡한 표정을 짓고 있는 그녀를 내려다보았다.

"아는 자야?"

"오늘 내 옆 구역을 담당했던 사람이에요. 인사도 나눴어요."

"맞소. 그래서 당신을 찾고 있었소, 티나샤 양. 테미스의 광구가 꺼지고 시체가 발견되기까지 30분 동안, 당신의 광구는 켜져 있었음에도 술자인 당신은 해자 앞에 모습을 나타내지 않았소. …대체 어디 있었던 거요?"

쿰의 목소리가 어느덧 축제도 끝나가는 거리에 쩌렁쩌렁하게 울려 퍼졌다.

테미스의 광구가 꺼진 것은 어린아이가 해자에서 구출되고 나서 잠시 후였다.

마침 그때 그의 연인이 해자에 왔다가 그가 없는 것을 알아차렸으나, 그때에는 아직 당번 종료 시간이 아니었기 때문에 근처에 있을 거라고 생각했다고 한다. 하지만 이후로 그의 모습은 보이지 않았고, 30분 뒤 해자에서 조금 떨어진 뒷골목에서 시체가 발견되었다.

"내가 상당히 수상한 입장이네요."

"가장 유력한 용의자 아냐?"

그렇게 의견이 일치하면서도 어쩐지 태평한 오스카와 티나샤는 작은 목소리로 속닥거리면서, 다른 장군과 마법사들의 뒤를 따라 알현실로 향했다.

"뭐, 여차하면 정체를 밝히면 되지 않을까?"

"그건 그것대로 범인보다 더 혹독한 꼴을 당할 것 같은데요…."

"괜찮아. 내가 지켜줄게."

티나샤의 정체가 마녀라 해도, 오스카 자신이 요청해 그녀를 데려온 것이다. 억울하게 누명을 씌울 생각은 추호도 없을뿐더러, 그동안 지켜본 바에 의하면 그녀는 누구에게 해를 가할 만한 성격이 아니다. 종이새 하나에 기뻐하는 평범한 소녀와 다름없다. 적어도 오스카의 눈에는 그렇게 보였다.

그는 안심시키듯이 몸집이 작은 마녀의 머리를 토닥거렸다. 어린아이에게 하는 듯한 그런 행동에 티나샤는 뭔가 할 말이 있는 것처럼 눈길을 향했지만, 결국 아무 말도 하지 않았다.

긴 복도가 끝나고 일행은 알현실에 도착했다. 장군과 마법사들은 고개를 숙이고 안으로 들어가 왕좌 앞에 좌우로 늘어섰다. 티나샤는 그 한가운데에, 오스카는 왕좌 바로 옆에 섰다.

알현실에 들어온 왕은 쉰을 갓 넘긴 비교적 젊은 나이였다. 오스카와 닮은 얼굴이지만 그 분위기는 온화하고 부드러워, 자애로운 눈빛에서 티나샤의 과거 계약자의 면모가 엿보였다.

"네가 아들이 데려온 마법사냐."

왕은 티나샤를 물끄러미 주시했다. 그녀는 그 시선을 담담하게 받아냈다.

"전에 어디서 만난 적이 있던가?"

그 질문에 오스카와 티나샤는 내심 뜨끔했지만 둘 다 겉으로는 드러내지 않았다. '푸른 달의 마녀'는 70년 전에 파르사스를 떠난 이후로 이 나라에 모습을 드러낸 적이 없다. 그러나 어쩌면 왕에게는, 과거의 왕을 계약자로 삼아 전선에 섰던 마녀에 대해 전해지는 무언가가 있을지도 모른다.

하지만 지금은 거기에 신경 쓸 때가 아니다. 티나샤는 화사하게 미소 지었다.

"아니요, 처음 뵙겠습니다. 티나샤라고 합니다."

그녀는 한쪽 다리를 뒤로 빼고 무릎을 깊이 구부려 인사를 올렸다. 그 아름다운 자태에 그 자리에 모인 모두가 자연스럽게 눈길을 빼앗겼다. 왕은 그래도 뭔가 석연치 않은 게 있는지 고개를 갸웃했으나, 좌우에 늘어선 이들을 차례로 둘러본 후 마지막으로 다시 티나샤를 향해 입을 열었다.

"마법사가 한 명 살해당했다고 들었는데, 네가 거기에 관여되어 있느냐?"

"아니요, 저는 전혀 모르는 일입니다."

그녀는 흔들림 없이 즉답했다. 누구의 것인지 알 수 없는 한숨 소리가 알현실을 채우고 작은 술렁임이 일었다.

왕은 옆에 선 오스카를 올려다보았다.

"너에게 맡기마. 적임자를 택해 사건을 해결하거라."

"알겠습니다."

왕은 자리에서 일어나 안쪽 문으로 나가버렸다. 그 뒷모습을 일동은 고개를 조아린 채 배웅했다.

오스카와 문관들은 축제와 관련된 자잘한 일처리를 위해 나가고, 별실에는 알스를 비롯해 사건 조사를 맡은 이들이 모였다. 테이블을 둘러싸고 앉은 그들은 시체의 상태와 시간별 상황을 확인하기 시작했다.

그 속에서 티나샤는 겁을 집어먹은 기색도, 억울해하는 기색도 없이 담담하게 자신을 추궁하는 말을 듣고 있었다.

"담당 구역에 없었다는 사실이 무엇보다 수상합니다."

"대체 어디서 뭘 하고 있었기에."

"애당초 궁정에서 일할 만한 실력은 되나? 설마 해자 속의 빛도 램프는 아니겠지?"

"그, 그건 마법의 빛입니다. 제가 똑똑히 봤습니다."

그렇게 말하고 손을 든 사람은 알스였다.

"도중에 갑자기 밝아지기도 했고, 가까이서 봐도 틀림없는 마법의 광구였습니다."

처음으로 나온, 그녀를 옹호하는 발언에 일동은 순간적으로 말문이 막혀 버렸다. 그 어색한 침묵을 깨고 멜레디나가 입을 열었다.

"그 아기가 해자에 빠졌을 때에는 테미스는 아직 거기 있었지?"

"응, 분명히 본 기억이 나. 로브를 입고 있어서 얼굴은 보이지 않았지만, 테미스가 손을 들어 나에게 인사할 때 팔에 검은 마법 문양이 있는 걸 똑똑히 봤어."

"하, 하지만… 그녀가 정말로 마법으로 빛을 유지했다면, 왜 가까운 곳에 있지 않았는지 그 점이 문제 아닙니까? 다른 마법사를 대신 세워 놨을지도 모릅니다."

일련의 추측을 마치 남의 일처럼 듣고 있던 티나샤는 문득 축제의 북새통 속에서 있었던 일을 떠올렸다.

『자리를 뜨지 않는 게 좋을 거야. 골치 아픈 일에 휘말릴 수도 있어.』

그 충고가 그녀를 위한 것이었다면, 그 청년의 말처럼 되고 말았다. 어쩌면 그 마법사는 테미스가 죽는다는 걸 알고 있었던 걸까.

생각에 잠긴 그녀에게 의심에 찬 시선이 쏟아졌다. 하지만 그때 마법사장 쿰이 입을 열었다.

"결론을 너무 서두르는 것 같군. 그녀는 탑 출신의 마법사이니 우리가 모르는 기술을 가지고 있어도 이상한 일은 아니오."

곧 노령에 접어드는 그는 짧게 민 거무스름한 머리를 쓰다듬으면서 티나샤를 보았다.

"애당초 도중에 광량을 늘리는 것도 쉽게 할 수 있는 일은 아니오. 원래 오랫동안 유지되는 것을 염두에 두고 만든 광구라, 불의의 사태에 대응해 빛을 조절할 수 있는 자는 우리 중에도 그리 많지는 않을 거요. 그러니 멀리 떨어진 곳에서 광구를 유지하는 것쯤은 놀라운 일도 아니지."

그의 유연한 대응에 티나샤는 조금 감탄했다. 과연 수십 년에 걸쳐 파르사스 최고의 마법사로 꼽히는 인물답다. 그 강인함과 뛰어난 판단력에 대한 평판은 사역마를 통해 때때로 탑까지 전해지기도 했다.

동시에 티나샤는 손에 쥔 패를 어디까지 내보일 것인지 생각하기 시작했다.

그때 입구가 열리고 오스카가 들어왔다.

"어떻게 됐나?"

"지금 그녀에게 자세한 상황을 물어보려고…."

"어디서 뭘 하고 있었습니까!"

쿰의 말과 동시에 아까 제지당한 마법사가 티나샤를 다그쳤다.

하지만, 그 마법사를 검은색 눈동자가 응시한다. 정체 모를 힘을 품은 눈동자에 남자가 흠칫 굳어 버렸다.

오스카가 대수롭지 않은 어조로 대답했다.

"나와 함께 있었다. 라자르도 봤어."

그 말에 방 안이 크게 술렁거렸다.

쿰은 놀란 표정이었고, 멜레디나는 순간적으로 얼굴이 싹 굳어졌다. 알스는 그 광경을 보고 어깨를 으쓱했다.

그러나 파문을 만든 장본인은 아랑곳하지 않고 그들을 둘러보았다.

"틀린 답에 집착해 시간을 낭비하지 마라. 범인은 이자가 아니야. 그건 내가 보증한다. …티나샤!"

"아, 네."

티나샤는 쓴웃음을 지으며 일어섰다. 그리고 손을 벌려 자신의 두 손바닥을 주위 사람들에게 보여주었다.

"쿰 님이 말씀하신 대로 저는 약간 특이한 종류의 마법을 사용합니다. 광구 같은 정령계 마법에는 비교적 자신 있는 편이라… 이 정도는 충분히 할 수 있습니다."

그녀의 손안에 광구가 생겨났다. 그것은 일단 천장까지 떠오르더니 미끄러지듯이 창문을 향해 날아가 열린 틈으로 빠져나가 밤하늘 저편으로 날아가 버렸다. 보이지 않을 만큼 멀리, 한 점이 될 때까지 빛을 잃지 않는 광구를 보고 사람들은 저마다 길이가 다른 한숨을 내쉬었다.

"담당 구역을 이탈한 것은 제가 경솔했습니다. 이런 일이 생겨 오해를 사도 어쩔 수 없다고 생각합니다. 정말로 죄송합니다."

깊이 고개를 숙인 그녀를 일동이 멋쩍다는 표정으로 바라보았다.

오스카는 그 분위기에 안도하고, 혼자 태평한 얼굴을 하고 있는 알스를 지명해 명령했다.

"알스, 네가 조사해라. 멜레디나도 돕도록 하고."

그 명령에 두 사람은 서로 마주 보고 나서 정중하게 고개를 숙였다.

※

조사를 명령받은 알스와 멜레디나는 날짜가 막 바뀐 한밤중에 현장을 다시 보기 위해 사람들의 왕래가 줄어든 성 아래 거리를 걷고 있었다. 멜레디나가 어둠 속에 솟은 성을 돌아보았다.

"그 여자가 정말로 범인이 아닌 거 맞아? 그 자리를 떠나도 광구가 계속 켜져 있을 수 있다면 더 수상한 거 아냐?"

"멜레디나, 전하가 그녀를 감싸고 계신다고 생각해?"

개인적인 감정을 제외해도 그렇게 의심하는 것은 타당하다. 하지만 알스는 고개를 가로저었다.

"당연한 가능성이지만, 나는 그렇게 생각 안 해. 라자르도 그렇게 말했으니까 그녀가 전하와 함께 있었던 건 사실일 거야. 그리고 조금… 어딘가 묘해."

"묘하다고?"

"이건 내 직감인데 말이야, 그녀는 실은 더 무서운 사람이 아닐까?"

멜레디나는 생뚱맞은 그 말을 웃어넘기려다가 알스의 진지한 표정을 보고 그의 얼굴을 들여다보았다.

"그게 무슨 소리야? 진심이야?"

"진심이야. 아까 그녀를 다그치려던 마법사가 갑자기 말도 못 하고 굳어버리는 거 봤지?"

"뭐? 그런 일이 있었던가?"

의아하다는 표정을 짓는 소꿉친구는 그때 티나샤를 보고 있지 않았던 모양이다. 그렇다면 다른 자들도 아마 눈치채지 못했을 것이다. 피부에 꽂히는 듯한 압력. 그 검은 눈동자가 밤의 어둠처럼 보인 그 감각은 의심의 여지가 없이 진짜다. 그녀가 정말로 사람을 죽이고 싶다고 생각한다면 아마 장소나 다른 사람 따윈 상관없으리라. 아예 흔적도 없이, 혹은 여봐란 듯이 대놓고 행할 것이다. 그것이 가능한 인간이다.

"전하는 그걸 아실까…."

생각에 잠겨 있던 알스는 큰길 앞쪽에 서 있는 마법사를 발견하고 고개를 들었다. 몸집이 작은 마법사는 두 사람을 향해 고개를 숙였다.

"기다리고 있었습니다."

그는 시체를 검안한 마법사로 자신을 카브라고 소개했다. 쿰과 함께 조금 전까지 검시를 행한 그는 두 사람과 나란히 걸으며 그 결과를 설명해주었다.

"사인은 독살 같습니다. 타다 남은 토사물이 골목길에 조금 남아 있었는데, 거기서 독이 검출되었습니다. 오래된 마법 약의 일종으로, 리마스라고 하는 약입니다. 맛과 냄새가 없는 액체로 복용하면 구토가 나고 온몸이 충혈되며 코피가 나기도 합니다. 그리고 몇 분 안으로 죽게 되지요."

"구하기 쉬운 독인가요?"

"지식이 있으면 만들 수 있습니다. 찾아보면 파는 곳이 있을지도 모르지만, 파르사스에서는 찾기 힘들 겁니다."

"그럼 예를 들어, 우리 궁정 마법사들은 다 만들 수 있나?"

"기술적으로 따지면, 절반 정도는 만들 수 있을 겁니다. 다만, 저는 마법 약이 전문이지만 제가 누군가를 죽이기로 마음먹었다면 리마스를 만들진 않을 겁니다. 오래된 마법 약이라 절차나 재료도 복잡하고, 제작에 쓰는 마법 구성 자체도 정령마법의 영향이 강해서…. 지금은 더 쉽게 만들 수 있는 독약이 있습니다."

"그렇군."

알스는 찌푸린 미간을 손가락으로 문지르면서 카브에게 확인했다.

"그래서 피해자의 몸을 토막 내 불태운 것에 대해서는?"

"시체를 토막 낸 것은 죽고 나서 잠시 후입니다. 출혈이 별로 없었던 건 그 때문이지요. 머리와 팔다리는 절단되고 몸통은 두 동강 났습니다. 모두 도끼 같은 것을 휘둘러 절단한 것으로 보입니다. 한 번에 절단한 부분과 여러 번 휘둘러 절단한 부분이 있고요, 그 후에 기름을 뿌려 시신을 불태운 것 같습니다."

"처참하군."

현장인 뒷골목에는 경비병 외에 다른 사람의 모습은 없었지만, 주위에서 바람을 타고 사람들의 웃음소리와 음악 소리가 들려왔다. 그러나 살해 현장은 큰길에서는 보이지 않는데다 막다른 곳이다. 양쪽의 건물에는 창도 없고, 축제 분위기와는 완전히 동떨어진 것처럼 보였다. 시커멓게 그을린 땅바닥을 보자 정적 속에 죽음의 냄새가 감돌고 있었다.

"시체를 발견한 사람은 누구지?"

"우리 마법사입니다. 테미스를 찾다가 발견했습니다. 테미스의 연인도 같이 발견해 거의 반실성 상태가 됐다고 합니다. 지금은 일단 성에서 쉬게 하고 있습니다."

"그걸 봤으니 무리도 아니지…."

멜레디나는 한기가 도는지 자신의 몸을 두 팔로 꼭 끌어안았다. 문득 고개를 든 그녀는 소꿉친구가 어느새 옆에서 사라진 것을 깨달았다. 알스는 현장에서 조금 벗어나 큰길 쪽을 살피고 있었다.

"알스? 뭘 봐?"

"아니, 그냥…. 해자 안도 좀 봤으면 싶지만 밤이라 깜깜하니까 내일 해야겠군. 내일 해자를 살펴보고 이야기를 듣고 나서 전하께 보고하러 가자."

"뭐라고?! 범인을 알아냈어?"

"아니, 전혀."

실망하는 두 사람을 못 본 체하고 알스는 별이 반짝이는 밤하늘을 올려다보았다.

"예를 들어, 시체를 토막 내거나 태우는 이유는 뭐라고 생각해?"

"뭔가의 의식?"

"원한 때문이 아닐까요?"

거의 동시에 다른 대답을 내놓은 멜레디나와 카브에게 알스는 고개를 가로저었다.

“내 생각엔 ‘바꿔치기’나 ‘처리의 용이함’ 때문이야. …아무튼 오늘은 그만 돌아가자. 술이나 한잔하고 자야겠다.”

알스는 목덜미를 문지르면서 성큼성큼 걷기 시작했다.

멜레디나는 허둥지둥 그 뒤를 따랐다. 옆에서 나란히 걷는 카브에게 그녀는 물었다.

“그러고 보니까 살해당한 사람은 어떤 사람이었나요?”

“테미스 말씀입니까? 굳이 말하자면… 요령이 좋은 사람이었습니다. 뭐든지 쉽게 해내고, 여자들에게도 인기가 많았지요. 붙임성도 좋고 사교적이라 특별히 미움을 사지는 않았습니다.”

“그렇다면 동기를 파고들기는 어렵겠군.”

앞서 걸어가던 알스가 그런 의견을 내놓았다. 소꿉친구의 생각을 보완하듯이 멜레디나는 다시 질문을 던졌다.

“인품 이외의 다른 점은 어땠어요? 이해관계라든가.”

“성안에서만 본다면 그가 죽어서 이득을 볼 사람은 떠오르지 않는군요. 애당초 궁정 마법사들은 각자 다른 분야를 연구하고 있고… 출세도 경쟁하는 분위기가 아니라서요.”

같은 궁정 생활이라도 집단행동이 주가 되는 병사들과, 개인행동이 주가 되는 마법사는 기풍부터가 다르다.

“테미스가 연구한 내용은 뭐지?”

“마법호와 정령마법입니다. 마법호는 그중에서도 옛 도르자령에 있는 마법호를 주로 다룬 것 같습니다.”

“마법호가 뭐죠? 마법으로 만든 호수인가요?”

“호수는 호수지만 물이 있는 건 아닙니다. 땅속에 마력이 짙은 농도로 고여 있는 곳이 대륙에 몇 군데 있는데, 그게 마법호입니다. 테미스는 그중에서도 70년 전에 전쟁터가 되었던 도르자의 마법호를 조사하고 있었습니다. 한 달에 한 번은 그곳을 찾았지요."

"70년 전의 전쟁이라면 그거 아닌가? 마수와 마녀가 싸웠다고 하는…."

70년 전, 이웃 나라 도르자와 치른 전쟁은 파르사스의 역사에서 잊을 수 없는 사건 중 하나다.

어느 날 공격을 감행해온 도르자는 마법사들을 내세워 당시의 파르사스군을 몰아붙였고, 그 맹공 앞에 파르사스는 국토의 상당 부분에 침공을 허락하고 말았다.

그중에서도 최악이었던 것은 '마수'라 불리는 거대한 마법 병기로, 느닷없이 전장에 나타난 이 생물은 압도적인 파괴력으로 파르사스군을 유린했다. 손쓸 도리조차 없는 막강한 적 앞에 장군들과 마법사들은 모두 절망을 느꼈다고 한다.

하지만 당시의 왕 레기우스가 그 전장에 최강의 마녀를 불렀다.

그리고 그녀는 계약자의 요청을 받아 최악의 마법 병기를 물리치게 된다.

그 결과, 파르사스는 승리를 거두었지만, 상당한 인명 피해를 입어 부흥에 무려 30년을 소요하게 되었다. 한편, 패배한 도르자는 정세가 불안정한 탓도 있어 급격하게 쇠퇴했고, 지금은 네 개의 소국으로 갈라져 버렸다.

역사적으로 유명한 마법 병기 이야기에 알스는 얼굴을 찌푸렸다.

"그 마수란 건 죽지는 않았다고 들었는데, 그런 곳에 가도 안 위험한가?"

"그래서 간 겁니다. 마수의 봉인이 풀리려고 하면 마법호에 영향이 생기니까요."

"으음, 이번 사건이 그것과 관련됐다면 일이 커지는데…. 범인이 누구인지 아예 짐작도 안 가는군."

"아까는 알아낸 것처럼 말하더니."

"그냥 수상하다는 얘기였어. 그것도 살해 방법이 그렇다는 얘기고, 범인이 누구인지는 전혀 몰라."

알스는 두 손 들었다는 듯이 어깨를 으쓱해 보였다. 멜레디나는 어이없어하며 한숨을 내쉬고는 다시 카브를 돌아보았다.

"다른 연구 대상인 정령마법 쪽은요? 피해자가 정령술사였나요?"

"아닙니다. 정령술사는 매우 희소한 존재입니다. 그리고 굉장히 폐쇄적이고요. 우리 중에 정령마법을 쓸 수 있는 사람은 몇 있지만, 순수한 정령술사는 없습니다."

"그래요? 순수한 정령술사는 뭐가 다른데요?"

"마법의 위력이, 차원이 다르지요. 정령술사는 자연물을 조종하는 데 능해서, 소대 정도의 인원만 있어도 한 나라와 전쟁이 가능합니다."

"엄청나군."

"대신 그들은 역사의 무대에 거의 모습을 드러내지 않습니다. 타고난 소질도 필요하고, 정령술사는 순결이 조건입니다. 순결하지 않은 몸이 되면 그 힘은 사라져 버리지요. 그래서 소수의 인원이 똘똘 뭉쳐 외부인과 거의 교류하지 않고 산다고 합니다. 테미스는 아마 그 정령마법을 해석하려는 시도를 했던 것 같습니다. 그가 팔에 새긴 문양도 정령마법 문양입니다."

"아, 그거? 연구에 꽤 열심이었군."

알스는 테미스의 팔 전체에 새겨져 있던 검은 문양을 떠올렸다. 그러는 동안 세 사람은 성문 앞에 도착했다.

"아무튼 내일 전하께 보고하러 가자. 지혜를 빌려야겠어."

알스의 말에 따라 그날 밤 세 사람은 해산했다.

※

집무실에 그윽한 차향이 감돈다. 그 차를 끓인 사람은 왕태자의 수호자인 마녀다. 티나샤는 집무용 책상에 찻잔을 내려놓고 투덜거렸다.

"탑에서 내려오자마자 살인 용의자라니…. 하여간 지상에 있으면 좋은 일이 없다니까요…."

"네가 안 했으니까 당당하게 있으면 돼. 누가 뭐라고 하면 내가 대처해줄게."

"그러다 괜히 이상한 헛소문이라도 돌면 어쩌려고요."

아무리 왕태자라도 민심을 거스르면 반동이 생긴다. 그보다는 관계자 전원의 기억을 조작하는 편이 낫지 않을까 하고 티나샤는 고민했다. 한편, 그녀의 계약자는 축제 뒤처리로 일이 산더미인지, 사건과는 상관없는 집무에 바쁜 것 같았다. 마녀는 다기를 치우고 아무것도 없는 허공에서 다리를 꼬았다.

"아무튼 내 일은 내가 알아서 할게요. 여차하면 내가 처리하면 돼요."

"너에게 맡기면 황당한 짓을 할 것 같은데. 관계자 전원의 기억을 조작한다거나?"

"남의 마음 읽지 마요!"

"정말로 그게 가능하구나…."

오스카는 기가 찬다는 표정이지만, 그건 어디까지나 최후의 수단이다. 대답 없는 마녀를 보고 그는 쓴웃음을 지었다.

"일단은 내가 알아서 할 테니까 기다려. 계약자로서 그 정도 책임은 져야지."

"책임이랄 것도 없어요. 어차피 성에는 1년만 있을 거니까, 이대로 악평이 퍼져도 난 상관없어요."

"아니, 하지만 넌 미래의 왕비니까."

"아니라고요! 멋대로 남의 미래를 정하지 말라고요!"

진심으로 극구 부인하는 마녀를 보고 오스카는 즐겁다는 얼굴로 웃었다. 마녀는 그런 계약자를 흘겨보았다.

"도대체 어디까지가 진심이에요? 농담으로 시비 거는 거라면 피곤하니까 하지 마세요."

"전부 진심이니까 안심해. 마녀치고는 하는 짓도 멀쩡하고, 같이 있으면 평생 심심하진 않을 것 같아. 딱 좋아."

"그런 말도 안 되는 이유로…."

연정이나 숭배의 눈길도 곤란하지만, '재미있을 것 같아서'라는 이유로 하는 청혼도 민폐이긴 마찬가지다. 아니, 거부가 통하지 않는 만큼 오히려 더 고약하다. 머리를 싸쥐는 그녀에게 오스카는 펜촉을 향하고 말했다.

"그보다 넌 짚이는 거 없어? 범인에 대해서 말이야."

"음… 걸리는 점은 몇 가지…. 하지만 확증도 없을뿐더러, 내가 나서면 오히려 더 의심을 사니까요."

굳이 말하자면, 지금 가장 마음에 걸리는 것은 축제의 혼잡함 속에서 들은 충고의 말이다. 만약 그 남자가 사건과 관련되어 있다면 이미 성도를 빠져나갔을지도 모른다. 추적을 붙여둘걸 그랬다고 티나샤는 후회했다.

그런 그녀의 마음을 들여다본 것처럼 오스카는 미소 지었다.

"아무튼 기다려봐. 믿을 만한 녀석들에게 맡겨놨으니까."

"무관에게 수수께끼를 풀게 하는 당신이 너무한 거예요."

그녀의 목소리가 들렸는지는 알 수 없으나, 그때 누군가가 집무실 문을 두드렸다. 두 사람은 얼굴을 마주 보았다. 티나샤가 오른손을 가볍게 움직이자 순식간에 모습이 사라져버렸다. 성가신 의심을 피하기 위해 눈에 보이지 않게 되는 불가시 마법을 건 것이리라. 눈 깜짝할 사이의 일에 오스카는 감탄했다.

집무실 안으로 들어온 알스는 책상 앞에 서서 조사 개요를 보고하기 시작했다. 일련의 내용을 듣고 난 오스카는 신하를 향해 놀리는 듯한 미소를 지으며 물었다.

"범인을 알아냈나?"

"살해 방법은 알아낸 것 같지만, 범인은 아직 전혀 모르겠습니다."

천연덕스러운 대답에 오스카는 오히려 유쾌하게 웃었다.

"어디, 그럼 그 방법을 들어볼까. 아, 아예 전부 불러 모아서 듣도록 하지. 모두의 반응이 궁금하군."

"알겠습니다."

알스가 집무실을 나가자, 오스카는 아무도 없는 허공을 향해 말을 건넸다.

"들었지? 너도 와, 티나샤."

대답은 없었지만 옆에서 한숨을 내쉬는 기척이 들려서 오스카는 빙그레 웃음 지었다.

관계자들이 모인 장소는 마법 실습용 연습실이었다.

방에는 피해자와 친교가 있었던, 혹은 간접적으로라도 관계가 있었던 사람들이 모였다.

하지만 테미스와 피가 섞인 가족이나 친척은 없다. 성안 사람들 외에 다른 관계자는 그의 연인뿐이다.

제일 안쪽에 오스카가 앉고 다른 사람들도 둥글게 둘러앉았다. 티나샤는 원 바깥, 오스카의 뒤에서 벽에 기대서 있고, 그 맞은편에는 테미스의 연인인 휘라가 앉아 있었다.

자리를 주재하는 오스카가 일동을 둘러보았다.

"자, 다들 모인 것 같으니 알스 장군의 조사 내용과 추론을 들어보기로 하겠다."

오스카는 그 말만 하고는 왼쪽에서 대기하고 있는 알스에게 발언권을 넘겼다. 알스는 원 안으로 한 발짝 걸어 들어갔다.

"먼저 당일에 일어난 일부터 확인하겠습니다. 테미스는 해자에 광구를 만든 후, 티나샤 양과 대화를 나누었습니다. 그리고 잠시 후, 티나샤 양의 담당 구역에서 어린아이가 물에 빠지는 소동이 있었습니다. 그때 테미스도 목격되었습니다. 목격자는 본인입니다만, 조금 떨어진 곳에서 손을 들어 인사하는 마법사를 분명히 봤습니다."

그는 직접 오른손을 들어 보이며 그때의 모습을 재현했다.

"그 후, 거기 있는 여성… 휘라 양이 찾아왔다가 테미스가 없다는 사실을 알게 됩니다. 그녀는 주위의 마법사에게 그에 대해 물었고, 그가 없다는 사실을 모두가 알게 됐을 때 마침 광구가 소멸. 그 후 수색을 통해 테미스의 유해가 발견되었습니다. 결과적으로 광구가 사라지고 시신이 발견되기까지의 약 30분 사이에 어디선가 살해되었다는 뜻이 됩니다. 그래서 그때 자리에 없었던 티나샤 양에게 의혹이 쏠렸습니다. 하지만 겨우 30분 만에 사람을 죽이고 시신을 불태우는 게 정말로 가능한 일일까요?"

알스가 카브에게 눈짓을 하자 카브가 일어나 옆방으로 갔다.

"그래서 본인은 오늘, 테미스가 담당했던 해자 구역에 들어갔습니다.

설마 이틀 연속으로 해자 안에 들어가게 될 줄은 몰랐지만…. 그리고 거기서 그걸 발견했습니다."

그때 카브가 방으로 돌아왔다. 그가 손에 들고 있는 것은 평범한 램프였다. 한 가지 특이한 점이 있다면 커다란 유리구 안에 들어 있다는 것이다.

"이것과 똑같은 것이 일정한 간격으로 여섯 개 정도 바닥에 놓여 있었습니다. 마법에는 유리를 조작하는 구성이 있다고 하니까, 아마 그렇게 만든 것이겠지요. 물론 유리구는 밀봉되어 있어서 물도 들어가지 않지만 불씨도 넣을 수 없습니다. 하지만 마법을 쓴다면 외부에서 불을 붙일 수는 있을 겁니다. 안 그렇습니까, 쿰 마법사장?"

"…그렇소."

"내부 공기의 양과 양초로 봤을 때, 시간이 어느 정도 지나면 불은 저절로 꺼집니다. 테미스의 광구가 한 번 꺼졌다가 다시 켜졌다는 정보는 없으니까, 처음부터 그의 광구는 이 유리구였을 겁니다. 그는 티나샤 양에게 '당분간 이 근처에 있겠다'고 말했다고 합니다. 원래 계속 거기 있어야 할 그는 잠시 후 그 자리를 뜰 작정이었습니다. 마법으로 빛을 유지하지 않은 쪽은 티나샤 양이 아니라 테미스였던 것입니다."

참석자들의 소리 없는 한숨이 방 안의 공기를 뒤흔들었다. 오스카는 다리를 꼬고 이야기를 듣는 척하면서 자연스럽게 참석자들의 반응을 관찰했다. 티나샤는 눈을 감은 채 잠자코 이야기만 듣고 있었다.

"따라서 광구가 켜져 있어도 테미스가 그 자리에 생존해 있었던 것은 아니라는 뜻이 됩니다. 그럼 사건이 벌어진 것은 언제인가…. 여기서 본인은 어떤 추론을 이야기하고자 합니다."

알스는 눈을 한 번 감고 생각을 정리한 후, 다시 이야기를 이어갔다.

"범인은 아마 테미스와 사전에 약속을 했을 겁니다. 둘이서 미리 램프를 준비해 해자에 가라앉혀두었습니다. 그리고 테미스는 거기에 불을 붙여 위장한 후, 범인을 만나기 위해 그 자리를 떠났습니다. 그 후, 뒷골목에서 독살된 것입니다. 그가 살해당했을 때, 양초의 빛이 꺼지기까지는 아직 여유가 있었습니다. 하지만 그때 뜻밖의 일이 일어났습니다…. 어린아이가 물에 빠지는 소동이 벌어진 것입니다."

그는 멜레디나를 보았다. 그녀는 어리둥절한 표정으로 그를 마주 보았다.

"그때 이미 테미스는 죽은 뒤였다고 가정하면 어떻게 될까요. 현장에서 모퉁이만 살짝 돌면 건물 너머로 해자의 상황을 볼 수 있습니다. 그 점도 고려해 범인은 범행 장소를 선택했겠지만… 그 인물은 소동을 알아차리고 상당히 초조했을 겁니다. 누가 해자 안에 들어가면 광구가 마법의 빛이 아니라는 사실을 들키고 마니까요. 그게 아니라도 소동이 벌어지면 테미스가 없다는 사실을 들킬 수도 있습니다. 범인은 급하게 테미스의 로브를 뒤집어쓰고 해자로 돌아와 아이가 빠진 장소가 테미스의 담당 구역이 아닌 것을 확인하고, 테미스인 척하며 본인에게 인사를 해 보였습니다. 위기를 멋지게 기회로 바꾼 것이지요."

"아니, 잠깐만 기다려주시오."

쿰이 손을 들어 알스의 이야기를 제지했다. 일동의 시선이 그에게 쏠렸다.

"알스 장군이니 망정이지, 그가 손을 들었을 때 마법사라면 그 문양이 테미스의 것이 아니라는 사실을 알았을 거요. 범인이 그런 위험을 무릅썼다는 말이오?"

"그래서 테미스의 팔을 든 겁니다. 절단되어 있지 않았습니까. 팔 말고는 로브 속에 숨길 수 없었기 때문에, 팔만 가져온 겁니다."

알스의 말에는 거의 전원이 할 말을 잃었다. 범인의 대담함과 합리적인 악행이 그 자리를 뒤흔들었다. 멜레디나의 초록색 눈이 동그래지고, 조그맣게 벌어진 입술 사이로 말을 이루지 못하는 숨소리가 새어 나왔다.

"범인은 그 후 현장으로 돌아가, 팔만 끊어낸 걸 들키지 않도록 다른 부분도 절단했습니다. 그리고 발견되었을 때 피의 응고 상태로 살해 시각을 추정할 수 없도록, 혹은 독극물을 판별할 수 없도록 시신에 기름을 뿌리고 불태운 겁니다."

알스는 어딘지 냉담한 눈빛으로 바닥에 시선을 떨어뜨리며 말을 이었다.

"이렇게 생각하면 범인의 윤곽이 완전히 달라집니다. 그 인물은 테미스와 가깝고, 테미스의 빛이 꺼질 때까지 자리에 없었던 사람이며, 빛이 꺼진 후에는 아마 일부러 소재를 명확히 했을 겁니다. 그런 인물로 추측할 수 있습니다. 본인의 조사와 의견은 여기까지입니다."

알스는 돌아서서 오스카에게 인사한 후 자신의 자리로 돌아갔다.

방 안에는 서로가 서로를 탐색하는 무거운 공기가 감돌았다. 그 속에서 오스카가 입을 열었다.

"수고했다. 자, 제군. 짚이는 바가 있는가?"

어색한 긴장감이 차오른다. 모두가 자신의 결백함과 타인에 대한 의혹을 말하고자 하지만 말하지 못하고 있다.

그런 가운데, 오스카는 이미 답을 아는 것처럼 어떤 인물을 주목하고 있었다. 그 인물은 알스가 이야기하는 도중부터, 놀라지도 않고 묘하게 차분하게 바닥의 한 점을 응시하고 있었다.

오스카가 어떻게 추궁할지 궁리하고 있을 때, 뒤에서 수호자의 가느다란 목소리가 울려 퍼졌다.

"당신은 정령술사군요. 아니, 정령술사였다고 해야 하나요? 테미스에게 문양을 새겨준 사람도 당신이었죠?"

티나샤의 말에 고개를 든 사람은 테미스의 연인 휘라였다.

정령술사…. 그것은 존재부터가 희소한 마법사의 일종이다.

그런 사실을 휘라에게 지적한 티나샤의 말에, 주위가 갑자기 소란스러워졌다. 경악한 마법사들을 대표해 쿰이 티나샤에게 물었다.

"그걸 어떻게 알았소?"

"그건… 저도 그러니까요. 정령술사인지 아닌지는, 비록 지금은 정령술사가 아니더라도 보면 알 수 있어요. 그리고 테미스의 문양은 정령 마법이 전문이 아닌 사람은 새길 수 없는 고난도의 것이었어요. 제가 모르는 정령술사가 성에 있는 줄 알았는데, 아마 아니었던 모양이네요."

거기서 일단 말을 멈추고, 티나샤는 어딘지 모르게 슬픈 얼굴로 휘라를 응시했다.

"당신이 그 순결과 힘을 바친 대상이 그 사람이었나요? 당신은 그것을 후회하고 있는 건가요?"

휘라는 티나샤의 검은 눈동자를 똑바로 마주 보았다. 거기에는 공허한 의지의 힘이 담겨 있었다. 이윽고 그녀는 빙그레 미소 짓고는 입을 열었다.

"숲을 떠나… 이 먼 이국땅까지 와서 정령술사를 만날 줄은 몰랐네요. 이건 오산이었어요. 보기만 해도 알 정도면 당신은 상당히 강력한 정령술사로군요. 의심을 받게 만들어서 미안해요."

그녀의 눈동자에는 잔잔한 수면 같은 고요함이 있었다. 수명을 다하고 죽음을 기다리는 노인과도 같은 투명한 체념이 그녀의 온몸을 에워싸고 있다.

"많은 이야기를 할 생각은 없어요. 정당화할 생각도 없어요. 단지 나는… 마법을 쓸 수 없게 된 나를 무시하는 그의 눈빛을 견딜 수 없었어요. 그의 우월감을 받아들일 수 없었고, 그의 몸을 볼 때마다 내가 걸어준 수호의… 나의 어리석음을 보는 것 같아서 그게 싫었어요. 난 나의 긍지를 위해 그를 죽였고, 단지 그뿐이에요."

그 목소리는 이해도, 동정도 필요로 하지 않는, 그녀 자신의 말이었다.

※

"…결국 시체를 절단한 건 어린아이 소동이 마무리된 뒤였네요."

왕태자의 집무실에 모인 사람은 방의 주인 이외에 쿰과 알스, 멜레디나와 티나샤다. 휘라에 대한 취조는 어느 정도 끝났고, 그녀는 잠정적으로 수감되어 있다.

티나샤는 다기에 뜨거운 물을 더 넣으면서 멜레디나의 술회에 대꾸했다.

"문양이 나타나는 마법은, 정령마법이 아니라도 최소 술자가 살아 있는 동안에는 그 효력을 유지해요. 그래서 그녀의 경우도 정령술사로서의 힘은 잃었어도 문양은 계속 기능한 거예요. 본래의 힘이 사라졌어도, 본인이 건 마법이니까 문양을 일부 자신의 몸으로 옮기는 정도는 가능했다고 해요."

"여자의 팔이란 걸 왜 몰랐어?"

그러면서 멜레디나가 쿡쿡 찌르자 알스는 머리를 긁적거렸다. 그런 그를 쿰이 위로해주었다.

"그렇게 인상이 강렬한 것이 눈에 들어온 경우, 사람이란 의외로 그것밖에 머릿속에 남지 않는 법이오. 게다가 멀리서 봤으니 그럴 만하지."

"소동을 알아차리고 나서 팔을 잘라내는 건 무리야. 그러면 너무 늦어. 그 여자가 미리 해놓은 건 문양이 사라져도 알 수 없게 만들기 위한 소각 준비뿐이었던 거지."

오스카는 꼬고 있던 다리를 풀고, 티나샤에게서 과자 접시를 받아 들었다. 알스는 머리를 싸쥐고 있다. 멜레디나는 그런 소꿉친구를 무시하고 물었다.

"그럼 왜 시체를 토막 낸 걸까요. 그대로 두는 편이 오히려 테미스 행세를 한 걸 안 들키지 않았을까요?"

그 의문에 대답한 사람은 티나샤였다.

"그녀에게는 그걸 들키느냐 마느냐 자체가 도박이었던 것 같아요. 해자에 가라앉은 램프도 회수할 수 없고, 누군가가 낌새를 챌 가능성도 생각했겠죠. 손을 든 사람이 테미스가 아닐 수도 있다는 의혹이 제기됐을 때, 시체의 팔이 잘려 있다면 모두에게 가능성이 있어요. 하지만 잘리지 않은 경우, 문양을 옮기든 새로 그리든 그렇게 할 수 있는 사람은 정령술사밖에 없죠. 정령술사 출신인 자신에게 긍지를 가지고 있던 그녀는 만에 하나일지언정 동포들에게로 의심이 향하는 것을 피하고 싶었을 거예요. 이번에는 그로 인해 오히려 들키고 말았지만요."

"속임수에 제대로 걸려들었네."

멜레디나의 구박에 알스는 고개를 들지 못했다. 그러자 주군이 웃으며 중재에 나섰다.

"너무 뭐라고 하지 마. 알스 덕분에 해결로 이어질 수 있었던 거니까. 빨리 해결돼서 다행이야."

알스는 다시 한번 깊이 고개를 조아렸다. 명백해진 진상에, 그러나

쿰은 씁쓸한 얼굴이었다.

"하지만 테미스는 저에게 연인과의 결혼 계획을 의논하고 있었습니다. 그가 정말로 그녀를 그런 식으로 무시했을까요?"

"그게 정말인지, 아니면 그 여자의 망상인지는 이미 아무도 알 수 없어."

오스카는 그렇게 마무리하고 펼쳐진 서면에 서명했다.

마녀를 제외한 세 사람은 이야기가 끝나자 각자의 업무로 돌아가기 위해 물러갔다. 묵묵히 찻잔을 정리하고 있던 티나샤가 불쑥 중얼거렸다.

"왜 나는 여기서 여관(女官)의 업무를 하고 있는 걸까요…."

"네가 끓여주는 차가 맛있기 때문이겠지."

오스카의 대답에 그녀는 석연치 않은 얼굴로 찻잔을 올려놓은 쟁반을 벽 쪽의 받침대 위에 놓았다.

"체포된 그녀는 어떻게 되는 건가요?"

"아버지께서 결정하실 일이라…. 하지만 바로 처형되지는 않을 거야. 마법사들이 여러 가지로 물어보고 싶은 것도 있는 모양이니까."

티나샤는 그 말을 듣고, 마음 아픈 듯이 자신의 손으로 시선을 떨구었다.

"정령술사가 큰 도시에 나오는 일은 거의 없으니까요."

"너는 괜찮아? 정령술사라는 게 알려지고 말았는데."

"적당히 얼버무리면 되죠, 뭐. 그리고 본의 아니게 내가 당신의 총애를 받는 걸로 모두에게 인식된 것 같아요. 노골적인 행동은 하지 말아주세요."

"그거 잘됐네."

"뭐가요!"

그녀의 대답에 오스카는 크게 웃으며 다른 서류를 펼쳤다. 펜촉을 잉크에 적시다가 그는 문득 무언가를 떠올리고 고개를 들었다.

"그러고 보니까, 너도 정령술사라면 순결하지 않은 몸이 되면 마녀의 힘도 사라지는 건가?"

티나샤는 테이블을 닦으면서 "아아, 그거요?" 라고 말하고 미소 지었다.

"사실이긴 하지만 속설이에요. 실제로는 성 교섭을 행하면 영혼이 뒤섞이기 쉬워져서 정령마법의 실행에 전보다 몇 배의 마력이 필요해지는 것뿐이에요. 하지만 그렇게 되면 실제로 대부분의 술자는 정령마법을 쓸 수 없게 되죠. 간단한 마법이라면 몰라도…. 살해에 쓰인 리마스는 아마 그녀가 직접 조합했을 거예요. 그건 구성 자체는 간단하니까요."

그녀는 거기서 말을 멈추고, 테이블을 닦은 천을 잘 개어 차 쟁반에 놓아두러 벽 쪽으로 걸어갔다. 그리고 빈손으로 책상 앞으로 돌아와 어깨를 으쓱했다.

"나는 애당초 마력의 양이 다르니까요. 별로 곤란하지 않을걸요. 정령마법만 쓰는 것도 아니고요. 물론 큰 주술을 쓸 때에는 조금 애먹을 수도 있겠지만요."

"흠, 그거 다행이군."

그제야 비로소 티나샤는 오스카의 의도를 깨닫고 당황했다. 급하게 책상을 빙 돌아 그의 옆으로 다가간다.

"아니, 지금 한 말은 거짓말이에요. 큰일 나요. 진짜 큰일 나요. 마법을 못 쓰게 된다고요."

그는 티나샤의 필사적인 수습에도 놀리는 것처럼 웃었다.

"그건 그것대로 괜찮아. 내가 책임지고 지켜줄게."

"안 괜찮다고요!"

그때, 누군가가 집무실 문을 거칠게 두드렸다. 뒤이어 병사 하나가 헐레벌떡 뛰어 들어와 가쁜 숨을 헐떡이며 부르짖었다.

"마법사 살해 혐의로 투옥된 여자가 자살했습니다!"

그 말에 티나샤가 숨을 삼키는 소리를 오스카는 바로 귓가에서 들었다.

휘라가 갇혀 있던 작은 방에는 이미 쿰과 알스도 도착한 뒤였다.

방 한복판에는 여자가 엎드린 채 쓰러져 있다. 오른손에 작은 병을 움켜쥔 그녀 주위로 피가 조금 튀어 있었다.

"독살에 사용한 것과 같은 약을 마신 것 같습니다. 그동안 식사를 끊었는지 토사물은 없었지만 눈과 코에서 출혈이 있었습니다."

"소지품을 조사 안 했나?"

"조사했습니다만, 그때에는 발견을 못 해서…."

감시 병사가 상황을 설명하는 동안, 티나샤는 휘라가 쥐고 있는 작은 병을 살펴보았다. 하얀 손가락을 뻗어 병 주둥이에 남아 있는 액체 방울을 떠냈다.

다른 사람들은 모두 오스카의 주위에 모여 있어 그녀의 행동을 수상히 여기는 이는 없었다. 티나샤는 입속으로 조그맣게 주문을 외우면서 손가락에 묻은 독약을 향해 구성을 쏟아 넣기 시작했다.

모두에게 지시를 내린 오스카가 방을 나오자마자 복도에서 기다리고 있던 티나샤가 그를 손짓으로 불렀다. 몸집이 작은 마녀에게 맞춰 몸을 숙인 오스카에게 티나샤는 살짝 까치발을 하고 귀엣말을 속삭였다.

"휘라의 주변을 다시 한번 조사해보는 게 좋을 것 같아요. 그 독약을 만든 사람은 그녀가 아니었어요. 그녀에게는 아마 조력자가 있었을 거예요. 혹은 다른 목적을 가진 흑막이나."

오스카는 진지한 얼굴로 고개를 끄덕이고 병사에게 명령을 내리기 위해 방으로 다시 돌아갔다.

홀로 남은 마녀는 깊은 한숨을 내쉬고 그 자리를 떠났다.

다시 조사가 시작되어, 한 달 전쯤부터 휘라 주위에 수상한 노인이 있었다는 사실이 보고되었다. 그리고 휘라가 자살한 당일, 역시 낯선 노마법사가 성안을 걷고 있었다는 사실도.

그런 증언들을 조합하면 그 둘은 동일 인물로 추정되지만, 정작 중요한 노인의 행적을 알 수 없었다. 의문이 남은 결말에 오스카는 석연치 않은 느낌을 받았다.

휘라의 시신은 티나샤가 인수해 어딘가 먼 곳의 숲에 매장하고 왔다고 한다.

남자를 위해 자신의 힘을 버리고, 그리고 자신의 긍지를 위해 남자를 죽인 고독한 마법사에게서 티나샤가 무엇을 보았는지, 그녀는 결국 아무 말도 하지 않았다.

3. 밤의 투명

화창한 오후, 파르사스 성의 첨탑 위에 한 소녀가 떠 있었다.

정확히 말하면 그녀는 소녀가 아니다. 300년 이상 이어져 온 '마녀의 시대'를 대표하는 인물, '푸른 달의 마녀' 티나샤다. 이 별명은 과거에 그녀가 아직 탑에 살지 않았을 때, 달빛 형형한 밤에만 나타났기 때문이라는 설도 있지만 확실하지는 않다.

티나샤는 바람에 흩날리는 머리카락을 누르면서 사역마로부터 보고를 받고 있었다. 그 조사는 그녀가 탑에 살기 전부터 거르지 않고 계속해 온 것이지만, 의미 있는 보고가 들어온 적은 한 번도 없다. 어떤 보고를 기다리고 있는지조차 긴 시간 속에 모호해질 때도 있다.

마녀는 눈을 가늘게 뜨고 지평선 너머를 바라보았다. 까마득히 멀리 푸른 탑이 조그맣게 보이는 것 같았다.

"그럼 또 부탁해."

머리를 쓰다듬어주자 회색 고양이의 모습을 한 사역마는 만족스러운 듯 목을 가르릉거렸다.

지금까지 내내 헛수고를 하고 있는 걸지도 모른다. 아마도 그럴 것이다.

그녀는 자조 섞인 미소를 지었다.

하지만 그래도 마녀는 전 세계로 사역마를 보낸다. 이미 죽었을 한 사람을 찾아서.

※

궁정 마법사는 성에서 일하는 시간의 대부분을 강의 청강과 개인 연구에 쓰지만, 그것과는 별개로 각지에서 몰려드는 사소한 의뢰들을 분담해 처리해야 한다.

그 의뢰들은 아침마다 강의실의 복도 쪽 벽에 난이도별로 게시되는데, 원래는 마법사들만 보는 그곳을 지금은 왕태자가 흥미진진하게 바라보고 있었다. 그는 옆에 있는 수호자를 손짓해 불렀다.

"티나샤, 재미있을 것 같으니까 이걸 맡아서 해봐."

"그걸 왜 당신이 정하냐고요…."

못마땅하다는 표정을 짓는 그녀의 정체는 대륙 최강의 마녀다. 그녀의 역량이라면 어떤 의뢰든지 쉽게 처리할 수 있을 것이다. 그렇게 생각하고 한 장을 손에 든 오스카는 내용을 소리 내어 읽었다.

"성도 내의 전이진 설치 건이래. 설치 기간은 약 한 달. 성 밖으로 놀러 나갈 수 있어."

"놀러 가는 게 아니라 일이라고요!"

티나샤는 그의 손에서 종이를 받아 들었다. 진지하게 내용을 읽는 모습은 그저 아름다운 소녀로만 보일 뿐이다. 지나가는 마법사들의 시선이 그녀에게 쏠리는 것을 보고 오스카는 내심 쓴웃음을 지었다.

그녀의 탑을 찾아가기로 결심한 것은 벌써 5년 전의 일이다.

자신에게 걸린 저주와 정면으로 맞서기 위해, 그가 면학과 검술 훈련에 혼신의 힘을 기울이던 무렵의 일. '끝까지 올라가면 마녀가 소원을 들어준다'고 하는 탑 이야기는 그에게는 말 그대로 마법처럼 느껴졌다.

그날부터 그녀를 만나는 것이 그에게는 하나의 목표였다. 그러나 실제로 만난 그녀는 상상과는 동떨어진 평범한 소녀처럼 보인다. '마녀'

라는 이름에서 연상되는 것처럼 악랄하지도, 불합리하지도 않다. 잔소리가 많긴 하지만 그것은 남을 잘 챙기는 성격 때문이다. 오스카는 몸집이 작은 그녀의 머리에 손을 얹었다.

"재미있을 것 같으니까 나도 따라갈게. 너만 혼자 보내면 납치당할까 봐 걱정되니까."

"아기 고양이도 아니고, 걱정 마세요! 그러면서 은근슬쩍 성을 나가려고 하지 말라고요!"

"하지만… 무슨 일이 생긴 뒤에는 이미 늦잖아."

숨 막히게 아름다운 미모와 가냘픈 몸매는 분별없는 이의 야심을 자극하기에 충분하다. 잠시 눈을 뗀 사이에 그녀가 위험에 빠지기라도 한다면 계약자인 자신의 책임이나 다름없다.

진지하게 걱정하는 오스카를 티나샤는 어이없다는 듯이 쳐다보았다.

"당신의 눈에 내가 어떻게 보이는지에 대해 한번 진지하게 이야기해 보고 싶네요."

"눈은 나쁘지 않으니까 걱정 마."

그녀는 선량하고 똑똑하고 욕심이 없다. 왕비 감으로는 이것만 충족하면 충분하다. 거기에 더해 그녀와 함께 있으면 즐겁다. 파르사스 사람이 아니기 때문일까, 왕태자에 대해서도 거침없는 태도가 오히려 숨통을 틔워주는 기분이다.

그러니까 그녀의 마음이 바뀌기만을 기다릴 뿐이다.

그런 속셈을 숨기려고도 하지 않는 오스카의 태도에 티나샤는 한숨을 내쉬었다.

"아무튼 이왕 골라준 거니까 이걸 하기로 할게요. 하지만 당신은 성에 있어요. 나 혼자서도 충분하니까요."

"앗, 티나샤!"

오스카는 반사적으로 손을 뻗었지만 그녀의 모습은 주문을 외우는 소리도 없이 순식간에 사라져 버렸다. 아마 전이한 것이리라. 조금 떨어진 곳에서 그 모습을 본 마법사가 그 기술에 놀라 입을 떡 벌리고 있었다.

홀로 남은 오스카는 관자놀이를 긁적이고 발길을 돌렸다. 어차피 할 일이 산더미다. 그녀와 대화를 나눈 덕분에 조금은 기분 전환이 되었다. 그는 구름 한 점 없는 창밖의 하늘을 올려다보았다.

그리고 기분 좋게 자리를 뜨는 왕태자의 뒷모습을 마법사들은 신기한 것이라도 보는 것처럼 바라보았다.

※

파르사스의 기온은 날로 높아가고 있다.

무더운 성의 훈련장에서 알스는 젊은 군사들을 훈련시키고 있었다. 축제가 끝난 지 일주일밖에 안 돼서 군기가 빠진 건지, 아니면 더위 탓인지 도무지 긴장감이 없다. 일단 휴식을 취하게 할까, 잔소리를 할까 망설이던 알스는 성 쪽에서 누군가가 이쪽을 향해 걸어오는 것을 알아차렸다.

다가오는 그 인물이 누구인지를 알아본 그는 약간 허를 찔린 기분이었다.

"티나샤 양, 전하의 심부름인가?"

"내가 왜요?"

그녀는 긴 머리를 올려 묶고 움직이기 편한 가벼운 복장을 하고 있었다. 맨살이 드러난 무릎 아래가 눈부시게 희어서, 알스는 햇볕에 탈까봐 진심으로 걱정이 되었다.

티나샤는 두 손을 깍지 끼고 기지개를 켰다.

"일도 다 끝났고, 요즘 울분이 좀 쌓여서… 몸을 움직이고 싶어서 왔어요. 괜찮으면 나도 좀 훈련시켜주세요."

"전하께 또 시달린 모양이지?"

"그 성격은 도대체 누구를 닮은 걸까요."

그녀는 넌더리를 내며 고개를 절레절레 저었다.

오스카가 그녀를 총애해 사사건건 참견하고 든다는 것은 일부 사람들 사이에서는 이미 유명한 사실이다.

어떤 이는 흐뭇하게, 어떤 이는 안쓰러워하며 그 모습을 지켜보고 있지만, 쿰을 비롯한 몇몇 마법사들은 모처럼 정령술사가 성에 들어왔는데 오스카가 그 힘을 잃게 만들까 봐 전전긍긍하고 있었다.

여리여리한 그녀의 자태에 병사들이 마음을 빼앗기는 게 뻔히 보여서 알스는 쓴웃음을 지었다.

"마침 잠시 쉬려던 참이니까, 내가 상대해주지."

"감사합니다."

그가 병사들에게 휴식을 명하자 절반은 대기소로 돌아갔지만, 나머지 절반은 두 사람을 구경하기 위해 훈련장에 남았다. 티나샤는 그중의 한 병사에게서 연습용 검을 빌렸다.

알스는 소꿉친구가 비번인 것에 안도하면서 자신도 연습용 검을 들었다.

"검은 처음인가?"

"옛날에 조금 다룬 적이 있어요."

"그건 의외네."

알스는 검을 고쳐 잡고 준비 운동도 겸해 천천히 그녀를 향해 휘두르기 시작했다.

티나샤도 그것을 한 번, 두 번 받아내기 시작한다. 빠르고 매끄러운 움직임은 그녀가 상당한 실력자임을 보여준다. 서서히 검의 속도를 높이자 티나샤 역시 무난하게 따라왔다.

이 정도면 멜레디나보다 한 수 위일지도 모른다.

소꿉친구의 화난 얼굴이 떠올라 알스는 왠지 등골이 서늘해졌다.

멜레디나는 성격 때문인지 정면으로 받아치려고 하지만, 티나샤는 상대의 검을 정면으로 받아내지 않고 아주 조금씩 방향을 틀어 흘려보낸다.

체구가 작고 힘이 약한 자신만의 싸움 방식을 잘 아는 것이리라. 그러면서 상대의 자세가 무너지는 순간을 노리는 것이다.

이게 실전이라면 티나샤는 기회가 생기는 동시에 재빠른 움직임으로 검을 꽂을 것이다.

물론 실전이라면 그도 봐줄 생각은 없지만, 다른 병사들을 상대할 때보다 훨씬 애를 먹고 있는 것은 사실이다. 알스가 그런 생각을 하는 동안에도 검을 휘두르는 속도는 점점 빨라진다. 재미 삼아 구경하던 병사들은 젊은 마법사의 실력에 입을 다물지 못했다.

"…조금 시험해볼까."

알스는 불시에 검에 힘을 실었다. 정면으로 받아치면 손이 저려 검을 떨어뜨리고 말 정도의 힘. 그런 위력으로 그의 검이 티나샤를 향해 날아들었다.

하지만 그녀가 그 일격에 물러나는 일은 없었다. 움직임에 맞춰 자신도 앞으로 나오면서 몸을 숙이고 검을 비스듬히 기울인다. 그대로 그녀는 검의 날 위로 알스의 검을 미끄러뜨려 강렬한 일격을 왼쪽으로 받아넘겼다.

직후, 그녀는 한 발짝 더 파고들어 검을 잡지 않은 왼손 팔꿈치로 알스의 손목을 가격했다.

힘은 약하지만 빠른 속도에 실린 타격. 관절을 노린 적절한 공격에 그는 하마터면 검을 떨어뜨릴 뻔했다. 황급히 검자루를 고쳐 잡는 사이, 티나샤의 검이 그의 목을 겨누었다.

"……!"

눈앞에 겨누어진 검을 보고 알스는 순간적으로 그녀의 검을 왼손으로 쳐냈다.

체중이 실린 일격을 당한 그녀는 그대로 상체를 숙이면서 오른쪽으로 도약했다. 그렇게 해서 옆으로 날아드는 알스의 다음 일격을 피했다.

티나샤는 다시 한 발짝 바깥쪽으로 도약해 거리를 벌린 후 돌아보고 미소 지었다.

"지금은 위험했어요."

장난스러운 미소는 밤의 어둠 속에 숨은 검은 고양이 같다. 알스는 놀라서 망연히 고개를 저었다.

"조금 다뤄본 실력이 아닌데…. 마법사는 때려치우고 이쪽으로 와도 충분히 잘할 것 같아."

이 정도 움직임이 가능할 정도면 단순히 훈련으로만 검술을 배운 것은 아니리라. 분명히 실전에서도 검을 휘두른 적이 있을 것이다. 그녀의 움직임은 확실하게 훈련을 쌓아온 경험이 그 배경에 있음을 짐작하게 했다.

"감사합니다."

티나샤는 방긋 미소 지었다. 그 미소에서 알 수 없는 무언가를 느끼고 알스는 쓴웃음을 지었다.

※

강의실 안에 울려 퍼지는 마법사의 목소리는 카랑카랑했다.

“400년 전 하룻밤 사이에 멸망한 마법 대국 투르다르와 함께 일부 마법은 그 명맥이 끊겨버렸으나, 지금 현재 확인되는 대부분의 마법에 공통되는 것은, 술자가 개개의 인식을 강하게 갖는 것이 출발점이라는 사실이다. 액체를 담은 유리병처럼 스스로를 의식함으로써 세상을 개별적으로 상대하며 그 구성을 통해 현상에 간섭하는, 그것이 마법의 첫 걸음이다.”

오전 중의 마법 개론 강의에는 스무 명 정도의 출석자가 모여 있었다.

티나샤가 맨 뒷줄에 앉아 흥미진진하다는 표정으로 강의를 듣고 있을 때, 뒤쪽의 문이 열리고 카브가 들어왔다. 금방 티나샤를 알아본 그는 손을 들어 인사하고 옆에 앉았다.

“재미있어요?”

“아주요.”

그녀는 손가락 사이로 펜을 빙글빙글 돌렸다. 티나샤가 누군가에게서 마법을 배우는 것은 그녀가 마녀가 되기 이전으로 거슬러 올라가지 않으면 기억에 없는 일이다. 이렇게 이론 강의를 듣는 것만으로도 상당히 신선하다.

하지만 그런 강의를 방해하듯이 위쪽에서 시끄러운 발소리가 들려왔다. 강의실은 천장이 트인 구조라 위층의 복도에서 강의실을 내려다볼 수 있게 되어 있는데, 그 복도를 누군가가 시끄럽게 떠들면서 걸어오고 있는 것이다.

무슨 위급한 일이라도 생겼나 싶어 티나샤가 위를 올려다보자, 살찐

중년 남자가 위층에 나타났다. 그는 뒤를 따르는 문관들에게 줄기차게 잔소리를 해대고 있다. 시끄러운 소리에 강사도 잠시 말을 멈추었고, 모두가 위를 올려다보았다. 하지만 그러거나 말거나 남자는 아래층 강의실에는 눈길 한 번 주지 않고 그대로 걸어가 버렸다.

"대체 뭐람."

티나샤가 중얼거리는 소리에 카브가 대답하려고 했을 때, 강의가 재개되어 두 사람은 다시 집중하기 시작했다.

그녀가 그 대답을 알게 된 것은, 그로부터 3일이 지난 후였다.

※

왕태자인 오스카의 방은 성의 깊숙한 안쪽에 있다. 그가 자신의 방으로 돌아오기가 무섭게 기다렸다는 듯이 누군가가 창문을 두드려서, 오스카는 황당해하며 창문을 열었다. 그는 발코니에 서 있는 티나샤에게 손짓했다.

"다음부터는 문으로 들어와."

"누가 보면 소문나잖아요…."

"이제 와서 뭘 새삼스럽게."

티나샤는 노골적으로 싫다는 표정을 지으며 방 안으로 들어왔다.

"오늘은 꽤 늦었네요."

"일거리를 늘려놓는 인간이 와서…. 참, 이건 네가 말한 그거야."

오스카는 테이블 쪽으로 가서 위에 놓인 서류 뭉치를 집어 티나샤에게 내밀었다. 그것들은 그녀가 열람을 희망한 것으로, 얼마 전 살해당한 테미스가 진행하던 연구의 상세한 내용이다. 발표된 내용부터 극비인 미발표 정보까지 전부 두꺼운 서류에 기록되어 있었다.

"고마워요."

티나샤는 서류 뭉치를 받아 들고 한 장씩 넘기기 시작했다.

"휘라 주위에서 목격된 노마법사는 아직 못 찾은 것 같아. 찾으라고 시키긴 했는데…."

"그 사람이 성에 침입해 독약을 제공했다고 생각해도 틀림없을 것 같아요. 하지만 단순히 개인적인 갈등에 대한 개입으로 보기엔 너무 과해요."

바로 그것이 티나샤는 마음에 걸려 테미스의 연구 내용을 살펴보려는 것이다. 서류를 넘기면서 그녀는 말을 이었다.

"그런데 실은 그 노마법사 말고도 마음에 약간 걸리는 사람이 있어요. 내 기분 탓일 수도 있지만…."

"마음에 걸리는 사람? 그게 누군데?"

"축제 때, 거리를 지나가던 마법사가 나에게 충고를 했어요. 골치 아픈 일에 휘말릴 수 있으니까 자리를 뜨지 말라고요."

티나샤가 해자 앞에서 스쳐 지나간 남자에 대해 이야기하자 오스카는 미간을 찌푸렸다.

"또 묘한 이야기가 나왔군. 하지만 성안에서 목격된 사람과는 다른 사람이잖아."

"그 점이 문제예요."

해자 앞에서 만난 남자는 오스카 또래의 젊은 남자였다. 밝은 갈색 머리를 한 청년은 은발 소녀를 데리고 있었다. 한편, 휘라 주변에서 목격된 마법사는 후드를 깊이 눌러쓴 노인이었다고 한다.

그럼에도 티나샤가 수수께끼의 청년을 의식하는 것은 그가 자신의 마력을 은폐하고 있었기 때문이다. 그 남자가 본래 가진 마력은 마녀만큼은 아니지만 일반 궁정 마법사를 능가하는 것은 분명하다. 그렇기에 기억 저편에 묻어 버리기에는 무언가가 자꾸 마음에 걸리는 것이다.

"일단 사역마를 시켜 찾게 하고 있으니까, 찾으면 문초를 해 보려고 생각 중이에요."

"아무 상관도 없는 사람이면 난데없는 봉변이군."

"그런 건 알 바 아니에요. 뭐하면 기억을 지워 버리면 그만이죠."

조심해서 나쁠 건 없다. 자신에게 힘이 모자란다고 생각하지는 않지만, 예측할 수 없는 사태에도 대응할 수 있도록 검술 훈련을 재개한 것이다. 극단적으로 말해서, 지금 오스카가 죽으면 파르사스 왕가는 대가 끊기고 만다. 그것을 손 놓고 방관할 수 있을 만큼 티나샤는 냉담하지 않았다. 심각한 표정인 마녀를 보고 미소 지으며 오스카는 주전자를 들어 도자기 잔에 물을 따랐다. 물을 마시려고 하던 그는 급하게 입에서 잔을 떼고 수상한 듯이 잔을 응시했다.

"뭐야, 이거. 이상하게 달아."

"네?"

티나샤는 서류를 내려놓고 오스카에게 다가가 같이 잔에 담긴 물을 들여다보았다.

"설탕물인가요?"

"그럴 리가 없는데…."

불길한 침묵이 생겨난다. 티나샤는 굳은 표정으로 계약자를 올려다보았다.

"마셨어요?"

"한 모금. 하지만 별다른 이상은…."

거기까지 말하고 그는 갑자기 입을 다물더니 티나샤를 뚫어져라 응시했다. 온몸을 훑는 시선에 티나샤는 주춤거리며 한 발짝 뒤로 물러섰다.

"왜, 왜요?"

"아니…."

오스카는 입을 틀어막고 잠시 생각에 잠겼다가 테이블 위에 놓인 서류를 가리켰다.

"저건 가져가서 봐도 되니까, 오늘은 그만 가봐."

그는 그렇게 말하고 그녀를 외면했다. 명백하게 부사연스러운 태도에 그녀는 오히려 더 따져 물었다.

"왜요? 당신 좀 이상해요. 이쪽을 보고 이유를 말해주세요."

마녀는 위로 둥실 떠올라 오스카의 어깨를 붙잡고 흔들었다.

"뭘 마셨는데 그래요? 어서 토해요."

"상관 말고 가."

"자꾸 그러면 목을 졸라 버릴 거예요."

마녀는 외면하는 그의 얼굴을 두 손으로 붙잡고 자신을 보게 했다.

짧은 침묵. 티나샤는 그의 푸른 눈동자에 자신의 얼굴이 비치는 듯한 착각을 받았다. 무의식적으로 그것을 확인하려고 시선을 집중하는 그녀의 몸을 오스카가 와락 끌어안았다. 머리카락 속으로 파고드는 커다란 손. 그는 티나샤의 머리를 끌어당기더니 그녀의 입술에 키스했다.

말이 사라진다. 마녀는 태연하게 얼굴을 떼고서 온화하게 눈을 깜빡였다.

"대체 무슨 장난이에요?"

오스카가 손을 떼자 그녀는 소리도 없이 바닥에 내려섰다. 그 머리를 가볍게 토닥거리면서 그는 얼굴을 찌푸렸다.

"물에다 뭔가를 탔어. 아마 미약 종류인 것 같아."

"……."

무거운 침묵이 고인다. 티나샤는 잠시 아연실색했다가 곧 정신을 차리고 목청을 높였다.

"내, 내가 안 그랬어요!"

"그랬다면 의외의 전개라 재미있었을 텐데 유감이야."

"하나도 재미없어요!"

침대에 걸터앉은 오스카를 보면서 티나샤는 재빨리 대책을 궁리했다. 평범한 미약이라면 그가 시키는 대로 그냥 가버려도 괜찮겠지만, 만에 하나 다른 효과를 수반하는 마법 약인 경우, 여기서 대처하지 않으면 후에 치명적인 결과로 이어질 수 있다.

일단 구성부터 해석해봐야 해. 그렇게 생각하던 티나샤는, 그러나 느닷없이 가슴을 애무하는 남자의 손에 눌려 침대에 쓰러졌다.

"진정해요!"

"그러니까 내가 가라고 했잖아."

오스카는 평소처럼 그녀를 놀리는 표정이 아니라, 아픔을 참는 것처럼 얼굴을 찡그리고 있었다.

처음 보는 그의 표정에 티나샤는 식은땀이 배어 나오는 것을 느꼈다. 자신을 깔아뭉개는 남자 밑에서 벗어나려고 몸을 비틀어보지만, 체중 차이로 인해 꼼짝도 할 수 없다.

이렇게 된 이상 몸을 아예 날려 버려서 기절시킬까. 그런 생각을 하는 그녀에게 오스카는 진지한 표정으로 얼굴을 가까이 가져오더니 오른쪽 귓불에 키스했다.

"지금 방금 깨달았는데…."

"뭔데요."

마녀는 오스카를 흘겨보며 물었다.

"지금 굳이 안 참아도 난 별로 지장이 없어."

"있어요! 나한테 있어요! 자꾸 이러면 천장까지 날려 버릴 거예요!"

"살살 부탁해."

호흡이 가빠지기 시작한 낮은 목소리. 단정한 얼굴이 점점 가까이 다가온다. 티나샤는 조그맣게 한숨을 내쉰 후 눈을 감고, 오스카의 이마에 자신의 이마를 대었다. 접촉한 부분에 마력을 쏟는다. 감긴 눈 안쪽에, 그에게 침입한 마법 구성이 무양이 되어 떠올랐다.

둥근 고리가 셋. 강력하지만 단순한 마법. 그녀가 힘주어 의식한 순간, 그것들은 흔적도 없이 산산이 흩어져 버렸다.

그의 몸 밑에서 해방된 티나샤는 문제의 주전자를 집어 들었다.

"그래서 내가 수호 결계는 독에 안 듣는다고 말했잖아요! 좀 조심해요. 앞으로는 내가 먼저 먹어보겠어요."

"네가 미약을 먹어도 난 안 말릴 거야."

"나한텐 마법 약이 안 통해요!"

마녀는 얼굴이 빨개져서 씩씩거렸지만, 소리를 지른 만큼 다시 냉정해져서 고개를 갸웃했다.

"그나저나 이런 짓을 한 의도를 전혀 모르겠는데…. 진짜로 그냥 미약이었어요."

"난 한 사람 짚이는 인물이 있어. 증거는 없지만."

오스카는 그답지 않게 노골적으로 혐오스럽다는 표정을 지었다. 침대에 걸터앉아 다리를 꼬고 있는 오스카 옆에 티나샤는 주전자를 끌어안고 앉았다.

"그럼 증거를 잡아야죠."

티나샤는 입속으로 짧게 주문을 외운 후, 남은 미약에 구성을 쏟아 넣었다. 그 구성에 반응해 공중에 희미하게 실 같은 것으로 그려진 입체상이 떠올랐다. 세 개의 둥근 고리로 구성된 그것에 티나샤는 다시 주문을 조금 보탰다.

"잠깐만 기다려요. 이걸 만든 사람을 찾아낼게요."

"그게 가능해?"

"이걸 만든 사람은 불가능하다고 생각했을 거예요. 꽤 오래전에 명맥이 끊긴 마술이라 이 구성을 아는 사람은 아마 나밖에 없을걸요."

티나샤가 주문을 조금씩 보탤 때마다 입체는 조금씩 모습을 바꾸어 가며 빙글빙글 돌았다.

"내가 모르는 술자라면 알 수 없지만, 아는 사람 중에 있다면 누가 만들었는지 알 수 있어요. 자…."

답을 알아낸 티나샤는 얼굴을 찌푸리고 빙글빙글 도는 입체를 바라보았다.

※

귀찮은 일이 생겨도 매일 해야 할 일은 줄어들지 않는다. 따라서 오스카가 할 수 있는 일은 귀찮은 일거리를 늘려오는 상대를 배제하는 것뿐이다. 집무실에서 서류를 처리하고 있던 그는 티나샤가 내주는 차를 고맙다는 인사와 함께 받아 들었다.

바로 그때 누군가가 문을 두드렸다. 불러놓은 사람이 온 것이다.

"부르셨습니까."

주뼛주뼛 안으로 들어온 사람은 마법 약을 전문으로 하는 마법사 카브였다. 오스카는 물이 담긴 잔을 내밀었다.

"이게 뭔지 알겠지? 마시지 마라."

카브는 한 걸음 다가와 그것을 받아 들더니, 물끄러미 안을 들여다보고 냄새를 맡았다.

어리둥절해하는 얼굴에서 소리가 날 듯 핏기가 가시는 모습을 티나샤가 재미있다는 듯이 지켜보았다.

"전하께서 왜 이걸…."

"누군가가 내 방의 주전자에 이걸 넣었다."

"예에…?!"

비명처럼 외마디 소리를 지르고 카브는 오스카와 티나샤를 번갈아 쳐다보았다. 그 시선을 오스카는 무표정한 얼굴로 받아냈고, 티나샤는 미간에 주름을 잡은 채 고개를 끄덕였다.

그 의미를 이해한 카브는 티나샤를 향해 연거푸 고개를 조아렸다.

"죄송합니다! 설마 그런 일에 사용될 줄은…! 티나샤 씨에게 뭐라고 사과를 드려야 할지…!"

"아니, 그렇게까지 사과할 필요는 없어요."

"하지만 이건 가장 강력한 약입니다! 조금이라도 삼킨 순간, 이성은 털끝만큼도 안 남게 됩니다!"

얼굴이 백지장처럼 창백해진 카브의 말에 티나샤는 눈을 동그랗게 뜨고 오스카를 향해 손뼉을 쳤다.

"굉장해! 대단해!"

"더 칭찬해도 괜찮아."

천진난만하게 손뼉을 치는 마녀의 모습을 귀엽다고 생각하면서, 오스카는 다시 카브에게 시선을 향했다.

"그래서 누구의 사주로 이걸 만든 거지?"

카브는 조금 머뭇거리더니 기어 들어가는 목소리로 대답했다.

"파스바르 공작입니다. 전하의 고모부님이신…."

오스카는 예상한 그대로의 대답에 두통을 느꼈다.

※

현 국왕 케빈은 삼남매 중 장남이다.

그에게는 남동생과 여동생이 하나씩 있었지만 지금은 둘 모두 고인이 되었다. 재상이었던 남동생은 지난달에 병으로 세상을 떠났고, 원래 몸이 약했던 막내 여동생은 시집을 가고 몇 년 뒤에 세상을 떠났다. 그녀는 과거에 파르사스를 뒤흔든 연쇄 실종 사건으로 자식이 행방불명되자, 그 마음고생으로 인해 급속히 쇠약해져 버린 것이다.

그녀의 남편이었던 파스바르 공작은 유명한 속물로, 아내가 죽은 후 그녀의 유산인 콜라스 영지에 저택을 세웠다. 성도에서 멀리 떨어진 그곳에서 세간의 눈을 개의치 않고 방탕한 생활을 즐겼다고 하는데, 얼마 전 축제 이후로 어째서인지 성도에 있는 저택으로 돌아와 있었다. 그뿐 아니라 부르지도 않았는데 성에 와서는 중신들에게 잔소리를 늘어놓고, 오스카에게 싫은 소리를 하며 일거리를 늘려 주고 있는 중이다.

그런 그를 모두가 뒤에서 욕하면서도, 겉으로는 왕실 인척의 한 사람으로서 정중하게 대하고 있었다.

그날 밤, 자신의 집으로 돌아온 파스바르는 한 손에 술병을 든 채로 부하에게서 보고를 받고 있었다.

"그 약이 효과가 있었는지는 알 수 없느냐?"

"계획대로 물에 약을 타는 데는 성공했지만, 거기까지는…."

"오냐, 됐다. 결과야 느긋하게 기다리면 그만이지."

부하를 물리고 그는 은잔에 호박색 술을 따랐다. 이미 취기가 돌기 시작한 머리로 낄낄거리며 웃는다.

"그 시건방진 애송이가 정령술사를 옆에 두고 있을 줄 누가 알았나.

지금쯤 스스로 망쳐놓고 파랗게 질려 있을지도 모르지. 그 이야기가 사실이라서 여자가 죽어 버리기라도 하면 더 좋고."

"…그 이야기란 게 어떤 이야기죠?"

난데없이 들려온 여자의 목소리에 파스바르는 소스라치게 놀라 돌아보았다. 커다란 창문밖으로 어둠 속에 휘영청 푸른 달이 떠 있었다.

그 서늘한 달빛 아래, 한 소녀가 어느새 방 안으로 들어와 서 있었다.

그녀는 흡사 인형처럼 보이는 새하얀 미모의 얼굴에 차가운 미소를 머금고 있었다.

"그 이야기를 저도 좀 듣고 싶군요."

서슬 퍼런 칼날 같은 목소리. 파스바르는 본능적인 공포에 자신의 목소리가 떨리는 것을 느꼈다.

"너, 넌 누구냐! 대체 어디로 들어온 게냐!"

그러자 소녀는 둥실 떠오르더니 허공을 미끄러져 그의 눈앞까지 다가왔다. 길고 검은 머리가 물속에 있는 것처럼 천천히 너울거렸다. 검은 눈동자가 파스바르를 응시한다.

"처음 뵙겠습니다. 저는 마녀 티나샤라고 합니다. 사람들은 저를 일컬어 '푸른 달의 마녀'라고 하지요…. 아하, 창문으로 들어오지 말라고 당신의 조카에게 자주 혼나고 있답니다. 실례했습니다."

"마, 마녀…?"

"평범한 정령술사가 아니라서 유감이었네요."

그 말에 파스바르는 그제야 자신이 덫을 놓은 그 정령술사가 그녀이며, 평범한 마법사라는 귀여운 수준의 존재가 아님을 깨달았다. 겁에 질려 다리가 풀려 버린 그는 비틀비틀 의자에 주저앉았다.

"왜 마녀가…."

"그 이야기라는 게 뭐죠?'

티나샤는 언뜻 보기에는 상냥하게 물었지만, 마녀의 무서움은 외모로는 가늠할 수 없는 것이다. 자칫 심기를 건드리면 순식간에 한 줌의 재가 될 수도 있다. 파스바르는 숨이 넘어갈 듯 헐떡거리며 대답했다.

"그 녀석은 마녀의 저주에 걸렸고… 그 녀석과 관계한 여자는 예외 없이 죽는다는…."

"관계만 해도 죽는다면 진작 사망자가 나왔겠죠."

어이없다는 듯이 말하는 젊은 남자의 목소리가 방 안에 울려 퍼졌다 파스바르가 돌아보자, 언제 들어왔는지 벽 쪽에 그의 처조카가 서 있었다.

"네, 네가 언제…!"

오스카는 팔짱을 끼고 벽에 기대선 채, 파스바르를 무시하고 마녀에게 말을 건넸다.

"거봐, 창문으로 들어오니까 놀라잖아."

"편해서 좋잖아요."

티나샤는 허리를 숙여 바닥에 널브러진 보고서를 주웠다. 거기에는 성의 인사와 내정, 외교에 대한 내용이 기록되어 있었지만, 딱히 기밀 사항은 눈에 띄지 않았다.

"그래서 고모부님, 그 이야기는 누구에게서 들으셨습니까?"

"너, 약이 효과가 없었던 게냐…?"

"있었다고 해야 할지 없었다고 해야 할지 모르겠지만, 솔직히 좀 아까운 짓을 했다고는 생각합니다."

"내 마법에 천장으로 날아가지 않은 것 말인가요?"

오스카의 농담에 마녀가 쌀쌀맞게 쏘아붙였다. 그녀는 허공에 뜬 채로 파스바르에게 다가가 하얀 손가락으로 남자의 목덜미를 쓰다듬었다.

"누구에게서 들었죠? 가르쳐주면 이대로 그냥 돌아갈게요."

"모, 몰라! 이름도 못 들었어! 그냥 늙은 마법사였다고!"

머리를 싸쥔 채 웅크린 남자를 보고서 두 사람은 얼굴을 마주 보았다.

"그때 그놈 같지?"

"가능성은 높지만… 자꾸 선수를 뺏기는 기분이네요."

티나샤는 파스바르의 머리 위로 허공을 미끄러져 오스카 옆에 내려섰다.

"놈이 뭘 원하는 건지 잘 모르겠군. 이전 사건과 이번 일의 연관성을 모르겠어."

왼손을 턱에 대고 생각에 잠기면서, 그는 반대쪽 손으로 마녀의 머리카락을 쓰다듬었다. 티나샤는 주인의 손길에 몸을 맡긴 고양이처럼 눈을 가늘게 뜨고 있다. 그 모습을 의자 뒤에 숨어 보고 있던 남자는 자포자기 상태인 듯이 악을 썼다.

"마녀가 왔다는 건 저주 이야기가 사실이라는 뜻이겠지! 오냐, 잘됐다! 너도, 네 아비의 핏줄도 여기서 끝이다! 빨리 죽어 버려!"

티나샤는 눈썹을 가볍게 치켜올렸다. 팔을 들어 구성을 짜려고 하는 마녀를 오스카가 손으로 제지했다.

"그렇다 해도 고모부님이 걱정하실 일은 아닙니다. 안심하고 콜라스의 저택으로 돌아가시지요."

그는 그렇게 내뱉고 아까 들어왔던 발코니 쪽으로 발걸음을 옮겼다. 그 뒷모습에 대고 또다시 욕설이 쏟아졌다.

"네가 죽으면 이 나라는 내 거야! 지금까지 나를 무시했겠다!"

그러나 오스카는 못 들은 것처럼 돌아보지도 않았다. 미친 사람처럼 큰 소리로 웃기 시작한 파스바르를 그 자리에 남아 있던 마녀가 경멸스러운 눈빛으로 내려다보았다. 그녀는 남자 옆으로 다가가 또렷한 목소리로 속삭였다.

"그의 핏줄은 끊기지 않아요. 내가 무엇 때문에 왔다고 생각하는 거죠?"

파스바르는 웃음을 멈추고 마녀를 올려다보았다. 달빛 속에서 그녀는 요염하게 미소 지었다.

"그 사람의 핏줄은 끊기지 않아요. 그리고… '당신은 두 번 다시 이 도시에 들어올 수 없어요'…. 결코."

남자의 눈이 휘둥그레진다. 그러더니 마치 실이 끊어진 인형처럼 의자에 늘어져 버렸다. 고개를 들 기력도 없는 듯 그저 가늘게 떨고만 있다. 티나샤는 그 모습을 싸늘한 눈빛으로 쏘아보다가, 발코니에서 기다리는 오스카에게로 갔다.

"뭘 한 거야?"

"저주는 그런 식으로 거는 거예요."

마녀는 눈을 감은 채 미소 지었다. 그것은 인간의 운명을 좌우하는 강자의 자신감 넘치는 미소였다.

"자, 가요, 오스카. 여기엔 이제 볼일이 없어요."

티나샤는 하얀 손을 내밀었다. 그가 그 손을 잡자 몸이 둥실 떠올랐다. 두 사람은 고도를 높여 밤하늘을 미끄러지듯이 이동하기 시작했다. 오스카는 어린아이처럼 발아래 풍경에 빠져들었다.

"전이로 하는 이동도 재미있지만, 하늘을 나는 것도 신선하군."

"전이마법은 이동할 곳의 좌표를 모르면 길을 열 수 없으니까요. 아무리 나라도 성도 전체의 좌표를 파악하진 못했어요."

그러면서 티나샤는 별안간 한숨을 내쉬었다. 놀라서 고개를 든 오스카에게 그녀는 불쑥 중얼거렸다.

"…그나저나 참 대단한 친척이네요."

"뭐야, 그것 때문에 그래? 친척이라고 해도 혈연은 아니니까 그게 그나마 다행이지."

좌표를 파악 못 한 것 때문에 상심한 줄 알았더니, 그녀를 한숨 쉬게 만든 것은 오스카의 처지였던 모양이다. 하지만 아무리 지긋지긋하게 불쾌한 일이 있어도, 그것들을 포함한 모든 것이 그가 짊어져야 할 무게다. 아무하고도 나눌 수 없고 누구에게 떠넘길 생각도 없다. 자신은 그런 삶을 살아야 한다고 그는 이미 각오한 바였다.

쓴웃음을 짓는 오스카를 티나샤는 걱정스러운 눈빛으로 쳐다보았다.

"당신을 조금 동정했어요…. 저주는 내가 어떻게든 꼭 해결해 줄게요."

파스바르의 저택에 있었을 때와 달리 마녀의 눈빛은 진지하다. 소녀처럼 맑은 눈으로 자신을 올려다보는 그녀가 오스카는 사랑스럽기만 했다.

"뭐야, 나한테 시집올 마음이 생긴 거야?"

"다른 방법을 찾아볼 거라고요!"

평소와 같은 마녀의 반응에 오스카는 유쾌하게 웃었다.

마음이 가벼워진다. 숨통이 트인다.

조금 전까지 무거웠던 기분은 어느새 사라지고 없었다.

다음 날 아침 일찍, 파스바르는 도망치듯이 허둥지둥 성도를 떠났다고 했다. 그리고 그는 콜라스에 있는 자신의 저택에 틀어박혀 평생 그곳을 떠나려 하지 않았다.

4. 호반

메마르고 갈라진 대지.

마녀의 탑 주변을 방불케 하는 황량한 풍경은 70년 전부터 일년 내내 안개 속에 갇혀 있다.

파르사스와 도르자가 충돌해 마수라는 이름의 거대 마법 병기에 유린당한 땅, 마법사들 사이에서 '마법호'라 불리는 메마른 대지를, 마법사 로브를 입은 청년은 조용히 응시했다.

옆에 선 은발 소녀가 그를 올려다보았다.

"이런 곳에 뭐가 있어, 발트? 마력은 물론 진하지만…."

"눈에 보이는 곳에는 없어. 하지만 곧 시작될 거야."

그는 그렇게 말하고 밝은 갈색 머리를 쓸어 올렸다.

파르사스의 성도는 떠났지만 마력 은폐는 아직 남겨 두었다. '마녀'로부터 멀어져도 이 땅에는 또 다른 자들이 있다. 지금까지 그들이 원활하게 목적을 달성할 수 있도록 약간의 힘과 지식을 보태왔지만 이 이상의 조력을 기대하면 곤란하다. 그가 자신의 마력으로 일을 벌이는 것은 어디까지나 최후의 수단이다.

"자, 그녀도 지금쯤이면 슬슬 눈치챘을 거야. 어디 실력을 구경해볼까."

"'푸른 달의 마녀' 말이야? 이렇게 멀리까지 정말로 올까?"

"오고말고. 그녀의 눈은 대륙 구석구석까지 미치니까. 여기라면 더하지."

청년은 하늘을 올려다보았다. 구름 사이로 달려가는 회색 고양이는 그녀의 사역마다. 그녀는 그렇게 온 대륙을 찾아 헤매고 있다. 자신의 운명이라고도 할 수 있는 한 남자를 언제까지나 포기하지 못하고 있는 것이다.

그러니까 이 전환점을 금세 알아챌 것이다.

"우리도 당분간은 숨어야 돼. 그녀와 정면으로 맞설 생각은 없으니까."

그에게 일반 마법사를 능가하는 마력이 있어도… 그리고 타인이 알지 못하는 '기억'이 있다 해도, 마녀들은 그것을 쉽사리 제압할 수 있다. 그만큼 힘의 차가 큰 것이다.

"마녀와 정면으로 맞붙어서 죽일 수 있는 건 아카시아의 검객뿐이야."

"아카시아의 검객이라면 파르사스의 왕태자? 그 사람에게 마녀를 죽이게 할 거야?"

"지금은 무리야. 그는 그녀를 못 이겨."

그러니까 아직은 아무것도 시작되지 않았다. 가련한 마녀의 바람도, 이 세상의 전환도.

"가자, 밀라리스."

청년은 자신의 소녀만을 데리고 메마른 땅을 뒤로했다.

그렇게 멀어져가는 그들의 모습을 덮어 가리듯이 회색 안개는 그 두께를 한층 더해갔다.

※

성의 훈련장 위로 오늘도 맑고 화창한 여름 하늘이 펼쳐져 있다.

티나샤는 검을 내려놓고 그늘에서 쉬고 있었다. 알스가 다가와 그녀 옆에 앉았다.

"많이 늘었군. 아니, 제 실력이 돌아온 건가."

"정말인가요? 감사합니다."

처음 그와 검을 겨룬 뒤로 티나샤는 종종 훈련을 받으러 훈련장을 찾고 있다. 알스는 멜레디나가 없을 때를 자신이 한가한 시간으로 지정하고 있지만, 소꿉친구는 이미 그 사실을 알고 있을지도 모른다. 그러나 멜레디나에게는 미안하지만, 티나샤가 오면 병사들의 사기가 높아진다. 알스는 이 마법사 소녀를 환영하고 있었다.

티나샤는 작은 무릎에 팔꿈치를 대고 턱을 괴었다.

"얼마나 연습하면 그 사람과 호각세로 싸울 수 있을까요?"

"그 사람이라면 전하 말이야? 그런 거라면 나에게서 훈련받는 한 무리일걸. 난 전하를 이긴 적이 없으니까."

"네? 정말요?"

티나샤는 커다란 눈을 동그랗게 뜨고 알스를 올려다보았다. 햇빛 아래 검은 눈동자가 마치 흑수정처럼 반짝인다. 알스는 신발 끈을 고쳐 매면서 고개를 끄덕였다.

"정말이고말고. 우리끼리 하는 얘기지만, 처음 겨뤘을 땐 상당히 좌절했었어. 솔직히 왕족이 세봤자 뭐 얼마나 세겠냐고 얕보고 있었으니까."

"그렇게 세군요…."

그녀는 하늘을 올려다보며 한숨지었다. 상공에는 바람이 강한 모양인지 구름이 빠른 속도로 흘러가고 있었다.

"전하는 최근에는 얌전히 성에만 계시지만, 얼마 전까지만 해도 툭하면 라자르와 둘이 성을 빠져나가셔서…. 그래도 위험하진 않으니까 모른 척하고 있었지만, 마녀의 탑에 가셨다고 들었을 때에는 가슴이 철렁했어. 아무렇지도 않게 돌아오셔서 깜짝 놀랐었지."

"탑의 수호 마수를 단칼에 격파했대요."

"진짜로 인간 맞아?"

두 사람은 나란히 탄식했다. 알스는 빨간 앞머리를 거치적거리지 않게 쓸어 올렸다.

"그런데 마법을 쓰면 되지 않아? 접근전에서는 못 써?"

"물론 보통은 장벽을 치죠. 하지만 그 사람은 아카시아를 가지고 있잖아요."

"아… 맞다."

절대 마법 저항력을 가진 왕검. 마법사의 천적인 검을 오스카는 2년 전부터 차고 다녔다.

"그럼 역시 무리야."

"무리이이이!"

단호한 결론에 티나샤는 작은 머리를 싸쥐었다. 그 모습을 알스가 안쓰럽게 바라본다.

"그나마 전하에게서 훈련을 받는 편이 가능성이 있지 않을까?"

"음… 그 사람에겐 별로 수를 내보이고 싶지 않아서요. 일이 어떻게 될지 모르니까요."

"흠… 흠…."

파르사스에서 가장 젊은 장군은 고개를 갸웃하고 생각에 잠겼다.

"아무튼 무리야."

"으아아앙."

티나샤는 머리를 싸쥐고 부르짖더니 맥없이 늘어져 버렸다.

훈련을 마치고 두 건물 사이를 연결하는 복도를 걸어가던 티나샤는 문득 자신을 부르는 목소리를 듣고 발길을 멈췄다. 다른 누구에게도 들리지 않는 목소리. 마녀는 그대로 밖으로 나가 정원의 아름드리나무 밑으로 걸어갔다.

"리트라."

"잘 지내시는 것 같아서 안심입니다, 마스터. 좋은 계약자를 만나신 것 같군요."

"그래 보여?"

나뭇가지 위에 앉아 있던 리트라는 소리도 없이 뛰어내려 그녀에게 인사했다.

"전보다 훨씬 즐거워 보이세요."

"즐겁다면 즐겁지만… 그래, 뭐. 나쁘진 않아."

마녀는 어깨를 으쓱하고 쓴웃음을 지었다. 그런 주인의 말에 리트라의 미간에 잡힌 주름이 아주 조금 펴졌다.

"이대로 그냥 결혼하셔도 괜찮지 않을까요? 1년이나 백 년이나 별다를 건 없으니까요."

"달라, 달라. 그리고 난 반려자를 가질 생각은 없어."

티나샤가 가볍게 손을 내젓자 리트라는 꼭 인간 같은 몸짓으로 공손하게 고개를 숙였다.

"주제넘은 소리를 했습니다. 용서하십시오. 오늘은 명령하신 조사가 끝나서 보고를 드리러 왔습니다."

"그래, 말해봐."

검은 눈동자에 감정을 숨기는 막이 슥 쳐진다. 고요한 수면 같은 눈빛. 그곳에 있는 것은 평소 오스카나 알스에게 보이는 것과는 다른, 마녀로서의 얼굴이다.

그렇게 그녀는 말없이 보고를 들었지만, 다 듣고 나서는 신경질적으로 혀를 찼다.

휴식 시간 동안 집무실에서 라자르와 오래된 보드게임을 하고 있던 오스카는 느닷없이 나타난 마녀의 모습을 보고 깜짝 놀랐다.

그녀가 입고 있는 것은 평소의 마법사 로브가 아닌, 문양이 새겨진 검은 옷감으로 만든 마법복이다. 부드러운 몸의 곡선을 그대로 보여주는 그것은 파르사스에서는 볼 수 없는 모양새로, 불가사의한 위압감과 요염함이 있었다. 그 마법복 위에 그녀는 마찬가지로 문양이 새겨진 외투를 두르고 있었다.

거기에 더해 허리에도 폭이 좁고 긴 검을 차고 있다. 하얀 손에는 수정이 박힌 전투용 손 토시를 차고, 그 외에도 몇 가지 무기로 짐작되는 것들을 다리와 허리에 벨트로 둘러 장착하고 있었다.

이건 전투용 완전 장비다!

그렇게 직감한 오스카는 자리에서 일어섰다.

"무슨 일이야? 그 차림은 대체 뭐지?"

"2~3일 정도 어디 좀 다녀올게요."

마녀는 냉담하게 말하고 발걸음을 돌렸다. 그 손목을 자리에서 일어선 오스카가 간신히 붙잡았다.

"기다려. 어디 가려고?"

"어디면 무슨 상관이에요. 반드시 돌아올 테니까 걱정 마요."

"놀러 가는 차림이 아니잖아. 봉식까지 다 빼놓고."

평소에 그녀는 수습 마법사를 가장하기 위해, 반지와 귀걸이의 형태를 한 봉식구를 여러 개 착용하고 있다. 마력을 봉인하는 그 봉식들은 일반 마법사라면 하나만 착용해도 구성을 짤 수 없게 된다. 하지만 티나샤는 열 개 가까운 봉식을 착용하고도 궁정 마법사로 일하고 있다. 그것은 그녀의 힘이 얼마나 강대한지를 보여주는 증거였지만, 지금은 모든 족쇄가 풀린 상태다. 오스카는 방을 나가려고 하는 마녀의 몸을 잡아당겼다. 그러는 사이 라자르가 재빨리 문을 닫아 출구를 막았다.

"최소한 행선지라도 말하고 가. 계약자는 나야. 멋대로 내 곁을 떠나면 곤란해."

그 말에 마녀는 오스카를 노려보았다. 평소와는 완전히 다른 그녀의 모습에 라자르는 안절부절못하고 있었다. 무섭게 쏘아보는 시선에도 전혀 주눅 들지 않는 오스카를 보고 그녀는 마지못해 입을 열었다.

"도르자의 마법호에 가요."

"도르자?"

오스카는 되묻다가 비로소 그 의미를 이해했다.

"마법사를 죽이게 만든 건 그래서였군."

"네? 무, 무슨 말씀이십니까?"

무슨 말인지 갈피를 못 잡는 라자르에게, 오스카는 마녀의 손목을 잡은 채 설명해 주었다.

"독살당한 그 마법사는 매달 도르자의 마법호를 조사하러 갔었어. 그걸 막고 싶어하는 누군가가 마법사의 연인을 부추겨 죽이게 만든 게 아닐까? 파스바르를 성도에 보낸 것도 내정을 혼란에 빠뜨려 시간을 벌기 위해서였겠지."

티나샤는 오스카의 추리를 긍정했다.

"도르자의 마법호에 높은 마력파가 발생했다고 해요. 누가 무슨 짓을 하려고 하는지 그걸 조사하러 가려고요. 이제 됐나요?"

그렇게 말하고 손을 놓아달라고 눈으로 요구하는 그녀에게 오스카는 고개를 저었다.
"한 시간만 기다려. 나도 간다."
"…네?"
티나샤의 눈이 놀라움으로 커졌다. 하지만 놀란 것도 잠시, 그녀는 이내 정색하고 말했다.
"쓸데없는 짓이에요. 왕태자가 나서지 마요."
"너 혼자 가서 뭘 어쩌려고? 그곳은 어느 나라의 영토도 아니지만, 실질적인 관리는 파르사스에서 하고 있어. 무슨 일이 있는 경우, 너 혼자만 조사한다면 나도 국정을 운영할 수 없어."
그의 정론에 티나샤의 표정이 조금 누그러졌다. 그래도 날카로운 눈빛은 여전한 채로 그녀는 자신의 계약자를 올려다보았다.
"당신 혼자만 데려가면 더 문제가 될 것 같은데요."
"실력이 뛰어난 자들을 모으도록 하지. 열다섯 명 정도면 조사단으로 충분할 거야."
"난 당신 말고 다른 사람을 지킬 의리는 없어요."
"알아."
오스카는 단호하게 잘라 말했다.
그 흔들림 없는 대답에 마음이 움직인 티나샤는 말없이 잠자코 있었다.
부러울 정도의 단호함이다. 의지를 잃지 않는 즉단이다.
그것은 분명 그가 가진 왕의 자질이리라. 모든 걸 받아들이고 일어서는 강자의 그릇이다.
티나샤는 숨을 삼켰다. 정지해가던 사고 대신 어째서인지 무수한 기억이 뇌리를 스쳐 갔다.
잃어버린 풍경, 어렸던 자신. 멸망해가는 나라의 모습. 여러 명의…

지금은 이미 없는 계약자들.

감상의 잔재들이다. 모든 건 이미 돌이킬 수 없다.

왜 이제 와서 이런 걸 떠올리고 만 걸까.

티나샤는 그를 똑바로 주시하며 갈라진 목소리로 말했다.

"한 시간…. 그 이상은 안 기다릴 거예요."

"충분해."

오스카는 그제야 그녀의 손목을 놓아주고 떠날 채비를 하기 위해 방을 나갔다.

정확히 한 시간 후, 국경 북쪽의 요새로 이동할 수 있는 전이진 앞에 오스카와 티나샤를 포함해 열다섯 명이 모였다. 병사가 아홉에 마법사가 넷. 그중에는 멜레디나의 모습도 있다. 알스는 본인이 지원하고 나섰지만, 오스카가 성을 비우는데 알스까지 없으면 곤란하다는 이유로 모두가 만류했다. 마법사장 쿰도 같은 이유로 성에 남게 되었다. 두 사람은 걱정이 되는지 배웅을 나왔다.

여전히 못마땅한 표정으로 구석에 서 있는 마녀에게 조사단의 마법사 중 한 명이 인사를 건넸다.

"실비아라고 합니다. 이야기하는 건 처음이죠. 잘 부탁드려요."

윤기 흐르는 금발에, 사랑스러움이 남아 있는 스무 살 전후의 얼굴. 자연스럽게 배어 나오는 그녀의 따뜻한 분위기에 티나샤는 초조감도 잊고 미소를 지었다.

"저야말로 잘 부탁해요."

"저어, 어깨에 있는 그건 혹시 드래곤인가요?"

실비아는 티나샤의 어깨에 앉아 있는, 솔개만 한 크기의 빨간 드래곤을 가리켰다. 그러거나 말거나 드래곤은 무심하게 하품을 하고 있다.

"아, 사람에게 별로 익숙하지 않으니까 조심하세요."

"굉장해요…. 저는 드래곤은 처음 봤어요."

"…티나샤!"

남자의 우렁찬 목소리. 이 성에서 그녀를 그냥 티나샤라고 부르는 사람은 한 명뿐이다. 계약자의 부름에 마녀는 실비아에게 양해를 구하고 그에게 갔다. 오스카는 드래곤을 보고 눈이 휘둥그레졌다.

"뭐야, 그건?"

"혼자 가게 될 줄 알고 이 아이를 타고 가려고 불러놓았어요."

"사람이 탈 수 있는 크기가 아닌 것 같은데."

오스카는 마녀와의 대화를 거기서 마무리하고, 그 자리에 모인 이들에게 선언했다.

"이제부터 도르자의 마법호를 조사하러 간다. 무슨 일이 있을지 모르니 다들 조심하기 바란다. 그리고 이 녀석의 명령에 따르도록!"

그렇게 말하고 그는 드래곤 위로 티나샤의 머리에 손을 올려놓았다. 드래곤은 고개를 갸우뚱하며 의아한 듯 그 모습을 올려다보았다. 뜻밖의 명령에 티나샤는 작은 목소리로 물었다.

"그런 말을 해도 괜찮겠어요?"

"자세한 내용을 설명할 순 없으니까."

"하여간 당신은 정말 괴짜예요."

이전 계약자 레기우스도 조금 별난 인간이었지만, 오스카는 그 이상이다.

티나샤는 긴장한 표정을 한 실비아를 보았다. 이어서 못마땅하다는 표정인 멜레디나에게, 그리고 걱정스러운 표정을 한 알스, 쿰, 라자르에게 차례로 시선을 향한다.

그리고 그녀는 마지막으로 오스카를 올려다보았다. 그는 티나샤의 시선을 깨닫고 살며시 미소 지었다.

"괜찮아. 내가 어떻게든 해줄게."

기분 좋게 울리는 목소리. 그녀는 깊이 숨을 마시면서 천천히 눈을 감았다. 과거에 도르자와 싸우기 위해 지금처럼 이 성을 출발할 때의 정경이 되살아났다.

『가자, 티나샤. 너의 힘을 빌려줘.』

물거품이나 다름없다. 그때 있었던 사람들은 이미 아무도 남아 있지 않다.

그렇게 모든 것이 그녀만 홀로 남겨두고 흘러가리라.

그럼에도 같은 장소에 머무른다. 그런 자신을, 그녀는 선택한 것이다.

티나샤는 고개를 들었다.

그녀는 긴 속눈썹을 들고, 짧은 순간, 모두가 넋을 잃을 만큼 아름다운 미소를 지었다.

인간의 덧없음을 사랑하는 듯한, 가련히 여기는 듯한 빛.

두 눈에 가득한 감정은 오로지 고독뿐…. 맑고 투명하다.

옆에서 그것을 바라본 오스카는 말문이 막혀 버렸다. 숨을 삼키는 기척에 티나샤는 그를 올려다보았다.

"왜요?"

"아니… 아무것도 아니야."

눈길을 피하는 그가 무슨 생각을 하는지 전혀 알 수 없다. 그녀는 마음을 다잡고 입을 열었다.

"출발합시다."

그 말과 동시에 전이 마법진이 발동하기 시작했다.

※

북쪽 국경의 이눌레이드 요새로 전송된 일행은 그곳에서 말을 빌려 도르자의 마법호를 향해 국경을 넘었다. 70년 전에 있었던 전쟁의 영향인지 아직도 일대에는 일년 내내 회색 안개가 자욱하다. 앞이 거의 보이지 않는 상황이지만, 그들은 땅에 스며든 마력을 길잡이 삼아 앞으로 나아갔다.

한 시간쯤 달렸을 무렵, 이윽고 안개 속에 뿌옇게 보이는 풍경이 달라지기 시작했다.

티나샤와 나란히 선두에서 달리던 오스카가 미간을 찌푸렸다.

"대단한 광경이군. 꼭 악몽 같아."

군데군데 자란 나무들은 줄기와 가지가 심하게 뒤틀려 있다. 잎 하나 없는, 마치 뱀 같은 나무들과 삭막한 바위뿐인 풍경은 마치 딴 세상 같다. 티나샤가 전방에 시선을 고정한 채 말했다.

"70년 전의 전쟁으로 인해 완전히 황폐해졌으니까요. 이게 그나마 많이 나아진 거예요. 완전히 자정되려면 앞으로 200년은 있어야 될걸요."

"말도 안 돼. 당시에는 정말 참혹했겠군."

역사에 남을 전쟁을 제압한 주인공은 그의 옆에서 말을 달리고 있는 마녀다. 티나샤는 바람에 마구 날리는 머리카락을 손으로 눌렀다.

"그래요…. 상당히 애먹었어요. 최악의 거대 마법 병기라 불리는 상대였으니까요. 당시 상황에서는 봉인하는 게 최선이었어요."

"너도 못 이길 정도라면 심각하지 않아? 그런 게 정말로 실전에 투입되었다고?"

"제어가 불완전한 상태였으니까 도르자 쪽에서도 아마 무리해서 투입했을 거예요. 하지만 봉인을 선택하길 잘했다고 생각해요. 그 상황에서 정면으로 맞서 싸웠다면 훨씬 더 참혹한 사태가 벌어졌을 테니까요."

담담하게 술회되는 70년 전의 전쟁은, 당사자인 티나샤가 아름다운 소녀의 모습이기 때문일까, 마치 동화처럼 현실감이 없다. 그녀는 안개로 덮인 하늘을 올려다보았다.

"마법호에 거의 다 오긴 했는데… 말이 한계에 이른 것 같네요. 더는 힘들 것 같아요."

티나샤의 말대로 아까부터 달리는 속도가 현저하게 떨어진 상태였다. 인간보다 주변 공기에 민감한 탓이리라. 일행은 할 수 없이 주변의 나무에 말을 매어두고 걷기 시작했다.

걸어가면서 티나샤는 가볍게 주문을 외우더니 손을 저었다. 순간, 주변 공기가 달라진 느낌이 들어 오스카는 주위를 둘러보았다.

"뭘 한 거야?"

"결계를 쳤어요. 독기가 강해서요."

듣고 보니 주변의 모두가 안색이 좋지 않다. 그들은 티나샤의 결계에 안도한 표정이었다. 지금까지 아무 이상을 느끼지 못했던 오스카가 자신을 가리키며 물었다.

"내가 아무렇지도 않은 건 네 덕분인가?"

"그래요. 독기쯤은 신경 안 써도 알아서 막아주니까요."

마녀는 생긋 웃었다. 그 뒤에서 도안이라고 이름을 밝힌 마법사 청년이 중얼거렸다.

"테미스의 조사에서는 독기가 발생했다는 기록은 없었습니다만…."

"무슨 일이 일어나고 있는 모양이지."

"역사의 증인이 되는 일은 피하고 싶습니다…."

도안은 회색 머리카락에서 모래를 털었다. 차기 마법사장으로 손꼽히는 그였지만, 그 재능 속에 엿보이는 예리함은 오히려 세상 물정에 밝은 문관 같은 느낌이다. 가벼운 긴장감을 숨기지 않는 그에게 오스카는 말했다.

"역사의 증인은 되고 싶다고 될 수 있는 게 아니야. 어릴 때에는 동경했지만."

호기심을 품은 그 말에 도안은 할 말을 잃은 표정이었고, 티나샤는 몰래 한숨을 내쉬었다.

그들이 마법호에 도착한 것은 그로부터 얼마 지나지 않아서였다.

풀 한 포기 없는 메마른 황야. 여전히 주위에는 안개가 짙게 껴서 열 발짝 앞도 제대로 보이지 않는다. 쩍쩍 갈라진 대지는 바짝 말랐지만, 때때로 마치 파도가 치듯이 지면 위로 투명한 파문이 흘러갔다. 오스카는 다리를 통과해 흐르는 파문에 시선을 집중했다.

"여긴 처음 와봤는데… 평소에도 이런 파도가 있나?"

"약간은요."

티나샤는 짧게 대답하고 아까보다 긴 주문을 외우기 시작했다. 주문에 호응해 지면에 거대한 원 모양의 파문이 생겨났다. 주문을 다 외우고 나자 원 바깥에서 붉은 실이 속속 허공으로 떠올랐다. 그것들은 파문 위에서 서로 얽혀 반구상의 우리를 만들었다.

"잠깐만 여기서 나가지 말고 기다려주세요. 밖을 좀 둘러보고 올게요."

"앗, 기다려, 티나샤."

오스카는 그녀의 팔을 잡으려 했지만, 한발 먼저 마녀는 허공으로 떠올라 눈 깜짝할 사이에 안개 속으로 사라져버렸다. 그 모습을 바라보며 도안이 중얼거렸다.

"그녀는 대체 정체가 뭡니까…."

"조금 특별한 부류야. 가능하면 다시 데려왔으면 좋겠는데…."

그녀의 단독 행동을 막기 위해 쫓아온 건데 결국 놓치고 말았다. 찾아서 다시 데려오고 싶지만, 이런 안개 속에서는 그러기도 어렵다.

다만, 수호 결계가 있는 자신이라면 여기서 나가도 움직일 수는 있을 것이다.

오스카는 허리의 왕검을 슬쩍 내려다보았다. 그 모습을 본 멜레디나가 입을 열려고 했을 때, 병사 하나가 외쳤다.

"아, 안개가!"

돌아보니 짙은 안개가 거대한 파도처럼 밀려오고 있었다. 그것은 순식간에 결계 안까지 흘러들어와 모두의 시야를 차단해 버렸다. 작은 비명 소리가 들리고 혼란이 일어났다.

"침착해! 다들 움직이지 마!"

설사 아무것도 보이지 않아도 이 결계 안에만 있으면 된다. 티나샤의 정체를 안다면 그것은 당연한 판단이다. 하지만 그런 그의 명령을 비웃기라도 하듯이 안개는 얼어붙을 만큼 차가운 냉기로 가득했다. 오스카가 혀를 찬 순간, 조금 떨어진 곳에서 소녀의 날카로운 비명 소리가 들렸다.

"티나샤?"

오스카가 망설인 것은 아주 짧은 순간뿐이었다. 그는 부하들에게 외쳤다.

"모두 여기 있어! 금방 돌아오겠다!"

"전하!"

아무것도 보이지 않는 곳을 향해 걸음을 내딛는다. 왕검을 뽑는다.

오스카는 수호자를 뒤쫓아 안개 속으로 걸어 들어갔다. 동시에 주위의 공기가 일그러지는 느낌을 받았다.

그것이 지나간 후, 주위의 안개가 얼마간 엷어졌다. 오스카는 안개 너머에 서 있는 사람의 그림자를 보고 그쪽으로 나아갔다. 하지만 그 손을 누군가가 뒤에서 붙잡았다.

"전하… 안 됩니다."

"멜레디나, 나를 쫓아온 거냐."

필사적으로 그를 만류하는 사람은 무관 멜레디나였다. 그녀는 파랗게 질린 얼굴로 고개를 가로저었다.

"함정입니다. 돌아오십시오."

"그건 알지만…."

함정일 가능성은 파악하고 있다. 그래도 만에 하나 티나샤가 위험에 처해 있다면 그냥 내버려둘 수는 없다. 적어도 자신에게는 수호 결계가 있다고 생각하고 뛰쳐나온 것이다.

하지만 그것을 모르는 멜레디나는 물러설 생각이 없어 보였다. 오스카는 완강한 그녀의 태도에 고집을 꺾고, 안개 속에 보이는 사람의 그림자를 가리켰다.

"알았어. 그럼 저것만 확인하고 돌아가겠다."

체구가 작은 그림자는 움직임이 없다. 그런 걸 보면 아마 티나샤는 아닐 것이다. 그렇다면 누구인지, 그걸 확인하지 않으면 조사하러 온 의미가 없다.

멜레디나는 마지못해 손을 놓더니 그의 뒤를 따랐다. 두 사람은 안개 속을 신중하게 나아가 희미하게 보이는 사람의 그림자에 가까이 갔다.

등을 돌리고 선 그림자에 시선을 집중하고 있던 멜레디나가 조그맣게 비명을 질렀다.

"힉…!"

"이건 예상 밖이군."

두 사람의 목소리를 들었는지 그림자는 천천히 돌아보았다.

그것은 너덜너덜한 금속 갑옷을 입은, 뼈만 남은 시체였다.

티나샤는 마법호 상공을 한 바퀴 돌면서 마력을 발산해 주위의 상황을 살폈다.

안개 사이로 보이는 풍경은 예전과 달라진 게 없다. 하지만 숨길 수 없는 독기와 평상시보다 높은 마력의 파도가 명백하게 이상 징후를 말해주고 있었다.

"지하인가…."

그녀는 일단 결계가 있는 곳으로 하강했다. 하지만 땅에 내리기도 전에 그녀는 이변을 깨달았다.

인원이 부족하다. 그녀의 계약자의 모습도 거기에 없다.

"티나샤 씨!"

실비아가 비명처럼 티나샤를 불러서 그녀는 그 옆에 내려섰다.

"무슨 일 있었나요? 전하는요?"

"아, 안개가 갑자기 밀려왔어요…. 바깥쪽에서 사람 목소리가 들려서, 전하께서 우리보고 여기 있으라고 하시더니…."

"……."

지금까지 마법호 조사를 방해하기 위해 파르사스에서 일을 꾸며온 자가 조사단을 앞에 두고 가만있을 리 없다. 아마 시야를 차단해 소리로 혼란을 불러일으키고, 결계 밖으로 나온 사람을 다른 곳으로 전이시켜 버렸을 것이다. 거기까지 생각해 대책을 세우지 않은 것은 티나샤의 불찰이지만, 짧은 시간이니까 괜찮을 거라고 생각한 것이다. 오스카만이라도 기절시켜놓지 않은 것을 그녀는 진심으로 후회했다.

하지만 튀어나온 말은 마음과는 다른 것이었다.

"그… 바보 왕자가!"

분노에 떠는 그녀에게 남은 사람들의 겁먹은 시선이 쏠렸다. 실비아가 필사적으로 티나샤를 달랬다.

"하지만 전하도 티나샤 씨를 걱정하고 계셨어요. 금방 돌아오실 거예요…."

"정말로 그 사람하고는 대화를 좀 해야 될 것 같네요!"

티나샤는 분노를 삼키고 두 손을 벌리더니 주문도 없이 구성을 짰다.

"없어진 사람들을 탐지할 거예요. 아마 멀리는 못 갔겠죠."

이 황야 밖으로 나가 버릴 정도의 전이가 있었다면 분명히 알아챘을 것이다. 그녀의 예상대로 이내 몇 명의 반응이 돌아왔다. 오스카에게는 '당신 말고 다른 사람을 지킬 의리는 없어요'라고 못 박아두었지만, 사실 내버려둬도 괜찮은 건 오스카 쪽이다. 하지만 다른 사람들은 그렇지 않다. 서둘러 데려오지 않으면 어떤 위험이 있을지 모른다.

티나샤는 탐지하면서 손안에 작은 광구 세 개를 만들었다. 길 안내와 수호를 겸한 그것들을 공중에 쏘아 올린다. 광구는 미끄러지듯이 움직였지만, 그중 하나가 무언가에 부딪쳐 튕겨 나왔다.

"어?"

챙강, 금속이 부딪치는 소리가 울려 퍼졌다. 안개 속에서 사람의 그림자가 무수하게 나타났다.

갑옷을 입고 검을 치켜든 사람의 그림자. 그것은 한눈에도 살아 있는 인간의 것이 아니었다. 텅 빈 눈구멍을 보고 실비아가 날카로운 비명을 질렀다.

"시, 시체! 해골…!"

"우와, 시체네요."

어느새 주위를 에워싸고 우글거리는 그것들은 살은 썩고 뼈만 남은 시체였다. 결계 안에 머물러 있던 마법사 도안이 눈살을 찌푸렸다.

"저 갑옷에는 도르자의 문장이 붙어 있는데요. 파르사스의 문양을 단 자도 있고…."

"70년 전의 망령일까요…?"

당시의 희생자 수는 어마어마해서 전장에 묻힌 자도 헤아릴 수 없이 많다. 그런 시체를 불러낸 술자가 있는 것이리라. 시체들은 마치 자신이 죽은 사실을 모르는 것처럼 한 손에 검을 들고 다가온다. 서서히 사방을 에워싸는 그것들을 보고 무관 한 명이 결단을 내렸다.

"응전합시다. 이대로는 다른 사람들이 돌아올 수 없어요."

"…그 방법밖에 없겠네요."

결계 안에서 꼼짝하지 않고 있을 수는 있지만, 이 상태로는 밖에 나가 버린 사람들이 돌아올 수 없다.

티나샤는 자신의 검을 뽑아 들고 어깨 위의 드래곤에게 명령했다.

"나크, 내 계약자를 찾아서 데려와! 아까 본 푸른 눈의 청년이야. 표식이 있으니까 알 수 있지? 다른 인간도 있으면 같이 데려와. 잡아먹지 말고!"

드래곤은 짧게 울더니 목과 꼬리를 젖혀 기지개를 켰다. 순식간에 붉은 몸이 늘어나 말과 비슷한 크기로 변한다. 놀라는 일동을 무시하고서 드래곤은 날개를 펼치고 날아올라 안개 속으로 사라져갔다.

티나샤는 그 모습을 보지도 않고 결계 밖으로 걸어 나갔다. 달려드는 시체의 검을 피한 후 자신의 검으로 그 목을 날려 버렸다.

"전원이 모이면 탈출합시다. 그때까지 버텨주세요."

"엄호할게요."

실비아가 티나샤 뒤로 달려왔다. 다른 사람들도 마찬가지로 제각기 전투태세에 들어갔다.

서서히 포위망을 좁혀오는 시체들. 구역질을 유발하는 그 광경 속에서 검 부딪치는 소리가 울려 퍼졌다.

달려드는 시체는 베어도, 베어도 한이 없다.

축축한 공기 속에 다가오는 무수한 발소리. 곰팡이와 흙냄새가 코를 찌르고 위액을 자극한다. 멜레디나는 자신의 검을 휘두르면서 비명을 지르고 싶은 충동을 간신히 참았다. 만약 여기에 자신 혼자였다면, 벌써 시체들의 동료가 되었을지도 모를 일이다.

머리 위로 날아드는 장검을 간신히 막아낸 그녀는 그 충격으로 비틀거렸다. 안개 속에서 또 다른 검이 그녀의 옆구리를 향해 날아들었다. 멜레디나가 피할 수 없었던 그 검을 다른 검이 막아주었다.

"괜찮아?"

"전하… 감사합니다."

아까부터 오스카도 끝이 보이지 않는 싸움을 하고 있지만, 그는 아직 숨조차 헐떡이지 않는다. 그 확실한 존재감에 힘을 얻어 멜레디나는 숨을 토했다. 동시에 씁쓸한 감정이 가슴을 불살랐다.

"강행 돌파해서 결계로 돌아가야 합니다. 그녀는 아마 괜찮을 거예요."

"그럴 거라고는 생각하지만, 어쨌든 난 그 녀석의 보호자 같은 존재니까.”

오스카의 시선은 안개 속에서 한 소녀를 찾고 있었다.

그 말만 듣는다면 단순한 의무감이다. 하지만 그 이상을 아는 멜레디나는 탄식을 삼켰다.

분명 오스카 자신은 아직 모르고 있다.

지금도 그저, 자신이 데려온 어린 소녀를 지켜야 한다고 생각하는 것뿐이다.

하지만 옆에서 보면 알 수 있는 것들도 있다. 성을 떠날 때 티나샤가 순간적으로 보여준 투명한 미소…. 그녀의 그런 모습에 오스카가 매료되었다는 것도.

지금까지는 아마, 그의 눈에 그 소녀는 사랑스러운 아기 고양이나 다름없는 존재로 비쳤을 것이다. 그 기이할 정도의 미모와 마법도, 가장 가까이에 있는 그가 가장 대수롭지 않게 여겼다. 오히려 오스카보다는 멜레디나가 그녀의 그것들을 확실하게 인식하고… 은밀한 열등감에 사로잡혀 있었다. 그녀가 알스에게 검술 훈련을 받으러 다니고, 그 실력 또한 자신보다 뛰어나다는 사실을 알고 난 뒤로 열등감은 더욱 커졌다. 비교할 필요는 없다는 걸 알아도, 그런 상대가 존재한다는 사실에 패배감이 드는 것은 어쩔 수 없었다.

하지만 그도 분명 그 미소로 깨달았을 것이다. 티나샤가 그의 보호 아래 있는 무력한 어린아이가 아니라, 다른 사람과 교류하지 않는 시간을 거쳐온 어떤 존재라는 것을.

“걱정 마십시오, 전하. 지금쯤 그녀는 돌아와서 전하를 기다리고 있을 겁니다.”

“멜레디나.”

짐작컨대 이제부터는 시간이 걸리지 않는다. 영민한 주군은 머지않아 자신의 감정을 깨달을 것이다.

그러니까 그때까지 신하인 자신이 할 수 있는 일은, 자각이 없는 그에게 간언하는 것뿐이다.

멜레디나는 씁쓸한 감정을 삼키고 검을 고쳐 쥐었다.

"방해만 돼서 죄송합니다. 이제 제가 길을 열겠습니다."

티나샤를 다시 만나면 분명 어쩔 수 없는 질투를 또 느낄 것이다. 그러나 자신은 무관이다. 번민을 버리고 자신이 할 일을 해야 한다. 그렇지 않으면 소꿉친구인 알스에게도 부끄러운 일이다.

멜레디나는 밀려드는 시체들을 향해 두려움 없이 검을 휘둘렀다. 쓰러진 갑옷을 밟으며 앞으로 나아간다.

그래도 끝이 보이지 않는 포위망에 초조함을 느끼기 시작했을 무렵, 오스카가 쓴웃음을 지으며 말했다.

"미안, 수고를 끼쳤군."

허공을 가르는 섬광.

소리도 없이, 멜레디나를 향해 달려들던 시체들이 무너져 내렸다.

거기서 멈추지 않고 주위의 시체들이 속속 쓰러졌다. 멜레디나는 깜짝 놀라서 앞으로 나선 남자를 올려다보았다.

왕검의 번뜩이는 섬광이 안개마저 가른다. 그는 마치 풀을 베듯이 시체를 베면서, 자신을 향해 날아든 검에 왼손을 가져갔다. 분명 아무것도 없는데, 그의 손에 닿기 직전에 무언가가 검을 부러뜨려버렸다.

"어…? 지금 그건…?"

"여기서만 하는 얘기지만, 나에게는 거의 모든 공격을 무효화시키는 결계가 걸려 있어. 너를 끌어들여서 미안하다."

"네?"

멜레디나는 잠시 어리둥절했지만, 달려드는 적을 보고 얼른 검을 치켜들었다. 빠른 걸음으로 주군을 쫓아가려 했을 때, 뒤에서 요란한 날갯짓 소리가 들렸다.

안개가 순식간에 밀려 나간다. 무언가가 뒤에 내려앉는 기척이 들린다. 세차게 밀려드는 바람을 맞으며 멜레디나가 뒤를 돌아보자, 불꽃처럼 빨간 두 눈이 그녀를 응시하고 있었다.

"…진짜 드래곤?"

"오, 커졌군…. 이제 사람이 탈 수 있겠는걸."

그런 두 사람의 소감에, 마녀의 드래곤은 날카로운 울음소리로 대답했다.

"이제 전하와 멜레디나만 남았다!"

"딴 데 보지 마!"

고함이 난무하는 전장에서, 티나샤는 검을 휘두르면서 마력을 펼쳐 주변을 뒤지고 있었다.

아무리 마법호 위에 마력이 넘쳐난다 해도 시체가 저절로 일어나 걸어 다닐 리 없다. 어딘가에 반드시 이것들을 조종하는 자가 있을 것이다. 그쪽을 치는 게 빠르다.

하지만 상대도 그 사실을 알고서 끊임없이 이동하는 중이라 좀처럼 위치를 파악할 수 없었다.

티나샤는 실비아에게 날아드는 검을 팔까지 같이 잘라 버렸다. 살점이 너덜너덜한 팔은 그대로 허공을 날아 안개 속으로 떨어졌다.

"가, 감사합니다."

안도의 한숨을 내쉬는 실비아에게 티나샤는 미소를 보냈다.

"괜찮아요. 이제 얼마 안 남았어요."

그때 주인의 말에 응답하듯이 상공에서 날카로운 울음소리가 들렸다. 빨간 드래곤은 날개를 펼치고 바람을 맞으며 천천히 하강했다. 그 등에는 한 쌍의 남녀가 타고 있었는데, 남자 쪽은 드래곤이 땅바닥에 내려앉기도 전에 등에서 펄쩍 뛰어내렸다. 티나샤는 그를 싸늘한 눈빛으로 쳐다보았다.

"잔소리 들을 각오는 되어 있겠죠?"

"미안해."

"모두 결계 안으로 들어가세요!"

그 말에 모두가 붉은 반구 안으로 들어갔다. 드래곤도 멜레디나를 등에 태우고 반구 안에 착지했다. 시체들이 다시 포위망을 좁혀들었다. 마녀는 검을 검집에 꽂고 주문을 외우기 시작했다.

"나의 의지를 명령으로 인식하라. 땅에 잠들고 하늘을 달리는 전환자여. 나는 그대의 불꽃을 지배하고 소환한다. 나의 명령이 현출하는 개념의 전부라고 이해하라."

하얀 두 손 안쪽에 불꽃으로 이루어진 둥근 고리가 나타났다. 티나샤는 그것을 오른손으로 들어 올렸다.

"…불태워라!"

불꽃 문양이 단숨에 그 빛을 증폭한다.

고리는 삽시간에 불꽃의 파도가 되어 굉음을 내면서 무서운 기세로 화염의 혓바닥을 사방으로 날름거렸다.

무리 지어 있던 시체들이 불꽃의 파도에 휩쓸려 눈 깜짝할 사이에 불타버린다. 소리 없는 단말마의 비명이 황야에 처절하게 울려 퍼졌다. 뜨거운 열풍이 결계 안으로 밀려들었다.

그 충격에 저도 모르게 고개를 돌렸던 실비아가 눈을 떴을 때, 결계 밖에는 지평선만이 펼쳐져 있었다. 남은 것은 무언가가 타는 역한 냄새

뿐, 무수히 많았던 시체들의 모습은 보이지 않았다.

"이제 됐다. 아, 후련해라."

술자는 천연덕스럽게 말했다. 다른 자들은 지근거리에서 본 마법의 위력에 경악하고 있었다.

멜레디나는 드래곤의 등에서 내려 겁에 질린 눈으로 티나샤를 보았다. 소꿉친구 알스가 그녀를 두고 무서운 사람이라고 했던 이유를 비로소 알 것 같았다.

그런 가운데 혼자만 태연하던 오스카가 주위를 둘러보고 휘파람을 불었다.

"안개가 사라졌네. 잘됐군."

일대를 불사른 화염 덕분에 주위의 안개가 사라지고 없었다. 메마른 대지를 적당히 둘러볼 수 있는 상태다. 오스카는 뒤돌아보고 마녀의 머리에 손을 얹었다.

"티나샤, 아직 시체가 하나 남았는데."

모든 것이 사라진 대지 위, 조금 떨어진 곳에 마법사 로브를 입은 노인이 서 있었다. 해골로 착각할 만큼 깡마른 노인은 움푹 팬 눈으로 일행을 물끄러미 응시하고 있었다.

그 모습을 본 티나샤는 눈살을 찌푸렸다.

"방어한 모양이네요."

노마법사는 그녀의 시선을 받자 뜻밖에 낭랑한 목소리로 입을 열었다.

"오랜만입니다. 살아 있는 동안 다시 만날 줄은 미처 몰랐습니다."

오스카를 비롯해 모두가 뭔가를 묻고 싶은 얼굴로 티나샤를 쳐다봤지만 그녀는 묵살했다. 감정 없는 눈빛을 한 마녀를 향해 노마법사는 말을 이었다.

"그 옷차림, 그 미모는 마치 70년 전으로 돌아간 것만 같군요. 또 그쪽 편에 선 것은 사랑하는 남자의 흔적 때문입니까? …'푸른 달의 마녀'님."

마지막 한마디에 오스카를 제외한 일동은 소리 없는 비명을 질렀다. 실비아는 기절하기 일보 직전이고, 다른 병사들은 의미 없이 두 손을 들고 있다. 오스카 뒤에 선 멜레디나가 떨리는 목소리로 물었다.

"마녀라는 게… 저, 정말인가요?"

"정말이야."

오스카는 왠지 퉁명스럽게 대답했다. 한편, 티나샤는 뒤쪽의 그런 움직임에는 전혀 신경 쓰지 않고 노마법사를 향해 요염한 미소를 지었다.

"너도 꽤 나이를 먹었구나. 그때에는 그냥 애송이였는데. 어느새 머리도 벗겨지고 말라비틀어졌어."

솔직한 감상을 들은 노인은 껄껄 웃더니 뼈와 가죽만 남은 자신의 머리를 쓰다듬었다.

"진작 죽고도 남았을 나이니까요. 모두가 당신처럼 살 수 있는 건 아닙니다."

은근히 비꼬는 그 말에 마녀는 코웃음을 쳤다.

"말투나 외모까지 스승을 닮아버렸네. …역겨워."

"당신이 목을 날려 버린 내 스승님 말입니까? 상당히 기쁜 말씀이군요."

노인은 과장된 동작으로 두 팔을 벌렸다. 그것을 도전으로 받아들인 티나샤는 검을 뽑아 들고 결계 밖으로 걸어 나갔다.

"이왕 여기까지 온 김에 네 목도 날려주마. 스승을 따라 땅바닥을 기면서 감사한 마음으로 죽도록 해라."

그 미소는 소름 끼칠 정도로 잔인하고 아름다웠다.

티나샤는 폭이 좁은 검을 한 번 휘둘렀다. 그러자 무언가가 터지는 소리와 함께 푸르스름한 번개가 날에 휘감겼다.

하지만 그녀가 다시 한 걸음 내딛기도 전에 노마법사의 모습은 안개처럼 사라져버렸다. 쉰 목소리만이 그 자리에 메아리쳤다.

"당신과 싸울 만큼의 힘은 없으니 이만 실례하겠습니다. 당신도 슬슬 철수하시는 편이 나을 겁니다. 설마 한두 명쯤 죽기 전에는 그럴 생각이 없는 겁니까?"

낄낄거리는 웃음소리를 남긴 채 기척은 사라졌다. 순간, 주위에는 정적이 감돌았다. 마녀는 잠시 무언가를 생각하다가 검을 검집에 꽂고 돌아보더니, 어린아이 같은 표정으로 혀를 메롱 내밀었다.

"놓쳐 버렸어요."

"아는 사람이야?"

"70년 전의 전쟁에서 마수를 제어했던 도르자의 마법사들 중 한 명이에요."

"마수를…."

오스카는 턱에 손을 대고 생각에 잠겼다. 결계 안으로 돌아온 그녀에게 실비아가 주뼛주뼛 말을 건넸다.

"저어… 티나샤 씨가 정말로 '푸른 달의 마녀'인가요?"

"말 안 해서 미안해요. 놀라게 하고 싶지 않아서 그랬어요."

마녀의 얼굴에서는 아까와 같은 잔인함은 찾아볼 수 없다. 그녀는 조금 쓸쓸한 얼굴로 미소 지었다. 그것을 본 실비아는 가슴이 아팠다. 동시에 잘 알지도 못하면서 마녀를 두려워했던 자신이 조금 부끄러워졌다.

"어, 저는…."

"안 돼요. 마녀는 무서운 존재예요. 신경 쓰지 마요."

고개를 저어 실비아의 말을 가로막고, 티나샤는 그늘 한 점 없는 환한 미소를 지었다. 어쩐지 멀게만 느껴지는 아름다운 미소 앞에서 실비아는 하려던 말을 삼켜버렸다. 그때 오스카가 고개를 들고 말했다.

"일단 돌아가기로 하자. 인원과 장비를 정비해."

왕태자의 결단에 일동은 가슴을 쓸어내렸다. 여기 더 남아 있어도 두렵기만 할 뿐, 할 수 있는 일은 없다.

일동은 서로의 상태를 확인하고 안개가 걷힌 땅에서 철수하기 시작했다. 오스카가 자신의 옆에서 걷는 마녀의 머리에 손을 얹었다.

"설마 말까지 불태워 버린 건 아니겠지."

"거기까지는 아마…."

불안하게 미소 짓는 주인의 어깨 위에서 다시 작아진 드래곤이 하품을 했다.

말은 멀쩡하게 원래 있던 자리에서 기다리고 있었다. 그 주위에는 여전히 안개가 자욱하다. 일동은 서둘러 말에 올라 이눌레이드 요새를 향해 달리기 시작했다. 오스카는 티나샤와 나란히 말을 몰았다.

"놈들의 목적이 마수의 부활이라고 생각해?"

"십중팔구 그럴 거예요. 상당히 성가신 일이죠."

그러자 뒤에서 마법사 도안이 말참견을 했다.

"다른 걸 만들고 있을 가능성은 없습니까?"

"그건 무리예요. 오해가 있는 것 같은데… 마수는 그들이 만든 게 아니에요. 평범한 인간이 그런 걸 만들 수 있다면 보통 심각한 일이 아니죠. 아마 마법호에 핵이 되는 뭔가가 들어가서 거기에 마력의 파도가 서서히 흡착해서… 몇백 년에 걸쳐 마수가 된 게 아닐까 생각해요."

"그럼 놈들은 그걸 제어한 것뿐이야?"

"제어도 불충분했다니까요. 도대체 뱀이 든 덤불을 들쑤셔서 뭘 어쩌자는 건지 모르겠어요."

이야기하는 동안 비로소 전방의 안개가 걷히기 시작했다. 한동안 말을 달리자 지평선 너머로 탑이 보이기 시작했다.

하지만 거기까지 왔을 때, 티나샤가 갑자기 달리는 속도를 늦추더니 그대로 멈춰 버렸다.

"왜? 티나샤."

마녀는 말에서 뛰어내린 후 병사에게 고삐를 맡겼다.

"먼저들 가세요. 난 다시 돌아가겠어요."

"그게 무슨 소리야?"

오스카는 자신도 말에서 내려 그녀에게 다가갔다. 그러나 티나샤는 태연하게 대답했다.

"여기서 우리가 일단 돌아가서 준비를 갖춘다면, 낌새를 챈 이상, 상대도 그걸 노리고 있을 거예요. 서둘러 봉인을 풀려고 하겠죠. 하지만 그렇게 놔둘 순 없어요. 지금 쳐야 해요. 아, 그 해골은 자기가 무사히 도망쳤다고 생각하겠지만, 실은 지금 추적 중이에요."

마녀는 오른손 손등을 들어 보였다. 손 토시에 박힌 수정이 안에 불꽃을 품은 것처럼 검붉게 일렁거렸다. 오스카는 놀란 나머지 말문이 막혀 버렸다. 그는 눈앞에 있는 수호자를 노려보았다.

"너… 처음부터 이럴 생각으로 그 장비를 챙긴 거였군. 조사만 하고 돌아갈 생각은 애당초 없었어."

"당연하죠."

즉답하는 그녀의 눈동자에는 어떤 감정도 보이지 않는다. 오스카는 가냘픈 마녀의 팔을 붙잡았다.

"나도 간다."

"또!"

넌더리를 내며 그녀는 얼굴을 구겼다. 티나샤는 허공에 가볍게 떠올라 오스카보다 조금 높은 위치에서 그의 얼굴을 내려다보았다. 그래도 가냘픈 팔을 놓지 않는 오스카에게 그녀는 말했다.

"당신은 뭐든지 할 수 있고, 또 본인이 직접 하려고 하는 자세는 높이 평가해요. 하지만 왕이 되고자 한다면 주위를 이용할 줄도 알아야 해요."

그녀는 마치 엄마처럼 다른 손으로 오스카의 볼을 어루만졌다. 그녀의 손길이 그는 기분 좋은 듯 보였지만 시선도, 잡고 있는 손도 떼지 않았다.

"그건 나도 알고 있고, 조심할 거야. 하지만 지금은 안 돼. 난 너를 수족처럼 부릴 생각은 없어."

"그러려고 탑에서 데려온 거 아니었어요?"

"아니야."

"레그라면 날 보내줬을 거예요."

"알 바 아니야!"

오스카는 팔을 잡은 손에 힘을 주었다. 이 땅에 잠든 마수는 그녀 스스로 봉인밖에 선택할 수 없었던 상대였다. 당시 계약자였던 파르사스 국왕과, 그가 이끄는 군이 있는데도 그랬다. 도저히 그녀 혼자만 보낼 수는 없다.

하지만 동시에… 오스카는 그것이 자신의 변명에 지나지 않음을 알고 있었다.

70년 전, 그녀는 아마 다른 사람들을 지키면서 싸웠을 것이다. '그 상황에서는 봉인밖에 선택할 수 없었다'고 한 것은 병사들의 희생이 커지는 것을 막기 위해서였으리라.

그러니까 지금 자신이 따라가도 똑같은 상황을 되풀이하게 만들 뿐이다.

그래도 그녀를 혼자 보내기는 싫었다.

"놈들의 표적은 파르사스야. 너에게만 감당하게 만들 순 없어."

"거기에 관해서는 내 개인적인 사정도 있지만…. 정말로 당신은 굽힐 줄을 모르는군요."

티나샤는 문득 난처한 듯이 미소 지었다. 그 얼굴은 평소와 다름없는, 성에 있을 때와 같은 표정이다.

길고 풍성한 머리카락이 마력을 띠고 바람도 없는데 너울거렸다. 흑요석 같은 눈동자가 천천히 깜빡였다.

거기에 떠오른 것은 과거의 풍경일까, 아니면 세월의 더께 그 자체일까.

마녀는 온화한 미소를 지었다.

"겨우 1년간의 계약이에요. 성가신 일은 최대한 맡겨주세요."

"티나샤."

"그리고 나는 당신의 무게를 짊어지는 것쯤은 아무것도 아니니까요."

경쾌하게, 노래하듯이 그녀는 말했다.

그 말과 눈빛에 오스카는 숨을 삼켰다.

태어나면서부터 그가 짊어지고 있는 것. 핏줄도, 책무도, 저주도 전부 알고 있으면서 자신에게 넘기라고 말하며 그녀는 웃는다.

그런 것쯤은 하나도 무겁지 않다고, 그러니까 자신을 최대한 이용하라고 말하는 것이다.

티나샤의 밤의 눈동자가 그의 두 눈을 응시했다.

"오스카, 당신이 내 계약자이고 내가 당신의 수호자인 한, 난 어디

가서 무엇을 하든 반드시 당신에게로 돌아올 거예요. 그리고 당신보다 먼저 죽지는 않아요. 절대로."

맹세와도 같은 약속.

오스카는 그녀의 눈동자를 뚫어져라 응시했다.

그것은 마치 바닥이 없는 심연을 들여다보는 느낌이었다.

어째서 자신은 그녀를 아무것도 모르는 소녀처럼 여기고 있었을까.

얼마만큼의 세월의 차가 거기에 있는가.

도저히 가늠할 수 없다. 지금은 닿지 않는다.

다만, 닿지 않음을 알 수 있을 뿐이다.

오스카는 한숨을 삼켰다. 그리고 잡고 있던 손을 조용히 놓았다.

"알았어. 갔다 와."

티나샤는 부드럽게 미소 지었다. 그녀가 왼손을 들어 올리자 어깨 위에 있던 드래곤이 짧은 울음소리를 내고 날아올랐다. 그리고 아까보다 훨씬 크게, 오두막집의 세 배 정도 되는 모습으로 변했다.

"나를 좀 더 믿어줬으면 좋겠네요. 이래 봬도 나는 무패예요."

"그럼 내가 첫 패배를 맛보게 해주지."

"…거기에 대해서는 대책을 검토 중이니까 조금만 기다려주세요…."

진홍의 드래곤은 고개를 숙여 아름다운 마녀를 등에 태웠다.

그림처럼 환상적인 광경. 그 모습을 올려다본 이들은 무심코 감탄의 한숨을 내쉬었다. 마녀에 대한 공포심과 그녀 개인에 대한 감정이 그들의 마음속에서 복잡하게 교차했다. 눈부신 듯 티나샤를 올려다본 멜레디나는 왠지 가슴이 뜨거워지는 느낌을 맛보았다.

드래곤은 고도를 조금 낮춰 잠시 일동의 눈앞에 머물렀다. 이글거리는 커다란 왼쪽 눈이 그들을 응시한다. 장비를 확인하는 티나샤에게 오스카는 말을 건넸다.

"티나샤, 네가 돌아오면…."

"돌아오면?"

"결혼이나 할까?"

"안 해요! 죽음을 암시하는 것처럼 그런 말은 하지 마요!"

늘 그렇듯이 티격태격하면서 두 사람은 소리 내어 웃었다.

마녀가 가볍게 등을 두드리자 드래곤은 모래 먼지를 피우며 날아올라 마법호를 향해 순식간에 안개 속으로 사라져 버렸다.

※

과거에 파르사스와 도르자의 전쟁이 있었다.

먼저 전쟁을 걸어온 쪽은 파르사스보다 북서쪽에 위치한 도르자였다.

당시 도르자는 흉년으로 기근을 겪고 있어 이웃 나라의 넓은 영토와 풍족한 자원을 탐낸 것이다.

갑자기 침공해온 도르자군에 맞서 파르사스군은 선전했다. 안정된 무력으로 적군을 제압해 일주일 만에 대세는 거의 결정된 것처럼 보였다.

하지만 그때, 도르자는 마법호에 잠든 마수를 깨워 파르사스를 공격하게 만들었다.

거대 마법 병기에 의한 유린.

대륙 전체를 뒤흔든 그 작전은, 그러나 일부 마법사들의 독단으로 실행에 옮겨진 것이었다. 실제로 마수의 제어가 불완전한 탓에 그 희생양이 된 도르자인들도 많았다. 게다가 마수가 뿜어낸 독기는 전쟁터가 된 땅을 지금도 풀 한 포기 자라지 않는 안개의 땅으로 바꾸어놓았다.

당시 전장에서 마수에게 희생된 희생자 수는 양군을 합쳐 2천 명 이상. 압도적인 힘에 모두가 절망감을 느꼈을 때, 그러나 마수는 마침내 파르사스 왕이 데려온 마녀에 의해 봉인당했다.

그 후, 마수 제어에 관여했던 마법사들은 대부분 그녀의 손에 죽음을 맞이했고, 그녀의 학살을 피한 자들도 같은 도르자인들의 보복으로 죽음을 맞이했다.

그리하여 마수는 땅속 깊이 잠들었고, 안개로 덮인 땅은 비로소 표면상으로는 평온을 얻었다.

70년 가까운 세월이 흘러 이 땅에 다시 마녀가 찾아올 때까지는.

"봉인의 최종 해주를 서둘러라! 시간이 없다!"

노마법사는 지하 동굴로 돌아오자마자 고함을 질렀다. 그러자 젊은 마법사가 깜짝 놀라 돌아보았다.

"지금 당장 말입니까? 하지만 아직 제어 구성이 완전하지는…."

"상관없어! 최종 해주 주문을 개시해! 마녀에게 들키고 말았다!"

"마녀에게요?!"

사태를 파악한 젊은 마법사는 급하게 동굴 안쪽으로 달려갔다. 노마법사는 기침을 하면서 뒤를 따랐다.

"…여기까지 와서 무너질 순 없어."

그가 나고 자란 마을은 분열된 도르자 안에서도 제일 가난한 소국에 속해 있다.

그렇기에 마수의 힘으로 도르자를 재통일하고 파르사스를 멸망시켜 고향을 구해야 한다. 그럴 수만 있다면 70년 전 동지들과 함께 버렸어야 했을 목숨 따위는 얼마든지 내줄 수 있다.

"…아직은 안 돼. 이제부터다…."

거동이 불편한 노구를 이끌고 그는 해주 구성을 하는 곳에 도착했다. 거기에는 이미 십여 명의 마법사들이 모여 있었다. 모두 이유는 달라도 뜻을 함께하는 자들이다. 그리고 그들이 마주한 동굴 안쪽에는, 인간의 힘으로 만들었다고는 믿기 힘들 만큼 복잡한 구성 문양이 푸르스름하게 떠올라 있었다.

섬세함의 극치를 보여주는 다중 구성. 그것은 70년 전에 마녀가 행한 봉인이다.

그리고 그 너머, 거대한 공간에는 감겨 있는 커다란 '눈'이 보였다.

눈꼬리만이 검은 그것이 무엇인지, 멀리 떨어져서 보면 전모를 파악할 수 있을 것이다.

은색의 긴 체모로 뒤덮인 거대한 몸은 대부분 어둠에 묻혀 있어 알아볼 수 없다. 보이는 것은 봉인의 푸르스름한 빛에 비친 몸의 일부로, 그것으로 상상할 수 있는 크기는 작은 성(城) 정도의 규모다. 전모를 파악할 수 없는 짐승은 눈 밑으로 이어지는 콧날의 모양을 보면 거대한 늑대와 비슷했다.

공간을 가득 채운 정체불명의 마력. 잠들어 있는 짐승은 무시무시하면서도 신비하다.

가공할 이 마수를 깨우기 위해 이미 다섯 명의 마법사들이 주문을 외우고 있었다. 노마법사는 그들 옆을 빠져나가 마수가 잠들어 있는 공간을 내려다보았다. 노인은 뒤에서 무릎을 꿇는 마법사에게 물었다.

"얼마나 걸릴 것 같으냐?"

"사흘 정도면 그럭저럭…."

"사흘이라……. 파르사스군이 오는 것과 얼추 비슷하겠군. 어떻게든 그들이 오기 전에 끝내야 한다."

"알겠습니다."

남자 마법사가 그렇게 대답했을 때, 뭔가 가벼운 것이 떨어지는 소리가 들렸다.

그는 의아하게 생각하면서 소리가 난 쪽을 보았다.

거기에는 뼈와 가죽만 남은 목이 바닥을 구르고 있었다.

“아… 아….”

입만 뻐끔거리는 그의 목덜미에 차가운 무언가가 떨어진다. 그는 그것을 미처 깨닫기도 전에 죽음을 맞이했다.

참극은 한순간에 벌어졌다.

바위 뒤에서 눈을 감고 주문에 집중하고 있던 마법사는 언제부턴가 자신의 목소리 외에 다른 목소리가 들리지 않는 것을 깨달았다. 이상하게 여긴 그는 동료들이 있는 쪽을 돌아보고… 전율했다.

흘러넘쳐 바닥에 고인 피 웅덩이, 그 위에 동지들이 처참한 몰골로 쓰러져 있었다. 낯익은 노마법사의 목은 무슨 일이 일어났는지도 모르는 표정이었다.

“아앗…!”

그는 비틀거리며 입을 틀어막았다. 강렬한 피비린내가 훅 끼쳤다. 끔찍한 참상에 머리가 어지러웠다.

하지만 그런 가운데 무엇보다도 그의 시선을 사로잡은 것은 피바다 한가운데에 서 있는 한 소녀였다. 피에 젖은 검을 든 마녀는 그를 보고 방긋 미소 지었다.

“아직 하나가 남았구나.”

청아한 목소리. 공포에 다리가 후들거린다. 남자는 비명도 지르지 못한 채 그 자리에 주저앉았다.

마녀는 태연하게 다가와 그에게 물었다.

"왜? 봉인을 풀고 싶어?"

남자는 입을 뻐끔거리며 고개를 끄덕였다. 마녀는 커다란 눈을 동그랗게 뜨고 미소 지었다.

"그럼 풀어줄게."

그녀는 벽을 향해 검을 휘둘러 피를 털고는 검집에 꽂았다. 그리고 봉인을 향해 한 손을 뻗었다.

강렬한 피비린내 속에, 그 모습은 달빛을 휘감은 듯 선명하게 보였다.

"노래하라, 과거의 징계여. 멀리 생겨난 사슬은 나의 명에 의해 부서지리니…."

주문을 외우는 낭랑한 목소리. 봉인되어 있는 동안은 아무도 마수를 만질 수 없다.

그것은 술자인 마녀 역시 마찬가지다. 그녀는 오른손을 내밀어 복잡한 봉인을 풀어나갔다. 옆에서는 마법사 남자가 파랗게 질린 얼굴로 그 모습을 지켜보고 있다.

일곱 개의 작은 봉인으로 구성된 문양은 마녀의 손에 의해 순식간에 하나하나 해주되었다.

문양이 사라진다.

그리고 마수가 천천히 눈을 뜨기 시작했다.

※

이눌레이드 요새에 도착한 일행은 문을 지나다가 갑작스러운 땅울림을 느꼈다.

말들이 겁먹은 듯이 울기 시작했다. 일동은 뒤를 돌아보았다. 마법호

방향에서 무거운 땅울림 소리가 들려왔다. 거대한 무언가가 무너져 내리는 듯한 그 소리에 실비아의 얼굴이 창백해졌다.

"지금 이건… 혹시 마수가…."

동요하는 신하들에게, 그러나 오스카는 아무 말도 하지 않았다. 날카로운 눈빛으로 황야를 바라볼 뿐이다.

그는 몇 초 정도 그러고 있다가 가볍게 고개를 젓고 나서 신하들에게 지시했다.

"말이 도망가면 안 되니까 모두 안으로 들어가."

"하지만 티나샤 씨가…."

"그만큼 장담했으니 알아서 하겠지."

자신들은 모두 그녀의 진짜 모습을 모른다.

대륙 최강의 마녀. 압도적인 힘의 체현자.

이 대륙을 오랫동안 병들게 한 '암흑시대'가 끝난 후, 이 시대가 '마녀의 시대'라 불리는 것은 그녀들의 힘이 역사를 바꿔놓을 정도로 막강하기 때문이다.

마녀의 분노를 사면 하룻밤 사이에 나라가 멸망한다. 그런 건 어린아이도 알고 있으며, 단지 그것이 지금까지 티나샤 개인과 연결되지 않았을 뿐이다.

하지만 언젠가는 알아야 한다. 그녀의 계약자라면.

오스카는 모두가 망설이며 문을 지나 안으로 들어가는 동안, 혼자만 말에서 내렸다. 그걸 알아차린 도안이 돌아보았다.

"전하, 왜 그러십니까?"

이눌레이드 요새의 문 앞에는 아무것도 없다. 경계에 방해가 되지 않도록 나무들도 모조리 베어냈다.

오스카는 그런 주변 풍경을 가볍게 둘러본 후 천천히 허리에 찬 아카시아를 뽑았다. 이어서 순식간에 지면을 박차고 몇 발짝 앞으로 번개같이 달려들었다.

무서운 속도로 허공을 가르는 아카시아.

아무것도 없는 곳을 베는 것처럼 보였던 그것은 다음 순간, 진한 회색 천을 걷어냈다.

왕태자를 보고 있던 도안은 눈앞의 광경을 이해하고 경악했다.

아카시아가 벤 것은 불가시(不可視) 결계와 그곳에 숨어 있던 술자의 로브였다.

아슬아슬하게 몸을 피한 상대에게 오스카는 날카롭게 물었다.

"누구냐? 너도 그 마법사와 한패냐?"

"…놀라워라. 감이 뛰어난 줄은 알았지만 이 정도일 줄은 몰랐군."

잘려 나간 로브를 보고 씩 웃은 사람은 젊은 남자 마법사였다. 동그란 얼굴에 밝은 갈색 머리카락. 같은 색의 눈동자는 긴장한 빛을 띠고 있다. 그 얼굴을 본 오스카는 금세 정보를 떠올렸다.

"너는 혹시 축제 때 성도에 있었던 놈이냐? 아까 티나샤와 헤어진 뒤로 우리를 따라왔구나. 내내 그 녀석을 감시하고 있었던 거냐?"

"설마. 그런 짓을 했다간 금방 붙잡히고 말걸. 실제로 그녀는 나를 탐지하려고 했던 것 같으니까."

그 말이 의미하는 바는, 이 남자는 티나샤의 탐지를 눈치채고 있었다는 뜻이다. 마녀의 탐지를 알아차리고 도망칠 정도면 보통 실력자는 아니다.

오스카는 일단 경계를 강화했다. 남자가 눈치채지 못하게 발의 중심을 이동시킨다.

남자는 손으로 배를 누른 채 쓴웃음을 지었다.

"난 그냥 조언을 해 주고 싶은 것뿐이야."

"조언?"

"그래, 당신의 수호자가 가장 알고 싶어하는 거지. 가능하면 다리를 좀 놔줬으면 고맙겠는데. 그녀도 아마 기뻐할 거야."

"나한테 화를 낼 건 확실하겠군. 그 녀석이 알고 싶어하는 걸 그 녀석이 직접 손에 넣지 못할 리 없어."

오스카의 즉답에 미소 짓던 남자의 얼굴이 조금 굳었다. 그는 무슨 말을 하려다가 결국 탄식했다.

"정말이지… 당신이나 그녀나 그런 면이 아주 성가셔. 머리가 비상해서 달콤한 말에 넘어가지 않아. 그래서 언제나 결국 사태를 꼬이게 만들지."

"허튼소리 집어치우고, 우리 마법사를 죽이게 사주한 놈이 너냐?"

"조사하러 오지 못하도록 만드는 게 좋겠다고는 했지만, 방식을 정한 건 그들이야. 내가 하는 일은 언제나 누군가에게 무언가를 알려주는 것뿐이지. 그다음은 당사자들의 자유야."

"꽤나 빙빙 돌려 말하는군. 도르자의 마법사와는 한패가 아니라는 거냐?"

눈앞의 남자는 의심할 여지가 없는 마법사이지만, 단순히 그것만은 아닌 불길한 기운이 느껴진다. 티나샤는 이 남자에 대해 '상당한 마력을 은폐하고 있다'고 말했는데, 그 때문일까.

"난 어느 나라 사람도 아니야. 엄밀하게 말하면 당신들의 적도 아니고. 다만 그녀에게 용건이 있을 뿐이야."

"흠, 그 녀석에게 용건이 있는 건 사실인가 보군. 그럼 여기에서 죽어서 만나러 가라."

말이 채 끝나기도 전에 오스카는 거리를 좁혔다.

모든 마법 결계를 베는 검이 남자를 겨누고 허공을 갈랐다.

하지만 그 검은 난데없이 허공에 나타난 바위에 부딪쳐 튕겨 나오고 말았다. 오스카가 놀라는 사이, 남자는 전이 구성을 짰다. 도안이 발사한 포박마법이 닿기 전에 간발의 차로 남자는 그 자리에서 사라져버렸다.

아슬아슬하게 수상한 마법사를 놓쳐 버리고 도안은 이를 갈았다.

"죄송합니다, 전하…. 제 힘이 미치지 못하여…."

"아니, 그건 괜찮은데 이 바위는 대체 뭐야? 어디서 나타난 거지?"

오스카의 발밑에 구르고 있는 것은 고양이만 한 크기의 바위다. 난데없이 나타난 이 바위가 아카시아를 막아낸 것이다. 도안은 씁쓸한 표정으로 설명했다.

"다른 곳에 있는 걸 전이로 가져온 겁니다. 꽤 기지가 있는 놈 같습니다."

아카시아는 모든 마법을 베지만, 실체가 있는 것을 벨 때에는 일반 검보다 약간 단단한 정도다. 그것을 알고 대응한 그 남자는 성가신 상대가 분명하다.

오스카는 주위에 남자의 기척이 없는 것을 확인하고 아카시아에 묻은 피를 털었다.

"죽일 생각이었는데…."

남자의 목적이 티나샤인 이상, 지금 이 자리에서 없애두고 싶었다. 최소한 그녀가 마수와 싸우는 동안만이라도 발을 묶어놔야 했다.

하지만 오스카가 할 수 있었던 것은 최초의 일격뿐이었다. 로브 위로 벤 감촉으로 짐작컨대 치명상은 아니지만, 그리 가볍지도 않을 것이다. 도안이 고개를 절레절레 흔들었다.

"그 정도 상처면 치유 마법을 쓴다 해도 당분간은 꼼짝 못 할 겁니다."

"그나마 발은 묶어둔 셈인가. 다음번엔 반드시 처치한다."

다시 땅을 타고 전해지는 진동을 느끼고서 오스카는 마법호 쪽을 바라보았다.

마치 커다란 누에고치처럼 보이는 안개. 그 속에 그의 마녀가 있다.

※

자욱한 연기 속에 티나샤는 상공에 떠서 아래를 내려다보고 있었다.

마수가 깨어난 충격으로 땅속에서는 격렬한 지반 붕괴가 일어나는 중이다. 아마 살아남은 마법사도 다른 시체들과 함께 땅속 깊이 잠들게 되었을 것이다.

티나샤는 주위를 날고 있는 드래곤에게 말을 건넸다.

"나크, 위험하니까 끝날 때까지 물러가 있어."

드래곤은 주인의 명령에 따라 흙먼지와 안개 속으로 그 붉은 몸을 감추었다.

지상의 모래 먼지가 서서히 걷히기 시작한다.

마법호 중앙, 거대한 은색 늑대가 고개를 치켜들고 티나샤를 노려보고 있었다. 은색 털로 뒤덮인 이마에는 커다란 붉은 돌이 박혀 있다. 같은 색의 눈동자는 적의에 불타며, 허공에 떠 있는 작은 마녀에게 시선을 고정하고 있었다.

티나샤는 매력적인 미소를 지었다.

"70년 만이야. 잘 잤어?"

수십 년 만의 해후가 서로에게 가져오는 것은 어느 한쪽의 죽음이다.

분명 마수도 그 사실을 알고 있으리라. 은색 털이 짐승의 살기에 호응해 희미하게 빛을 발하기 시작했다. 순수한 마력의 양만 놓고 보면 다른 마녀에게 필적할 정도일지도 모른다.

"하지만 마법사의 힘은 마력의 양만으로는 가늠할 수 없어."

티나샤는 그렇게 말하고 오른손을 들었다. 하얀 손 위에 광구가 나타났다.

눈부시게 빛나는 광구는 눈 깜짝할 사이에 부풀어 오르더니 시끄러운 소리를 내기 시작했다. 나뭇가지 모양으로 퍼지는 번개가 광구에 휘감긴다. 거기에 응하듯이 마수가 포효했다.

공기를 쩌렁쩌렁 진동시키는 포효 소리. 쩍 벌어진 입에서 충격파가 뿜어 나왔다.

티나샤는 마수의 선공을 옆으로 도약해 피하고, 벌어진 입을 향해 재빨리 광구를 던졌다.

그러나 마수는 광구가 입에 들어오기 직전에 고개를 숙여 이마로 하얀 빛을 받아냈다.

광구는 은색의 긴 털에 흡수되어 불꽃을 튀기며 확산되어 버렸다.

"도대체 털이 얼마나 많은 거야…."

70년 전, 그녀가 애먹은 이유 중 하나가 바로 이 막강한 마법 저항력이었다. 웬만한 공격으로는 상처 하나 입힐 수 없다. 그리고 이 저항을 뛰어넘는 공격을 가하면 주위 사람들도 무사하지 못하다.

그래서 과거에는 봉인을 선택할 수밖에 없었다.

"알고는 있었지만 정말 성가셔."

그렇게 중얼거리는 티나샤의 몸을 날카로운 발톱이 찢어놓으려고 했다.

그녀는 그 일격을 아슬아슬하게 피하고 허공을 달려 마수의 발밑으로 미끄러져 들어갔다. 그리고 하얀 다리에 장비하고 있던 원통을 뽑아 손가락으로 작은 뚜껑을 튕겨 열었다. 안에서 빨간 공이 손바닥 위로 굴러 나왔다. 그녀는 거기에 구성을 쏟아부었다.

"충족되어라, 나의 정의(定義)여…."

두 번째 발톱 공격이 날아온다. 마녀는 지면을 박차 몸을 피하면서 구성이 담긴 작은 공을 마수의 뒷발 쪽으로 던졌다. 공은 보이지 않는 칼날을 장비한 것처럼 은색 털을 찢고 속살을 파고들었다. 다음 순간, 마수의 뒷발이 사방에 피와 살점을 뿌리며 폭발했다.

고통스러운 울부짖음이 일대를 뒤흔들었다. 분노로 새빨갛게 이글거리는 눈이 그녀를 찾아 움직였다. 마수는 마법호 위에 선 그녀를 발견하고 엄니를 드러내며 달려들려 했다.

"이크."

무서운 속도로 다가오는 거대한 턱을 티나샤는 방어 결계를 펼쳐서 받아넘겼다. 다시 허공으로 떠오르면서 터져버린 뒷발을 보니 거기에서는 벌써 새로운 살이 빠른 속도로 돋아나고 있었다. 순식간에 아문 상처 위로 은색 털이 자라난다.

"치유 속도는 여전히 빨라, 빨라."

마녀는 노래하듯이 중얼거리고는 원통을 흔들어 다시 빨간 공을 꺼냈다. 공중에서 한 바퀴 회전해서 이번에는 앞발을 조준해 빨간 공을 던졌다. 살점이 튀고 둔탁한 소리가 사방에 울려 퍼졌다.

『만약 70년 전, 국왕 레기우스 곁에 '푸른 달의 마녀'가 없었다면 마수는 그대로 성도까지 유린했을 것이다.』

그것은 한 유명한 역사서에 기록된 문장으로, 많은 학자들이 동의하는 부분이다.

마수의 특징이라 할 수 있는, 마법을 받아들이지 않는 강인한 몸. 거구에서 나오는 무한한 체력에, 숲을 쓸어버릴 정도의 어마어마한 힘,

경이적인 회복력. 인간이 도저히 맞설 수 없는 그 강력한 힘 앞에 수만의 군세가 무릎을 꿇었다.

당시의 전쟁을 방관하던 다른 나라들조차 파르사스가 멸망한 후 마수에 어떻게 대처해야 할지, 답이 없는 문제를 놓고 시끄러웠을 정도였다.

하지만 그들의 걱정은 기우로 끝나버렸다. 전장에 나타난 왕의 마녀가 한나절에 걸친 치열한 혈투 끝에 마수를 봉인하고, 그 후 파르사스를 떠난 것이다.

어쩌면 그녀는 파르사스만이 아니라 다른 많은 국가와 사람들까지 구한 것일지도 모른다. 사람들은 이 일로 인해 마녀의 강대한 힘을 다시 한번 실감하게 되었다.

그리고 70년이 흘러, 그녀는 새로운 계약자 곁에서 다시 마수와 대치한다.

"앗… 위험했다."

마수의 날카로운 발톱이 그녀의 흑발을 스쳤다. 아까부터 줄기차게 몰아치는 공격을 피하고 있는 티나샤는 그 과정에서 가지고 있던 일곱 개의 공을 다 쓰고 말았다. 그러나 마수의 몸은 어떤 타격을 줘도 순식간에 상처가 아물어버린다. 뒤에는 은색 털이 마치 아무 일도 없었다는 듯 흔들리고 있을 뿐이다.

반면 티나샤는 정신없이 피해 다니느라 숨이 가빠오고 있었다. 그녀는 발톱 공격을 피해 높이 도약했다가 상공에서 다시 마수를 내려다보았다.

"훈련을 게을리한 건 아닌데… 체력이 약한 건 어쩔 수 없네."

소녀의 가냘픈 몸으로는 아무래도 한계가 있다. 그녀의 이마와 목덜미에는 구슬땀이 송송 맺혀 있었다.

티나샤는 끈적하게 달라붙는 검은 머리카락을 뒤로 넘기고, 자조 섞인 어조로 혼잣말로 중얼거렸다.

"자, 문제는 여기서부터인데…. 70년 전의 그 일을 다시 반복하게 되려나?"

결과가 어찌 되든 최종적으로 맞이하는 것은 단 하나, 어느 한쪽의 죽음이다.

마녀는 깊이 숨을 들이마시고 담담하게 주문을 외우기 시작했다.

"상승하라. 사로잡힌 감옥은 여전히 어둠 속에 있나니, 네가 보는 것은 단지 일곱 개의 속박뿐."

주문을 외우는 목소리에 호응해 마수의 몸에 파묻힌 빨간 공이 생살을 뚫고 빛나기 시작했다. 몸에서 여기저기 빛이 뿜어 나오자 마수는 고통스럽게 으르렁거렸다.

"의미를 추구하지 않는 안녕은 맹목. 거부하여 우둔의 동굴에 잠들라."

일곱 개의 공에서 뿜어 나오는 마력의 빛. 그것들은 무수한 실이 되어 서로 엉키면서 마수를 속박하며 거대한 구성을 짜나가고 있었다. 마수가 벗어나려 몸부림쳐도 그물 형태의 구성은 탄력 있게 거구에 휘감겨 떨어지지 않는다.

그리하여 만들어진 문양이 마수를 완전히 포박했을 때, 티나샤는 주문을 멈추고 잠시 한숨을 돌렸다.

"미안하지만 이번엔 죽어줘야겠어. 너도 여기 있어봤자 얻는 건 아무것도 없을 거야."

마법 생물로서 생을 얻어 전쟁의 도구로 깨어났다.

그것은 지독하게 일그러진, 의도하지 않은 존재 방식이다. 원해서 그

렇게 된 것이 아닌 짐승에게 티나샤는 측은함을 담은 눈빛을 향했다.

그리고 그녀는 죽음을 위한 주문을 외우기 시작했다.

"나의 의지를 명령으로 인식하라. 모든 공간에 가득한 침묵자여. 나의 말 없이 힘은 없으리라. 소실을 위한 빛을 정의하라…."

티나샤의 머리 위에 거대한 빛의 구성이 나타났다.

둥근 고리 모양의 문양은 천천히 회전하면서 마법호의 마력을 빨아올리기 시작했다. 티나샤의 머리 위에서 무서울 정도로 강력한 힘이 응축되기 시작했다.

순식간에 빛을 더해가는 문양을 알아차리고 마수가 고개를 쳐들었다. 증오에 불타는 붉은 눈이 마녀의 검은 눈과 부딪쳤다. 낮게 으르렁거리는 소리가 땅을 뒤흔들었다.

살기와 공허. 양자 사이에 오가는 것은 전혀 다른 감정이다.

정적의 몇 초가 흐른다. 그것이 영원처럼 느껴졌을 때, 갑자기 마수의 거대한 몸이 도약했다.

은색의 아가리가 경계를 찢고 마녀에게 달려든다.

"……!"

티나샤는 순간적으로 외투를 벗어 흰 엄니를 향해 던졌다. 마법으로 직조된 천이 공기를 머금고 활짝 펼쳐지자 그 안에 담겨 있던 방어진이 발동해 빛의 벽이 생겨났다.

하지만 마수의 엄니는 그 방어를 눈 깜짝할 사이에 돌파해 버렸다.

거대한 아가리가 번개처럼 다가와 방어할 새도 없이 그녀에게 달려들었다. 납작한 배에 깊숙이 박히는 엄니. 그녀의 몸은 맥없이 마수에게 붙들리고 말았다.

"아…."

충격과 함께 무서운 격통이 티나샤의 몸을 활처럼 젖혀지게 만들었다. 그녀는 신음을 삼켰지만, 대신 머릿속은 새하얘졌다. 마수는 그녀를 씹기 위해 다시 입을 벌렸다.

의식이 멀어진다.

하지만 의식을 잃을 수는 없다. 그렇게 되면 짜다 만 구성이 사라져 버린다.

어떻게든 버텨야 한다…. 자신은 아직 무엇에도 닿지 못했다.

마수의 입이 쩍 벌어진다. 티나샤는 온 힘을 다해 엄니를 걷어찼다. 발끝에 생겨난 구성이 흰 엄니를 깨부순다. 그 반동을 이용해 그녀는 마수의 턱에서 빠져나왔다.

왼손으로 감싸고 있는 배에서 피가 철철 흐르기 시작했다.

"이제 넌 끝났어."

티나샤는 오른손을 머리 위로 치켜들었다. 눈부신 빛이 손바닥 위에 모여들었다.

그리고 발사된 구성은 마법호를 뒤덮을 정도로 넓게 퍼지면서 은색의 거구를 삼키기 시작했다.

굉음과 함께 땅이 흔들린다.

그날 마법호에서 발사된 섬광은 이눌레이드 요새뿐 아니라, 구 도르자의 성도에까지 퍼져나갔다.

새하얀 빛이 하늘을 불살랐고 땅울림은 먼 도시까지 뒤흔들었다. 인간이 아닌 존재의 분노에 찬 절규가 공기를 진동시켜 사람들의 귀청을 때렸다.

그러나 그런 이변을 겪으면서도 구 도르자 사람들은 아무도 과거의 고통스러운 기억이 남아 있는 장소, 지금은 무국적 지대가 된 마법호에 가까이 가려 하지 않았다.

70년 전의 전쟁이 남긴 유산은 이리하여 아무도 모르게 모습을 감추었다.

※

해가 서서히 기울어간다. 요새에 불어오는 바람에서는 메마른 냄새가 났다.

요새의 성벽에 나와 있는 오스카에게 멜레디나가 조심스럽게 말을 건넸다.

"전하, 이제 그만 성으로 돌아가심이…."

먼 황야를 바라보던 청년이 그 말에 그녀를 돌아보았다. 두 시간 전쯤 마법호 쪽에서 섬광이 확인된 후로 그는 내내 여기에 서 있었다. 슬슬 땅거미가 지기 시작해 요새 여기저기에 하나둘씩 불이 켜지고 있었다.

오스카는 고개를 가로저었다.

"아니, 조금만 더 기다려보겠다."

멜레디나는 무슨 말을 하려다 말고 잠자코 물러났다. 오스카는 다시 황야로 시선을 향했다.

실은 몇 번이나 상황을 보러 갈까 생각했었다. 하지만 결국 그러지 못했다.

수호자인 마녀를 신뢰하는 것 또한 계약자의 소임이다. 그가 데려온 자는 탑에 갇힌 무력한 소녀가 아니라, 역사의 그림자 위에 선 압도적인 힘의 체현자다. 그것을 착각해서는 안 된다.

『레그라면 날 보내줬을 거예요.』

그녀가 한 그 말은 오스카가 모르는 까마득히 먼 과거의 일이다.

"증조부라면…."

그 마녀는 얼굴도 모르는 증조부를 사랑했던 걸까. 만약에 다시 만나게 된다면 꼭 물어봐야지…. 오스카는 그렇게 생각하다가, 마치 그녀가 돌아오지 않을 것처럼 여기는 자신의 발상에 쓴웃음을 지었다.

아직 계약 종료까지는 열 달도 넘게 남았다. 언제든지 물어볼 수 있을 것이다.

그는 고개를 들었다. 불현듯 시야에 검은 그림자가 들어왔다. 작은 그림자는 먼 하늘에서 서서히 요새 쪽으로 다가오고 있었다. 커다란 날개를 펼치고 똑바로 다가오는 그것은 티나샤의 드래곤이다. 오스카는 저도 모르게 안도의 한숨을 내쉬었다. 드래곤은 주인의 계약자인 그를 목표로 삼은 모양인지, 오스카의 머리 위까지 오자 천천히 고도를 낮췄다. 아직 보이지 않는 그 등 위를 향해 그는 수호자의 이름을 불렀다.

"티나샤, 어땠어?"

그녀의 승리를 믿어 의심치 않는 그 질문에 드래곤의 등 위에서는 아무 대답이 없었다.

"티나샤?"

갑자기 불안해진 오스카는 드래곤의 몸을 손으로 짚고 등 위로 뛰어올랐다. 자세를 바로잡으며 시선을 돌리던 그는 경악했다.

거기에 쓰러져 있는 것은 피투성이가 된 그의 마녀였다.

온몸의 핏기가 빠져 나가는 심정으로 그는 그녀의 몸을 안아 일으켰다. 의식이 없는 마녀에게 눈길을 고정한 채 그는 부르짖었다.

"누구 없느냐, 당장 마법사를 불러라!"

"전하?! 무슨 일이십니까?"

근처에서 대기하고 있던 멜레디나가 달려왔다. 그 뒤에 있는 실비아의 모습을 발견하고 오스카는 그녀를 불렀다.

"실비아! 이 녀석의 상처를 봐줘!"

마녀의 몸은 온몸이 피투성이였지만 특히 복부의 상처가 심했다. 마법복은 너덜너덜하게 찢어지고 군데군데 살점 같은 게 묻어 있었다. 숨은 붙어 있지만 이런 상태로 언제까지 버틸 수 있을지 알 수 없다.

오스카가 그녀의 몸을 안고 내려오자, 그 처참한 모습을 본 실비아는 비명을 질렀다.

"바, 방으로 옮겨주세요! 바로 조치하겠습니다! 멜레디나, 뜨거운 물과 천을 빨리!"

"알았어! 전하, 그녀를 저쪽의 방으로 옮겨주세요!"

큰소리로 외치며 달려가는 두 여자를 보고 사방이 갑자기 시끄러워졌다. 오스카는 마녀의 몸을 안고 뛰기 시작했다. 그 뒤를 작아진 드래곤이 쫓아온다.

치료에 걸린 시간은 그리 길지 않았다. 손을 닦으면서 방을 나온 실비아는 기다리고 있던 오스카에게 가볍게 인사했다.

"전신을 살펴봤지만 큰 상처는 없었습니다. 작은 상처는 치료했지만…."

"상처가 없다고? 배는 어떻게 된 거야?"

"스스로 치유한 것 같습니다. 내부가 어떤 상태인지는 알 수 없지만…."

"그런가…. 다행이다."

안도감에 맥이 쭉 빠졌다. 오스카가 감사의 말을 전하자 실비아는 웃었다.

"처음 봤을 땐 온몸이 피범벅이라 대처하기 힘든 중상인 줄 알았는데 다행입니다. 몸에 묻은 피는 닦아내고, 찢어진 옷은 다른 장비와 함께 보관해두었습니다."

"그래."

고개를 끄덕이는 오스카의 어깨 위에는 작아진 드래곤 나크가 커다란 붉은 돌을 입에 물고서 앉아 있었다. 그는 드래곤의 머리를 쓰다듬었다.

"들어가도 될까?"

"네, 마력이 회복될 때까지 깨어나진 않겠지만요."

고개를 숙여 인사하는 실비아를 지나쳐 오스카는 안으로 들어갔다.

넓은 침대 위에서 티나샤는 평온한 얼굴로 눈을 감고 있었다. 그는 침대 옆으로 다가가 그녀의 숨소리를 확인하고, 다시 덮여 있는 이불 위로 배를 만져보고 이상이 없음을 확인하고 나서야 비로소 마음을 놓았다.

"쯧…. 사람을 이렇게 걱정시키고…."

그는 손을 뻗어 작은 볼을 쓰다듬었다. 의심할 여지가 없이 확실한 온기가 거기에 있었다.

결국 그날 밤 오스카는 요새에 머물렀다.

조사단 일행 중 멜레디나를 비롯해 병사들 대부분은 먼저 성으로 돌아갔지만, 실비아와 도안 같은 마법사들과 호위 병사 둘은 티나샤의 상태가 급변할 경우에 대비해 요새에 머물렀다. 중상을 입은 마녀를 당장 옮기기는 무리라고 판단해서 오스카 자신이 그렇게 결정한 것이다.

별 탈 없이 하룻밤이 지나고 정오가 지난 시각, 그는 마녀가 회복되기를 기다리며 요새의 한 방에서 집무를 보고 있었다. 요새를 둘러보고 온 도안이 들어와 보고했다.

"어제 그 마법사의 기척은 없는 듯합니다. 결계는 보강해놨지만, 어쨌거나 정체를 알 수 없는 자라서…."

"일단 티나샤가 깨어날 때까지만 접근 못 하게 하면 돼. 그 녀석이 깨어나면 그때 의논해보면 되니까."

수상한 마법사 청년은 티나샤를 잘 아는 것 같았다. 그렇다면 같은 마법사이자 당사자인 그녀에게 의견을 묻는 편이 낫다. 그러기 위해서 지금은 그녀를 보호하는 게 중요하다.

오스카는 다시 한번 그녀의 상태를 보러 갈까 말까 망설였다.

바로 그때, 티나샤가 있는 침실에서 여자의 비명이 울려 퍼졌다.

"무슨 일이야?!"

마녀의 목소리는 아니다. 적의 습격을 짐작하고 오스카는 폭풍처럼 달려갔다.

침실 앞에는 실비아가 왠지 얼굴이 빨개진 채 서 있었다.

"무슨 일이냐!"

"아, 전하…. 아뇨. 실례했습니다. 아무 일도 아닙니다. 잠시만 기다려주십시오."

실비아는 묘하게 초조한 기색으로 문 앞을 가로막았다. 수상하게 여긴 오스카는 그녀를 밀쳐냈다.

"들어가겠다."

"전하! 잠시만 기다리십시오!"

말리는 실비아를 무시하고 안으로 들어간 오스카는 이해할 수 없는 광경을 맞닥뜨리고 그 자리에 굳어버렸다.

침대 위에는 마녀가 알몸으로 상반신을 일으킨 채 앉아 있었다. 그것뿐이라면 특별히 놀랄 일도 아니다.

하지만 그녀의 흑발은 불과 하룻밤 사이에 바닥에 질질 끌릴 만큼 길게 자라 있었다.

그녀는 오스카를 보고 자신의 알몸을 이불로 가렸다. 딱딱하게 웃음 짓는 그 모습은 그가 아는 소녀의 모습이 아니다…. 스무 살 안팎의, 어른이라고 해도 좋을 용모로 변해 있었다.

마녀는 그를 노려보며 등 뒤의 베개를 붙잡았다.

"옷 입을 때까지 들어오지 마요!"

날아오는 베개를 피하고 오스카는 잠자코 밖으로 나와 문을 닫았다. 그러거나 말거나 어깨 위에서는 나크가 태평하게 하품을 하고 있었다.

"뭐지, 저건…."

"그래서 기다리시라고 말씀드린 건데…."

실비아가 한 손으로 달아오른 얼굴을 감싸고 중얼거렸다.

티나샤는 실비아의 옷을 빌려 입고, 긴 머리를 성가신 듯이 질질 끌며 나왔다.

지금까지도 감탄스러울 정도의 미소녀였지만, 연령대가 조금 높아진 지금은 청순함과 요염함을 겸비한 모습이다.

긴 속눈썹이 드리운 그림자가 비밀을 품고 눈길을 잡아끈다. 유구함을 간직한 두 눈동자는 신비로움 그 자체로, 내버려두면 시간의 흐름을 잊고 언제까지나 바라보게 될 것 같았다.

실제로, 밖에서 기다리고 있던 오스카는 그녀가 모습을 드러내자 놀란 기색을 감추지 못한 채 넋을 잃고 그녀를 바라보았다. 아무리 기다려도 말이 없는 계약자에게 티나샤는 불편한 심기를 드러냈다.

"뭐예요…. 기분 별로니까 아무 말이나 좀 해봐요…."

"아니…."

오스카는 망설이면서 마녀에게 손을 뻗었다. 평소처럼 머리를 쓰다듬어주자 티나샤는 고양이처럼 눈을 가늘게 떴다. 그런 모습은 역시 예전과 다를 바 없는 그의 마녀다.

오스카는 마음을 가라앉히면서 물었다.

"대체 무슨 일이 있었던 거야? 이 모습은 어떻게 된 거고?"

"내장 손상이 심해서 몸의 성장 속도를 급격히 올려 회복시켰어요. 머리가 너무 거추장스럽네요."

그렇게 말하면서 그녀는 단검을 꺼내 머리를 자르려고 했다. 그러자 실비아가 기겁하고 티나샤를 말렸다.

"제가 할 테니까 앉으세요."

"아니, 그냥 대충 자르면 돼요."

"제가! 할게요!"

"네…."

순순히 의자에 앉은 티나샤의 머리를 실비아는 공들여 빗질하기 시작했다. 오스카는 마녀의 맞은편으로 가서 앉았다.

"손상된 내장은 괜찮아?"

"이제 괜찮아요. 출혈이 심해서 피가 모자랐던 것뿐이에요."

"그땐 진짜 죽은 줄 알았어. 완전히 회복되면 예전의 그 얼굴로 다시 돌아가는 건가?"

"안 돌아가요. 탑에서도 말했지만, 내 외모는 성장을 늦춰놓은 것뿐이지, 마법으로 바꾼 게 아니니까요. 일시적으로 잠깐 바꾸는 거라면 돌아갈 수 있지만요. 당신은 소녀 같은 얼굴이 취향인가요?"

"전혀 아니야."

오히려 지금의 모습이 훨씬 끌린다. 그녀의 정신적인 면에 비추어 보더라도 이쪽이 본질에 더 가까울 것이다. 성숙한 눈빛이 어울리게 된 마녀를 보고 오스카는 내심 감탄했다.

그런 그의 어깨에서 나크가 마녀의 무릎으로 자리를 옮겼다. 그녀는 그 등을 쓰다듬어주었다.

"오스카, 나크와 친해졌군요. 당신에게 이걸 준대요."

드래곤은 입에 물고 있던 붉은 돌을 티나샤의 손바닥 위에 떨어뜨렸다.

한 손에 가득 차고도 남을 만큼 큰 보석을 그녀는 오스카에게 던졌다. 그는 붉은 돌을 받아 들고 물끄러미 들여다보았다. 돌은 원래는 더 컸던 모양인지 크게 잘린 흔적이 있었다.

"마수의 핵이에요. 반쪽밖에 수거하지 못한 것 같지만, 이젠 평범한 보석이니까 괜찮아요."

"마수의 핵이라니…. 설마 마수를 죽이고 온 거야?!"

전투 장비를 갖춘 건 봤지만, 설마 혼자서 거기까지 해내고 올 줄은 몰랐다. 놀라는 오스카 앞에서 티나샤는 눈을 감고 미소 지었다.

"몇십 년 후에 또 똑같은 수고를 하고 싶지는 않으니까요. 참, 봉인을 해제하려고 하던 마법사들의 시체는 땅속에 놔두고 와버렸어요. 회수하지 못해서 미안해요."

"그건 전혀 상관없지만… 무모한 짓은 하지 마."

"여유만만이에요!"

"많이 다쳤잖아."

지당한 지적에 마녀는 혀를 메롱 내밀었다. 그런 그녀에게 오스카는 자세를 바로 하고 말했다.

"덕분에 살았다. 네 덕분에 피해를 막을 수 있었어. 고마워."

그대로 마수가 부활했다면 얼마나 큰 참사가 벌어졌을지 상상조차 할 수 없다.

그것을 미연에 방지하고 온 마녀는 순간 검은 눈이 동그래지더니 이내 환하게 웃었다.

“이 정도는 아무것도 아니에요. 마녀니까요.”

그가 짊어진 무게를 아랑곳하지 않고 수호자인 그녀는 아름답게 웃는다. 그런 마녀의 검은 머리카락을 실비아가 작은 가위로 가지런히 다듬어주고 있었다.

5. 물속에 떨어지다

몸을 치유하기 위한 얕은 잠이었다.

그래서 많은 꿈을 꾸었다.

아직 정리하지 못한 먼 과거의 기억을.

그 속에서 자신은 어린아이로, 마녀로, 무수한 시간을 무수한 형태로 지내왔다.

마치 아무것도 없는 거친 황야를 홀로 걸어가는 기분이다.

짧은 순간의 계약자들도 모두 자신의 시간을 살다가 죽어간다.

여전히 앞으로 나아가는 것은 자신뿐이다. 아니, 나아가고 있다고 생각할 뿐, 실은 멈춰 있는지도 모른다. 모든 것을 잃은 그날 그 자리에, 자신은….

그때 문득 누군가의 손이 머리카락을 어루만졌다.

의식이 수면으로 떠오른다. 시야에 빛이 비친다.

주위에 환한 빛이 느껴지지만 잠은 깨지 않는다. 따스한 손길이 천천히 머리를 쓰다듬는다.

마치 보호해주는 것 같은 다정한 손길. 그 감촉에 그녀는 꿈이 없는 안식 속으로 빠져들었다.

그리고 비로소 몸이 치유되고 눈을 떴을 때, 티나샤는 발가벗은 무릎을 끌어안고 고개를 갸웃했다.

"…오스카?"

왜 그의 이름이 떠올랐는지는 알 수 없다.

다만 문득 가슴속에 온기를 느끼고… 마녀는 조용히 수줍어했다.

※

마녀에게서 들은 내용을 보태, 오스카는 요새의 집무실에서 이번 일의 보고서를 작성했다.

이제 성으로 돌아가 보고서만 제출하면 끝이다. 그는 고개를 들고 근처에 있던 마녀를 손짓으로 불렀다.

"왜요?"

의아하다는 표정으로 다가온 티나샤의 몸을 오스카는 번쩍 안아 올려 자신의 무릎 위에 옆으로 앉혔다. 가냘픈 몸은 의식이 없을 때에는 체중이 느껴졌지만 지금은 인간이 아닌 것처럼 가볍다. 평소에 허공을 둥실둥실 떠다니는 것도 마법으로 무게를 경감시켰기 때문일지도 모른다.

아이처럼 답삭 들려 안긴 티나샤는 계약자를 흘겨보았다.

"왜 이래요…."

"아니, 자꾸 만지고 싶은 외모가 되어버려서."

"……."

티나샤는 싫다는 표정을 지었지만, 오스카는 아랑곳하지 않고 가지런히 다듬어진 흑발을 손가락으로 빗겨주었다.

"일단 먼저 돌아간 자들에게는 입단속을 해놨지만, 모습이 이렇게 달라져 버렸으니 더는 마녀란 사실을 숨길 수 없게 돼버렸군. 일시적으로라도 예전의 모습으로 변해서 돌아가는 게 나으려나?"

"아뇨, 괜찮아요. 어차피 사람의 입에 자물쇠를 채우기란 힘든 법이니까요."

"그런가."

"이런 바보 왕자를 전하라고 부르는 것도 피곤하던 참인데 마침 잘됐어요."

"피곤하다고…."

마녀는 날씬한 다리를 꼬더니, 허공에서 오락가락하고 있던 나크를 무릎 위에 앉혔다. 창문으로 비치는 햇살이 그녀의 하얀 다리에 온기를 주었다.

"마법호에 안개가 자욱했던 건 마수 때문이니까 아마 금방 걷히지 않을까 생각해요. 이제부터는 석 달에 한 번 정도 관측하러 가면 될 거예요. 아, 땅이 무너진 곳이 있으니까 조심하라고 말해주세요."

"마법호는 안 없어져?"

"그건 그 땅에 흩어져버린 강력한 마법의 잔재라서…. 조금 줄어들어도 금방 주위의 마력과 생명력을 흡수해서 도로 회복돼버려요."

"그렇군."

오스카는 맨살이 드러난 티나샤의 발을 쓰다듬었다. 그 손에 나크가 달라붙어 재롱을 부렸다. 마녀는 팔짱을 끼고 생각에 잠겼다.

"하지만 당신이 베었다는 그 마법사 남자는 약간 마음에 걸리네요. 다시 말해 그 해골에게 훈수를 둔 건 그 남자라는 얘기잖아요?"

"아마 그럴걸."

"그렇게까지 하면서 나에게 무슨 용건일까요? 성가시니까 그냥 대놓고 찾아오면 좋을 텐데."

"그랬다가는 죽을지도 모르니까 그런 게 아닐까?"

"사람을 뭘로 보는 거예요? 물론 죽이겠지만."

대놓고 죽이겠다고 할 정도이니 상대가 조심하는 것도 무리는 아니다. 하지만 남자의 기세로 봐서는 앞으로도 간접적으로 관여할 가능성은 충분하다. 직접적으로 도전해오는 것보다 훨씬 성가시다.

하지만 티나샤는 단호하게 잘라 말했다.

"아무튼 나 때문에 당신에게 폐를 끼칠 수는 없으니까, 다음에 또 허튼수작을 걸어오면 확실하게 처리할게요."

"마음은 알지만, 무리하지 마. 너한테만 맡기는 게 더 걱정이니까."

"…앞으로 조심할게요."

그녀가 소심하게 고개를 숙이는 것은 걱정을 끼쳤다는 사실을 스스로도 알기 때문이리라. 오스카는 미소를 짓고 나크를 자신의 어깨 위에 올려놓았다. 그러면서 궁금했던 이야기를 꺼냈다.

"그건 그렇고 내 증조부님은 어떤 분이었어?"

"…갑자기 뭐예요. 그게 왜 궁금한데요?"

"그냥 호기심이 생겨서. 그 해골이 말했잖아."

그 노마법사는 레기우스를 '마녀가 사랑한 남자'라고 말했다. 그러나 티나샤는 머리를 싸쥐고 넌더리를 내며 목청을 높였다.

"그거어어언! 당시에도 그렇게 오해하는 사람이 있었지만 전혀 아니라고 말하고 싶어요!"

"파르사스에 옛날이야기로 전해올 정도인데?"

70년 전의 왕과 마녀의 이야기는 옛날이야기처럼 파르사스의 어린이들 사이에 널리 퍼져 있다. 당연히 오스카도 그 이야기를 들은 적이 있었다. 이야기 속에 나오는 티나샤는 전형적인 마녀였고, 그래서 오스카도 그녀의 실제 모습을 알고서 의외라 생각한 것이다.

"그런 이야기가 있다는 건 알지만, 화날 것 같아서 들은 적은 없어요."

"도움을 요청하는 왕에게 대가로 나라를 달라면서 결혼을 압박했다고 하는…."

"우와아아."

"그래서 전쟁이 끝난 후에 왕이 체념하고 결혼식을 올리려고 했지만, 마녀는 그대로 자취를 감춰 버렸다는 내용이야."

"군데군데 맞는 부분도 있지만 전혀 아니에요!"

분노와 함께 마력이 흘러나와 창문의 유리가 삐걱거리며 흔들렸다. 그만큼 정신이 소모되는 모양인지 티나샤는 어깨로 숨을 몰아쉬었다. 그 목덜미를 오스카가 손가락으로 살살 쓰다듬었다.

"그럴 거라고 생각은 했었어."

마녀는 온몸을 부르르 떨더니 소리를 빽 질렀다.

"간지러워! 이제 그만해요."

"아아, 미안. 자꾸 만지면 안 되지."

오스카가 쓰다듬던 손을 떼고 놓아주자 마녀는 허공으로 소리도 없이 떠올랐다. 나크가 얼른 뒤를 따라 날아올랐다. 티나샤는 나크를 안고 허공에서 다리를 꼬았다.

"레그는요… 한마디로 말하면… 바보 왕이었어요."

"……."

제18대 파르사스 왕 레기우스 쿨스 라르 파르사스는 부왕의 갑작스러운 서거로 인해 15세의 어린 나이로 즉위했다. 그 인품은 정직하고 남을 의심하지 않으며 포기를 모르고 공명정대한 좋은 왕이었다고 알려져 있다.

"처음 만났을 때에는 아직 도르자의 침공 전이라…. 탑 꼭대기까지 올라왔기에 소원을 물었더니 다짜고짜 결혼을 신청했어요…."

"비상식적이군."

"그런 사람이 한 명 더 있었죠."

오스카는 못 들은 체하고 나크를 손짓해 불렀다. 그 손짓에 응해 드래곤이 날아가 버리자, 마녀는 허공에서 천천히 회전하면서 그를 흘겨보았다.

"당신처럼 특수한 사정이라도 있으면 그나마 이해하겠지만! 전혀! 없었다고요! 그래서 마녀를 왕비로 맞이하는 건 있을 수 없는 일이라고 잔소리를 했는데…."

"그게 나라를 내놓으라고 협박한 걸로 되어 버렸군."

"필요 없어요!"

오스카가 비슷한 불평을 들은 것은 증조부 탓일지도 모른다.

"그래서 그 뒤로 어떻게 됐어?"

"거절했지만 이틀이나 끈질기게 졸라댔어요."

"……."

"참다 참다 화를 냈더니 간신히 다른 소원을 제시했는데, 그게, 자기가 죽을 때까지 눈길이 닿는 곳에 있어달라는 것이었어요. 애당초 왜 탑을 올라왔는지 알 수가 없다니까요."

"…바보 맞네."

들어서는 안 될 이야기를 듣고 만 기분이다. 하지만 오스카는 두통을 꾹 참으며 다음 이야기를 재촉했다.

"그래서 그걸 받아들였어?"

"조건부로요. 대신 나는 레그를 위해 아무것도 하지 않는다, 돕지도 않는다, 만약에 내 도움을 요청한다면 그걸 새로운 계약 조항으로 삼아 나는 다시는 레그 앞에 나타나지 않겠다고요."

"그리고 마수가 나타났군."

"그야말로 마지못해 도움을 청하러 왔더군요. 결단은 비교적 빨랐다고 생각하지만요."

"중신들도 역사에 남기기 싫었을 만하네…."

그래서 사실을 왜곡해 그런 옛날이야기를 유포한 걸지도 모른다. 하지만 당사자인 마녀의 입장에서는 민폐가 아닐 수 없다. 티나샤는 허공에서 두 손을 부들부들 떨었다.

"거기서 끝났으면 그나마 낫지만!"

"아직도 뭐가 남았어…?"

"계약 건은 끝났지만, 한 인간으로서의 관계는 거기에 얽매이지 않는다고 하면서."

"하면서?"

"머, 멋대로 결혼식을… 어느 틈에 준비해서… 신부 의상을 내 방으로 보내오고…."

"……."

오스카는 관자놀이를 꾹 눌렀다. 두통에 이어 현기증까지 일었다.

"물론 난 참석하지 않았죠. 이후로는 만난 적 없어요."

"알아서는 안 될 역사의 이면을 본 기분이야."

이러면 바보 왕이라 불려도 할 말이 없다. 오스카는 그녀를 처음 만났을 때, 마녀가 증조부와 맺은 계약에 대해 왜 언급하기 싫어했는지 알 것 같았다.

"하지만 뭐… 싫지는 않았어요. 바보이기는 해도 나름대로 가족처럼 생각했죠."

티나샤는 눈을 내리깔았다. 그 검은 눈동자 속에서는 다양한 감정이 교차하는 것 같았다.

만약 그녀가 마녀가 아니었다면 왕의 구혼을 받아들였을까.

그것은 있을 수 없는 가정이다. 하지만 만약 그랬다면, 그녀는 어떤 인생을 살았을까.

"후에 왕비가 된… 당신의 증조모와도 나는 사이가 좋았는데, 그녀는 머리가 좋고 기지가 뛰어나서 아마 레그를 잘 다뤘을 거예요. 당신은 그녀를 조금 닮았어요."

마녀는 추억 이야기를 그렇게 마무리하고 오스카 앞에 사뿐히 내려섰다. 하얀 손을 그의 볼에 대고 커다란 눈망울로 응시한다.

그 눈은 마치 오스카의 안에서 지나가 버린 풍경을 보고 있는 것 같았다.

※

성으로 돌아와 자신이 마녀라는 사실을 공표한 티나샤에 대해, 사람들의 반응은 가지각색이었다.

예의 옛날이야기 탓도 있어 그녀가 오스카 곁에 있는 것에 대해 난색을 표하는 사람도 많았지만, 그녀와 교분이 있는 사람들은 대부분 정도의 차는 있을지언정 호의적으로 받아들였다. 물론 거기에는 적지 않은 갈등도 있었을 것이다. 하지만 그것을 겉으로 드러내지 않는 그들에게 티나샤는 복잡한 미소를 보였을 뿐이다.

그런 가운데 오스카는 부왕을 비롯해 저주에 대해 아는 몇몇 사람에게 티나샤를 따로 소개하게 되었다. 알현실이 아닌 성 으슥한 곳의 넓은 방에 모인 사람은 국왕 케빈을 비롯해 내무대신 네산, 노장군 에타드, 마법사장 쿰, 마지막으로 오스카와 함께 자란 라자르, 이렇게 다섯이었다. 그들은 제각기 생각에 잠긴 표정으로, 마녀를 대동한 오스카의 설명을 듣고 있었다.

"여차여차해서 제 아내가 될 예정입니다."

"누구 마음대로요! 듣자듣자 하니까 무슨 말도 안 되는 소리를!"

키 차이 때문에 허공에 떠서 오스카를 붙잡고 흔드는 마녀를 국왕이 일어나서 달래주었다.

"터무니없는 소리를 하는 녀석이라 미안하오. 사과하겠소. 당신을 처음 봤을 때 어디서 본 것 같다고 느낀 건 그래서였군. 옛날에 조부의 일기를 몰래 훔쳐본 적이 있는데, 거기에 당신의 초상화가 있었소."

"그게 아직도 있다면 부디 처분해 주세요…."

티나샤는 얼굴을 붉히며 바닥에 내려섰다. 왕은 일어선 채로 그녀와 마주 보았다.

"그래서 실제로는 어떻소? 어떻게 안 될 것 같소?"

당연한 질문에 마녀는 난처하다는 미소를 지었다.

"일단 무효화를 위한 해석은 시작했습니다. 그러기 위해 이 성에 있어 달라는 요청을 받은 거고요."

"아니, 나는 1년 동안 구슬려보려고 생각하고 데려온 건데."

"무슨 소리예요! 금시초문이에요!"

"그때 그 상황에서는 당연히 그런 이유 아니겠어?"

"그런 선택은 있을 수 없어요!"

얼굴이 빨개져서 화내는 마녀를 보고 오스카는 크게 웃었다. 천연덕스러운 계약자의 태도에 티나샤는 두 주먹을 꽉 움켜쥐고는 다시 왕을 향해 이야기를 시작했다.

"…해석은 하고 있지만, 이 분야에 관해서는 '침묵의 마녀'가 저보다 한 수 위입니다. 다 풀려면 몇 달은 잡아야 하고, 해석한다 해도 완전한 해주는 바라기 힘들 수도 있고요. 하지만 최종적으로는 제가 어떻게든 할 테니 안심하세요."

"안 되면 네가 책임지면 돼."

"안 된다고 말하지 마요!"

다시 오스카를 붙잡고 흔들기 시작한 티나샤를 보고, 에타드는 옆에 있는 라자르에게 속삭였다.

"두 사람 사이가 꽤 좋아 보인다만…."

"사이가 좋습니다."

※

"그렇게 소개하는 법이 어디 있어요…!"

정신적으로 피곤했던 알현을 마친 후, 티나샤는 성의 담화실에서 기진맥진해 있었다. 테이블에 맥없이 엎드린 그녀에게 옆에 앉은 오스카는 태연하게 말했다.

"거짓말은 안 했잖아. 무슨 문제라도 있어?"

"거짓말이 아니라고 다 괜찮은 게 아니에요! 아무튼 당신과 결혼은 절대로 안 하니까 그렇게 알아요!"

"하지만 저주를 무효화하지 못하면 다른 방법이 없잖아."

"……어떻게든 할 거예요. 정 안 되면 다른 마녀를 소개할 수도 있고요."

"엄청난 방법을 제시하는군…."

그 말인즉슨 '자신 대신 오스카의 비 후보로서'라는 뜻이다. 그에게 저주를 건 '침묵의 마녀' 본인을 제외하면 남은 마녀는 셋이다. 티나샤는 하얀 손가락으로 관자놀이를 눌렀다.

"한 명은 너무 위험해서 안 되고, 다른 한 명은 말이 안 통하고, 하지만 마지막 한 명은 그럭저럭… 성격에 문제는 좀 많지만 얼굴도 예쁘고. 당신이라면 그녀도 아마 마음에 들어 할 거라고 생각해요."

"그런 식으로 다른 마녀를 소개한다고 내 마음이 변할 것 같아?"

다른 마녀에게 흥미가 없지는 않지만 그건 어디까지나 역사 속의 숨은 강자에 대한 흥미일 뿐이다. 배우자 후보로서 지금 눈앞에 있는 다섯 번째 마녀보다 더 끌리는 여자는 없다. 오스카는 단호하게 결론을 내렸다.

"소개는 필요 없어. 너에 대해서도 느긋하게 기다릴 작정이니까 괜찮아."

"기다리지 말라고요, 이 바보야! 본인의 입장을 좀 생각해요!"

티나샤는 그렇게 부르짖고 몸을 일으키더니 그대로 차를 준비하러 가버렸다. 그러는 동안 마법사 카브와 실비아가 들어와 일동은 이야기꽃을 피우기 시작했다.

오스카가 찻잔을 받아 들면서 라자르에게 물었다.

"성안에 유령이 나온다고? 그게 무슨 소리야?"

"지금 소문이 파다합니다. 흠뻑 젖은 여자가 밤에 복도를 돌아다니는 걸 본 사람이 한둘이 아닙니다. 그 여자가 지나간 뒤에는 바닥이 축축하게 젖어 있고…."

"청소하기 힘들겠네요."

냉소적으로 말하는 티나샤 옆에서 실비아가 창백한 얼굴을 하고 있다. 이 사랑스러운 마법사는 괴담을 싫어하는 모양이다. 맞은편에서 찻잔을 들여다보던 카브가 고개를 들었다.

"하지만 저도 다른 마법사에게서 들었습니다. 복도에서 물에 흠뻑 젖은 여자를 만났다고요. 여자가 아무 말 없이 얼굴을 빤히 들여다봤다고 합니다. 너무 무서워서 눈을 감고 있었는데 아무 일도 안 일어나기에 살짝 눈을 떴더니 여자는 사라지고 바닥만 흥건히 젖어 있었다고…."

"꺄아아악!"

실비아는 귀를 틀어막고 테이블에 엎드렸다. 마녀는 쓴웃음을 지으며 그런 그녀의 어깨를 토닥거렸다.

“유령 같은 건 없어요. 영혼은 일종의 힘의 존재 방식인데, 사후에는 저절로 흩어져 버려요. 사후에도 형태와 의식을 유지하는 건 마녀라도 불가능해요.”

“정말요?”

“정말이고말고요. 그러니까 그런 게 있다고 한다면 그건 인간이 아닌 거죠.”

“꺄아아악!”

실비아의 비명에 마녀는 아차 싶은 표정으로 혀를 쏙 내밀었다. 오스카가 자세히 따져 물었다.

“인간이 아닌 무언가가 성에 숨어들었다는 얘기야?”

“아마도요. 마물이나 마족 부류가 아닐까요. 나도 직접 보기 전에는 뭐라고 말하기가….”

“마물과 마족은 뭐가 다른가요?”

소박한 의문을 던진 사람은 마법사가 아니라서 그런 쪽에 지식이 없는 라자르다. 티나샤는 미소를 지으며 그 의문에 대답했다.

“명확하게 선을 그을 수 있는 건 아니지만, 마물이란 기존의 동식물이 강한 마력이나 독기에 의해 변질되었거나, 혹은 그 피를 이은 것을 말해요. 인간에게 못된 장난을 치는 건 대체로 이쪽이죠. 도르자의 마수는 보석에서 생겨난 드문 종류지만, 넓게 보면 그것도 마물이에요.”

티나샤는 허공에 하얀 손가락으로 선을 그었다. 그러자 거기에 조그만 은색 늑대가 나타나 입을 쩍 벌리고 하품을 했다. 그러고는 이내 스르륵 사라져 버렸다.

“반대로 마족은 처음부터 ‘그런 것’으로서 존재하는 이종(異種)이에요. 이건 인간의 입장에서 본 분류니까, 물요괴나 요정이나 악마 같은 이종도 같은 부류라 할 수 있죠. 다만, 정말로 상위의 마족은 인간과는 사는 위계가 다른 개념 존재라 이쪽의 위계에 나타나는 적은 거의 없어요."

마녀의 설명에 이어 마법사 카브가 보충 설명을 했다.

"암흑시대에는 상위 마족을 신으로 숭배했다는 이야기도 있습니다. 유명한 걸로 네비스 호수의 수신(水神)이 있지요. 그 외에 상위 마족이 인간에게 관여한 경우로는 투르다르의 정령이 그렇습니다."

"투르다르라면 옛날 마법 대국? 아마 하룻밤 사이에 멸망했다고 했던가?"

대륙사(大陸史)를 떠올리는 오스카와 달리 라자르는 어리둥절한 표정이다. 카브는 짐짓 비장하게 고개를 끄덕였다.

"전설에 의하면, 투르다르에는 상위 마족 열둘이 '정령'이라는 이름으로 봉인되어 있었다고 합니다. 그리고 왕위 계승 시에 새로운 왕이 그중 하나에서 셋까지를 골라 자신의 사역마로 삼았다고 하고요. 하지만 오래전 이야기이고 상위 마족 여러 마리를 사역할 수 있다고 생각하기는 힘드니까 미심쩍은 이야기지만요."

마법의 역사를 이야기하는 그들을 보며 티나샤는 쓴웃음을 지었다.

"그런 종류의 개념 존재는 상위가 될수록 인간에게 관심이 없어져요. 힘의 차이가 너무 크니까요. 당신들도 일부러 벌레를 건드려 괴롭히지는 않잖아요."

마녀의 태연한 발언에 그 자리에 있던 일동은 서로 얼굴을 마주 보았다. 오스카가 흥미진진한 어조로 물었다.

"상위 마족은 너하고도 그렇게 힘의 차이가 나?"

"나라면 압승이죠. 최상위 상대라면 쉽지 않겠지만요."

"어이."

다시 말해 마녀와 다른 인간의 차이도 그만큼 크다는 뜻이다. 그녀는 눈을 감은 채 미소 지었다.

"그러니까 성에서 목격된 그 여자도 그리 상위 마족은 아니라고 생각해요. 만약 그런 게 성에 들어왔다면 내가 모를 리 없으니까요."

"황당한 유령 소동이군. 나중에 조사해보기로 하지."

오스카는 시계를 보더니 자리에서 일어섰다.

"이제 일하러 가야겠다. 티나샤, 너는 어떡할래?"

"난 옷을 사러 다녀올게요. 옷이 다 작아져 버려서요. 실비아, 같이 가주기로 했었죠."

"아, 네…!"

실비아는 공포심을 떨쳐버리려는 듯이 큰 소리로 대답하며 일어섰다. 흑발의 마녀와 금발의 마법사가 나란히 선 모습을 보고 카브가 라자르에게 귀엣말을 속삭였다.

"저 둘이 같이 있으면 눈에 띄겠는데요."

그 말을 들었는지 못 들었는지 오스카는 몸을 돌려 두 사람을 바라보았다. 그는 아직도 파리한 얼굴을 한 실비아에게 말을 건넸다.

"흰색이나 검은색으로 골라줘."

"네…. 그런데 왜인가요?"

"내 취향이니까."

"알 바 아니라고!"

마녀는 오른손으로 작은 광구를 만들어 방을 나가는 오스카에게 던졌다. 하지만 그 광구는 등에 명중하기 직전, 그녀 자신의 수호 결계에 부딪쳐 흩어져버렸다.

오스카는 돌아보지도 않고 웃음소리만 남긴 채 문밖으로 사라졌다. 못마땅한 표정으로 계약자를 배웅한 티나샤는 긴 흑발을 쓸어 올리고 실비아를 손짓으로 불렀다.

"자, 갑시다. 오스카 말은 그냥 흘려들어도 돼요. 옷은 내가 고를게요."

"아, 네…."

복도를 걸어가면서 티나샤는 두 팔을 위로 쭉 뻗어 기지개를 켰다. 소녀의 모습이었을 때에는 열여섯 살이었던 육체 나이도 지금은 열아홉 살이다. 키는 별로 달라지지 않았지만 몸매가 여성스러운 곡선을 띠고 있다. 지금은 성의 마법복을 입고 있는 티나샤는 창밖의 화창한 하늘을 올려다보았다.

"파르사스는 은근히 더운 편이라 옷을 마련하고 싶었는데 마침 잘됐어요."

"여기서 살면 기후에는 익숙해지실 거예요…."

실비아의 대답은 아직도 맥이 없다. 눈이 동그래진 마녀를 보고 실비아는 당황하며 손을 내저었다.

"아, 저는 무서운 이야기가 정말 싫고 불편해서…. 죄송해요."

"괜찮아요, 괜찮아요. 누구나 불편하게 느끼는 건 있죠."

"티나샤 님도 불편한 게 있나요?"

"님 자는 안 붙여도 돼요…."

창밖으로 병사들의 훈련장이 보인다. 검을 겨루는 그들을 보면서 티나샤는 쓴웃음을 지었다.

"옛날에는 불편한 게 꽤 많았지만 오래 살다 보니 무덤덤해졌다고나 할까…. 지금은, 으음, '잠재워지는 것'이 아직 불편하네요."

"그게 뭐예요? 애들 재우듯이 재우는 것 말인가요?"

실비아는 고개를 갸우뚱하며 되물었다. 하지만 마녀는 미소만 지을 뿐 대답하지 않았다. 대신 다른 걸 떠올리고 언짢은 표정이 되었다.

"그리고 오스카가 불편해요. 무슨 생각을 하는지 전혀 모르겠어요. 그 사람은 나를 주워온 고양이로 생각하는 게 아닌가 싶어요…."

어떻게 생각하든 그녀를 대하는 태도는 딱 그것이다. 어쩌면 그녀가 마녀라는 사실도 고양이의 털의 일종쯤으로 생각하는 게 아닐까. 마수 사건으로 그가 조금은 거리를 둘지도 모른다 생각해서 각오하고 있었지만 현재까지는 이전과 전혀 다름없다. 오히려 맥이 빠질 지경이다.

곤혹감을 감추지 못하는 마녀에게 실비아는 약간 난처한 듯이 말했다.

"하지만 두 분은 확실하게 사이가 좋아 보이세요."

"네…? 확실하게…?"

석연치 않은 얼굴로 입을 다무는 마녀를 보고, 실비아는 무시무시한 소문 이야기도 잊고서 소리 내어 웃었다.

※

"유령이 나온다고?"

성은 2~3일 전부터 그런 소문으로 뒤숭숭했다. 대기소에서 잡담 중에 나온 소문 이야기에, 아직 젊은 병사 스즈토는 검을 손질하고 있던 손길을 멈췄다.

"유령? 난 처음 듣는데."

"얼마 안 된 얘기야. 아마 네가 휴가 갔다 복귀한 뒤부터일걸."

"그래? 정말로 얼마 안 됐네."

그 말에 스즈토는 납득했다. 불과 사흘 전까지만 해도 그는 파르사스 동부의 본가에 가 있었다. 숲과 호수로 둘러싸인 아름다운 고장이지만 성에 들어온 뒤로 3년 정도 가지 못했다. 이번 휴가 때 오랜만에 부모

님을 만나러 가서, 내친김에 호숫가에 있는 고성도 구경하고 왔다.

납득하고 다시 검 손질을 시작하는 스즈토에게 병사 하나가 능글능글 웃으며 말을 건넸다.

"그건 그렇고, 너 혹시 복귀해서 마녀는 봤냐? 장난 아니야. 물론 전에도 미인이었지만."

"돌아온 뒤로는 못 봤는데."

마녀라는 건 아마 때때로 검 훈련장에 오는 마법사 소녀를 말하는 모양이다.

왕태자는 '마녀의 탑에서 수습 마법사를 데리고 왔다'고 말했지만, 실은 그녀 자신이 마녀였던 것이다.

옛날이야기 속에서만 들어본, 이 대륙에 다섯 명밖에 없는 막강한 힘의 체현자.

그런 인간이 실제로 존재하고 같은 성에 있다는 사실이 불가사의하게 느껴지기도 하지만, 그저 그뿐이다. 속물적인 호기심을 발동시킬 생각은 없다.

하지만 무관심한 스즈토와 달리 다른 병사들은 신이 난 기색이었다.

"꼭 봐야 돼. 절세 미녀란 그런 여자를 말하는 거니까."

"전하도 푹 빠지신 것 같으니까, 결국 파르사스도 마녀의 손에 넘어가겠구만."

왁자지껄 떠들어대는 동료들의 목소리에 스즈토는 비로소 고개를 들었다. 그는 제 흥에 겨워 낄낄거리는 동료들을 냉담한 눈으로 쳐다보았다.

"그녀가 여기 왔을 때 같이 이야기도 나눴으면서 너무들 하네. 착하고 좋은 아이였잖아."

"그야 그렇지만…."

무책임한 소문은 공기가 빠진 것처럼 눈 깜짝할 사이에 기세를 잃고 수그러들었다.

※

밤의 복도는 성안이라도 어두컴컴하고 음산하다.

일정한 간격으로 벽에 걸린 촛대의 불빛이 깜빡깜빡 미세하게 흔들린다. 그 불빛은 복도를 걸어가는 두 사람의 그림자를 길게 비추고 있었다. 라자르가 한 발짝 앞서가는 주인을 올려다보았다.

"이 시각까지 일하시다가 유령이라도 만나면 어쩌시려고요…."

"티나샤가 그런 건 없다고 했잖아. 있다면 마물이야."

"그럼 더 고약하지요…."

오스카는 라자르와 대화를 주고받으며 허리에 손을 가져갔다. 거기에 있는 것은 간소한 호신용 검이다. 성안에 있을 때에는 기본적으로 아카시아를 가지고 다니지 않지만, 오늘은 왕검을 차고 나오는 편이 나았을지도 모른다. 망설이는 그에게 라자르는 다시 고언을 올렸다.

"전하는 뭐든지 직접 다 하려고 하시니까 티나샤 님이…."

라자르의 말은 거기서 끊겼다. 엉덩방아를 찧는 소리가 들려서 오스카는 뒤를 돌아보았다.

"아무것도 없는 데서 혼자 넘어지지 마."

"아무것도 없지만… 미끄러워서…."

라자르는 바닥을 짚은 손을 촛불에 비추어 보았다.

그 손은 왠지 흠뻑 젖어 있었다.

오스카의 눈이 커다래졌다. 라자르의 입이 비명을 지르기 위해 반쯤 벌어졌다.

하지만 그보다 먼저 뒤에서 여자의 싸늘한 손이 뻗어와… 그를 감싸듯이 끌어안았다.

"티나샤! 일어나!"

자신의 방에서 잠자리에 들었던 마녀는 느닷없이 들이닥친 남자에게 하얀 손을 붙잡혔다.

마녀의 방은 왕의 지시에 따라 70년 전에 쓰던 객실을 다시 사용하게 되었다. 레기우스의 명령으로 그 방은 70년 동안 모든 가구를 그대로 보존한 채 청소만 해온 것이다. 과거에 자신이 사용했던 방으로 안내되었을 때, 그녀는 복잡한 표정으로 미소를 지었다.

마녀는 안락한 침대에서 끌려 나와 졸린 눈을 비볐다.

"응, 오스카…. 무슨 일이에요?"

검은 눈을 뜨고 티나샤는 어린아이를 안듯이 자신을 안아 올리는 계약자를 바라보았다. 창문으로 비치는 달빛 때문일까, 그의 안색은 약간 창백해 보였다.

"라자르가… 죽은 거야?"

"왜 의문형인데요?"

그 이유는 곧 알 수 있었다. 사정을 듣고 티나샤가 달려갔을 때, 현장에는 이미 여러 사람이 모여 있었다. 복도 구석에 눕혀진 라자르는 외상은 없지만 아무리 흔들어도 눈을 뜨지 않았고 몸은 얼음장처럼 차가웠다. 그녀는 라자르를 보자마자 중얼거렸다.

"영혼이 빠져 나갔어."

"영혼이…? 살 수 있어?"

오스카의 말에 마녀는 입술을 깨물었다. 마력을 양손에 모아 라자르의 몸을 쓰다듬는다.

"몸은 내가 유지할 수 있지만… 영혼은 사흘이 한계예요. 빨리 되찾지 않으면 흩어져 버려요."

티나샤는 주위에 있는 병사들에게 라자르를 방으로 옮겨달라고 부탁했다.

"일단 찾아는 보겠지만 영혼은 아마 성안에는 없을 거예요…. 끌려갔다고 봐도 무방해요. 유령을 봤어요?"

"봤어. 피부가 창백하고 머리는 초록색인 여자였는데, 내 검을 그대로 통과해 버렸어. 마치 물을 베는 듯한 감촉이었어."

"물요괴인가…?"

돌아보니 복도 바닥에 물이 고여 있다. 티나샤는 미간을 찌푸렸다.

"아무튼 성에 있는 모든 사람에게 최근 물가에 간 적이 없는지 물어봐 주세요. 물요괴는 웬만해선 자신이 사는 곳을 떠나지 않으니까, 분명히 여기에 오게 된 이유가 있을 거예요."

"알았어."

마녀는 방으로 옮겨지는 라자르를 뒤쫓아 뛰어갔다.

한편, 오스카는 사람들을 모으기 위해 급하게 발걸음을 돌렸다.

대기소에 남아 있던 자들은 심야 시간임에도 급하게 불려 나와 한 사람씩 질문을 받았다.

스즈토도 물론 그중 한 명으로 불려 나갔는데, 잠자코 그의 이야기를 듣고 있던 알스가 스즈토를 데리고 성의 한 방으로 갔다.

평소 성안에는 거의 출입하지 않는 스즈토가 방 안에 들어갔을 때, 제일 먼저 눈에 들어온 것은 정면의 창가에 놓인 침대였다. 침대에는 사람이 누워 있고 그 옆에 한 여자가 등을 보인 채 서 있었다. 긴 흑발이 어쩐지 눈에 익은 느낌이다.

"…왔구나."

오른쪽에서 남자의 목소리가 들렸다. 그 목소리는 스즈토도 잘 아는 목소리라서 그쪽을 향해 경례를 했다. 오스카는 의자에 앉은 채 스즈토에게 말했다.

"어서 말해봐."

"아, 예. 일전에 본가에 갔을 때 근방에 있는 호수에 들렀습니다. 호숫가를 산책하다가 말라버린 분수를 봤는데, 물이 나오는 부분에 돌이 박혀 있기에 그걸…."

"뺐다고?"

"예."

"그때 무슨 변화는 없었고?"

"아무 일도 없었습니다. 물이 조금 흘러나와서 손에 묻었을 뿐입니다."

오스카는 팔짱을 끼고 창가 쪽을 향해 물었다.

"티나샤, 어떻게 생각해?"

"맞는 것 같아요."

돌아본 여자의 모습을 보고 스즈토는 말문이 막혀버렸다.

검은 비단 같은 머리카락과 도자기처럼 새하얀 피부, 검은 눈동자는 어두운 방 안에서 불가사의한 인력을 띠고 있었다.

인간이 아닌 듯한 미모는 푸르스름하게 쏟아지는 달빛을 인간의 형태로 빚어놓은 것 같았다. 동료들이 흥분해 떠드는 것도 충분히 이해할 수 있었다.

"그 분수는 아마 물요괴가 사는 호수 바닥으로 연결되어 있었을 거예요. 돌로 그걸 봉인해놓았던 거예요."

"봉인이 풀려 다시 호수 바닥으로 연결된 건가."

"아마 스즈토에게 튄 물을 따라 여기까지 온 것 같아요. 라자르를 왜 데려갔는지는 알 수 없지만요."

여자의 입에서 자신의 이름이 나오자 스즈토는 순간적으로 움찔했지만, 곧 이 여자가 지금까지 함께 훈련했던 소녀와 동일 인물이라는 사실을 떠올렸다. 그는 느닷없이 나온 라자르라는 이름에 불안감을 느꼈다.

"저… 제가 혹시 무슨 안 좋은 짓이라도…?"

"거기에 대해서는 나중에 설명하겠다. 아무튼 당장 출발이다. 호수까지 안내해라."

"아, 예!"

스즈토는 경례를 하고 알스와 함께 방을 나갔다. 오스카는 자리에서 일어나 침대 옆으로 가서 라자르의 얼굴을 들여다보았다. 눈을 뜨지 않는 죽마고우에게 오스카는 속삭였다.

"조금만 기다려. 반드시 구해줄게."

조용한 목소리에 티나샤가 계약자를 걱정스럽게 쳐다보았다.

"역시 당신이 직접 가려고요?"

"내가 가지 그럼 누가 가."

마녀는 그가 차고 있는 아카시아를 보고 조그맣게 한숨을 내쉬었다.

"수호 결계는 일부 마물과 요정이 사용하는 정신계 술법은 못 막으니까 조심해요. 감각을 믿고 허상에 사로잡히지 않도록 주의하고요. 그리고 또…."

"그리고 뭐?"

티나샤는 조금 망설이다가 말을 이었다.

"만약 당신이 생명의 위험에 처한 경우, 나는 수호자로서 당신에게

갈 거예요. 그 경우, 라자르의 연명은 불가능해요. ……무슨 말인지 알죠?"

오스카는 적어도 겉으로는 동요를 보이지 않았다. 단지 그녀를 내려다보며 작은 머리를 쓰다듬을 뿐이다.

"알아. 그러니까 그런 얼굴은 하지 마."

그녀의 얼굴이 지독하게 불안하고 울음을 터뜨릴 듯 보인 것은 달이 만드는 음영 때문이었을지도 모른다. 하지만 마녀는 아무 말 없이 입술로만 미소를 지었다.

"여유 만만하게 이기고 올게."

오스카는 그렇게 말하고, 라자르의 핏기 없는 얼굴에서 시선을 거두고서 방을 나갔다.

달빛 아래 성을 출발한 오스카, 알스, 도안, 스즈토 네 사람은 스즈토를 선두로 해 동쪽으로 말을 달렸다. 문제의 호수까지는 보통 세 시간, 서두르면 두 시간 정도면 도착하는 거리다.

성을 나설 때 어둠 속에서 커다란 새가 일행을 향해 날아들었다. 오스카는 검을 뽑으려 하다가 곧 그것이 나크임을 알아차렸다. 나크는 짧게 한 번 울고 오스카의 어깨에 앉았다.

"그, 그게 뭡니까?"

스즈토는 처음 본 드래곤을 가리키며 주뼛주뼛 물었다. 오스카는 나크의 목을 살살 긁어주었다.

"걱정도 팔자인 누구누구가 보냈겠지."

오스카가 성 밖으로만 나가도 못마땅하게 여기는 그녀이니, 방어 결계가 통하지 않을 수도 있는 미지의 적이 있는 곳에 그를 혼자 보내고 싶지는 않을 것이다. 오스카는 나크가 떨어지지 않도록 조심하면서 속도를 높였다.

쉬지 않고 말을 달려 일행이 호수 근처에 도착했을 때에는 어느덧 동쪽 하늘이 부옇게 밝아오고 있었다. 작은 나무숲을 빠져나와 호수가 보이는 곳까지 와서 눈앞에 펼쳐진 멋진 풍경을 보고 도안이 감탄했다.

"이건… 굉장한데요."

커다란 호수의 서쪽 절반에는 숲이 자리하고 있고, 동쪽 절반에는 호수에 접하는 언덕이 있어서 그곳에 고성이 우뚝 솟아 있었다. 허물어져 가는 성의 정원은 언덕 아래까지 이어져 호수에 반쯤 잠겨 있었다. 물속에 하얀 원기둥이 줄지어 늘어선 광경은 흡사 다른 세상에 온 듯한 인상을 주었다.

환상적인 풍경 앞에서 오스카는 태평한 감상을 중얼거렸다.

"티나샤를 데려오면 좋아할까?"

"온 김에 전이 좌표를 취득할까요? 전하."

"그러는 편이 나중에도 편하겠군. 부탁한다."

좌표 취득 주문을 외우기 시작하는 도안 옆에서 스즈토는 심각한 얼굴로 호수를 응시했다.

"저, 저번에 왔을 때에는 정원까지 물이 들어와 있지 않았습니다만…."

"……."

말문이 막혀 버린 세 사람을 보고, 스즈토는 자신이 저지른 일의 중대성을 뼈저리게 느꼈다.

그렇게 큰 사고를 친 줄은 그때에는 몰랐었다. 다만 집요하게, 점액질에 파묻혀 있는 돌이 어쩐지 불쾌했다. 그래서 그걸 제거해 깨끗하게 만들고 싶었을 뿐이다.

오스카는 그런 신하의 심정을 배려하듯이 말에서 내려 가벼운 어조로 말했다.

"신경 쓰지 마, 어떻게든 해결할 테니까. 일단 호수 속으로 들어가면 되나?"

"아뇨, 숲 쪽에서 마력이 강하게 느껴집니다. 먼저 그쪽으로 가보는 게 좋을 것 같습니다."

도안의 조언이 옳다는 것을 보여주듯이, 오스카의 어깨에 앉아 있던 나크가 숲 쪽으로 날아가기 시작했다. 인간들도 드래곤을 뒤쫓아 걷기 시작했다.

울창한 숲속은 그늘지고 어두워서, 막 떠오르기 시작한 아침 해도 그 손길이 충분히 미치지 못했다. 나크는 길도 없는 숲속을 너울너울 날아갔지만, 작은 안내자를 따라가기 위해 선두에 선 알스는 검을 뽑아 가지를 치면서 나아가야 했다.

"전하, 발밑을 조심하십시오."

"마력이 꽤 진한데요. …흡사 안개 같습니다."

도안은 그렇게 말하지만, 마법사가 아닌 나머지 셋은 전혀 알 수 없다. 일행은 서로를 놓치지 않도록 주의하면서 숲속으로 깊이 들어갔다. 오스카는 머리 위에 우거진 나무들을 보면서 스즈토에게 물었다.

"그 성은 옛날 영주의 성이겠지? 지금은 방치되어 있는 거냐?"

"이 근처에 사는 사람은 아무도 가까이 가지 않습니다. 어릴 때 들은 이야기도 별로 좋은 내용은 아니었고요."

"어떤 이야기인데?"

"호수에 사는 처녀 이야기입니다. 영주의 아들이 아름다운 처녀에게 반해 청혼했지만 처녀는 자신이 인간이 아니라는 이유로 거절했습니다. 하지만 영주의 아들은 포기하지 않았고 결국 두 사람은 결혼하게 되었습니다. 하지만 얼마 안 가 남자는 다른 여자에게 마음을 빼앗겨, 처녀는 울면서 호수로 사라졌다는 이야기입니다."

"화나는 이야기로군."

"동감입니다…."

"그나저나 호수에 사는 처녀라…."

티나샤는 물요괴일 가능성을 의심했는데, 이 이야기를 듣고 나니 의심은 더욱 짙어진다. 무슨 이유인지는 몰라도, 라자르는 인간이 아닌 여자에게 표적이 되고 만 것이다. 빠져나간 영혼이 버틸 수 있는 기간은 사흘이라고 했지만 아직 하루도 지나지 않았다. 그러니까 이런 데서 라자르를 잃는 일은 없을 것이다. 오스카는 스스로에게 그렇게 타일렀다.

죽마고우인 두 사람은 어릴 때부터 함께 성에서 자랐다. 친형제보다도 서로를 잘 아는 사이라고 자신할 수 있다.

오스카는 언제나 자신의 뒤를 따라다니는 라자르의 사람 좋은 미소를 떠올렸다.

"봉변당할 걸 뻔히 알면서 왜 나를 쫓아다니는 건지…."

그렇게 쓴웃음을 지어봤지만 가슴에 차오르는 것은 회한뿐이다. 유령을 그토록 무서워하던 라자르가 눈앞에서 습격당했는데 자신은 아무것도 할 수 없었다. 오스카는 자신에 대한 분노로 이를 갈았다.

그때, 생각에 잠겨 있던 그의 머리에 나크가 날아와 부딪쳤다.

"어허, 위험하게!"

오스카는 머리에 달라붙은 나크를 떼어냈다. 새삼 주위를 둘러본 그는 어느새 그곳에 자신과 나크밖에 없다는 사실을 깨달았다.

"아차!"

언제 무슨 일이 일어난 건지, 모르는 사이에 고립되고 만 것 같았다.

분명히 여기까지 알스가 가지를 치면서 왔는데, 뒤를 돌아봐도 가지와 잎은 멀쩡하게 우거져 있다.

"큰일이군…. 알스는 괜찮겠지만 나머지 둘은 괜찮을까…."

도안과 스즈토도 실력은 뛰어나지만 이런 숲속에서는 무슨 일이 생길지 알 수 없다.

오스카는 그들을 걱정하면서도 가지를 치기 위해 검을 뽑았다. 그리고 일단 나크가 길게 목을 빼서 가리키는 방향으로 나아가기 시작했다. 오스카는 길을 안내해주는 작은 드래곤에게 고마움을 느꼈다.

별안간 발밑에서 찰박거리는 소리가 났다.

내려다보니 울퉁불퉁 튀어나온 나무뿌리 사이에 물이 약간 고여 있었다. 아마 여기서부터 호수의 물이 서서히 차오르고 있는 모양이다. 그는 한층 주의를 기울이며 걸음을 옮겼다.

다음 순간, 오스카는 무언가를 느끼고 몸을 숙였다.

뒤에서 머리 위로 바람이 휙 불어온다. '그것'은 전방의 가지에 앉아 키득거리며 기분 나쁜 웃음소리를 냈다. 박쥐처럼 생긴 날개를 가진 초록색 요괴였다. 요란하게 키득거리는 웃음소리는 뒤에서도 들려왔다.

"왔구나."

오스카는 다시 한번 나무뿌리 사이에 물이 고여 있는 발밑을 확인하고 아카시아를 겨누었다. 그러자 기다렸다는 듯이 요괴들이 달려들었다.

그는 먼저, 도약해 달려드는 요괴를 향해 빈 왼손을 뻗었다.

요괴는 손에 부딪치기 직전에 수호 결계에 충돌했다. 허공에서 비틀거리는 요괴를 오스카는 정면에서 달려드는 다른 한 마리와 함께 베어버렸다. 그리고 재빨리 한 발짝 물러나 옆에서 달려드는 한 마리를 피했다. 표적을 놓친 요괴는 제 속도에 못 이겨 나무에 부딪쳐 버렸다. 그러는 동안에도 또 다른 한 마리가 달려든다.

"날벌레 같아…. 한이 없군. 계속 앞으로 가자."

일일이 발을 멈추고 대응하다가는 한이 없다. 오스카는 요괴들과 나뭇가지를 피해 방해물을 베어 버리고, 발 디딜 곳을 찾아가며 앞으로 나아갔다. 안쪽으로 들어갈수록 물이 점점 깊어져 수면 위로 나와 있는 것은 굵은 뿌리뿐이었다.

이윽고 그 뿌리도 차츰 줄어들었을 무렵에는 쫓아오는 요괴도 거의 사라지고 없었다. 간신히 오스카가 한숨 돌렸을 때, 그의 어깨에 앉아 있던 나크가 전방을 향해 너울너울 날아갔다.

"어디 가, 나크!"

아무것도 없는 나무들을 향해 드래곤은 입을 벌렸다.

『결계를 파괴해.』

그것은 처음부터 주어져 있던 명령이다. 주인의 명령에 따라 나크는 공간을 태우는 불꽃을 내뿜었다.

숲속에 세차게 번지는 불길. 열기가 소용돌이치며 수면을 흔든다. 시야를 불사르는 붉은색에 오스카는 인상을 썼다.

하지만 곧 그 열기도 사라졌다.

그렇게 불길이 걷힌 후에 드러난 것은 부자연스러운 나무 틈새였다.

좌우에 솟은 나무들이 작은 문을 만들어내며 서로의 가지를 휘감고 있다. 지금까지 보이지 않던 문을 발견하고 오스카는 탄성을 발했다.

"굉장해. 무슨 구조지?"

이게 마녀가 입이 닳도록 경고했던 정신계 마법일까?

감탄하면서 오스카가 나무 사이의 문을 통과하자, 그 너머는 작은 광장이었다. 평탄한 바닥에는 발목까지 맑은 물이 차 있고, 주위는 나무들로 빙 둘러싸여 있었다.

그리고 그 한복판에 쓰러져 있는 통나무에는 초록색 머리카락을 가진 아름다운 여자와… 그의 죽마고우가 앉아 있었다.

"라자르!"

이름을 부르자 그는 천천히 오스카를 돌아보았다.

그 모습은 마치 실체처럼 보이지만, 라자르의 진짜 몸은 마녀와 함께 성에 있다. 그것을 머릿속으로 확인하면서 오스카는 손을 내밀었다.

"데리러 왔다. 가자!"

"전하…."

라자르가 중얼거리자 옆에 있는 여자가 불안한 표정을 지었다. 창백한 손으로 옆에 앉은 그의 팔을 잡는다. 라자르는 여자의 슬픈 얼굴을 가만히 응시했다. 온화한 감정이 그의 눈동자에 떠올랐다.

그는 다시 오스카에게 시선을 향하고 눈을 내리깔며 고개를 저었다.

"이런 곳까지 저를 위해 와주셔서 황송합니다…. 하지만 저는 돌아가지 않겠습니다. 죄송합니다."

전혀 예상하지 못했던 라자르의 대답에 오스카는 순간 자신의 귀를 의심했다. 그는 눈살을 찌푸리며 다시 물었다.

"그게 무슨 소리야. 농담을 하려거든 네 진짜 육체로 해."

그것은 농담 이외의 무엇도 아니다. 라자르는 아마 자신이 어떤 상태인지 모르는 것이리라.

오스카는 아카시아를 들고 한 발짝 다가갔다. 그것을 본 여자가 겁을 집어먹은 얼굴로 라자르에게 매달렸다. 그는 여자를 안심시키듯이 그녀의 손을 한 번 잡아준 후 통나무에서 몸을 일으켰다. 그리고 그녀를 비호하듯이 앞으로 나섰다.

"기다려주십시오, 전하. 그녀는 연인에게 배신당했습니다. 결혼을 약속했으면서 그 연인은 다른 여자에게…."

오스카는 불쾌감을 느끼고 얼굴을 일그러뜨렸다. 옛날이야기가 사실이라면 그녀의 과거에는 동정을 느낀다. 다만 과거가 불행했다고 해서 그것이 라자르를 데려갈 이유가 되지는 않는다. 피해자임에도 지나치게 착하기만 한 친구를 향해 오스카는 내뱉었다.

"그럼 그 연인을 데리러 가면 되잖아."

"벌써 몇백 년 전의 이야기입니다. 그 무너져가는 성을 전하도 보셨겠지요. 그는 오래전에 죽었습니다. 하지만 그녀에게는…."

라자르는 여자를 돌아보았다.

그녀는 라자르의 눈길을 받으며 빙그레 웃었다.

간신히 엄마를 만난 미아와도 같은, 연민을 자아내는 미소. 몇백 년 동안이나 사랑했던 남자를 찾아 애태우고 원망하고 기다린 끝에 지쳐버린 정신과 영혼이 거기에 있었다.

라자르는 웃고 있는 그녀를 애정 가득한 눈빛으로 바라보았다. 그것은 지독하게 상냥하면서도 흔들림 없는 감정이다.

오스카는 그런 죽마고우를 보고 긴장했다.

"…그러면 네가 죽어."

라자르의 지나치게 선한 성품은 언젠가 치명적인 결과로 이어질 수도 있다고 옛날부터 생각했다.

하지만 그래도 자신이 곁에 있는 한은 어떻게든 막을 자신이 있었다. 자신이 내민 손을 그가 이런 식으로 거부할 줄은 상상도 못 했다.

라자르는 자신의 주인을 향해 여느 때처럼 면목 없다는 표정으로 미소 지었다.

"그래도 괜찮습니다. 그녀는 몇백 년 동안이나 혼자였습니다. 죽고 싶어도 죽지 못하고… 연인을 죽이고 싶지만 한편으로는 죽이고 싶지 않고…. 저는 그녀를 구해주고 싶습니다. 그럴 수 없다면 위로만이라도

…."

그 정도의 구원만이라도 있기를 라자르는 바라는 것이다. 그렇게 바라면서 스스로 손을 내민다. 그런 강인한 마음을 가지고 있다. 그렇기에 여자도 그에게 끌린 것이리라.

오스카는 자신이 잘 아는 죽마고우의 그런 모습을 보고 초조함을 느꼈다.

"자만하지 마. 그건 네가 할 일이 아니야."

냉정한 말에 라자르는 쓴웃음을 지을 뿐이다. 그는 오스카를 똑바로 쳐다보며 말했다.

"전하는 그녀를 보면서 아무 생각도 안 드십니까?"

의도를 알 수 없는 질문을 오스카는 잠시 의아하게 여기다가 곧 그 의미를 이해했다.

수백 년의 고독.

인간이자 인간이 아닌.

라자르는 그 말을 통해, 이 가련한 물요괴를 보고, 절대적인 마력을 가지고 홀로 살아가는 그의 마녀가 생각나지 않느냐고 물은 것이다.

오스카는 절로 한숨을 내쉬었다.

눈을 감는다.

탑 꼭대기에서 본 마녀의 슬픔이, 마법호를 향해 출발할 때의 쓸쓸한 미소가 눈꺼풀 안쪽에 떠올랐다.

그런 눈빛을 아주 짧은 순간밖에 보이지 않는 그녀를, 그래서 오스카는 마치 보호해줄 사람이 필요한 진짜 소녀처럼 생각하고 있었던 것이다.

지금은 이미 그렇지 않음을 알고 있다. 그녀가 역시 다른 사람과는 다르다는 사실도.

오스카는 눈을 뜨고 아카시아를 고쳐 쥐었다. 어린아이처럼 천진한 눈망울로 자신을 바라보는 여자에게 다가간다. 여자 옆에 선 라자르에게 시선을 향하자, 그는 지독하게 슬픈 표정을 짓고 있었다.

그 눈빛은 평생 잊지 못할지도 모른다고 오스카는 생각했다.

그래도 양보할 수 없는 것은 있는 법이다.

“원망의 말은 성에서 듣겠다.”

대답은 없다. 여자는 행복하게 미소 짓고 있다.

옛날이야기의 끝은 언제나 무자비하고 갑작스럽다.

그리고 오스카는 자신의 검을 치켜들었다.

※

성으로 돌아온 일행은 성문에서 기다리고 있던 이들의 마중을 받았다.

마법복을 입은 티나샤는 오스카를 보고 고개를 끄덕였다.

“수고했어요. 영혼은 무사히 돌아왔어요.”

생긋 미소 짓는 그녀의 어깨에 나크가 내려앉았다. 그녀는 의기양양한 드래곤을 쳐다보고 조그만 그 머리를 쓰다듬어주었다. 한편, 알스는 말을 병사에게 넘겨주며 중얼거렸다.

“난 숲속에서 계속 같은 곳을 빙빙 돌아가지고… 솔직히 울고 싶었어.”

“눈속임 환술에 보기 좋게 걸려들었네요.”

"어흑…."

똑같은 일을 당한 도안과 스즈토도 기진맥진한 얼굴이다. 오스카는 그런 그들의 노고를 위로했다.

"아무튼 무사히 끝나서 다행이야. 뒷일은 내가 처리할 테니 다들 쉬도록 해라. 티나샤, 라자르는 어디 있지?"

"원래 있던 방에 있어요. 나도 나중에 갈게요."

"알았어."

마녀는 아직 볼일이 남은 모양인지 콧노래를 부르듯이 주문을 외우면서 성문을 나갔다. 그 뒷모습을 눈으로 배웅하고 오스카는 혼자 병실로 향했다.

발걸음이 무거워지지 않도록 주의한다. 스스로 선택한 일이다. 거기에 후회를 보인다면 다른 사람들이 구원받을 수 없다.

그래서 오스카는 표정을 바꾸지 않은 채 방으로 들어갔다.

침대에 누워 있던 라자르가 그를 보고 몸을 일으켰다.

"전하…."

"누워 있어도 돼."

영혼이 빠져나갔던 탓인지 라자르의 움직임은 아직 어색했다.

하지만 그는 비틀거리면서 침대에서 내려와 오스카 앞에 무릎을 꿇었다. 그리고 깊이 고개를 숙였다.

"무례를… 용서하십시오."

"나는 사과할 생각은 없다. …너도 그럴 필요는 없어."

설령 같은 길을 가더라도 자신들은 다른 인간이다.

그것은 알고 있다. 그렇기에 친구로 있을 수 있다는 것 또한.

라자르는 고개를 들지 않았다. 대신 울음 섞인 목소리로 말했다.

"내일부터는… 다시 온 힘을 다해 전하를 보필하겠습니다."

"몸이 회복될 때까진 쉬어."
아무리 가까운 사이라도 말로 표현할 수 있는 것은 많지 않다.
그래서 오스카는 냉정하게, 하지만 친애가 담긴 목소리로 대답했다.

"아직 몸 상태가 정상이 아니니까 깨우면 안 돼요."
물이 담긴 대야를 들고 마녀가 들어왔을 때, 라자르는 이미 저항할 수 없는 잠의 늪에 빠져 있었다.
그녀가 대야에다 물수건을 짜는 것을 보면서 오스카는 물었다.
"아까는 뭘 한 거야?"
"성의 결계를 강화했어요. 그 수상한 마법사의 행적도 아직 포착하지 못했고, 침입이 또 있으면 안 되니까요. 내가 여기 있는 한, 정문을 통하지 않고 이 성에 들어오기란 불가능해요."
"…네 덕분에 점점 강화되어가는군…."
그녀가 있는 1년 동안 과연 얼마나 변모해갈까. 어쩐지 두렵기도 하지만 그녀에게는 별일도 아닐 것이다. 변덕스럽게 무언가를 지키는 일쯤은 차에 설탕을 넣는 것처럼 사소한 일이다. 사소하고, 금세 지나가 버리고, 그저 추억만이 남는다. 그리하여 70년 전 그녀가 이 성을 떠났을 때처럼.
오스카는 수호자의 뒷모습을 물끄러미 응시했다.
"티나샤, 나와 결혼해서 파르사스에서 계속 살지 않을래?"
"안 해요! …그런데 갑자기 왜 그래요?"
오스카의 말에서 평소의 놀림과는 다른 감정을 눈치챘는지 티나샤가 돌아보았다. 그는 진지한 눈빛으로 마녀의 검은 눈을 주시했다.
"너는 몇백 년 동안 혼자 외롭지 않았어?"

마녀의 마음에 다가가려 하는 질문.

마녀는 잠시 어안이 벙벙한 표정이었지만, 곧 그 질문에 쓴웃음을 지었다.

"그야 조금 외롭지만, 원래 그런 거라고 생각해요."

갑자기 왜냐고 묻는 그녀의 눈빛에서, 오스카는 약간의 애절함과 그리고 잔혹함을 보았다.

이 마녀에게는, 숲에서 사라져 버린 가련한 물요괴처럼 잃고는 살 수 없는, 언제까지나 마음을 사로잡고 놓아주지 않는 존재가 없는 것이다.

그렇기에 긴 시간을 건너갈 수 있다.

그저 아름답게, 태연하게, 고독하게.

마녀는 덧없는 인간들의 삶을 먼 곳에서 일어나는 일로서 바라보고 있다.

그 이별에, 죽음에 슬퍼하는 일은 있어도 미치는 일은 없다.

그녀의 압도적인 힘보다, 그 적막보다 이 잔혹함이 그녀를 더욱 마녀답게 한다.

그리고 아마 그녀는 자신의 그 잔혹함을 알고 있을 것이다.

"티나샤."

"네, 왜요?"

"너는 언제든지 나에게 오면 돼."

시간을 넘어 살아가는 그녀가, 언젠가 떠나갈 뿐인 모든 것에 지쳐 버리는 날이 온다면.

그때에는 자신에게 오면 된다. 설령 어떠한 때라도 변함없이 그녀를 맞이하리라.

"변하지 않는 게 필요해지면, 내가 그렇다는 걸 기억해둬."

"뭐예요, 갑자기…. 당신의 그 옹고집이 영원히 안 변한다니까 무섭잖아요."

티나샤는 눈을 감고 미소 지었다.

그 무엇에도 얽매이지 않는 맑은 얼굴을 보며, 오스카는 지금 그녀를 애무하고 싶다고 생각했다.

6. 숲이 꾸는 꿈

안개가 걷힌 황야에는 아무것도 없다.

인간이 접근하지 않는 마력이 스며든 땅. '마법호'라 불리는 이 땅은 대륙에 전부 다섯 군데가 있다.

"이 마법호가 언제부터 여기에 있었는지 알아?"

"몰라."

은발 소녀는 미간을 살짝 찌푸리며 대답했다.

불과 일주일 전까지만 해도 짙은 안개로 덮여 있던 땅은 지금은 마수가 죽어 시야가 탁 트여 있었다.

모래와 마력이 섞인 바람. 그녀는 그 바람으로부터 지키듯이 옆에 선 청년을 부축했다.

"그보다 좀 눕는 게 좋겠어. 상처는 아물었어도 몸이 완전히 회복된 건 아니니까."

"아카시아에 베였으니 어쩔 수 없지."

치명상은 아니었지만 '마법사 킬러'에 의해 부상을 입은 것이다. 그 후 성치 않은 몸으로 전이를 사용한 탓에 체내의 마력은 만신창이가 되어 버렸다. 상처는 간신히 아물었지만 지금도 완전히 정상이라고는 할 수 없다. 발트는 무겁게만 느껴지는 자신의 몸을 의식하며 쓴웃음을 지었다.

"하지만 이제 하나는 정리됐어. 마수가 없어진 지금, 그녀의 고통은 조금 줄어들었어."

"'푸른 달의 마녀' 말이야?"

"응."

그녀가 마수를 처치하는 것까지는 예상한 대로였다. 이제 어떻게 그녀의 앞에 설지, 그것만이 문제였다.

적으로 돌리고 싶지 않다. 하지만 그 어떤 유익한 정보라도 그녀는 귀를 기울이지 않을 것이다.

다른 사람이라면 얼마든지 조종할 수 있다. 하지만 그녀만은 발트가 '알 리 없는 정보를 알고 있다'는 그 한 가지 때문에 그의 이야기를 믿지 않는 것이다. 아무리 간절히 원하는 정보라도 그녀는 근원을 알 수 없는 그의 손을 잡으려 하지 않는다.

그러니까, 그녀를 인도하기 위해서는 적정한 거리를 유지해야 한다.

"마법호라는 건 강대한 마법의 잔재야. 인간에 의해 생겨나 인간의 손을 벗어난 것. 결코 자연의 산물이 아니야. 하지만 그걸 아는 사람은 이미 몇 안 남았어."

"그중 한 명이 마녀지. 하지만 당신은 그걸 어떻게 알아?"

"옛날에 그녀를 섬긴 적이 있으니까."

발트의 말에 소녀의 눈이 동그래졌다. 무리도 아니다. 그가 태어났을 때 이미 티나샤는 탑의 마녀였고, 발트는 그 탑에 오른 적이 없다. 도전한 적은 있지만 끝까지 오르지 못했다.

그러니까 모든 것은 이제부터 시작되는 그녀의 이야기다.

"자, 이번에는 비장의 카드도 있어. 마수를 죽일 때 그녀가 큰 부상을 입은 게 다행이었어. 덕분에 '그것'을 손에 넣었으니까."

은밀히 키우고 있는 그것은, 쓰지 않을 수만 있다면 가장 좋은 비장의 카드다. 하지만 그래도 있어야 한다. 세상에는 강자가 얼마든지 있다. 그들과 맞닥뜨렸을 때 싸우기 위한 무기는 중요하니까.

"그럼 갈까. 네 말대로 좀 쉬어야겠다."

그는 소녀의 어깨를 툭 치고 먼저 발길을 돌렸다.

그리고, 곧 발을 멈췄다.

"발트?"

꼼짝하지 않는 그의 뒷모습을 은발 소녀는 의아하게 생각하며 올려다보았다.

앞에 누가 있는 모양인지 모르는 남자의 목소리가 들렸다.

"재미있는 이야기를 하고 있더군. 마력도 많고 꽤 눈여겨볼 만한 마법사야."

카랑카랑한 목소리는 왠지 모르게 소녀에게 묘한 느낌을 주었다.

마치 까마득히 멀리서 들려오는 듯한, 그곳에 있으면서 그곳에 없는 듯한 목소리.

상냥하게 들리기도 하는 남자의 목소리에, 그러나 소녀는 왠지 가벼운 긴장감을 느꼈다. 그녀는 꼼짝하지 않은 채 청년의 뒤에서 고개를 내밀었다.

거기에 있는 것은 눈처럼 희고 긴 머리카락을 가진 젊은 남자였다.

온화한 미소를 띤 남자의 단정한 얼굴에서는 고귀함이 느껴졌다.

다만 선이 가는 그 외모는 어딘지 병적인 인상을 주었고, 두 눈에는 편향된 의지가 담겨 있었다.

정체를 알 수 없는 상대. 그 이상으로 불길함을 자아내는 남자에게 밀라리스는 혐오 섞인 감정을 느꼈다.

발트는 긴장감이 밴 목소리로 말했다.

"당신이 왜 여기에 있는 겁니까? 중요한 시기일 텐데요. 홀로 멀리까지 온 겁니까?"

"여기에 있던 강아지를 치워 버릴까 했는데, 그 아이가 해 준 모양이야."

그 아이라는 말이 '푸른 달의 마녀'를 의미한다는 것을 깨닫고 밀라리스는 전율했다. 최강의 마녀를 어린애 취급하는 이 남자의 정체는 무엇인가. 당장이라도 물어보고 싶었지만, 발트는 상대의 정체를 아는 것 같았다. 그는 밀라리스를 등 뒤에 숨긴 채 대답했다.

"그래요, 그녀가 마수를 물리쳤습니다. 그러니까 당신도 함부로 나다니지 않는 게 좋지 않을까요? 그녀는 내내… 당신을 찾고 있습니다."

"알아. 하지만 아직은 때가 아니야. 그 아이를 맞이할 준비가 안 됐으니까. 때가 되면 내 쪽에서 데리러 갈 작정이야. 아마 그 아이도 기뻐하겠지."

"기뻐한다고요? 그녀가?"

발트의 그 목소리가 드물게 소름 끼치도록 음산해서 소녀는 놀랐다. 불온한 분위기를 감지하고 그의 옷자락을 잡아당기려고 한 손가락은 발트 본인의 손에 의해 제지당했다.

흰머리 남자는 의아하다는 어조로 말했다.

"기뻐하지. 그녀는 내내 나를 만나고 싶어했으니까."

"…당신은 어느 역사에서나 그녀에게 오만하군요."

내뱉는 듯한 그 말의 의미를 밀라리스는 알 수 없었다. 그것은 흰머리 남자도 마찬가지인지 그는 어린아이처럼 고개를 갸웃했다.

"어느 역사에서나? 무슨 뜻이지?"

"그저 혼잣말입니다. 저는 단지 방관자이니까요. 그보다 더는 할 이야기도 없으니 이만 실례하겠습니다."

그렇게 말한 발트는 밀라리스의 어깨를 툭 치고 발길을 돌리려 했다.

하지만 그 등에 대고 백발 남자는 말했다.

"말로는 방관자라고 하면서 장난을 친 것 같던데."

"별일은 아닙니다. 마땅한 흐름을 도운 것뿐이지요. 우리는 단지 그뿐인 일족이니까요."

"그래도 그냥 넘어갈 수 없다고 한다면?"

공기가 삽시간에 얼어붙었다. 남자는 두 사람을 향해 오른손을 뻗었다.

그 손바닥 안에서 하얀 빛이 팽창한다. 그 자리를 지배하는 압력은 마력을 갖지 못한 밀라리스조차 차원이 다른 것임을 알 수 있을 만큼 무시무시했다. 그녀는 발트의 이름을 부르려고 했다. 하지만 그보다 먼저 청년이 외쳤다.

"밀라리스, 도망쳐."

갈라진 목소리. 그의 가슴에 서서히 검은 얼룩이 번진다.

그것이 피라는 사실을 깨닫기 전에, 모습이 보이지 않는 남자는 웃었다.

"그 아이는 나에게 유일무이한 존재야. 앞으로를 위해서도 쓸데없는 방해는 필요 없어."

"발트!"

소녀는 비명을 질렀다. 시야를 태우는 하얀 빛이 팽창한다.

그것이 모든 것을 불태워 버리기 전에, 발트는 재빨리 전이 구성을 짰다. 그 구성을 마력을 갖지 못한 소녀에게로 향한다. 그것을 본 밀라리스가 그에게 손을 뻗었다.

"기다려, 발트!"

하지만 소녀의 손이 그에게 닿기 전에, 전이 구성이 손을 삼켜 버렸다.

멀어지는 시야. 소녀는 흐릿해져 가는 청년을 향해 절규했다.

완전히 불합리하게, 돌연.

그렇게 역사의 뒤안길을 서성거리던 마법사가 한 명, 무대 위에서 퇴장했다.

※

허공을 달리던 고양이가 성의 첨탑에 서 있는 그녀를 발견하고 똑바로 내려온다.

티나샤는 가냘픈 팔을 뻗어 사역마를 손등에 앉혔다. 그녀는 사역마의 보고를 듣고 미간을 찌푸렸다.

"그 남자의 시체를 발견했구나."

약간 의외인 보고에 티나샤는 고개를 갸웃했다. 전부터 수상한 움직임을 보였던 마법사 청년. 정체를 알 수 없는 그는, 사역마의 보고에 의하면 구 도르자의 마법호 안에서 죽어 있었다고 한다.

"오스카가 입힌 부상은 심각한 건 아니라고 들었는데… 치료가 잘 안 됐나?"

상대는 그녀의 계약자를 따돌리고 달아날 정도의 힘을 가진 마법사다. 쉽게 누군가에게 살해당할 거라고 생각하긴 힘들다. 분명 어떤 내막이 있을 것이다.

"하지만 덕분에 신경 쓸 일이 하나 사라졌으니 잘됐네."

티나샤는 허공에 혼잣말로 중얼거리고 정례 보고를 받았다. 그쪽의 내용은 늘 그렇듯이 성과가 없다. 그녀는 쓴웃음을 지었다.

"알았어…. 그럼 또 다녀와."

벌써 몇 번이나 똑같은 일을 되풀이했을까.

나타나지 않는 사람을 찾아 헤매는 여정. 아침에 눈을 뜨고 밤에 잠드는 것처럼 생(生)에 새겨져 버린 체념.

그럼에도 버리지 못하는 하나의 조각.

그녀는 탑에 서서 세상을 바라보았다.

그 어딘가에 그녀가 찾는 답이 있다고 믿으면서.

※

성 입구에서 가까운 홀, 커다란 탁자 위에는 색색의 원단이 즐비하게 진열되어 있었다.

원통 모양으로 말아놓은 고운 원단 더미를 여관(女官)들이 즐겁게 구경하고 있다. 젊은 여자부터 나이 먹은 노파까지, 그녀들은 마음에 드는 원단을 들고 서로에게 대보며 담소를 나누고 있었다. 수는 많지 않지만, 남자들도 진한 색상의 원단을 들고서 들여다보고 있다.

소재도, 색상도 다양한 원단은 각국을 돌아다니는 포목상이 가져온 것이다. 1년에 네 차례, 포목상은 이렇게 성에 찾아와 고르고 골라 가져온 상품을 선보인다. 성에서 일하는 자들 중 희망하는 사람은 원단을 골라 치수를 재고 옷을 주문할 수 있어서, 여자들은 거의 모두가 이날을 고대하고 있었다.

마법사 중 한 명인 실비아도 예외가 아니어서 기분 좋게 담화실로 들어온다. 그녀는 책을 읽고 있는 마녀 앞에서 두 손을 모아 간청했다.

"티나샤 님도 원단을 구경하러 같이 가요!"

"옷은 얼마 전에도 샀는데…."

"에이, 그러지 마시고요. 이국의 진귀한 원단도 많아요."

"으음."

티나샤는 내키지 않는다는 기색으로 책을 덮고, 옆에 있는 컵을 들어 입으로 가져갔다.

"어서 가요! 전 티나샤 님의 신체 치수에 관심이 많아요!"

"왜요?"

티나샤는 여전히 의사에게 진료를 받으러 가는 아이처럼 내키지 않는다는 얼굴로 일어섰다. 그리고 실비아에게 손을 이끌려 복도로 나선다.

오늘 마녀는 최근에 산 기장이 짧은 흰 드레스를 입고 있었다. 날씬한 다리가 무방비하게 치맛자락 밑으로 드러나 아침부터 지나가는 남자들의 시선을 잡아끈다.

인간이 아닌 듯한 미모, 가냘픈 몸이지만 단단한 느낌을 주는 소녀의 모습이었던 때와 달리 그 인상은 단아하고 우아하다. 그런 그녀의 가는 허리둘레가 과연 얼마일지, 실비아는 남몰래 흥미가 있었다.

신이 나서 끌고 가는 실비아와 달리 티나샤의 발걸음은 무겁기만 하다. 마음 같아선 이대로 전이해 버리고 싶지만, 그렇게 했다가는 실비아가 울어 버릴 것이다.

그때 복도 끝에 나타난 남자가 그녀를 불러 세웠다.

"티나샤!"

그곳에 있는 사람은 그녀의 계약자와 그 시종이다. 그녀는 싫은 예감을 느꼈지만 실비아가 거침없이 그들을 향해 걸어가는 바람에 할 수 없이 뒤를 좇아갔다.

오스카는 들고 있던 서류를 라자르에게 건네고 자신의 수호자와 마주 섰다.

"라자르를 시켜서 불러오려던 참이었어. 마침 잘됐다. 원단을 보러 가자."

"옷은 이미 충분한데요…."

이미 지쳐 버린 티나샤의 머리를 오스카가 가볍게 토닥거렸다.

"신체 치수가 궁금해."

"당신까지!"

티나샤는 역시 오지 말걸 그랬다고 격하게 후회했다.

"티나샤 님, 허리가 진짜 가늘어요!"

"가슴은 조금 더 커도 괜찮았는데."

여관들이 있는 홀과는 다른 홀에 왕족을 위한 고급 원단이 진열되어 있다. 그 홀 한구석에서 치수를 재고 난 티나샤는 기진맥진해 장의자에 주저앉았다.

한편, 오스카와 실비아는 직인이 적어놓은 치수표를 들여다보며 멋대로 소감을 늘어놓고 있었다. 그것을 들은 티나샤는 피로감이 짙게 밴 얼굴로 투덜거렸다.

"내 체형이 어떻든 내 마음이에요…."

"자, 원단을 골라볼까. 일단 이거하고… 이것도 괜찮군."

오스카는 마녀의 불평을 무시하고 앞에 놓인 원단을 골라 들었다. 그녀의 머리카락 색깔과 어울리는 고급스러운 검은 비단을 시작으로 그는 거침없이 원단을 골라 옆에 대기하고 있는 장인에게 넘겨주었다. 마녀는 그런 오스카를 못마땅하게 흘겨보았다.

"왜 당신이 내 옷을 주문하냐고요…."

"내 취미야. 너에게 다양한 옷을 입혀보면 좋은 기분 전환이 되거든."

"스트레스는 다른 걸로 발산해 주세요…."

왕태자인 그가 평소에 스트레스가 많은 건 알지만 그렇다고 자신을 끌어들이는 것은 반갑지 않다.

지친 기색이 역력한 그녀의 얼굴을 오스카가 들여다보았다.

"아, 그래? 그럼 성 밖으로 놀러 갈까? 옷을 골라줄게."

"그런 뜻이 아니에요! 얌전히 있으라고요!"

성 주위에 강력한 결계를 친 것은 성가신 일을 피하기 위해서인데, 그가 성 밖으로 나간다면 의미가 없다. 티나샤는 결국 체념하고 몸을 일으켜 윤기 흐르는 하얀 원단을 집었다.

"아무튼 돈은 내가 낼 테니까 내가 고를게요."

"그건 상관없지만, 난 나대로 주문할게."

"…마음대로 하세요."

티나샤는 맥없이 고개를 숙였다가 문득 어떤 생각을 떠올리고 오스카의 소매를 잡아당겼다.

"왜?"

"멋대로 신부 의상 같은 걸 주문했다간 저주할 거예요…."

그 말에 오스카는 과거에 그녀가 겪은 수난을 떠올렸는지 폭소를 터뜨렸다.

※

"어라, 티나샤 님은 안 계십니까?"

마녀가 치수 공격을 당한 지 며칠 후, 담화실을 들여다본 라자르는 혼자 있는 도안에게 물었다. 티나샤가 자기 방에 없는 경우에는 거의 대부분 여기에 있었기 때문이다. 도안은 태연하게 말했다.

"라자르, 못 들었어? 마법 도구를 관리하러 이틀 정도 탑에 다녀온다고 하셨어."

"그, 그건…."

티나샤가 성에 온 지도 어느덧 석 달, 지금까지 그녀는 마법호 원정을 제외하고는 하루 이상 성을 비운 적이 없었다. 그런 그녀가 평소에 무엇을 하느냐 하면, 마법사 강의에 참석하고, 훈련장에서 검술 훈련을 하고, 책을 읽고 해석을 하고, 오스카에게 차를 끓여주고, 놀림을 당하고, 실로 평화롭다.

그렇다면 그녀가 없다는 것은….

"평화롭지 않게 되는 겁니까?"

"설마."

도안은 마법서에서 고개도 들지 않고 대답했다.

마녀의 수호 결계는 그녀가 어디에 있든 상관없이 작동한다. 애당초 오스카는 수호가 없어도 전혀 문제가 없다. 그걸 떠올리고 안심한 라자르였지만, 그는 전혀 모르고 있었다.

마녀가 없어도 유지되는 평화가 라자르를 그 범주에 넣고 있지 않다는 것을.

두 시간 후, 라자르는 왠지 말을 타고 성 뒷문을 나가려 하고 있었다.

"정말로 가지 말자니까요! 티나샤 님에게 들키면 혼납니다!"

"그러니까 가는 거지. 그 녀석이 있으면 잔소리를 하니까."

"그 무모함은 고치신 것 아니었습니까?"

"가끔은 괜찮잖아. 불만 있으면 넌 성이나 지키고 있어."

주인의 냉담한 말에 라자르는 고개를 떨구면서도 그래도 꾸역꾸역 뒤를 쫓아 말을 달렸다.

일의 발단은 한 시간 전, 각지에서 올라온 보고서를 훑어보던 오스카가 마지막 한 장에 눈길을 고정한 것에서 비롯되었다.

"라자르, 이걸 봐."

"뭡니까?"

라자르는 찻쟁반을 받아 들고 집무 책상 쪽으로 걸어갔다. 티나샤가 없어서 오늘의 차는 소녀 여관이 끓여준 것이다. 새로 왕태자 담당이 된 그녀는 긴장한 얼굴로 벽 쪽으로 물러나 있었다. 라자르는 그녀의 시선을 느끼며 찻잔을 책상에 내려놓고, 대신 서류를 손에 들었다.

"어디 보자, 지난주부터 동부의 숲 인근 마을에서 사람이 행방불명되는 사건이 빈발… 사라진 사람들은 2~3일 후 숲속에서 말라비틀어진 시신으로 발견… 이게 뭡니까?!"

"궁금하지?"

"…전혀요."

몹시 불길한 예감이 밀려온다. 하지만 오스카는 라자르의 대답을 무시하고 말을 이었다.

"벌써 아홉 명이나 죽었어. 여기서 별로 멀지도 않아."

"하나도 안 궁금하다니까요!"

"잠깐 상황을 보러 가볼까?"

"제발 제 말 좀 들어주세요…."

라자르는 책상을 두 손으로 짚고 힘없이 어깨를 늘어뜨렸다.

티나샤가 성에 오기 전, 오스카에게 성을 빠져나가는 나쁜 버릇이 있었던 것은 주지의 사실이다. 그것도 산책이나 여행이 아니다. 마물의 소굴이나 온갖 함정이 가득한 유적처럼 위험천만한 곳만 골라 다니는 것이다. 매번 어쩔 수 없이 따라가고 마는 라자르로서는 늘 심장이 오그라드는 심정이다.

그리고 그 정점을 찍은 장소에서 만난 마녀는 지금은 성에 없다. 매일같이 그녀를 놀리기를 즐기던 오스카는 아마 그녀의 부재를 역으로 이용할 궁리를 한 것 같았다.

이제부터 향하는 장소의 위험성과, 나중에 떨어질 마녀의 불벼락을 상상한 라자르의 얼굴이 점점 핏기를 잃어간다. 그리고 자신도 휴가를 냈어야 했다고 진심으로 후회했다.

※

바이르 마을은 성도에서 가까운 북동쪽 산기슭에 자리 잡고 있다.

마을 외곽에는 산으로 이어지는 깊은 숲이 펼쳐져 있어, 빽빽하게 들어찬 나무들이 대낮에도 어두컴컴하게 숲을 닫아놓고 있었다.

해가 지기 전에 마을에 도착한 오스카와 라자르는 귀찮은 일을 피하기 위해 신분을 숨기고, 성에서 조사를 나왔다는 명목으로 마을 사람들로부터 이야기를 들었다. 처음에 말을 건 남자는 마당에서 장작을 패다가 두 사람이 말을 걸자 쌓아놓은 목재 더미에 아예 자리를 잡고 걸터앉았다.

"처음에 죽은 녀석은 숲속에서 뭔가를 발견했다고 하더라고…. 뭔지는 안 가르쳐주는데 묘하게 기분이 좋아 보였어. 아, 그러더니 갑자기 없어졌다가 그렇게 돼버린 거야."

'그렇게'라는 것은 말라비틀어진 시체를 말하는 것이리라. 분명 심상치 않은 일이 일어나고 있다. 가능하면 성가신 일에 휘말리기 전에 성으로 돌아가고 싶지만, 그것이 무리란 건 지금까지의 경험으로 잘 알고 있다.

오스카는 다른 마을 사람들에게서도 이야기를 듣고 난 후, 라자르의 예상대로 가벼운 어조로 말했다.

"그럼 숲으로 가볼까."

"정말로… 전하는…. 무슨 일이라도 생기면 어쩌시려고요?"

"수상한 움직임을 보이던 마법사는 죽었다고 티나샤가 그랬잖아."

"그 사람이 죽었다고 전하의 무모함이 용납되는 건 아닙니다만…."

문제는 그 자신의 안전보다는 오히려 소행 쪽이다. 하지만 오스카는 천연덕스럽게 대꾸했다.

"결계에 닿으면 티나샤에게 들키니까, 뭐가 나타나든 무조건 피해야겠다."

"차라리 들켜주세요."

말라비틀어져 죽는 것보다는 그게 차라리 낫다. 물론 티나샤에게는 죽도록 혼나겠지만, 사실 이 일이 아니더라도 그녀에게는 정기적으로 혼나고 있는 중이다.

고개를 떨군 라자르는 그래도 주인의 뒤를 따라 숲으로 향했다. 마을에 인접한 숲은 울창하지만, 그래도 평소에 마을 사람들이 드나드는 곳에는 좁은 길이 나 있었다. 다만, 최근에는 변사 사건 때문에 숲에 들어가는 사람이 거의 없다고 한다.

"이 숲은 얼마나 넓은 걸까요…."

"지도상으로 봐서는 그 마을의 열 배는 넘어 보였어."

"그걸 다 조사한다는 건 말이 안 됩니다."

"마을 사람이 죽은 사건이니까, 걸어갈 수 있는 거리에 있겠지."

무엇이 있는지도 모른 채 두 사람은 마을 사람들이 자주 다녔다고 하는 동쪽 방향으로 향했다. 그 안쪽에는 약초가 많아서 마법사에게 좋은 값에 팔 수 있다고 한다.

이윽고 두 사람이 도착한 곳은 나무가 비교적 적은 빈터였다. 라자르는 우거진 수풀을 둘러보았다.

"어떤 게 약초인지 전혀 모르겠는데요."

"그냥 다 잡초로 보이는군."

마을 사람이나 마법사라면 유용한 풀을 구분할 수 있겠지만, 마법과

거리가 먼 두 사람의 눈으로는 전혀 구분이 가지 않는다. 그들은 가능한 한 풀을 밟지 않도록 큰 걸음으로 초지 안으로 들어갔다.

“꽃이라도 피었으면 알아보기 쉽겠지만….”

일대는 초록 일색이다. 주위를 두리번거리던 라자르는 약간 안쪽에서 희고 작은 꽃을 발견했다. 다가가 살펴보니 그것은 꽃이 아니었다.

“…진주?”

꽃을 주렁주렁 달고 있는 것처럼 보이는 그 풀은 자세히 보니 흰 꽃이 아니라 탐스러운 하얀 진주를 달고 있었다. 라자르는 자신의 눈을 의심하면서 손을 뻗었다. 만져보니 단단한 감촉이 느껴졌다.

“전하! 풀에 진주가 달려 있습니다!”

“바보냐?”

조금 떨어진 곳에서 돌아본 오스카가 라자르를 흘겨보았다.

“아뇨, 하지만 정말로….”

“정말이면 더 바보지.”

오스카가 아카시아를 뽑는 것이 보였다. 예상 밖의 반응에 라자르는 어리둥절했다.

그때 문득 그는 발치가 뭔가 이상하다고 느꼈다. 그리고 시선을 아래로 향하고… 얼어붙었다.

어느새 초록색 덩굴이 발목을 몇 겹으로 휘감고 있었다. 그것은 마치 뱀처럼 고개를 치켜들고 스르륵 움직이기 시작했다.

“으아아악!”

“이 바보가!”

라자르가 비명을 지르는 것과 거의 동시에 번개같이 달려온 오스카가 아카시아로 라자르의 뒤를 베었다. 주군의 팔이 라자르를 덩굴의 구속에서 끌어냈다.

풀밭 위에 나동그라진 라자르는 돌아보고 경악했다.
"저, 저게 뭡니까?"
"괴기 식물… 인가?"
거기서 꿈틀거리는 것은 십여 개의 줄기로 이루어진 거대한 진주색 덩굴이었다. 그것들은 마치 지능이 있는 것처럼 꿈틀거리며 두 사람을 향해 굵은 줄기 끝을 뻗으려 하고 있었다.
바닥에서는 방금 잘린 줄기 하나가 펄떡거리고 있다. 라자르는 입을 틀어막으며 뒷걸음질을 쳤다.
"이게 사건의 원인입니까?"
"과연, 딱 봐도 잡히면 양분을 빨리게 생겼군."
촉수의 밑동 쪽에는 거대한 진주처럼 생긴 구슬이 있고, 그것을 초록색 꽃잎이 빙 둘러 에워싸고 있었다. 크기는 달라도 작은 진주를 달고 있는 풀과 명백하게 같은 종이다. 꿈틀거리는 덩굴을 보고 오스카가 한숨을 지었다.
"나크가 필요해. 다 불살라 버리고 싶다."
"티나샤 님에게 들킵니다…."
"그게 문제야. 그 녀석의 심기를 건드리면 뒤가 성가시거든."
"그렇게 생각하신다면 성에 얌전히 계셨어야지요."
농담처럼 가볍게 말하면서도 오스카는 꿈틀거리며 습격해 오는 덩굴을 베어나갔다. 줄기찬 공격에도 몸에 닿지 않게 하는 것은 놀라운 기량이다. 오스카는 거대한 진주에 시선을 고정했다.
"저 진주가 수상해. 라자르, 뒤로 물러나 있어."
남은 덩굴은 넷.
그것들이 목표를 조준하듯이 줄기 끝을 곧추세운다.
그 순간을 노려 오스카는 덩굴의 밑동 쪽으로 달려들었다. 습격해오는 덩굴 두 개를 한꺼번에 베어 버리고, 이어서 상체를 숙여 옆에서 덮쳐오는 하나를 피했다. 덩굴 끝이 비껴가는 순간 번개같이 밑동을 잘라 버린다.

마지막 하나는 정면에서 오스카를 향해 달려들었다.

하지만 그 덩굴은 결계에 닿기 직전 아카시아에 가로막혔다. 예리한 양날의 검이 무서운 기세로 덩굴을 두 동강 내버렸다.

숨 돌릴 새도 없이 거대한 진주 앞까지 육박한 오스카는 반들반들한 중심부에 아카시아를 꽂았다.

진주처럼 보이는 그것은 마치 개구리 알처럼 파르르 떨었다.

직후, 터져버린 표면에서 보라색 체액 같은 것이 사방으로 튀었다.

"앗…!"

오스카는 반사적으로 뒤로 물러나 비말을 피했다. 그러는 동안에도 시들어가는 진주에서는 보라색 액체가 뿜어 나와 주위의 풀들을 삽시간에 녹여나갔다.

"안 돼, 독이다! 라자르, 물러나!"

덩굴을 잃은 진주에서는 체액과 같은 색의 안개가 흘러나오기 시작했다.

그것은 순식간에 퍼지며 두 사람을 향해 다가왔다.

주인의 명령에 따라 몸을 피하려던 라자르는 극심한 욕지기를 느끼고 입을 틀어막았다.

숨쉬기가 힘들다. 이마에 비지땀이 배어 나온다. 눈앞이 빙글빙글 돌기 시작해 라자르는 땅바닥에 털썩 무릎을 꿇고 말았다.

"라자르!"

그때 숲속에 여자의 낭랑한 목소리가 울려 퍼졌다.

"뭐 하는 거야?"

라자르는 흐릿해지는 시야 속에 허공에 떠 있는 여자의 모습을 보았다.

그리고 그는 구조가 온 것에 안도하고 의식을 잃었다.

“…그런 곳에 있다니 참 별난 사람이네. 벌써 여럿 죽지 않았어?”

재미있어하는 듯한 젊은 여자의 목소리가 들렸다. 거기에 남자의 목소리가 대답했다.

“그러는 너는 왜 이 숲에 있는 거지?”

약간의 경계심과 흥미가 섞인 목소리. 라자르가 잘 아는, 귀에 익은 목소리다. 그는 지끈거리는 머리로 깨어나려 애썼다.

눈을 뜨자 그곳은 어느 집 안이었다. 나무로 된 천장을 보아하니 그리 큰 집은 아니다.

라자르가 눈을 껌뻑거리며 몸을 일으키자 조금 떨어진 식탁의 의자에 그의 주인이 앉아 있었다.

마주 앉은 사람은 그가 모르는 여성이다. 화려한 느낌을 주는 미인으로, 밝은 갈색 곱슬머리에 호박색 눈동자와 상아색 피부를 가지고 있었다.

“어머, 깼어?”

그녀는 라자르를 보고 손을 살랑살랑 흔들었다. 그 말을 듣고 라자르는 자신이 침대에 누워 있었다는 걸 깨달았다. 오스카가 고개만 돌려 돌아보았다.

“좀 어때?”

“전하, 저는….”

“아까 그곳에 독기가 퍼진 것 같아. 미리 알지 못해서 미안하다.”

여자는 몸을 일으켜서 유리잔에 물을 따라 라자르에게 건네주었다. 인사하고 한 모금 마시자 기분 좋은 냉기가 몸 안에 시원하게 퍼졌다. 라자르는 크게 숨을 토했다.

"감사합니다…. 저어, 당신은 대체…."

"나?"

여자는 손가락으로 자신을 가리키더니 즐거운 표정으로 깔깔 웃었다.

"나는 루크레치아. 하지만 나를 이름으로 부르는 사람은 거의 없어. 모두가 '닫힌 숲의 마녀'라고 부르니까."

라자르는 너무 놀라 입을 떡 벌린 채 그대로 굳어 버렸다.

그 반응을 보고서 마녀는 더 크게 웃었고, 오스카는 씁쓸한 얼굴로 한숨을 쉬었다.

※

루크레치아의 집은 숲속 깊은 곳, 보통은 결계로 인해 들어갈 수 없는 곳에 있다고 한다.

나무집 안에는 여기저기에 말린 약초, 그것들을 조합할 때 쓰는 유리 기구가 가득했다. 벽 한 면은 책장이고 마법서로 짐작되는 책들이 빽빽하게 꽂혀 있다. 책장 옆 유리 찬장에는 다기와 뒤섞여 무엇이 들었는지 알 수 없는 병이 즐비하다.

"꼭 약사의 집 같군."

"난 마법 약 연구가 취미거든. 아까 당신이 벤 덩굴도 좋은 표본이 될 것 같아. 보통은 인간의 발길이 닿지 않는 곳에서 자라는데 아마 어떤 호기심 많은 사람이 거기까지 들어간 모양이야. 그 사람을 뒤쫓아 마을 근처까지 가서 접근하는 인간을 빨아먹은 결과, 눈 깜짝할 사이에 거대해진 거지."

"처음의 희생자가 원인이었군."

"그렇게 크게 자란 건 나도 처음 봤어. 추출액이 얼마나 나올지 기대가 커."

기대감에 차서 이야기하는 마녀를 보며 오스카는 뭐라 형언하기 힘든 심정이었다. 옆에서는 막 깨어난 라자르가 핼쑥한 얼굴을 하고 있다.

루크레치아는 다시 두 사람에게 주의를 기울이더니, 손도 대지 않은 차를 보고 고개를 갸웃했다.

"뭐야, 안 마셔?"

"조심성 없다고 화내는 녀석이 있어서 그래. 미안."

"흐응…. 티나샤는 여전한가 보네."

"알아?"

조금 놀라는 오스카를 보고 루크레치아는 심술궂은 미소를 지었다.

"물론이지. 그 애가 갓 마녀가 되었을 때부터 알고 지낸 사이야."

그 무심한 말에 오스카는 적지 않은 충격을 받았다.

'마녀가 된다.'

티나샤는 마녀로 태어난 게 아니라 마녀가 되었다고 한다. '몸은 성장을 멈춰 놓았을 뿐'이라고 했으니까, 그녀는 적어도 열여섯 살 이전에 마녀가 된 것이다.

그렇다면 그 이전에 그녀는 무엇이었을까. 어째서 마녀가 되었을까.

그런 의문이 꼬리에 꼬리를 물고 떠올라 오스카의 마음속에 쌓여간다.

"그런 수호 결계를 칠 수 있는 건 그 애뿐이니까 보면 금방 알지. 요즘 티나샤는 뭐 해? 아직도 탑에 틀어박혀 있어?"

"아니, 평소엔 내 수호자야."

"어머, 그럼 당신은 그 탑을 끝까지 올라갔구나. 꽤 고약하게 만들어진 탑인데…."

"전하는 거의 혼자서 오르셨습니다."

"와, 진짜?! 대단하네."

적의가 느껴지지 않는 거리낌 없는 태도는 티나샤와 다른 의미에서 마녀답지 않다. 마녀라고 하면 오스카에게 저주를 건 '침묵의 마녀'로 대표되듯이, 수백 년 동안 그 압도적인 마력과 변덕으로 대륙을 공포에 떨게 만들어온 존재가 아닌가. 하지만 그런 인상과는 다른 루크레치아에 대해, 사람 좋은 라자르는 경계심을 푼 모양이었다. 어느덧 싱글벙글 웃음을 짓기 시작한다.

하지만 오스카 자신은 끝까지 긴장을 풀지 않았다.

숲속에서 안개를 흩어버리고 두 사람을 집으로 데려와 라자르를 치료해준 사람은 분명 그녀다. 하지만 그렇다 해도 처음 만난 사람을, 더구나 마녀를 섣불리 믿을 수는 없다. 티나샤는 다른 마녀에 대해 '위험하다' '말이 안 통한다' '성격에 문제가 있다'고 말했는데 루크레치아는 그중 어느 쪽일까. 그녀는 호박색 눈동자를 반짝이며 오스카를 응시했다.

"그래서 계약 내용이 뭐야? 세계의 왕이라도 되고 싶다고 했어?"

"그 녀석이 그런 소원을 들어줄 것 같진 않은데…."

"그건 그렇지만, 그 검과 수호라면 불가능한 일도 아니지 않아?"

그녀의 눈이 갑자기 슥 가늘어졌다. 입가에 미소를 머금은 채로, 그러나 확실하게 마녀의 정체 모를 그림자를 품고 루크레치아는 오스카를 주시했다. 하지만 그는 그 시선을 태연하게 받아넘겼다.

"나 혼자 강하다고 전쟁에서 이기는 건 아니야. 그리고 굳이 그런 짓을 하고 싶지도 않고."

"…그래? 그럼 무슨 소원을 빌었어?"

"글쎄?"

오스카가 대답을 피하자 루크레치아는 유감스럽다는 표정을 지었다. 팽팽한 긴장감이 사라지고, 그녀는 지극히 평범한 여자처럼 입술을 샐쭉 내밀었다.

"그냥 궁금했을 뿐이야. 아예 티나샤에게 직접 물어보러 갈까? 한 10년은 못 만났으니까."

"전하는 티나샤 님을 비로 맞이하고 싶어하십니다."

순간, 오스카는 하마터면 의자에서 미끄러져 떨어질 뻔했다.

지금까지 조심한 게 완전히 헛수고가 되어 버렸다. 돌아보니 라자르는 악의 없는 미소를 지으며 찻잔을 손에 있었다.

오스카는 죽마고우에게 한마디 해주려고 했지만, 거기에 마녀의 웃음소리가 겹쳐졌다.

"아하하하하하하하, 그랬구나. 고마워."

루크레치아는 테이블에 엎드려 웃기 시작했다. 진심으로 재미있다는 듯이 눈에 눈물까지 고인 마녀를 보며 오스카는 벌레 씹은 표정이 되었다.

"…결론은 거절당했지만. 그래서 수호자야."

"아하하하…. 미안해. 하지만 그거 괜찮은데? 물론 꽤 어려울 거라고는 생각하지만."

"어려울까요?"

라자르는 진지한 얼굴로 몸을 내밀고 있다. 루크레치아에 대해 완전히 경계심을 푼 것 같았다. 오스카는 '성에 돌아가면 잔소리를 좀 해야겠군' 하고 마음속으로 결정 사항에 적어 넣었다.

루크레치아는 자신의 잔에 설탕을 넣으면서 대답했다.

"어렵지. 그 애는 아직까지도 정령술사를 고집할 정도로 완고하니까. 지금은 붙임성이 있어서 사람들과 어울리면 금방 친해지지만, 그래도 아마 남자는 안 만들 거야. 옛날에도 일이 좀 많았거든."

"옛날이라면 파르사스 국왕 건 말인가?"

전 계약자였던 증조부에 대해 묻자 루크레치아는 다시 깔깔거리며 폭소했다.

"아아, 그건 걸작이었지. 당시에도 상당히 웃겼어. 도무지 말이 안 통해서 그 애가 완전히 녹초가 됐거든. 그래도 머리가 조금만 더 좋았다면 가능성이 있었으려나…? 아니, 역시 무리인가."

마녀는 그렇게 혼자 완결하고는 무릎을 탁 쳤다. 그만큼 폭소했으면서 아무 일 없었다는 듯이 어느새 평범한 미소로 돌아와 있다.

"그런 거라면 나도 응원할게. 뭐하면 미약이라도 가져갈래? 일반 마법 약은 안 통하지만, 내가 만든 약은 약초 자체에 효과가 있어서 그 애한테도 아마 통할 거야."

"…아니, 됐어."

오스카는 지친 표정으로 의자 등받이에 몸을 기댔다. 티나샤를 처음 만났을 때와는 또 다르게 종잡을 수가 없다. 애당초 당당하게 미약을 권하는 것 자체가 마녀답다면 마녀답지만.

루크레치아는 속을 알 수 없는 미소를 지었다.

"그 아이를 손에 넣으면 세계를 손에 넣을 수 있어."

"아니, 그러니까 그런 건 관심 없다고."

"…그래?"

마녀는 소리도 없이 일어나서 고운 손가락을 오스카에게 슥 뻗었다.

오스카는 반사적으로 아카시아의 검자루를 꽉 쥐었다.
하지만 그것을 뽑기 전에, 루크레치아는 테이블 위로 둥실 떠올랐다. 그녀는 오른손을 오스카의 볼에 대고 푸른 눈동자를 들여다보았다. 아름다운 얼굴에 매력적인 미소가 번진다.
"그럼, 미약보다 더 재미있는 걸 줄게."
불온한 마녀의 말.
오스카는 검을 뽑으려 했다. 하지만 그 순간 마녀는 사뿐히 뒤로 물러났다.
그녀의 호박색 두 눈동자가 오스카를 응시한 것은 짧은 순간이다. 하지만 그 색이 묘하게 머릿속을 맴도는 느낌이 들어서 그는 얼굴을 찌푸렸다. 루크레치아는 킥킥 웃으며 말했다.
"어휴, 무서워라. 난 그 애와 달리 싸우는 건 자신 없으니까 그냥 넘어가줘."
"글쎄다."
"저, 전하…. 우리를 구해준 건 사실이고, 변사 사건의 원인도 알아냈으니까 오늘은 이만 성으로 돌아가시지요. 티나샤 님도 걱정하실 겁니다."
"…그래."
당황하면서도 상황을 수습하려고 하는 라자르의 설득에, 오스카는 마녀에게 시선을 고정한 채 몸을 일으켰다. 루크레치아는 요염하게 웃었다.
"언제든지 또 와."
불온함을 숨기지 않는 그 미소는 의심할 여지가 없이 마녀의 그것이었다.

※

집무실 안에 그윽한 차향이 퍼진다.

마녀의 숲에서 돌아온 다음 날, 서류를 가져온 라자르는 그윽한 향기에 흐뭇한 표정을 지었다.

흑발의 아름다운 마녀가 그의 주인에게 찻잔을 건네는 모습은 이미 익숙한 풍경이다. 그 우아한 모습에 넋을 잃고 있던 라자르는 뒤돌아본 그녀의 얼굴을 보고 화들짝 정신을 차렸다.

티나샤는 의아하다는 표정으로 그를 보았다.

"거기 서서 뭐 하세요?"

"아, 아무것도 아닙니다."

라자르는 허둥지둥 주인에게 서류를 건넸다. 오스카는 재상직에 있던 숙부가 세상을 떠난 뒤로 그 실질적인 역할과 왕의 권한 일부를 물려받은 상태였다. 성 안팎에서 올라오는 세세한 보고는 일부 중대한 것만 제외하고 오스카가 승인과 결정을 하게 되어 있었다.

서류 관련 설명을 마치고 라자르는 티나샤를 보았다.

"마법 도구 관리는 잘하고 오셨습니까?"

"그럭저럭 끝냈어요. 다루기 어려운 게 많아서 사역마에게 맡길 수 없어서요. 성을 비워서 미안해요."

"별말씀을요. 오히려 평소에도 좀 쉬시는 편이…."

좋습니다, 이렇게 말하려다가 그녀가 없었기 때문에 당한 봉변을 떠올리고 라자르는 잠시 멈칫했다. 물론 그녀의 잘못은 아니니까 원래 하려던 대로 말을 맺는다.

그녀는 그 공백을 수상히 여기지는 않은 것 같았지만, 대신 그의 주인이 티나샤에게 보이지 않는 각도에서 라자르에게 인상을 썼다.

"내가 없는 동안 무슨 일 없었나요?"

"따, 딱히 아무 일도…."

"아무 일 없었어."

"그럼 다행이고요."

그녀가 꽃처럼 아름답게 미소 지어서 라자르는 내심 가슴을 쓸어내렸다. 그런 죽마고우의 마음을 들여다본 것처럼, 오스카는 몸을 일으켜 옆을 지나치면서 라자르의 어깨를 툭 쳤다.

"잠깐 나갔다 올게."

"아, 예."

주인의 눈에는 '말하지 마'라고 쓰여 있다. 마녀의 숲에서 돌아오는 길, 오스카는 라자르에게 "너는 경계심을 좀 가져! 그리고 그 마녀와 만난 일은 티나샤에게 말하지 마" 라고 입단속을 해둔 것이다. 괜히 루크레치아와 일촉즉발이 될 뻔한 이야기를 했다가 마녀끼리 언쟁이라도 벌어지면 곤란하다고 생각하는 것이리라.

라자르는 주인의 확인에 어색한 미소로 답했다. 오스카는 그 반응에 고개를 살짝 끄덕이다가, 자신의 뒷모습을 주시하는 마녀의 시선을 느낀 것 같았다. 그는 고개를 돌려 마녀를 향해 물었다.

"왜? 뭐 묻었어?"

"등에는 아무것도 안 묻었어요. 하지만 오스카, 요즘 잠은 잘 자고 있어요?"

"잘 자고 있어. 갑자기 왜?"

"…그럼 됐어요."

입으로는 그렇게 말하면서도 티나샤는 여전히 미심쩍다는 얼굴이다. 그런 그녀에게 오스카는 웃음을 보이더니 손을 내밀었다.

"어때, 너도 같이 갈래?"

"내가 왜요. 당신 일이잖아요."

"기분 전환 삼아 마법사의 일거리 중에 재미있는 게 없는지 보러 가자. 따라와."

"말해두지만 난 이제 궁정 마법사 신분을 반납했어요! 그러니까 여기서 당신에게 차를 끓여주고 있는 거잖아요!"

"성과급을 줄게. 아무도 감당 못 해서 남아 있는 안건부터 해결하자."

"그건 진짜로 그냥 당신의 기분 전환이잖아요!"

그렇게 말하면서도 티나샤는 계약자를 내버려둘 수 없는지 그를 따라 방을 나갔다.

문이 닫히는 소리가 나자 라자르는 콕콕 쑤시는 위장을 누르며 조용히 한숨을 내쉬었다.

벽에 붙은 의뢰서는 오후 시간이라 그리 많지는 않았다.

왕태자와 마녀가 나란히 그것을 살펴보는 광경은 묘하다고밖에 표현할 도리가 없다. 주위를 오가는 사람들이 연신 힐끔거리는 가운데, 오스카는 날짜를 확인하고 종이 두 장을 떼어냈다.

"닷새 이상 남아 있었던 건 이것과 이건가. 비축용 마법 약 제작과 고전 문헌의 복원…. 평범하네."

"내가 해 놓을 테니까 이리 줘요. 그리고 당신은 당신 일로 돌아가세요."

"티나샤…."

아마 성 밖으로 나가서 하는 마물 퇴치라도 기대했겠지만, 그런 의뢰는 일단 무관들에게 간다.

오스카 자신도 남아 있는 의뢰가 적은 건 궁정 마법사들이 우수하기 때문임을 알고 있을 것이다.

그는 뭔가 말하고 싶은 얼굴이었지만 곧 체념하고 티나샤의 어깨를 가볍게 툭 쳤다.

"그럼 미안하지만 부탁해. 필요한 게 있으면 신청하고."

"알겠어요."

오스카는 쓴웃음을 지으며 발길을 돌렸다. 그런 그의 뒷모습은 이미 흠잡을 데 없는 귀인이다. 지금 한순간에 마음을 다잡고 집무 태세로 들어간 것이리라. 티나샤는 멀어져가는 그의 뒷모습을 물끄러미 바라보았다.

"…이상한 사람."

그는 지금까지 만난 어떤 계약자와도 다르다. 마녀인 그녀 앞에서도 일절 긴장하지 않는다.

그것은 결코 '그녀를 그저 한 인간으로 생각한다'는 의미가 아니다. 오스카는 그녀가 마녀라는 사실을 당연하게 받아들이면서도 두려워하지 않는 것이다. 어지간히 둔감하거나 담대하거나 둘 중 하나이리라.

그런 그의 태도를 놓고 성안 사람들의 반응은 다양하다. 당연하지만 마녀를 곁에 두는 것에 대한 비판의 목소리도 적지 않다. 더구나 파르사스에는 티나샤와 관련된 옛날이야기가 전해오지 않는가. 그 이야기가 사실과 다르다 한들, 듣고 자란 아이들과는 상관없는 일이다.

다만 그녀 자신은 그것이 오해라도, 이미 생겨버린 인상을 해명하려고 생각하지는 않는다. 마녀와 친숙해져서 좋을 일은 없다. 이질에는 이질인 이유가 있는 것이다. 그것을 씻어내는 것도, 바꾸는 것도 큰 의미는 없다.

그래서 그녀는 평소에는 탑 안에 틀어박혀 지낸다. 각오가 있는 사람만을 만나기 위해.

"그런 나를 탑에서 내려오게 만들다니 정말 별난 사람이야."

마녀는 의뢰서를 한 장 더 떼어냈다. 그것을 품에 집어넣었을 때, 복도 끝에서 한 남자가 손을 번쩍 들었다.

"티나샤 님! 뭐 좀 여쭤봐도 됩니까?"

"카브, 무슨 일이에요?"

그녀를 발견하고 달려온 사람은 낯익은 마법사다. 티나샤를 기피하는 사람이 아직 적지 않은 가운데, 카브를 비롯한 몇몇은 전혀 신경 쓰지 않고 그녀에게 말을 걸어준다.

티나샤는 그가 가져온 마법 약 구성 책을 훑어보고 문제점을 지적했다.

"여기 이 술식은 제3계열과 반대로 하는 게 좋아요. 덮어쓰기가 되어서 효과가 제대로 안 나오거든요. 그리고 촉매를 조금 바꾸는 편이 좋을 것 같아요…. 이거랑, 이거랑…."

카브는 고개를 끄덕이면서 그녀의 지적을 받아 적었다. 티나샤는 그가 수정한 부분을 확인했다.

"이래도 안 되면 다시 말해 주세요. 루크레치아라면 더 확실하게 알 텐데, 미안해요."

"아뇨, 덕분에 살았습니다. 감사합니다. 루크레치아라는 분은 티나샤 님의 지인인가요?"

"지인이라면 지인이죠. 마법 약 같은 정신계 술법이 주특기인 괴짜예요."

"괴짜요…? 어떤 사람인데요?"

"…모르는 게 나을 거예요."

티나샤는 진지한 얼굴로 그렇게 이야기를 마무리했다. 세상에는 모르는 게 약인 이야기가 얼마든지 있다. 이렇게 티나샤가 성으로 돌아온 첫날은 또 다른 마녀의 존재를 잘 숨기면서 평온하게 지나갔다.

※

"오스카, 잠은 잘 자고 있어요?"

그 질문을 받는 게 두 번째던가. 오스카는 아직 완전히 깨어나지 않은 머리로 생각했다.

아침 일찍 그는 자신의 방에서 나오다가 마녀에게 붙잡힌 것이다. 몸집이 작은 그녀가 의심스럽다는 얼굴로 그를 올려다보고 있다.

"잘 자고 있어. 별로 졸리지도 않아."

그녀의 부드러운 머리카락을 쓰다듬던 오스카는, 문득 그 얼굴에 순간적으로 다른 광경이 겹쳐져 손길을 멈췄다.

눈처럼 하얀 피부, 검은 눈동자에 꽃잎처럼 붉은 입술. 그저 웃기만 해도 보는 사람을 매혹시키는 미모는 지금은 미간을 약간 찌푸린 채 의아하다는 표정을 짓고 있다. 그것은 익숙한 수호자의 표정… 이지만, 조금 다른 요염한 눈빛을 어디선가 본 느낌이었다. 희미한 위화감이 그의 기억을 자극했다.

"오스카?"

"…아니, 아무것도 아니야. 뭔가 생각날 것 같은 기분이 들어서…."

"아직 잠이 덜 깬 모양이군요. 아무튼 잠을 좀 더 잘 자야 해요."

"자라고 해도 말이지. …아아 티나샤, 잠깐."

오스카는 뭔가를 떠올리고 방으로 다시 들어가 작은 상자를 가지고 나왔다. 티나샤가 상자를 받아 들고 열어보니 안에는 작은 수정 구슬이 들어 있었다. 고개를 갸웃하는 마녀를 보고 오스카는 쓴웃음을 지었다.

"네가 어제 성 밖에 나가서 어린아이의 상처를 치료해줬잖아. 의뢰를 소화한 마법사가 이름을 밝히지 않았다면서, 그 가족이 직접 성에 인사하러 와서 이걸 맡겨놨어."

"무슨 얘기죠? 난 모르는 일이에요."

"그 용모로 용케 숨길 수 있다고 생각하는군…."

"다음엔 겉모습을 바꾸고 갈게요."

토라진 것처럼 고개를 팩 돌리는 마녀의 모습에 오스카는 무심코 웃음을 터뜨렸다. 그녀는 정이 많은 사람이지만 사람과의 관계를 피하는 경향이 있다. 자신이 마녀라는 의식이 그렇게 만드는 것이리라.

그는 몸집이 자그마한 수호자의 머리를 쓰다듬었다.

"뭐, 어느 쪽이든 상관없어. 네가 원하는 대로 하면 돼."

"원하는 대로 해도 된다면 탑으로 돌아가고 싶어요."

"그건 안 돼."

즉답에 마녀는 못마땅한 표정이 된다. 티나샤는 수정 구슬을 손가락으로 탁 튕겼다.

"난 모르는 일이지만 이왕 가져온 거니까 받을게요. 구성이라도 짜서 담아놔야겠네요. 당신을 강제적으로 재우는 마법이라든가."

"왜 그렇게 나를 재우고 싶어하는 건데…."

그 말을 무시하고 마녀는 허공으로 둥실 떠오르더니 그대로 사라져 버렸다.

"뭐야, 갑자기…."

오스카는 쓴웃음을 짓고 집무실로 향했다. 이미 꿈의 잔재는 어디에도 남아 있지 않았다.

다음으로 티나샤가 모습을 드러낸 것은 출근 중인 라자르 앞이었다.

며칠 전부터 그녀에게 비밀을 갖고 있는 라자르는 복도에서 자신을 기다리는 마녀를 본 순간, 하마터면 비명을 지를 뻔했다. 허둥지둥 아무 일 없었다는 듯이 인사를 한다.

"아, 안녕하십니까."

"안녕하세요. 조금 궁금한 게 있는데요."

"뭐, 뭔데요?"

티나샤는 생긋 웃고서 라자르 앞으로 다가와 검은 눈동자로 그를 올려다보았다. 사람의 마음속까지 꿰뚫어 보는 듯한 힘 있는 눈동자에 라자르는 식은땀을 흘렸다. 이 상태에서 그녀가 자신이 없었던 동안의 일을 묻는다면 거짓말을 못 할지도 모른다. 그러나 라자르가 실제로 받은 질문은 완전히 다른 것이었다.

"오스카 말인데요, 요즘 잠을 제대로 자고 있나요?"

"예…? 아마요. 특별히 늦게 주무시지는 않는데요."

"정말로?"

"정말입니다."

맥이 빠지면서도 라자르는 그녀가 왜 그런 걸 묻는지 궁금해졌다.

마녀는 음 하고 고개를 갸웃하더니 다시 물었다.

"최근에 연인이 생겼다거나 그런 일은요?"

"네?! 누가요?"

"오스카 말이에요."

"…없습니다."

정말로 왜 그런 걸 물어볼까. 하루 중 오스카와 가장 오래 있는 사람은 라자르지만, 최근 특별한 일은 짚이는 게 없다. 수면 부족도 아니고, 오스카가 접하는 특정 여성이라면 평소에 늘 놀림당하고 있는 눈앞의 마녀 말고는 존재하지 않는다. 그 마녀는 턱에 손가락을 대고 생각에 잠긴 얼굴이다.
"음… 정말로 아무도요?"
"아무도 없습니다. 혹시 질투입니까?"
"잠꼬대는 잠잘 때에나 하세요."
눈썹 하나 까딱 않고 단호한 대답이 돌아와, 라자르는 주인을 조금 동정했다.
"어, 그래도 좀…. 전하는 그래 봬도 장점이 많은 분입니다…."
"장점이 많은 건 알지만 그것과 이건 별개예요. 그 이전에, 마녀와 결혼한다고 하면 상식적으로 주위에서 말려야 하지 않나요? 좀 말리라고요."
"대단히 죄송하지만 기본적으로 전하는 아무리 말려도 듣지를 않으십니다."
"그런 인간을 국외로 내보내지 말라고요!"
마녀는 평소처럼 부르짖고 나서 다시 진지한 표정으로 돌아왔다.
"아무튼 뭔가 생각나는 게 있으면 말해 주세요. 그 사람이 너무 과로하게 놔두지도 말고요."
티나샤는 그 말만 남기고 소리도 없이 사라져 버렸다. 마녀의 압력에서 간신히 해방된 라자르는 진심으로 안도의 한숨을 내쉬고 집무실을 향해 걸음을 재촉했다.

파르사스 성의 담화실은 복도에 면한 길쭉한 방으로, 성에 소속된 사람이라면 누구나 자유롭게 이용할 수 있다.
그날 실비아와 도안, 카브, 이렇게 마법사 3인조는 오후의 휴식 시간을 담화실에서 보내고 있었다. 각자 좋아하는 차를 마시고 책을 읽는

다. 다른 마법사들은 하루를 강의와 훈련으로 보내는 일이 많지만, 그들 셋은 비교적 우수한 편이라 업무 이외에는 자신의 연구에 시간을 쓰는 일이 많았다. 하지만 그것과 별개로 휴식 시간은 시시한 잡담으로 보내는 적도 많았다.

그렇게 휴식 시간을 보내고 있는 세 사람 앞에 티나샤가 나타난 것은 마침 화젯거리가 다 떨어져 가던 때였다. 그녀는 세 사람을 보자마자 옆구리에 끼고 있던 오래된 책을 꺼내 보였다.

"도안, 당신이 말한 책이에요."

"우와! 이게 정말로 있었습니까? 옛날 옛적에 소실됐다고 들었습니다만."

그는 놀라움과 기쁨이 범벅된 얼굴로 그 책을 받아 들었다. 너덜너덜한 마법서는 지금은 세상 어디에도 없다고 알려진 비밀스러운 책이다. 티나샤는 의자를 빼서 자신도 같은 테이블에 앉았다.

"난 그런 걸 좀 갖고 있는 편이에요. 또 필요한 게 있으면 찾아볼 테니까 말해 주세요."

"감사합니다!"

미소로 응한 티나샤는 담화실 쪽으로 다가오는 발소리를 듣고 복도를 쳐다보았다. 마침 그곳을 지나간 사람은 여관 복장을 한 어여쁜 소녀다. 연한 금발이 사랑스러운 소녀는 담화실에 모인 사람들을 보지 못한 채 복도를 지나가 버렸다. 물끄러미 소녀를 쳐다보는 티나샤에게 실비아가 물었다.

"저 아이에게 무슨 용건이라도 있으세요? 최근에 성에 들어온 수습 아이라던데요."

"음, 이름은 밀라리스예요. 최근에 오스카 담당이 되었다고 라자르에게서 들었어요."

"궁중 예의범절이라도 배우는 걸까요? 전하는 여관이 시중드는 걸 안 좋아하셔서 별로 도움이 안 될 것 같은데요."

"그 부분은 뭔가 내막이 있겠죠. 왜 오스카 곁에 두는지 짐작은 가니까요."

"짐작이 간다고요?"

"그건 일단 상관없는 이야기니까 넘어가죠. 그보다 요 며칠 오스카의 컨디션이 안 좋은 게 더 마음에 걸려요. 수면 부족 때문인 것 같은데 본인은 자꾸 아니라고 하니까요."

"네? 그런가요? 컨디션이 안 좋아 보이시진 않던데요."

실비아가 의외라는 듯이 말하자 마법서를 보고 있던 도안과 카브도 고개를 들었다.

한편, 티나샤는 등받이에 몸을 기대고 다리를 꼬았다. 드물게 동작이 거친 것을 보면 심기가 많이 불편한 모양이다.

"본인은 자각이 없는 것 같지만 생기가 흔들리고 있어요. 컨디션 관리를 잘했으면 좋겠어요. 오스카도 연인이 있으면 그냥 평범하게 교제하면 좋을 텐데."

""네에?""

세 사람의 놀란 목소리가 겹쳐졌다.

"여, 연인?"

"그런 용자가 과연 있을까요."

"상상이 안 가는데요."

오스카가 티나샤를 아끼는 것은 성안 사람이라면 누구나 아는 사실이다. 또한 티나샤가 그에 전혀 개의치 않는 것은 그녀와 가깝게 지내는 사람이라면 모두가 알고 있다.

당연히 오스카와 관련된 다른 여자는 그들로서는 떠오르지도 않을

뿐더러 상상할 수도 없다.

솔직한 소감에 마녀는 고개를 저었다.

"향수의 잔향이 지독해요. 여성용 같은데 본인은 모르나 봐요."

세 사람은 또 얼굴을 마주 보았다. 도안이 소심하게 손을 들었다.

"오늘 만나 뵈었지만, 그런 냄새는 못 느꼈는데요."

"네? 가까이 가면 금방 알 텐데… 아!"

거기까지 말하고 티나샤는 갑자기 움직임을 멈췄다. 무의식적으로 턱에 대고 있던 손가락을 잘근거린다. 뭔가를 깨달은 듯한 표정에서 서서히 노기를 띤 얼굴로 변해가는 모습을 세 사람은 숨죽이고 지켜보았다. 마녀의 날씬한 몸에, 감정의 움직임에 따라 거대한 마력이 응집되어가는 것을 느낄 수 있었다. 건드리지도 않았는데 테이블이 저절로 삐걱거렸다.

그녀는 잠깐 생각에 잠겨 있다가 조그맣게 혀를 찼다.

"미안해요. 볼일이 생겨서요."

그렇게 말하고 마녀는 홀연히 사라져 버렸다. 마른침을 삼키며 지켜보던 세 사람은 서로 얼굴을 마주 보았다.

"무 무서워…."

"와, 저러면 바람은 절대 못 피우겠다…."

"무슨 일일까…."

다행히 휘말리는 일 없이 지나간 태풍을 떠올리고, 그들은 그것을 정통으로 맞닥뜨릴 누군가를 동정했다.

그 태풍이 당사자에게 들이닥친 것은 당연한 일이다.

"오스카!"

요란한 소리와 함께 열린 문으로 마녀가 씩씩거리며 들어왔다. 그녀의 화난 얼굴을 보는 게 처음은 아니지만, 이번엔 심상치가 않다. 집무 중이던 오스카는 불길한 예감을 느꼈다.

"왜, 티나샤."

"왜긴요!"

그녀는 허공에 떠서 두 손으로 오스카의 머리를 잡고 자신 쪽을 보게 했다. 강한 힘은 아니지만, 그 손이 분노로 가늘게 떨리는 것을 알 수 있었다.

"루크레치아를 만났다고 왜 말 안 했어요!"

"…라자르 녀석…."

문 쪽을 보자 언제 왔는지 라자르가 하얗게 질린 얼굴로 서 있다. 그는 두 손을 들어 어쩔 수 없었다는 시늉을 해 보였다. 오스카보다 먼저 티나샤에게서 닦달을 당한 것이리라. 예상한 일이지만, 한숨을 금할 길 없다. 애당초 그녀를 상대로 거짓말을 하라는 것 자체가 라자르에게는 무리한 요구였다.

오스카는 분노에 차 당장이라도 방을 날려 버릴 기세인 마녀의 눈을 마주 보았다.

"별일 아니라고 생각해서 말 안 했어. 미안해."

"마녀와 만난 일이 별일 아니라면, 이 세상 모든 일이 다 사소하겠네요!"

"그럴 수도 있지."

"그 위기감 없는 성격 좀 고치라고요! 내가 정신계 술법은 막을 수 없다고 말했죠! 스스로에게 자신감이 있는 건 좋지만, 그러다 죽어도 난 책임 못 져요!"

"…미안해."

거기까지 말하고 오스카와 라자르는 시선을 마주쳤다.

"죽어도?"

"그나마 안 늦어서 다행이에요."

티나샤는 진심으로 화난 어조로 그렇게 말했다.

과거 동쪽 나라에서 왕의 깊은 사랑을 받던 왕비가 죽었다.

왕은 깊은 슬픔에 잠겼는데 어느 순간부터 꿈에 왕비가 나타나기 시작했다고 한다. 왕은 꿈속에서 밀회를 거듭했지만, 그래도 눈을 뜨면 왕비가 없는 현실을 슬퍼했고 결국 어느 날 잠든 채로 세상을 떠나고 말았다.

사람들은 왕비를 따라간 거라며 왕의 죽음에 눈물지었다.

"슬픈 미담이군요…."

"꿈에 나타난 여자가 진짜 왕비였다면 그렇겠죠."

티나샤는 검은 머리를 쓸어 올리면서 쌀쌀맞게 대꾸했다. 불온한 발언을 듣고 오스카가 물었다.

"그럼 뭐였는데?"

집무실의 테이블에서 오스카와 라자르는 차를 마시고 있다. 격노하면서도 마음이 조금 가라앉았는지 마녀가 끓여준 것이다. 평소보다 조금 떫은 느낌이 드는 건 기분 탓만은 아니리라.

"아마 마물이나 마법사의 간섭이었을 거예요. 꿈속에서 연인으로 둔갑해 교합 중에 상대의 생기를 조금씩 빼앗아가는 수법이에요. 제대로 당하면 일주일이면 죽어요."

루크레치아를 만난 뒤로 오늘이 닷새째다. 두 남자는 위험했다는 사실을 알고 제각기 침묵을 지켰다.

"음마(淫魔)나 몽마(夢魔)를 사역해 시킨 건지, 아니면 마법으로 한 건지는 모르겠지만, 아마 매일 밤 그런 꿈을 꿨을 거예요. 잠에서 깨면 기억이 사라지게 해 놓은 거겠죠."

"기억이 안 나서 유감인걸."

그 말에 두 사람이 싸늘한 눈으로 오스카를 쳐다봤지만, 그는 표정 하나 까딱하지 않는다. 이럴 땐 무시하고 넘어가는 게 제일이다.

"그런데 너는 어떻게 알았어?"

"냄새예요. 당신에게서 여자 향수같이 강한 꽃향기가 나요. 그래서 연인이 생긴 줄 알았지만…."

"연인 따윈 없어. 그보다 나한테서 그런 냄새가 나?"

오스카와 라자르는 전혀 몰랐다는 듯이 얼굴을 마주 보았다. 그때 티나샤가 손가락을 딱 튕겼다.

"아마 다른 사람들은 모르는 모양이네요. 나만 알도록 해 놓은 것 같아요. 그 변태가."

변태란 루크레치아를 말하는 모양이다. 오래 알고 지낸 사이 같은데, 꽤 지독한 표현이다.

하지만 그것도 최악의 사태로까지 번지지 않았기에 그 정도로 끝난 것이리라. 뜻하지 않게 마녀에게 죽을 뻔한 오스카는 옆으로 손을 뻗어 티나샤의 머리카락을 손가락에 휘감았다.

"그래서 이제 어떡하면 돼?"

"오늘 밤에 해주할게요. 이미 생기에 흔들림이 생겼을 정도니까, 외부에서 강제로 해주하면 생명에 지장이 있을지도 몰라요."

"그렇군."

"안에서 강제로 해주할게요."

"결론은 강제로네."

마녀는 알 바 아니라는 표정으로 조그맣게 혀를 찼다. 라자르가 불안하다는 얼굴로 말참견을 했다.

"다른 방법은 없습니까?"

"지식으로는 몇 가지 알지만…."

'하고 싶지 않다'고 그녀의 눈이 말하고 있다. 오스카는 그것을 슬쩍 쳐다보고 나서 마녀의 머리카락에서 손을 떼었다.

"알았어. 너에게 전부 맡길게. 잘 부탁해."

※

밤이 커다란 창문으로 스며든다.

달빛은 방 안에 긴 그림자를 만들고 모든 소음을 흡수해 고요한 공기를 지배하고 있었다.

침대에 앉아 있는 여자도 고요함 속에 침묵을 지키고 있다. 그녀의 탐스러운 검은 머리를 누워 있는 남자가 가볍게 잡아당겼다. 여자는 눈썹을 살짝 치켜 올렸다.

"왜요?"

"잠이 안 와."

"잔소리 말고 무조건 자요."

남자는 침대의 천장을 올려다보며 깊은 숨을 내쉬었다. 방 안에 있는 사람은 그와, 그의 수호자인 마녀뿐이다.

그녀는 얇은 검은색 비단을 여러 겹 포개어 만든 긴 드레스를 입고 있다. 달빛을 배경으로 나른하게 고개를 숙인 그 모습이 마치 그림 같다.

"마법으로 잠들게 할 수도 있지만, 잠에 마법이 간섭하면 안에서 또 뭔가가 작용하게 해놨을지도 몰라요. 루크레치아라면 그런 짓은 하고도 남으니까 자연스럽게 잠드는 게 제일 좋아요. 그러면 잠에 빠질 때 개입할 수 있으니까요."

"노력할게."

오스카는 눈을 감고 자신만의 암흑 속으로 빠져들었다. 하지만 아무리 잠들려고 애써도, 마녀가 옆에서 자신이 잠들기만을 기다린다고 생각하니 좀처럼 잠이 오지 않았다. 결국 다시 입을 열고 만다.

"루크레치아는 이런 마법이 주특기야?"

"그리고 마법 약이요. 양쪽 다 나는 상대도 안 돼요."

"마녀에게도 주특기 분야가 따로 있구나."

눈을 감고 있어서 보이지 않지만 그녀가 조그맣게 웃는 것을 기척으로 알 수 있었다.

"있죠. 마녀는 전부 기본적인 마법에 더해 특화된 무언가를 가지고 있어요. 그리고 그 분야에서는 타의 추종을 불허해요…."

"너는?"

"공격과 방어, 순수한 힘이에요."

눈을 떠보니 티나샤는 자조적인 미소를 띠고 있다.

그 힘이 그녀를 최강이라 일컫게 만드는 이유다. 하지만 그녀는 자신의 힘을 최대로 발휘하려 들지 않는다. 이유가 없으면 탑에서 나오지 않는다는 마녀는 지나친 힘은 아무것도 가져오지 않는다는 사실을 잘 아는 것 같았다. 때때로 말에서 그런 의지가 느껴진다.

잠을 재촉하듯이 머리카락을 쓰다듬는 손길에 오스카는 다시 눈을 감았다. 그러나 찾아올 기미가 없는 수마 때문에 잠시 후 다시 그녀의 머리카락을 잡아당긴다. 마녀는 쓴웃음을 짓고 오스카의 얼굴을 들여다보았다.

"술이라도 좀 가져올까요?"

"아니, 괜찮아."

"할 수 없군요."

마녀는 다시 천천히 남자의 머리를 쓰다듬었다. 그리고 붉은 입술을 약간 벌리고 작은 목소리로 노래를 부르기 시작했다.

그에게는 생소한 노래지만 가사로 미루어 자장가 같았다.

밤의 어둠이여, 별의 아득함이여
사랑스러운 아기는 품 안에
천 개의 붉은 꽃, 푸른 달빛
작은 손과 손을 잡으면 꿈길까지 배웅하네

그녀의 평소 목소리보다 약간 낮은 온화한 노랫소리가 기분 좋았다.

아마 이국의 노래일까? 신비로운 선율이 의식을 가득 채웠다.

하얀 손이 그의 머리카락을 다정하게 쓰다듬는다. 그리고 그는 천천히 잠에 빠져들었다.

※

정신이 들었을 때 그는 낯선 건물의 입구에 서 있었다.

양쪽으로 열리는 문이 설치된 크고 흰 저택. 돌아보니 뒤쪽은 안개가 자욱한 숲이다.

오스카는 조금 전까지 같이 있던 누군가의 이름을 부르려고 하다가, 그 이름이 기억나지 않는다는 걸 깨달았다. 머리를 가볍게 흔들어봤지만 얇은 비단이 쳐진 것처럼 모호하다.

"뭐지…? 내가 무엇을…."

그는 고민하면서 문에 손을 가져갔다. 손이 살짝 닿기만 했는데도 문은 소리 없이 안쪽으로 열렸다. 뭔가에 홀린 것처럼 한 발짝 안으로 들어가자 그곳은 외벽과 똑같은 흰색의 저택 같았다. 깨끗하지만 인기척이 없고 있어야 할 생활감도 없다.

하지만 그는 이 장소를 본 기억이 있었다. 그렇다, 분명 매일 밤 여기에 온 것이다.

그는 정면의 계단을 올라가 안쪽으로 걸어갔다. 아까부터 누군가가 부르는 느낌이 들었다.

이윽고 긴 복도 끝에 하얀 문이 보였다. 그 문을 열자 안은 넓은 방이었다. 하양 일색인 방 안쪽에 비단을 드리운 침대가 보였다. 그는 천천히 다가가 얇은 비단을 걷었다.

그 기척을 느꼈는지, 등을 돌린 채 침대에 앉아 있던 여자가 돌아보았다.

길고 윤기 흐르는 검은 머리카락이 넓은 침대에 펼쳐져 있다.

방만큼이나 하얗고 고운 피부는 같은 색의 얇은 잠옷에 가려 있다.

진한 검은색 두 눈동자. 인간이지만 인간이 아닌 그 미모.

"오스카…."

그녀는 오스카를 발견하고 부드럽게 미소 지었다. 부러질 듯 가느다란 두 팔을 뻗는다. 그는 손을 내밀어 그 가냘픈 몸을 안았다. 마치 깨지는 것을 다루듯이 조심스럽게 끌어안는다.

"티나샤."

그때 갑자기 귓가에서 "악취미야…" 라고 혐오스럽게 중얼거리는 목소리가 들렸다.

그는 팔을 풀고 눈앞에 있는 여자의 얼굴을 들여다봤지만, 여자는 미소를 머금은 채 고개만 갸웃할 뿐이다.

커다란 눈동자에는 달콤한 유혹이 가득하다. 오스카는 두 손으로 그 작은 얼굴을 감쌌다. 그녀는 행복하게 눈웃음을 짓는다.

매끄러운 피부는 그가 잘 아는 것이다. 오스카는 왼손을 미끄러뜨려 가냘픈 목을 어루만졌다. 그 목덜미에 입맞춤하려고 하던 오스카는 문득 자신의 손에 힘이 들어간 것을 깨달았다.

"오스카?"

그녀는 의아하다는 얼굴로 남자를 올려다본다. 스스로도 이상하게 여긴 오스카는, 다음 순간 경악하지 않을 수 없었다. 왼손이 제멋대로 그녀의 목을 조르기 시작한 것이다. 곧이어 오른손이 거기에 가담했다.

"손이…!"

아무리 강하게 의식해도 그것은 마치 자신의 손이 아닌 것처럼 꼼짝하지 않았다. 오히려 명확한 살의를 가지고 여자의 목을 더 힘껏 조른다. 그녀는 아름다운 얼굴을 찡그리고 고통스럽게 헐떡였다.

"오스카… 그만…! 살려줘요…."

희고 작은 손이 애원하듯이 그의 손을 잡는다. 그 모습을 본 오스카는 등줄기를 타고 식은땀이 흐르는 것을 느꼈다. 무어라 형언하기 힘든 전율이 밀어닥쳤다.

여자의 가냘픈 목에 손가락이 손톱을 세우며 박혔다.

"제발… 살려줘요…."

꺼져가는 목소리가 귓전을 때린다. 검은 눈동자에는 눈물이 고여 있다.

뜻대로 되지 않는 상황에 그는 자신의 입술을 피가 날 정도로 깨물었다.

현기증이 난다.

몸은 얼어붙은 것처럼 꼼짝하지 않는다. 손안에는 여자의 가는 목이 있다.

이제부터 무슨 일이 일어날지를 깨닫고 생생한 공포가 사고를 짓눌렀다.

"…안 돼… 안 돼!"

새하얀 방 안에 메아리치는 절규는 어떤 자비도 베풀지 않는다. 저도 모르게 눈을 감아 버린 그 순간, 뼈가 부러지는 둔탁한 소리가 들리고 여자는 고개를 축 늘어뜨렸다. 손이 간신히 자유로워지고, 그녀의 몸이 무너져 내렸다.

오스카는 떨리는 두 팔로 힘을 잃은 작은 몸을 끌어올려 안았다. 검은 두 눈은 그 빛을 잃고 유리구슬처럼 흐릿하게 풍경을 반사하고 있었다. 보일락 말락 벌어진 입술은 더는 움직이지 않는다.

"…티나샤?"

믿을 수 없는 심정으로 그는 이제는 그저 물체가 되어 버린 가냘픈 몸을 끌어안았다.

그때, 세계가 마침내 붕괴했다.

용수철처럼 튀어 일어났을 때, 그의 온몸은 땀으로 흠뻑 젖어 있었다.

옆을 보니 검은 옷을 입은 마녀가 못마땅하다는 표정으로 그를 건너다보고 있다. 그 시선과 꿈속의 기억에 공포와 안도가 뒤섞였다. 손에는 아직 여자의 목을 부러뜨렸을 때의 감각이 생생하게 남아 있다. 그것을 지우기 위해 오스카는 두 주먹을 꽉 쥐었다.

"수고했어요. 빼앗긴 생기도 다시 돌아왔어요."

어딘지 모르게 냉담한 목소리. 꿈속에서 본 여자의 달콤한 목소리와 똑같지만 전혀 다르다.

오스카는 천천히 숨을 마시고, 그리고 토해냈다. 두 손으로 앞머리를 쓸어 올린다.

"나에게… 너를 죽이게 하지 마."

"그건 내가 아니에요."

"그래도."

그의 푸른 눈동자와 마녀의 검은 눈동자가 부딪친다.

마녀는 입꼬리만 올려 냉담한 미소를 지었다.

"왜요? 당신이 그 검의 주인이고 내가 마녀인 한, 언젠가 당신은 정말로 나를 죽여야 할지도 몰라요."

푸른 달빛이 두 사람을 비췄다.

모든 것의 온도가 서서히 내려가 차갑게 얼어붙는 듯한 착각을 오스카는 느꼈다.

"진심으로 하는 말이야?"

"물론."

티나샤는 눈을 감고 미소 지었다.

그것은 마녀의 미소로, 언제나 곁에서 환하게 웃고 있던 그녀가 지금은 지독히 멀게만 느껴졌다.

오스카는 그녀를 향해 손을 뻗었다. 하지만 그보다 먼저 마녀는 허공으로 둥실 떠올랐다.

"루크레치아에게 잔소리 좀 하고 올게요. 내일까지는 돌아올 거예요."

"기다려!"

"오늘 밤은 푹 쉬어요."

마녀는 자취를 감추었다. 초조함과 고독이 무겁게 고인 방 안에는 달빛과 그것이 만드는 그림자만이 남아 있었다.

※

마법 약을 조합하며 술을 마시고 있던 루크레치아는 결계에 침입해 들어오는 익숙한 기척을 느끼고 웃음 지었다. 뒤이어 현관문이 거칠게 열렸다.

"루크레치아!"

"오랜만이야, 티나샤. 어머, 몸을 성장시켰니?"

장난에 성공한 어린아이 같은 얼굴로 루크레치아가 맞이하자 오랜 친구는 성난 얼굴로 쏘아붙였다.

"대체 무슨 짓이야? 악취미스러운 장난에도 정도가 있는 법이야!"

"바로 알아차릴 줄 알았는데, 그 사람이 너한테 나에 대해서 말하지 않았나 보네. 향기를 사용하길 잘했네."

잔뜩 화가 난 티나샤와 달리 루크레치아는 기분이 썩 좋은 듯했다.

"악취미인 건 네 해주 아니고? 설마 목을 부러뜨릴 줄은 몰랐어."

"그게 제일 빠르기도 하고 내 화도 좀 풀리니까."

"좀 섹시한 해주를 기대했는데…."

"누가 규방술 같은 걸 쓸 줄 알고!"

티나샤가 그렇게 부르짖자 '닫힌 숲의 마녀'는 혀를 쏙 내밀었다.

사람의 목숨이 달렸거나 말거나 루크레치아의 변덕은 개의치 않는다. 그녀는 손님을 위해 술을 따르고 잔을 테이블에 놓았다. 자리에 앉은 티나샤는 한숨 대신 술잔을 입으로 가져갔다. 평소에는 이성이 흐려지는 것을 꺼려 술 종류는 거의 입에 대지 않지만, 이 친구 앞에서만은 예외다.

"어디를 봐도 내 계약자란 걸 알게끔 해 놓았는데, 그게 대체 무슨 짓이냐고!"

"대단한 결계더라. 아주 기세등등하던걸. 그냥 오랜만의 인사라고 생각해 줘."

"인사로 사람을 죽이지 마."

루크레치아는 즐겁게 소리 내어 웃고는, 자신이 직접 구운 과자를 테이블 위에 꺼내놓았다.

"그래서? 그 계약자는 어떻게 됐어?"

"목을 부러뜨린 것 때문에 나한테 화를 내더라."

"그건 화낼 만하네…. 좀 심했어."

"그런 건 아카시아의 주인답지 않아."

티나샤의 냉담한 말에 루크레치아는 어깨를 으쓱했다.

만약 세계가 마녀의 토벌을 원할 때, 토벌자로 제일 먼저 거론될 인물이 아카시아의 소유주라는 사실은 마법사라면 모두가 아는 일이다. 그리고 오스카의 실력이라면 실제로 마녀 토벌도 불가능하지는 않다고 티나샤는 생각했다.

그러니까 더더욱 그는 필요 이상으로 마녀와 가까워져서는 안 된다. 하물며 결혼은 아예 논외다.

"하지만 멋진 남자잖아. 레기우스보다 낫다고 생각해."

"여러 의미에서 레그하고는 비교하지 마."

"너무 아깝다. 나 줄래?"

"가져, 얼마든지 가져."

원래 오스카만 동의한다면, 그의 신부 후보로 루크레치아를 소개할 마음이 있었다.

티나샤는 의욕 없이 손사래를 치고 나서 불현듯 어떤 사실을 떠올렸다.

"…역시 안 되겠다."

"왜? 남 주려니까 아까워?"

심술궂게 웃는 친구에게 티나샤는 고개를 가로저으며 부인했다.

"아니, 마녀의 피를 섞으면 안 된다는 뜻이야."

"아하, 뭔가 문제가 있는 것 같긴 하더라."

루크레치아에게도 오스카에게 걸린 저주가 보인 모양이었다. 그녀라면 어쩌면 다른 것까지 알았을지도 모른다. 마녀조차 주의해서 보지 않으면 알 수 없는 그의 저주는, 축복과 저주 분야에 압도적인 기술을 지닌 '침묵의 마녀'가 걸어놓은 것이다.

티나샤는 구운 과자를 집어 들면서, 과자 만드는 법을 물어보는 것처럼 아무렇지도 않게 친구에게 물었다.

"그거 풀 수 있어?"

"그건 힘들어…. 무리일걸. '침묵의 마녀'잖아."

"응, 나도 일단 해석을 진행하고는 있는데, 벽에 부딪친 기분이야."

구운 과자는 단맛이 적당해서 굉장히 맛있었다. 티나샤는 정말로 만드는 법을 물어볼까 말까 잠시 망설였다. 마법 약 조합에 탁월한 루크레치아는 창작 요리 실력도 월등한 것 같았다.

'닫힌 숲의 마녀'는 자신과 티나샤의 잔에 술을 더 따르면서 물었다.

"뭘 해석하고 있어?"

"머리카락과 손톱, 그리고 말."

"육체는 피와 정액으로 하는 게 좋아. 거기가 영향을 제일 많이 받았을 테니까."

"그렇구나."

루크레치아는 방 안쪽에 있는 공방으로 가서 작은 병 두 개를 가지고 돌아와 티나샤에게 툭 던졌다.

"자, 가져가. 이번 일에 대한 사과의 뜻이야."

그것을 받아 든 티나샤는 병 안의 내용물이 문제의 그것임을 알고 아연실색했다. 저도 모르게 입으로 가져가던 과자를 떨어뜨린다.

"채집했구나…. 그 악취미스러운 수집벽 좀 어떻게 안 할 거야?"

"내친김에 인공 생물이라도 만들어볼까 싶어서 꿈의 구성에 넣어놨었어."

"남의 계약자를 뭐라고 생각하는 거야. 설마 다른 건 더 없겠지?"

"이게 다야."

기분 좋게 콧소리를 섞어 대답하는 루크레치아를 미심쩍게 생각하면서도 티나샤는 작은 병을 받아 들고 깨지지 않도록 안전한 곳으로 전송시켰다.

투덜거리는 친구를 쳐다보며 루크레치아는 희미하게 달아오른 볼을 술병에 대고 식혔다.

티나샤가 청순한 인상의 미녀인 데 반해 그녀는 명랑한 색기를 지닌 미녀다. 그 애교 있는 웃음에 넘어가는 남자도 많아서, 실제로 그녀는 지금까지 많은 연인을 가졌었다.

곱게 칠한 붉은 손톱으로 그녀는 티나샤의 손을 콕콕 찔렀다.

"성에 돌아가면 솔직하게 사과해. 그는 널 소중히 여기고 있으니까. 그 주술도 꿈에 네가 나타나도록 구성한 게 아니라 그의 희망을 반영하도록 구성한 거야."

"지금 우리가 누구 때문에 싸웠는지 알고 하는 소리야?"

"그건 네가 완고한 탓이지."

반쯤은 정곡이다. 티나샤는 반박하기를 포기하고 술을 한 모금 더 마셨다.

머리를 식히고 나니 역시 죄책감이 조금 남았다. 사실이라 해도 좀 다르게 말할 수도 있었을 것이다. 그가 티나샤를 소중히 여기는 것은 사실이니까…. 하지만 그것을 순순히 받아들일 수 없는 것 또한 현실이다.

작은 후회가 가시처럼 아프게 박혀 티나샤는 창밖의 달을 올려다보았다.

그 달이 지금도 비추고 있을 계약자를 생각하고… 그녀는 조용히 눈을 감았다.

※

다음 날 아침 눈을 뜬 오스카는 몸이 이상하게 무거운 것을 느끼고 혀를 찼다.

루크레치아가 걸어놓았던 주술의 반동인지, 아니면 생각하기도 싫은 어젯밤의 기억의 잔재인지 심신이 모두 무지근하다. 침대에 앉아서 목욕을 할까 말까 생각하고 있을 때 발코니로 이어지는 창을 누군가가 조그맣게 두드렸다.

그런 곳을 두드리는 사람은 한 명뿐이다. 오스카는 겉옷을 걸치면서, "들어와" 라고 말했다. 대답이 떨어지기가 무섭게 검은 옷을 입은 마녀가 들어왔다.

하지만 그녀는 창가에 가만히 선 채 가까이 오려고 하지 않는다.

그 모습을 보고 오스카는 쓴웃음을 지었다. 그녀의 얼굴에는 마치 어린아이처럼 '서먹해'라고 쓰여 있다.

"이리 와."

오스카가 손짓해 부르자 마녀는 주저하면서 그의 앞으로 걸어왔다.

무슨 말을 하려고 작은 입술을 달싹이다가 결국 삼켜 버린다.

오스카는 그녀의 그런 모습을 바라보다가 손을 뻗어 가냘픈 몸을 끌어당겨 무릎에 앉혔다.

머리 하나만큼 오스카보다 높아진 그녀는 난처하다는 얼굴로 그를 내려다보고 있다. 그 볼과 하얀 목을 그는 확인하듯이 부드럽게 쓰다듬었다.

"미안해."

솔직한 마음이 말이 되어 흘러나온다.

오스카의 사과가 뜻밖이었는지 그녀의 눈이 조금 커졌다. 하지만 이내 부끄러운 듯이 고개를 숙인다.

"…미안해요."

기어들어가는 목소리. 하얀 손가락이 그의 옷을 꽉 움켜잡는다.

그런 그녀의 야윈 등을 오스카가 토닥거렸다.

자신이 파르사스의 왕이 되고 설령 그녀가 탑의 마녀로 계속 남는다 해도, 앞으로 결코 그녀를 적으로 삼는 날이 오지 않기를 바라면서.

7. 형태에 숨을 불어넣다

태양에 살짝 구름이 걸린 오후, 훈련장 한편에서 티나샤는 스즈토와 모의 시합을 하고 있었다.

병사인 그의 검은 속도도, 힘도 나무랄 데 없지만 실전 경험을 쌓은 자의 입장에서 보면 의외성이 부족하다. 결과적으로 스즈토의 공격은 번번이 티나샤에게 수를 읽혀 차단당했다.

가벼운 몸놀림으로 위치를 바꿔가며 검을 받아내는 마녀에게 스즈토는 온 힘을 끌어모아 혼신의 일격을 가했다.

하지만 그것은 그녀의 검과 맞부딪치지도 못했다.

티나샤는 몸을 숙여 그를 향해 파고들면서 아슬아슬하게 그의 검을 피했다. 그대로 춤추듯이 우아하게, 그러나 확실한 속도로 남자의 목을 날려 버리기… 직전에 손을 멈췄다.

"자, 종료."

"또, 또 졌다…."

"상대의 수를 좀 더 내다보거나, 속도와 힘을 높여야 해요."

고개를 떨구는 스즈토 옆에서 티나샤는 검을 검집에 꽂았다. 이 검은 빌린 게 아니라 그녀 자신의 검으로, 일반 검보다는 검신의 폭이 조금 좁은 편이다. 실전에 임할 때에는 마법의 힘을 띤 검을 드는 적이 많지만 지금은 특별할 것 없는 연습용 검이다.

그녀는 하나로 묶은 머리가 헝클어지지 않았는지 만져보며 확인했다. 그 머리에 누가 뒤에서 손을 얹어서 그녀는 뒤를 돌아보았다. 거기에는 그녀의 계약자가 서 있었다.

"오스카, 어쩐 일이에요?"

"간만에 몸을 좀 움직여볼까 싶어서. 내가 상대해 줄까?"

"진심으로 사양할게요."

티나샤가 그의 뒤쪽으로 시선을 던지자 왕태자를 따라온 여관 소녀가 깜짝 놀라 주춤거렸다. 밀라리스라는 이름의 소녀에게 마녀는 진지한 표정 그대로 살랑살랑 손을 흔들어주었다. 소녀는 얼굴이 새빨개진 채 고개를 숙였다. 소녀의 그런 반응에 티나샤는 미소를 지었다.

"어차피 수호 결계가 있어서 당신은 시합 같은 건 못 해요."

"듣고 보니 그러네. 일단 풀어줄래?"

아무렇지도 않게 말하는 오스카에게 마녀는 어깨를 으쓱하며 말했다.

"굉장히 공들인 결계라 풀기 싫어요. 하지만 빠져나갈 길은 미리 만들어놨지요."

"용의주도하군."

티나샤는 자신의 오른손을 펼쳐 보였다. 아주 약간 의식을 집중한다. 동시에 검지에 작은 상처가 생겼다. 오스카는 배어 나오는 피를 보고 눈살을 찌푸렸다.

"뭐 하는 거야. 피나잖아."

"일부러 그런 거예요."

티나샤는 둥실 떠올라 검지를 오스카의 귀 뒤에 대고 미끄러뜨렸다.

"내 피가 몸에 묻어 있는 동안은 결계가 느슨해져요. 그래도 강한 마법 같은 건 반사해내지만…. 그물눈을 성기게 만드는 것과 비슷하다고 생각하면 이해가 빠를 거예요. 위험하니까 다른 사람에게는 말하지 말고요."

"알았어."

허공에 떠 있는 그녀를 오스카가 한 손으로 끌어안았다. 그때 알스가 다가와 그에게 인사했다.

"전하, 훈련하시겠습니까?"

"요즘 통 안 해서 말이야. 상대해 주겠나?"

"기꺼이."

오스카는 마녀를 바닥에 내려주고 알스에게서 검을 받아 들었다. 풀려난 티나샤는 밀라리스와 함께 견학하기 시작했다.

이미 알고 있었지만 오스카는 재미있을 정도로 막강했다.

처음에는 씁쓸한 얼굴로 지켜보던 티나샤도 도중부터 건조한 웃음이 터져 나올 정도였다.

평소에는 알스가 여러 명의 병사를 차례로 상대하며 훈련을 시키지만, 지금은 그것을 오스카가 담당하고 있다. 장군인 알스와 무관인 멜레디나가 단칼에 나가떨어진다. 병사들은 존경하는 마음으로 차기 국왕을 바라보았다. 평소 알스에게 늘 지기만 하는 티나샤는 팔짱을 낀 채 그 광경을 바라보았다.

"아직 누가 더 남았나?"

검으로 어깨를 두드리면서 오스카는 주위를 둘러보았다. 그러나 이미 한 바퀴 다 돌았는지 아무도 나서지 않는다.

즐거운 표정인 그와 눈이 마주친 순간, 티나샤는 불길한 예감을 느꼈다. 전이하기 위해 마력을 집중시키려고 했지만, 그보다 먼저 계약자가 마녀에게 손짓했다.

"티나샤, 이리 와."

"거절하겠어요!"

"너무 즉답하는 거 아냐?"

"나에겐 득 될 게 하나도 없으니까요."

"수행이 되잖아."

하지만 마녀는 혀를 메롱 내밀고 거부한다.

오스카는 재미있다는 듯이 그녀를 쳐다보다가 뭔가를 떠올린 것처럼 검을 내렸다.

"마법을 사용해도 좋아."

"통구이가 되고 싶어요?"

"어느 정도는 반사한다면서."

티나샤는 고개를 갸웃하고 생각했다.

확실히 일격에 치명상을 입을 만큼 강력한 공격마법은 그녀 자신의 것이라도 반사되도록 되어 있다. 하지만 그런 게 아니라도 사람을 전투불능 상태로 만드는 마법은 얼마든지 있다.

그는 그것을, 전위(前衛)를 갖지 않은 마법사의 싸움법을 알고 있을까?

티나샤는 그의 자신감 넘치는 눈을 응시했다. 문득 희망과 호기심과 체념이 뒤섞인 감정이 고개를 치켜들었다. 지금까지는, 전쟁에 가장 특화된 티나샤는커녕 다른 마녀들을 죽일 수 있는 인간조차 아무도 없었다.

하지만 눈앞에 있는 남자에게는 그 가능성이 있다. 그녀를 죽일 수 있는 가능성이.

티나샤는 마음을 정하고 오스카를 응시했다.

"좋아요. 단, 조건이 있어요."

"뭔데?"

"아카시아를 사용해 주세요."

그 말에 주위가 갑자기 술렁거렸다.

절대 마법 저항력을 지닌 왕검은 마법사의 천적이다. 과거에 한 나라를 멸망시킬 정도로 맹위를 떨친 광기의 마법사를 단칼에 베어 버린 적도 있다. 결과를 가늠할 수 없는 승부가 제기된 것에 대해 주위를 둘러싼 병사들이 귀엣말을 주고받았다.

하지만 당사자인 오스카는 재미있어하는 눈빛을 보였을 뿐이다.

"그건 상관없지만, 아카시아는 연습용 검처럼 날을 무디게 해 놓지 않았어."

"무디게 해놓으면 큰일이죠…. 대신 나도 무기를 바꾸겠어요."

"알았어."

오스카는 즐거운 표정으로 웃더니 밀라리스에게 아카시아를 가져오라고 명령했다.

그리하여 약 10분 후, 준비를 마친 두 사람은 평소의 모의 시합 때보다 조금 더 넓은 장소를 잡아 대치하고 섰다,

평소처럼 아카시아를 허리에 찬 오스카에게 맞서, 티나샤는 약간 짧은 검과 단검을 소지하고 있었다. 그것들은 탑을 내려올 때 혹시 몰라 사역마를 시켜 가져오게 한 것들이다. 오스카는 의외라는 듯이 그녀의 무기를 보았다.

"넌 쌍검이야?"

"원래는요. 평소에는 손을 비워두지만, 아카시아를 상대로는 마법 장벽이 의미가 없으니까요."

"그렇군."

티나샤가 가진 검은 모두 마법을 띤 것들이지만 어차피 아카시아를 상대로는 효력을 발휘하지 못한다. 단지 손에 익었을 뿐이다. 그녀는 오랜만에 잡은 검자루의 감촉을 손안에서 확인했다.

마주 선 남자가 가벼운 어조로 말했다.

"언제든지 와도 괜찮아."

병사들은 마법에 휘말리지 않도록 멀찌감치 거리를 두고 두 사람을 에워싸고 있다. 훈련장에 있는 모두가 마른침을 삼키며 전대미문의 시합을 지켜보고 있었다.

티나샤는 심호흡과 함께 정신을 가다듬었다. 고개를 들자 오스카의 푸른 눈이 정면에 보였다.

"그럼 당신이 원하는 대로… 전력으로 갈게요."

말이 끝나기가 무섭게 그녀 주위에 일곱 개의 광구가 생겨났다.

오스카는 시선을 집중했다. 마녀는 한숨처럼 중얼거렸다.

"…가라."

그 말과 동시에, 속도가 각각 다른 광구가 오스카를 향해 날아갔다.

정면과 우측에서 동시에 날아든 두 개를 그는 아카시아로 한꺼번에 베어 떨어뜨렸다. 다음 하나는 베이기 전에 궤도를 바꿔 포물선을 그리며 뒤쪽으로 돌아가려고 했다.

오스카는 주저 없이 앞으로 나서서 왼쪽에서 날아온 광구 두 개를 동시에 베어 버렸다. 숨 돌릴 새도 없이 오른쪽에서 마녀의 검이 날아들었다. 정확히 목을 겨눈 그것을 그는 아카시아의 검자루로 쳐서 막아냈다.

하지만 그 순간, 그의 왼쪽 발목에 통증이 작렬했다. 티나샤의 검을 상대하는 동안 그의 뒤쪽으로 돌아간 광구가 명중한 것이다.

오스카는 통증을 의식의 가장자리에서 털어냈다. 이어서 허리를 숙여 날아드는 마녀의 단검을 피했다. 그녀는 춤추듯이, 그러나 맹렬하게 공격해왔다.

그 검을 강하게 쳐내고 거리를 벌린 후, 오스카는 날아드는 광구를 베어 떨어뜨렸다.

하지만 마지막 하나를 피하지 못하고 오른쪽 어깨에 맞고 말았다. 통증과 얼얼한 감각이 팔을 타고 퍼졌다.

“바람이여.”

숨 돌릴 새도 없이 마녀의 목소리가 울려 퍼졌다. 마법으로 생겨난 바람의 칼날이 사방에서 그에게 날아들었다.

오스카는 얼얼한 통증이 아직 남아 있는 발목을 혹사해 왼쪽으로 도약했다. 치명상이 될 만한 위치의 칼날만 아카시아로 막아내고, 다른 것들은 피부를 희생시켜 빠져나온다.

이제껏 경험한 적 없는 공격의 연속.

불가사의한 흥분감이 오스카의 온몸을 지배했다.

평소보다 고도로 집중되는 의식. 마법이 오는 장소는 공기의 흐름이 다르다. 평소에는 전혀 느끼지 못하던 마력이 어디에 응축되어 어떤 궤도를 그리며 나타나는지, 투명한 시야에 선명하게 보이는 느낌이었다.

바람의 칼날을 앞세워 오스카의 배후를 노리던 눈에 보이지 않는 밧줄이 아카시아에 의해 잘려 나갔다.

흩어져 버린 자신의 구성을 보고 티나샤는 미소 지었다.

그에게는 원래 소질이 있는 것이다. 그리고 감이 뛰어나다. 매순간 더욱 강해진다.

그녀는 오른손의 검으로 허공을 갈랐다. 찢어진 공간에서 열풍이 생겨나 소용돌이를 그리며 오스카에게 향했다. 동시에 티나샤는 그 뒤를 따라 달리기 시작했다. 열풍의 소용돌이를 번개같이 베어 버린 오스카의 왼쪽 측면으로 도약해 단검을 던진다.

보통 사람은 도저히 반응할 수 없는 찰나의 순간. 그것을 노리고 던졌음에도 오스카의 왼손이 쉽사리 단검 자루를 잡는 것을 보고 마녀는 경악했다.

"돌아와."

조그맣게 명령하자 단검은 오스카의 손안에서 원래 주인에게로 돌아왔다.

"그게 뭐야."

"원래 이런 검이에요."

오스카는 어이없다는 표정을 지으면서도 거리를 좁혀왔다.

그녀는 날아드는 아카시아를 오른손에 든 검으로 한 번, 두 번 받아냈다.

알스의 검보다 빠른 공격에 대처하기 바빠서 마법을 쓰기 위해 집중할 수가 없었다. 어떻게든 거리를 두려고 도약해 뒤로 물러났지만 오스카가 동시에 같은 거리를 파고든다. 마녀는 혀라도 차고 싶은 심정으로 아카시아를 막아냈다.

그때 그녀의 팔꿈치에 아카시아의 검신이 스쳤다.

차가운 감촉과 동시에, 체내의 마력이 검이 닿은 부분에서 탁류처럼 흩어져갔다.

경악하는 의식을 밀어내고 티나샤는 단검으로 오스카의 가슴을 겨누었다.

그러나 칼끝이 그의 몸에 도달하기 전에 오스카는 검으로 단검을 쳐냈다.

아카시아의 날에 부딪친 부분이 유리처럼 조각나 부서져 버린다.

"말도 안 돼!"

마녀는 땅을 박차고 의식을 집중시켜 아카시아가 닿지 않는 거리로 전이했다.

그렇게 티나샤는 두 손을 들었다.

"여, 여기까지 하기로 해요…."

왼손을 보자, 단검은 날이 거의 다 빠져 쓸모없이 된 상태였다.

"너는 안 다쳤어?"

"괜찮아요."

티나샤는 계약자의 몸에 난 작은 상처들을 마법으로 치료하고 있었다. 나무 그늘에 앉아 있는 두 사람을 제외하고, 아직 흥분이 가라앉지 않은 병사들은 한층 열기를 띠고서 훈련에 열중하고 있었다.

"그렇다면 다행이야. 다치게 하고 싶진 않으니까."

"그러다 큰코다치는 수가 있어요."

티나샤는 자신의 머리 위에 놓인 손을 밀어냈다. 치료가 다 끝나자 그녀는 오스카 옆에 앉았다. 그녀는 풀 위에 놓아둔 단검 자루에 시선을 향했다.

안타깝게도 날을 복원하는 것은 불가능하다. 단순히 마법의 매개였던 장검과 달리 단검은 구조 자체에 마법이 들어가 있었다. 그래서 아카시아에 의해 해체되고 만 것이리라.

단검 자루를 품에 넣는 그녀에게 오스카가 소박한 의문을 던졌다.

"봐주면서 싸운 거야?"

"아뇨, 복잡한 마법에는 주문과 집중이 필요하니까요. 솔직히 다시는 당신과 근거리전은 하고 싶지 않아요."

티나샤는 아카시아가 피부에 닿았을 때의 충격을 떠올렸다.

단순히 마법이 통하지 않는 검이라고만 생각하고 있었다. 닿으면 마력이 확산될 거라고는 상상도 못 했다. 그러면 구성을 짤 수 없어 실전 마법을 사용할 수 없다.

다만, 오스카는 아직 그 사실을 모를 것이다. 알았다면 다르게 싸웠을 것이다. 단검을 부순 것도 그렇고, 가공할 위력이다.

하지만 무섭도록 강렬한 그 효과를 티나샤는 그에게는 가르쳐주고 싶지 않았다.

그녀는 문득 떠올리고 하얀 손가락을 뻗어 그의 귀 뒤에 얇게 발라 놓은 자신의 피를 닦았다.

서로의 곁에서 함께 나눌 수 없는 생각을 품고 있는 시간, 오스카는 그런 마녀의 몸짓을 물끄러미 응시했다. 그녀의 옆모습은 나무 그늘 탓일까, 쓸쓸하고 초연하다.

"난 역시 너를 죽이고 싶지 않아."

"안이해요."

검은 눈동자에서는 어떤 감정도 읽어낼 수 없다. 다만 조금 미소 짓는 것처럼 보였다.

오스카는 비단결 같은 흑발에 손가락을 집어넣고 천천히 빗어보았다. 그녀의 고독이 그 칠흑 속에 스며 있는 듯한 기분이 들었다.

"너는 죽고 싶어?"

티나샤는 고개를 갸웃했다. 맑은 눈동자가 짧은 순간 오스카를 응시했다.

투명한 의사를 담은 시선. 하지만 그것은 눈을 깜빡이는 것과 동시에 사라져 버렸고, 마녀는 웃음을 터뜨렸다.

"아뇨, 아직은 할 일이 있으니까요. …당신의 저주도 풀어주고 싶고요."

"내 아내가 되어주면 그걸로 충분해."

"거절하겠어요! 나이 차를 좀 생각해봐요!"

"그러면 넌 평생 정령술사로 남잖아."

오스카는 몸을 일으켜 티나샤에게 손을 내밀었다. 그녀는 그 손을 잡았다.

그렇게 가냘픈 몸을 일으켜 세우듯이, 홀로 서는 마녀를, 그 먼 세계에서 데리고 나오고 싶다고 그는 막연하게 생각했다.

※

처음 만났을 때에는 사실 맥이 빠졌었다.

물론 마녀는 흠잡을 데 없이 아름다웠다.

하지만 그저 어린 소녀로만 보였고, 웃고 화내는 모습이 천진해 보였다.

그 모습이 재미있었다. 호감을 품었다. 물론 저주 때문도 있지만, 그녀가 반려자가 된다면 분명 심심하지는 않을 거라고 생각했다.

그래서 그 부러질 듯 가냘픈 몸을, 그녀의 해맑은 모습을 소중히 여기고 싶었다.

하지만 그것이 착각임을 깨닫기까지는 그리 오래 걸리지 않았다.

그녀는 반복적으로 호소한다.

자신은 마녀이며,

마녀는 이질적인 존재라고.

곁에서 아무리 온화하게 웃고 있어도, 그 상냥함을 타인에게 향하고 있어도, 그녀는 주위의 인간에게 심취하는 일은 결코 없다. 늘 홀로 서 있다. 아주 먼 곳에.

그것을 알았을 때, 오스카는 처음으로 그녀의 진짜 모습이 궁금해졌다.

웃는 얼굴과 화난 얼굴, 그 잔혹함, 긍지, 상냥함, 고독.

그런 것들 속에 분산되어 있는 본질.

마녀인 그녀의 진실을 접하고, 가능하면… 소중히 여기고 싶다고 생각했다.

※

"와, 진심 깜짝 놀랐어. 티나샤 양도 그렇지만, 전하도 정말로 인간 맞아?"

성의 중정에 놓인 테이블 주위에 마주 앉아 알스와 멜레디나는 점심시간을 보내고 있었다. 남자는 빵을 한 조각 입에 넣었다. 화제는 아까 있었던 모의 시합이다.

"볼 수 있어서 좋았다고 생각하지만, 보고 나니까 더 자신이 없어졌어…. 난 도저히 못 이길 것 같아."

"누구를 못 이긴다는 거야?"

"둘 다."

전에 없이 소심한 소꿉친구의 모습을 보고 멜레디나는 웃으며 차를 한 모금 마셨다.

"자신감을 가져. 병사들이 들으면 사기가 땅에 떨어지겠다."

"끄응."

"그나저나 마법을 근접 전투에서 사용하면 그렇게 되는구나. 그것도 아마 살살 봐줘가며 한 거겠지?"

"살살 한 건지는 모르겠지만, 전부 자잘한 기술뿐이었던 것 같아. 일반 마법사들은 그런 전투는 잘 안 하니까 그 점은 다행이지만."

"그래?"

알스는 자신의 잔에 차를 따랐다. 멜레디나는 자신이 싸 온 구운 과자를 집어 들었다.

"우리 마법사 중에서 검을 다루는 녀석 본 적 있어? 마법사는 전위를 검객에게 맡기고 뒤에서 대형 마법을 쏘는 게 보통이야. 그리고 상대도 마법사로 방어하고. 티나샤 양처럼 자신의 결계를 치지 않고 검으로 공격과 방어를 보조하는 마법사는 거의 없을걸."

"마법호에서는 평범하게 대형 마법으로 일대를 불살랐었어."

"역시 그런 일반적인 방식으로도 싸우는구나. 오래 산 만큼 다르긴 다르네."

멜레디나는 남자의 소감을 듣고 미소 지었다. 전에는 마녀에게 열등감을 느끼던 그녀였지만, 티나샤 개인을 알게 되면서 차츰 그런 감정과도 타협이 되었다. 그것은 모든 걸 가진 것처럼 보인 마녀가 어느 순간 고독한 긴 그림자를 드리우고 있는 것처럼 보이기 때문일지도 모른다. 그런 그녀를 보면, 적어도 이 성에 있는 동안만이라도 외로운 얼굴을 하지 않기를 바라게 된다.

멜레디나는 쓴웃음을 짓고 찻잔을 들었다.

"하지만 그녀는 전하를 시험하고 있다고 할까… 가르치고 있다고 할까? 그런 느낌이었어."

"그래?"

"응, 자신 같은 마법사가 어떻게 싸우는지 직접 보여주고 싶었던 게 아닐까."

긴 시간을 살아온 여자가 보이는 눈빛은 때때로 지독하게 슬프고 처연하다.

사람들과 어울리기를 꺼리면서 무언가를 남기고 싶어하는 듯한 눈빛. 어쩌면 티나샤가 남기고 싶어하는 것은 오스카에게 줄 수 있는 것일지도 모른다.

하지만 알스에게는 멜레디나가 느낀 게 보이지 않았던 모양이다. 그는 손으로 턱을 괴고 하늘을 올려다보았다.

"전에는 자신이 가진 걸 별로 내보이고 싶지 않다고 했었는데."

"마음이 변한 게 아닐까? 그녀는 도중에 미소를 짓고 있었으니까."

멜레디나는 쓴웃음을 짓고 차를 전부 마셨다.

오늘도 날씨가 화창하다. 구름이 걸어가듯 천천히 성벽으로 둘러싸인 하늘을 흘러갔다.

※

알현실로 이어지는 왕족 측 홀에는 오스카가 드물게 부왕의 호출을 받고 와 있었다.

긴급한 일이라는 이유로 일하다 말고 불려온 그는 의아하다는 표정으로 부왕이 내민 서장을 받아 들었다.

"이게 뭐죠?"

"쿠스쿠르라는 북쪽의 소국에서 사자가 왔다. '푸른 달의 마녀'를 만나게 해 달라는구나."

그 말에 오스카는 두 가지 걸리는 점이 있었지만, 먼저 중요하지 않은 쪽부터 물어보기로 했다.

"그런 나라는 금시초문입니다만."

"1년 전에 타일리에서 독립했다고 한다. 작은 나라지만 마법에 힘을 쏟고 있는 모양이야."

"마법…."

타일리는 파르사스와 국경을 접하지 않은, 대륙 최북단에 위치한 대국이다. 거리도 상당해서 교류도 1년에 두세 번이 고작이다.

그런 타일리의 특색은 독자적인 신앙을 가지고 있어 마법에 대한 거부감이 매우 강하다는 것이다. 마력을 가지고 태어난 아이는 그렇게 판명된 순간, 국외로 추방된다. 지역에 따라서는 죽임을 당하는 경우도 드물지 않다.

그런 상황에서 국내의 일부 지역이 독립했다면, 심지어 마법을 중시하는 나라를 건국했다면 타일리도 체면상 말을 꺼내기 힘들었으리라. 결과적으로 파르사스에 그런 이야기가 전해지지 않은 것도 이상한 일은 아니다.

오스카는 납득하고 이번엔 중요한 의문을 입에 올렸다.

"그래서 티나샤가 파르사스에 있는 건 어떻게 알았다고 생각하십니까?"

마녀들은 대부분 자신이 있는 곳을 명확히 밝히지 않으며, 유일한 예외는 티나샤다.

다만 그것도 탑에 산다는 것만 알려져 있을 뿐, 탑에 없을 때면 지금은 어디어디에 있다고 메모를 남겨놓는 것도 아니다. 티나샤가 마녀라는 사실은 성안에는 공표되어 있지만, 성 바깥에는 국내라도 단단히 입단속을 해놓았다.

그런데 어떻게 까마득히 먼 곳, 그것도 이제 막 독립한 나라에서 알고 있을까.

부왕 케빈은 아들의 질문에 고개를 가로저었다.

"나도 모르겠다. 아무튼 무조건 만나게 해 달라고 하는구나."

오스카는 잠시 생각에 잠겼다. 이 시간이면 티나샤는 집무실에 있을 것이다.

"알겠습니다. 일단 제가 만나보지요."

왕은 그 대답을 예상하고 있었던 것처럼 가볍게 고개를 끄덕였다.

쿠스쿠르에서 온 사자는 왜소한 체구에 어딘지 비열한 인상을 주는 사내였다. 추한 용모는 아니지만 눈빛이 파충류 같아서 끈적거리는 공기가 온몸에서 배어 나오는 느낌이다.

오스카는 그 웃는 얼굴에 불쾌감을 느꼈지만 겉으로 드러내지는 않았다. 남자는 카갈이라고 자신을 소개했다.

"갑작스러운 무례를 용서하십시오. 마녀님만 소개해 주시면 바로 물러가겠습니다."

정중하게 그렇게 인사하는 카갈에게 오스카는 무뚝뚝하게 대응했다.

"마녀라고? 그런 자는 모르겠는데. 대체 어디서 이야기를 듣고 왔는지 가르쳐주시오."

"농담은 그만두시지요. 전하의 시간을 빼앗지는 않겠습니다."

카갈은 과장된 몸짓으로 그렇게 말하고 음흉한 미소를 지었다.

"최근에 도르자의 어리석은 자들이 마수를 부활시키려 했던 걸로 알고 있습니다. 만약 실현되었다면 대륙의 여러 나라에서 큰 문제가 되었을 겁니다. 다행히 마녀님의 활약으로 미연에 방지되었다고 들었는데, 마수를 죽일 정도로 막강한 힘의 소유자가 특정 국가에 몸을 맡기고 있다는 사실이 알려지면 이 역시 문제가 될 수도 있습니다."

협박임을 숨기려고도 하지 않는 오만한 태도가 오스카의 심기를 건드렸다.

극소수밖에 모르는 마수 사건을 파악하고 있는 카갈은 동시에 티나샤의 존재를 파르사스의 약점으로 다루려 하고 있다. 상당히 대담한 태도가 아닐 수 없다.

남은 문제는 이 사자를 어떻게 처치하느냐 하는 것뿐이다. 원래도 티나샤를 만나게 해 줄 마음은 거의 없었지만 지금 그 마음은 털끝만큼도 남아 있지 않았다.

하지만 오스카의 결심은 카갈의 다음 한마디로 뒤집혔다.

"이 성에 계시지요? 아이티 님은. 참, 지금은 티나샤 님이라고 해야 하나요."

카갈은 그렇게 말하고 자신만만하게 오스카를 쏘아보았다.

※

오스카가 사자를 만나기 조금 전, 티나샤는 주인 없는 집무실에 와 있었다. 집무실을 지키던 밀라리스가 난처하다는 표정으로 말했다.

"저어, 전하는 전하의 부르심을 받고 나가셨습니다. 기다리시겠습니까?"

"아, 그럼 괜찮아요. 특별한 용건은 없으니까요."

그녀가 그렇게 말하자 밀라리스는 당황한 표정으로 만류했다.

"하지만 저어, 가능하면 기다려주시는 게…."

"괜찮아요. 내 입장은 잘 알아요. 난 그 사람의 수호자일 뿐 그 외에는 아무것도 아니니까…. 당신의 입장도 알고 있어요."

태연한 대답에 밀라리스의 얼굴이 창백해졌다.

"네…? 누, 누가 그걸…."

"안 물어봐도 알아요. 모르는 건 그 사람뿐일걸요?"

궁중에서는 흔한 일이며 특별한 이야기도 아니다. 마녀가 안심시키듯이 미소 짓자 밀라리스는 면목 없다는 얼굴로 소심하게 몸을 움츠렸다. 그런 모습을 보면 가엾기도 하지만 티나샤에게는 다른 책무가 있다.

그녀는 곧바로 자신의 방으로 돌아와 저주 해석을 재개했다. 방 한복판에 놓인 수반 위로 손을 뻗자 둥근 고리 여러 개가 복잡하게 얽힌 문양이 입체가 되어 떠올랐다.

그 위에 마녀는 신중하게 주문을 보태기 시작했다. 마법의 속삭임에 따라 문양이 조금씩 모습을 바꾼다.

끝이 보이지 않는 작업이다. 하지만 이 성에 온 뒤로 티나샤는 조금씩 이 작업을 계속하고 있었다. 시행착오와 연구를 거듭해 언젠가 '침묵의 마녀'를 따라잡으려 하는 것이다.

해주 작업에 집중하고 있던 그녀는 아무도 없는 실내에서 누군가가 자신의 이름을 불렀을 때에도 담담하게 손을 흔들어 대답했다. 잠시 후, 적당한 지점에서 해석 중이던 문양을 멈춘다.

"놀라는 척이라도 좀 하든가."

말을 건 여자는 창가에 선 채로 새침하게 입술을 삐죽 내밀었다. 밝은 갈색 곱슬머리가 빛을 받아 금색처럼 보인다. 허리에는 웬일로 마법 용품인 듯한 장식 단검을 차고 있었다.

"그래, 그래. 어쩐 일이야? 루크레치아."

"도움이 될 것 같은 책이 있어서 일부러 가져왔다고!"

티나샤는 루크레치아가 내민 책을 받아 들었다. 아마 꽤 오래전에 저술된, 축복에 관한 책인 것 같았다. 펼쳐보니 구성과 말에 대해 상세하게 기술되어 있었다.

"…고마워."

"별말씀을."

변덕에 의해서만 움직이는 친구지만 이런 도움은 고맙다. 티나샤는 책을 책상에 내려놓고 손님을 위해 차를 준비하기 시작했다. 루크레치아는 의자에 앉아 그 모습을 바라보았다.

"너, 그 계약자와 모의 시합을 해 줬다면서?"

"…어떻게 알았어?"

"중정에서 병사들이 하는 이야기를 들었어."

"엿들은 거야?"

루크레치아는 테이블에 팔꿈치를 괴고서 황당하다는 얼굴로 또 한 명의 마녀를 쳐다보았다.

"제정신이야? 가진 패를 다 보여주고, 자살이라도 할 참이야?"

"안 그래도 오스카도 똑같은 말을 하더라고."

"그냥 내버려둬도 그 남자는 충분히 강해. 더 강해지면 나한테도 민폐라고."

"미안해."

같은 마녀인 루크레치아에게도 아카시아의 사용자가 더 강해지는 것은 바람직한 일이 아니다. 그것이 나중에 어떤 결과로 돌아올지 알 수 없는 일이다. 긴 시간 동안 운명의 기구함을 지켜봐 온 그녀들에게는 자명한 일이다.

티나샤 자신도 의자에 앉아 깊은 한숨을 내쉬었다.

"요즘 어쩐지 좀 지쳤다고 할까…."

"그럼 쉬든가."

"그건 그렇지만, 그게 아니라…."

친구의 검은 눈동자가 흔들리는 것을 보고 루크레치아는 할 수 없군 하는 눈빛이 되었다.

"이도 저도 아닌 상태가 부담스러우면 그만 포기하든가."

티나샤는 대답하지 않았다. 잠자코 자신의 손바닥을 응시한다.

왜 오스카와 싸우려고 생각했는지 스스로도 잘 알 수 없었다.

다만 만약의 경우, 자신을 죽일 수 있는 존재가 있으면 좋겠다고 조금 생각했다. 그리고 그가 그럴 수 있다면 그렇게 해도 좋다고.

아마 일시적인 변덕이었으리라. 어쩌면 역시 조금 지친 걸지도 모른다. 오지 않는 소식을 기다리는 일에. 하지만 그렇다고 포기하고 싶지는 않았다. 그러면 마녀로 살아온 시간이 전부 물거품이 되어 버릴 것 같은 기분이었다.

말이 없는 티나샤를 바라보던 루크레치아가 막 입을 열려고 했을 때,

누군가가 문을 두드렸다.

"티나샤 님, 들어가도 되겠습니까?"

그녀가 대답하기가 무섭게 라자르가 다급한 기색으로 안으로 들어왔다.

그는 루크레치아의 모습을 보고 소스라치게 놀라 그 자리에 얼어붙었다. 마녀는 그런 라자르에게 놀리듯이 손을 살랑살랑 흔들어주었다.

"무슨 일 있나요?"

"저, 그게… '푸른 달의 마녀'를 만나게 해달라는 손님이 오셔서…."

"나를?"

티나샤는 손가락으로 자신의 얼굴을 가리켰다. 루크레치아가 조그맣게 휘파람을 불었다.

"와우, 수상해라."

"수상하긴 하네. 아무튼 일단 다녀올게. 너는?"

"이왕 여기까지 왔으니까 끝날 때까지 성 구경이나 하면서 기다릴게."

"짓궂은 장난은 치지 말아줘."

'닫힌 숲의 마녀'는 뭔가 꿍꿍이가 있어 보이는 아름다운 미소를 지으며 "물론"이라고 대답했다.

※

"아이티."

대기실로 간 티나샤는 그곳에서 기다리고 있던 오스카가 갑자기 그렇게 부르는 바람에 너무 놀라 얼이 빠져 버렸다. 그녀는 몇 초 후에야 간신히 입을 열었다.

"네?"

그녀의 대답에 오스카는 몹시 괴로운 표정을 지었다.

"역시 네 이름이었구나."

"…어릴 적 이름이에요. 그 손님이 말했나요?"

"그래."

티나샤는 뜻밖의 일로 인해 회전이 멈춰 버린 머리를 흔들었다.

과거에 딱 한 번, 마녀로서 그 이름을 말한 적이 있다. 갓 마녀가 되었을 무렵, 아직 탑에 살고 있지 않았던 시절의 일이다. 하지만 마녀의 이름은 기본적으로 불길한 것으로 여겨지기 때문에 좋아서 그것을 전하는 자는 드물다.

따라서 70년 전, 파르사스에서 말한 이름도 남아 있지 않았던 것이다. 그런데 이제 와서 옛 이름을 아는 이가 만나러 오다니 어떻게 된 일일까.

티나샤는 몇 가지 가능성을 생각했지만 그 어느 것도 즐거운 것은 아니었다.

"네가 만나기 싫다면 거절할게."

오스카가 걱정스럽게 그녀의 머리를 쓰다듬었다. 하지만 그녀는 고개를 저었다.

"아뇨, 만날게요."

그리고 마녀는 알현실로 이어지는 문에 손을 가져갔다.

카갈은 티나샤를 보고 감탄의 한숨을 내쉬었다. 무릎을 꿇고 최고의 예를 갖춘다. 티나샤는 그 모습을 오만하게 내려다보았다.

"만나 뵙게 되어 영광입니다, 아이티 님."

"그 이름으로 부르지 말아주세요."

"실례했습니다. 그러면 티나샤 님이라고 부르면 될까요?"

"좋을 대로 하세요."

카갈은 몸을 일으키더니 어릿광대 같은 동작으로 그녀를 향해 팔을 벌렸다.

"우리 쿠스쿠르는 건국에 있어, 타일리에서 박해받던 마법사들의 권리를 되찾고 그들을 국민으로 삼아 마법을 기반으로 두며, 그 활용과 발전을 최우선 과제로 삼아왔습니다. 티나샤 님은 지금은 명맥이 끊긴 강력한 옛 마법을 많이 사용하시는 유일한 분이라고 들었습니다. 부디 우리나라에 오셔서 더욱 큰 발전을 위해 힘을 빌려주실 수는 없으신지요."

그 말에 오스카는 불쾌감을 숨기지 않고 눈살을 찌푸렸다. 파르사스에 마녀가 있는 걸 트집 잡은 주제에, 결국 자신들도 그녀의 힘을 원하는 것이다.

하지만 티나샤는 남자의 요청을 듣고도 여전히 무표정했다.

"내 얘기를 누구에게서 들었다는 거죠?"

"와보시면 알 겁니다."

"내 이름을 가르쳐준 자와 같은 사람인가요?"

카갈은 웃기만 할 뿐 대답하지 않았다.

"내가 여기 있는 건 어떻게 알았나요?"

"우리나라에도 뛰어난 마법사들이 있습니다…."

"그렇군요."

마녀는 한숨을 내쉬고 돌연 냉혹한 미소를 지었다. 보는 이를 매료시키고 위압하는 미소다.

카갈은 그것을 보고 약간 움찔했다.

그녀의 작은 입술에서 청아한, 그러나 얼음장처럼 차가운 목소리가 흘러나왔다.

"내가 여기 있는 건 이 사람의 수호자로서 있는 거예요. 그 이상도, 그 이하도 아니에요. 당신이 나를 만날 수 있었던 것도 그가 다리를 놔주었기 때문이에요. 탑을 올라오지도 않은 사람의 말을 내가 왜 들어주고 나아가 조력까지 해야 된다는 거죠? 각오도, 힘도 없는 자에게 무언가를 베푸는 자비가 마녀에게 있을 것 같나요?"

카갈의 입술이 부들부들 떨렸다. 지금까지 자신이 우위에 있다고 믿은 게 분명하다. 그는 쫓겨 가는 생쥐처럼 당황해 마녀에게 뭔가를 호소하려고 했다.

그러나 티나샤는 그것을 허락하지 않았다.

"물러가세요."

더는 할 말이 없다는 듯이 마녀는 발걸음을 돌려, 뒤에서 듣고 있던 오스카 옆에 섰다. 오스카는 그 머리카락을 쓰다듬으면서 날카로운 눈으로 카갈을 쏘아보았다.

카갈은 분하다는 얼굴로 두 사람을 쳐다보더니 간신히 입을 열었다.

"알겠습니다. 오늘은 이만 물러가지요. 하지만 쿠스쿠르는 반드시 당신의 조국이 될 겁니다. 다시 만날 날을 기대하겠습니다."

마녀는 그 말에 대답하지 않고 방을 나갔다.

※

알현실을 나온 카갈은 크게 혀를 찼다.

그녀를 데려갈 자신이 있었다. 그러기 위해 일부러 알려지지 않은 이름을 꺼낸 것이다. 그 이름을 들으면 그녀가 반드시, 누가 그것을 가르쳐주었는지 알고 싶어할 거라고 생각했기 때문이다.

그는 나라를 떠나오기 전에 들은 주인의 말을 떠올렸다.

『굳이 서두를 필요는 없다. 나에 대해서는 덮어두어라.』

그렇게 말했던 주인은 카갈이 그녀를 데리고 돌아가지 못해도 탓하지는 않을 것이다. 하지만 그래도 그는 순순히 '실패했습니다' 하고서 돌아가고 싶지는 않았다.

최소한 그녀와 그 시건방진 계약자만이라도 갈라놓아야 한다.

문득 창밖으로 시선을 던지자 중정이 보였다. 그 나무 그늘에서 무관복장을 한 여자가 낮잠을 자는 것을 발견한 남자는 비열한 미소를 지었다.

※

알현실에서 집무실로 돌아가는 오스카와, 그 앞에서 걸어가는 마녀는 둘 다 몹시 씁쓸한 얼굴을 하고 있었다. 카갈이 내뱉은 말 한마디 한마디가 지워지지 않는 얼룩처럼 달라붙어, 식사 전의 식탁이 더럽혀진 것 같은 기분이었다.

참을 수 없는 짜증을 삼키는 오스카의 귀에 불쑥 여자의 작은 목소리가 들렸다.

"끝났어?"

티나샤 옆에 홀연히 마녀가 나타났다. 친구를 돌아본 티나샤는 짧게 내뱉었다.

“끝났어. 기분 더러워.”

어깨를 으쓱하는 루크레치아를 보고 오스카는 조금 놀라서 눈이 커다래졌다.

“언제 왔지?”

“그때 보고 또 보네. 잘 지냈어?”

죄책감이라고는 눈곱만큼도 없이 천연덕스럽게 손을 흔드는 루크레치아에게 그는 한쪽 입꼬리만 올리고 웃어 보였다.

“그때에는 죽을 뻔하게 해 줘서 고마워.”

“어머? 재미없었어? 기억이 남게 해 줄 걸 그랬나?”

“한번 혼나볼래?”

즐거운 표정인 루크레치아와 정색한 티나샤 사이에 비유가 아니라 실제로 마력이 부딪쳐 불꽃이 튀었다. 오스카는 얼굴을 찌푸리고 고개를 가로저었다.

“성이 무너지니까 하지 마.”

마녀끼리 싸운다는 이야기는 들어본 적도 없다. 그렇게 되면 적어도 건물은 무사하지 못할 것이다. 티나샤는 계약자의 말에 혀를 살짝 내밀고 마력을 거두었다. 그리고 흥미진진한 표정인 루크레치아에게 사자와 나눈 대화를 말해 주었다. 루크레치아는 붉은 손톱으로 자신의 관자놀이를 톡톡 두드렸다.

“쿠스쿠르라…. 나도 처음 들었어.”

“원래는 그냥 영지였던 것 같아. 그런데 어느 날 갑자기 마법사들이 모여들어서 독립했다고 하더군.”

“수상하네요.”

"…그러게. 하지만 듣고 보니까 요즘 북쪽에서 가끔 묘한 마력의 파문이 느껴지지 않니?"

루크레치아는 검지를 세우고, 옆에서 걸어가는 친구에게 물었다. 티나샤는 잠자코 고개를 저었다.

"그래? 내가 여기보다 북쪽에 살아서 그런가? 미약한 움직임이지만 가끔씩 느껴져. 마법호의 파문 같은 마력의 흔들림이 밀려와."

"마법호…."

입술을 깨물며 생각에 잠기기 시작한 티나샤에게 루크레치아는 순간 지독하게 불쌍히 여기는 듯한 눈빛을 보냈다. 뒤에서 걷고 있던 오스카는 그 시선을 느꼈지만, 당사자인 티나샤는 자신의 생각에만 잠겨 있었다.

그가 두 마녀 중 누구에게랄 것도 없이 말을 걸려고 했을 때, 복도 모퉁이에서 알스가 나타났다. 멜레디나도 함께다. 알스는 티나샤와 그 옆에 있는 낯선 미녀를 보았다. 이어서 두 사람 뒤에 있는 오스카를 발견하고 인사를 하려고 했다.

하지만 그때, 아무도 예상하지 못한 일이 벌어졌다.

멜레디나가 말없이 검을 뽑더니 티나샤를 향해 돌진한 것이다.

"아앗?!"

알스는 경악한 나머지 그 자리에 얼어붙었다.

오스카는 닿지 않는다.

루크레치아가 방벽을 치는 것보다 먼저 칼끝이 티나샤에게 도달한다.

모두가 늦었음을 예감한 그 순간, 티나샤는 태연하게, 그러나 번개같이 루크레치아의 허리에 매달린 단검을 뽑더니 멜레디나의 검을 아슬아슬하게 막아냈다. 검을 떨어뜨리고 무방비해진 멜레디나의 목에 단검을 꽂으려 한다.

멜레디나에게는 방어할 방법이 없다. 그 반격을 반사적으로 막아낸 것은 알스가 뽑은 검이었다.

그는 티나샤의 단검을 쳐내면서 멜레디나를 밀쳐내고 그 칼끝을 마녀에게 향하려고 하다가 직전에 움직임을 멈췄다.

그의 목에 아카시아가 겨누어져 있었다.

"무슨 짓이냐."

노기를 띤 목소리가 알스를 추궁했다. 상상도 못 한 자신의 행동에 알스의 몸이 굳었다. 그가 무릎을 꿇으려고 했을 때, 뒤에서 소꿉친구가 미친 듯이 소리를 질렀다.

"사람을 현혹시키는 요망한 것! 이 나라에서 당장 나가!"

""멜레디나!""

두 남자의 고함 소리가 동시에 울려 퍼졌다. 누구를 가리키는 말인지는 자명하다.

티나샤는 긴 속눈썹을 내리깔고 멜레디나를 응시했다.

마녀의 얼굴.

그러나 지금은 웃음기조차 없다. 인형 같은, 인조물 같은 미모는 그저 공허할 뿐이다.

검은 눈동자가 수면처럼 일렁거린다.

"…언제나, 언제나 비슷한 말을 듣는데… 내가 먼저 사람의 마음을 현혹한 적은 없어요. 그쪽에서 멋대로 현혹되는 것 아닌가요?"

그 목소리에는 아무것도 읽을 수 없는 표정과 달리 감정이 드러나 있었다. 다만 엿보이는 감정은 서서히 복잡하게 교차해서, 그녀가 품고 있는 감정이 슬픔인지 분노인지 아니면 다른 것인지, 듣는 사람은 알 수 없다.

티나샤는 입술을 깨물었다. 쥐어짠 작은 목소리가 그녀의 입에서 흘러나왔다.

"…사람의 마음 따윈… 원하지도 않아."

떨리는 목소리.

명확한 거부.

하지만 그때, 그녀의 어둠을 응축한 눈동자에서 순간적으로 상처가 빛나는 것을 오스카는 똑똑히 보았다.

그는 아카시아를 거두고 손을 뻗어 티나샤를 품에 안았다. 야윈 등을 가볍게 토닥거린다.

그녀는 그 이상 아무 말도 하지 않았다.

루크레치아는 친구의 상태를 걱정하고 있었지만, 오스카가 티나샤를 품에 안는 것을 보고 알스와 멜레디나 쪽으로 몸을 돌렸다. 그녀는 씁쓸한 표정으로 두 사람을 노려보았다.

"그 여자는 조종당하고 있어. 누군가가 정신을 건드린 거야. 상당히 실력자의 솜씨 같아."

루크레치아가 손을 한 번 흔들자 멜레디나의 몸이 힘을 잃고 쓰러졌다. 바닥에 부딪치기 직전에 알스가 소꿉친구를 부축했다. 오스카가 등을 돌린 채로 루크레치아에게 물었다.

"제정신이 돌아오게 할 수 있나?"

"내가 왜?"

"부탁한다."

루크레치아는 불만스러운 표정으로 잠시 망설이다가 들으란 듯이 크게 혀를 찼다.

"대가는 비싸."

"부탁해."

티나샤의 목소리에, 루크레치아는 길게 한숨을 한 번 내쉬었다.

루크레치아 일행이 치료를 위해 자리를 뜨자 복도에는 마녀와 계약자만이 남았다.

오스카는 두 손을 마녀의 볼에 대고 위를 향하게 했다.

그녀는 눈을 한 번 깜빡이고 빙그레 웃었다.

기쁘고 행복해 보이는 미소. 하지만 그것이 진짜가 아니라는 걸 오스카는 알고 있다. 가면의 미소다. 인간이 아닌 여자가 인간을 가장하기 위해 쓴 가면이다.

하지만 그는 자신의 마녀를 불쌍히 여기고 싶지는 않았다. 그것은 결코 그녀에게 향해야 할 감정이 아니다.

"마지막으로 운 게 언제야?"

오스카는 물었다. 검은 눈동자에 자신의 얼굴이 비친다.

"기억 안 나요."

마녀는 여전히 미소를 지은 채 그렇게 대답했다.

8. 이 숨결은 저편의 숨결

긴 세월은 그 자체로 사람을 부패하게 만드는 힘이 있다는 걸 티나샤는 알고 있었다.

아무리 강한 마음을 가지고 행해도, 시간이 흐르면 그것은 어느덧 반복적인 작업이 되어 버린다.

아픔마저도 잊을 수 있다. 그것은 사람이 살아가기 위해 없으면 안 될 요소다.

하지만… 자신은 과연 어떨까. 강한 마음에만 의지해 긴 세월을 건너온 자신은.

아직 그 마음은 남아 있을까. 변질되지는 않았을까.

만약에 마음이 아직 있다고 착각하고 있는 것뿐이라면.

그것이 작업이 되어 버린다면.

그때 자신은 죽어야 한다. 과거에 죽었어야 할 그날처럼.

※

쿠스쿠르에서 온 사자를 만난 그날 밤, 티나샤는 열이 났다.

간병을 한 루크레치아의 말에 의하면 정신적인 피로에서 온 것이라고 했다.

루크레치아는 투덜거리면서도 멜레디나를 치료해 주고, 밤새 티나샤 옆에 붙어 있었다.

두 마녀가 그날 밤 어떤 대화를 나눴는지 오스카는 알지 못했다.
다만 루크레치아가 돌아가고, 다음 날 오후에 일어나서 나온 티나샤는 완전히 평소의 그녀로 돌아온 것처럼 보였다.

"그래서 그 역겨운 놈의 행방은 이제 모르는 건가?"
"숙소는 이미 퇴거한 뒤였습니다. 아마 성도를 떠난 것 같습니다만…."
집무 책상 앞에서 오스카는 다리를 꼬면서 라자르의 대답에 인상을 썼다. 방금 전 집무실에 알스와 멜레디나가 찾아와 어제의 사건에 대해 티나샤에게 사죄를 하고 갔다. 기억이 전혀 없는 멜레디나의 초췌한 모습을 떠올리자 부아가 치밀었다.
"심증은 확실하지만 증거가 없어서…. 사람을 보내 쿠스쿠르에 대해 조사를 해 보는 게 낫겠어."
"내가 사역마를 보낼게요. 사람을 파견하는 것보다는 마법을 피하기 편하니까요."
티나샤는 차를 끓이면서 쓴웃음을 지었다. 그런 그녀를 라자르가 걱정스럽게 바라본다. 찻잔을 받아 든 오스카는 마녀를 올려다보았다.
"좀 더 쉬지 않고."
"괜찮아요. 이래 봬도 튼튼해요."
"설득력이 별로 없는걸."
찻잔에서 피어오른 김이 그의 얼굴을 간질인다. 입술을 대자 그윽한 향기가 폐부를 가득 채웠다.
티나샤는 옆에 서서 그를 가만히 응시한다. 그 시선이 무언가 말하려 하는 것을 느끼고 오스카는 고개를 들었다.

"왜?"

"아뇨, 그냥 좀……. 일 끝나고 두 시간 정도만 시간을 내줄 수 있어요?"

그녀가 이런 식으로 개인적인 제의를 하는 것은 처음 있는 일이다. 무슨 바람이 불었을까? 오스카는 그렇게 생각했지만 입 밖에 내지는 않았다.

"그건 상관없지만, 왜?"

"분풀이를 하려고요."

"……."

"아카시아를 가져와 주세요."

"…알았어."

마녀는 만면에 미소를 지으며 몸을 돌렸다. 오스카는 그녀 몰래 조그맣게 한숨을 내쉬었다.

티나샤의 방 한구석에는 언제 준비했는지 작은 전이진이 그려져 있었다.

그녀가 시키는 대로 오스카가 전이한 곳은 낯설지 않은 넓은 원형의 공간이었다. 주위의 벽은 희미하게 푸르스름하고 이음매가 없이 매끈하다. 멀리 꼭대기까지 트여 있는 천장은 까마득히 높아 잘 보이지도 않았다.

"탑 1층인가?"

"맞아요."

티나샤가 가볍게 손을 흔들자 전이진은 보이지 않게 되었다. 그는 소박한 의문을 입에 담았다.

"왜 여기에…."

"여기라면 벽에 닿은 마법은 다 흡수돼버리고, 내 결계가 가득해서 수호 결계를 거의 무효화할 수 있어요. 그리고 남들 눈에 별로 띄고 싶지 않으니까요."

검은 마법복 차림의 티나샤는 그렇게 말하고 오스카와 조금 거리를 두었다. 동시에 그에게도 손을 휘저어 거리를 두라고 지시한다. 오스카는 그 지시에 따라 뒤로 물러났다.

"오늘부터 한 달간 하루에 두 시간씩 여기서 나와 함께 훈련할 거예요. 죽지 않도록 조심할 테니까 열심히 하세요."

그녀는 천천히 오른손으로 허공을 잡았다. 그 손안에 검 한 자루가 나타났다.

순간, 잠시 어리둥절했던 오스카는 간신히 사태를 이해하고 긴장감 섞인 미소를 지었다.

티나샤는 이어서 왼손을 내밀었다. 하얀 손안에 푸른 불꽃이 타올랐다.

"그럼 갑니다."

마녀는 그렇게 말하고 가볍게 바닥을 박찼다.

'분풀이'는 장렬한 것이었다.

모의 시합을 했을 때 그녀는 '별로 봐주지 않았다'고 말했지만 그건 어디까지나 오스카에게 맞춰 싸울 경우의 이야기일 뿐, 일정 거리를 유지하며 공격해 오는 그녀와 싸우는 게 얼마나 어려운 일인지 그는 몸으로 깨닫게 되었다.

"뭐, 첫날이니까 이 정도면 괜찮네요."

탑 꼭대기 층으로 이동해, 녹초가 되어 의자에 앉아 있는 오스카의 상처를 치료해 준 후 티나샤가 소감을 말했다. 오스카는 리트라가 가져온 냉수를 받아 들었다. 한 모금 마시자 피로가 조금 가시는 기분이었다. 그는 물수건으로 얼굴을 닦아주고 있는 마녀를 올려다보았다.

"이유를 물어봐도 될까?"

"음… 여러 가지가 있어서 한마디로 말할 순 없지만 대략적으로 말하면, 선택지를 많이 갖게 해 주고 싶었기 때문이라고 할까요."

"선택지?"

"앞으로 무슨 일이 생겼을 때, 당신이 '힘만 좀 더 있었다면 다른 길이 있었을 텐데'라고 후회하지 않기를 바라니까요. 가능한 한 많은 선택지 중에서 당신이 원하는 길을 선택했으면 해요. 그게 이유예요."

그녀는 그렇게 말하고, 평소에 오스카가 자신에게 하듯이 그의 머리를 쓰다듬었다.

천천히 어루만지는 손길은 마치 어머니의 손길처럼 다정하다.

어쩌면 선택지가 없어 괴로움을 겪은 사람은 과거의 그녀일지도 모른다. 오스카는 막연히 그렇게 생각했지만, 그 상상이 왠지 맞을 것 같았다.

그 후로 매일같이 오스카는 마녀에게 훈련을 받게 되었다.

겨우 두 시간이지만 적지 않게 마법공격을 받기 때문에, 그 피로를 풀기 위해 그는 꿈도 없는 잠에 빠져들었다. 물론 상처는 그녀가 치료해 주지만 피로는 마녀도 어쩔 수 없다고 한다.

이토록 혹독한 훈련을 하는 건, 저주의 의미를 이해하고 오직 힘만을 원했던 소년 시절 이후로 처음일지도 모른다. 강대한 힘을 가진 마법사의 원거리 공격, 그리고 어느 정도 실력이 있는 마법사의 중거리 공격에 대해 단신으로 어떻게 대응해야 할지 마녀는 철저하게 가르쳤다. 그녀 혼자 상대할 때도 있고 그녀의 사역마가 전위로 가담할 때도 있어 그 공격은 다채로웠다.

"슬슬 당신에게도 마력이 보일 거예요."

보이지 않는 덩굴에 발목을 잡혀 허점을 드러낸 오스카에게 마녀는 손을 멈추고 지적했다.

"모의 시합 때에는 봤잖아요. 정신 상태에 따라 좌우되면 안 돼요."

"그렇게 말해도 말이지, 보인다기보다는 느끼는 정도지만."

지금도 다리에 무언가가 휘감겨 있는 건 알지만 그것이 무엇인지는 전혀 보이지 않는다. 오스카는 발을 내딛으려고 한 자세 그대로 옴짝달싹 못 하게 된 자신을 내려다보았다.

"당신은 마법사도 될 수 있는 소질이 있어요…. 적성이 아니라서 될 수는 없다고 생각하지만요."

"될 수 있다는 거야, 없다는 거야?"

티나샤는 어깨를 으쓱하고 주박을 풀었다.

"슬슬 두 시간이 다 됐네요. 오늘은 여기서 마치기로 해요. 당분을 조금 섭취하고 잠을 자는 게 좋겠어요."

그 말을 듣자 새삼스럽게 피로가 실감이 되어 밀려들었다. 수마가 급격하게 그의 몸을 습격했다.

"앗, 잠깐만요. 여기서 자지 마요."

마녀의 당황한 목소리가 들렸지만, 대답도 못 한 채 오스카는 잠에 빠져들었다.

눈을 떴을 때, 오스카는 어두운 방 안에 누워 있었다.

그의 방이 아니다. 몸에 난 상처는 전부 아물었고 피도 말끔히 닦아서 깨끗한 옷으로 갈아입은 상태였다.

몸을 일으켜 창밖을 내다보니 달이 황야를 비추고 있다. 이렇게 높은 곳에 있는 방은 하나뿐이다. 탑의 맨 꼭대기 층에 있는 마녀의 침실이다.

돌아보자 옆방으로 이어지는 문 틈새로 빛이 새어 나오고 있었다. 그가 문을 열자 환한 방 한가운데에 이쪽으로 등을 향하고 선 마녀의 모습이 보였다. 조금 전까지의 차림과 달리, 긴 머리를 올려 묶고 왼쪽 다리 부분에 긴 트임이 있는 마법복을 입고 있다.

그녀는 수반 위로 손을 올리고 그 위에 떠오른 문양을 향해 주문을 외우고 있었다. 극도로 집중한 상태인지 그가 방에 들어온 것도 모르고 있었다.

오스카는 그녀 뒤에 서서 맨살이 드러난 그녀의 다리를 쓰다듬었다. 이어서 가냘픈 어깨에 입맞춤한다.

마녀는 그제야 비로소 그의 존재를 알아차린 것 같았다. 뒤돌아보며 "일어났어요?" 라고 미소 지었다. 너무나 태연한 모습에 오스카는 손을 떼고 얼굴을 찌푸렸다.

"넌 너무 무방비해."

"집중하고 있어서…. 그래도 침입자가 오면 알아요."

"그게 아니라 함부로 만지면 화를 내야지."

"함부로 만지는 본인이 그렇게 말하기예요? 안 만지면 될 걸 가지고…."

티나샤는 입속으로 투덜거리다가 그에게 쏘아붙였다.

"난 분명히 간지럽다고도 하고, 방해되면 불평도 하고 있어요. 당신에 대해서는 이미 익숙해졌고요. 신경 쓰인다면 당신이 자중해요."

마녀는 그렇게 말하고 나서, 말문이 막힌 오스카를 그 자리에 남겨두고 방을 나가 버렸다. 5분 후, 그녀는 달콤한 과실주에 설탕을 넣어 데운 음료를 가지고 돌아왔다.

"성에는 전갈을 보내놨어요."

"아, 고마워."

오스카는 잔을 받아 들고 입으로 가져갔다.

상당히 달다. 현기증이 날 정도로 달다. 한 모금 마시고 그는 저도 모르게 잔을 입에서 뗐다.

"마셔요."

하지만 그걸 예상한 듯 마녀의 목소리가 머리 위에서 들렸다. 그는 마지못해 다시 잔을 입으로 가져갔다.

폭력적일 정도로 다디단 음료를 절반쯤 간신히 배 속에 쑤셔 넣고 오스카는 잔을 내려놓았다. 마녀에게 지적당하기 전에 얼른 다른 화제를 꺼낸다.

"그런데 마력이니 마법이니 하는 게 대체 뭐야?"

"꽤나 근본적인 질문을 하네요…."

"모르니까."

티나샤는 창가에 놓인 상자에 걸터앉았다. 달빛이 그녀를 적셔 바닥에 희미한 그림자를 만들었다.

"마법은 개개의 의사에 의해 마력을 사용한, 현상에 대한 간섭이에요."

"…무슨 말인지 전혀 모르겠는데."

"끝까지 들어봐요…."

마녀가 조금 어이없어하며 손가락을 딱 튕기자 방 안의 불이 꺼졌다. 외부와 똑같은 어둠이 실내를 지배했다.

"예를 들면, 내가 지금 이 방이 밝았으면 좋겠다고 생각한다고 쳐요.

그러면 나는 불을 켜겠죠. 마법으로 불빛을 출현시키든, 램프에 불을 붙이든 결과적으로는 똑같이 밝아져요."

그녀는 다시 한번 손가락을 튕겼다. 방 안의 불빛이 순식간에 다시 돌아왔다.

"이게 개개의 의사에 의한 현상에 대한 간섭이에요. 다시 말해 인간이 평범하게 생활하면서 행하는 일이죠. 그리고 마법은 그걸 육체나 말이 아닌 마력으로 행해요."

"아, 그렇군."

"좀 더 깊이 들어가면, 물건이 위에서 아래로 떨어지고 물건에 힘을 주면 움직이는 것처럼, 육체로 행하는 간섭에 작용하는 법칙은 많아요. 한편 마법에도 이런 법칙이 존재해요. 다만 그것은 눈에 보이는 세계와 공간적으로는 같지만, 위계적으로 조금 다른 장소에 있기 때문에 보통은 저절로 작용하지 않아요. 존재할 뿐이에요. 여기까지 이해했나요?"

"응."

오스카는 고개를 끄덕이면서, 달달한 뒷맛을 지우기 위해 주전자에서 물을 따라 마시기 시작했다.

"마법사는 마력으로 그 법칙을 끌어당겨 현상에 간섭해요. 단, 육체를 사용한 간섭이라도 무거운 돌을 힘으로 밀면 꼼짝하지 않지만, 지레나 바퀴를 사용하면 편하잖아요? 그런 구조가 마법에서는 구성에 해당해요. 구성을 짜서 마력으로 움직이면, 구성을 사용하지 않는 것보다 같은 마력으로도 큰 작업을 할 수 있어요. 복잡한 구성일수록 짜기는 힘들지만 큰 효과를 얻을 수 있죠."

마녀는 그렇게 말하고 다시 손가락을 딱 튕겼다. 그녀의 눈앞에 붉은 실이 복잡하게 뒤얽힌 문양이 나타났다. 아마 이게 그 구성이라는 것이리라. 티나샤는 손을 한 번 저어 문양을 지우고 이야기를 이어나갔다.

“마법을 위한 법칙은 몇 가지만 알려져 있을 뿐이고, 아직 발견되지 않은 것도 있을 거예요. 그리고 이미 알려진 법칙이라도 어떤 구성을 사용하느냐에 따라 전혀 다른 술법이 되기도 해요. …이해했나요?”

“대충은.”

이해는 했으나 마법사 강의에 출석한 기분이다. 오스카는 다시 질문했다.

“마력이 있고 없고는 어떻게 결정되는 거야?”

“육체에 의한 것인지 영혼에 의한 것인지는 알 수 없지만, 완전히 선천성이에요. 혈통도 다소는 영향이 있는 것 같지만, 절대적인 건 아니에요. 마력이 있는 사람은 태어날 때부터 있고, 없는 사람이 훈련을 통해 마력이 생기는 일은 없어요.”

“나는?”

“…있어요.”

“몰랐어.”

파르사스 왕족의 직계에 마법사가 있었던 적은 없다. 혈통이 절대적인 것은 아니라고 하지만, 그래도 의외인 느낌이다. 어쩌면 선대 왕족들 중에도 소질은 있었으나 모르고 지나간 사람이 있었던 걸까.

티나샤는 쓴웃음을 머금고 그가 가진 검을 가리켰다.

“하지만 아카시아를 가지고 있는 한, 마법은 쓸 수 없어요. 체내의 마력을 집중시킬 수 없으니까요. 내 수호 결계도 아카시아와 공존하기 위해 상당히 복잡한 구성을 짜야 했어요.”

힘들었으니까 결계를 풀고 싶지 않다고 했던 마녀의 말이 비로소 실감을 띠고 오스카의 마음속에 울려 퍼졌다. 확실하게 마법을 베는 검과, 그 사용자를 모든 공격으로부터 보호하는 마법은 상식적으로 생각했을 때 공존할 수 있는 것이 아니다. 그녀가 얼마나 정교한 기술을 쏟아부어 실현해 주었는지를 깨닫고 새삼 고마움이 사무쳤다.

“다만, 당신은 마력을 가지고 있으니까 마력을 볼 수도 있을 거예요. 못 본다고 생각하기 때문에 안 보이는 걸지도 몰라요. 내일부터 의식해 보세요.”

“…알았어.”

티나샤는 앉아 있던 상자에서 일어나 오스카 앞으로 다가왔다. 사랑스러운 동작으로 두 손바닥을 앞으로 뻗어 보인다.

“자, 어떡할까요? 성으로 돌아갈래요? 배가 고프면 뭐라도 좀 만들어줄게요.”

“요리도 할 줄 알아?”

“당연하죠. 몇 년을 혼자 살았는데요.”

“한 천 년쯤 되나?”

“진담이라면 내일 날려 버릴 줄 알아요.”

당장이라도 날려 버릴 것처럼 미소 짓는 마녀의 머리에 오스카는 평소처럼 손을 얹었다.

“그럼 부탁해.”

“알았어요.”

마녀는 몸을 돌려 주방 쪽으로 사라졌다. 약속한 한 달까지 앞으로 2주일이 남은 밤이었다.

※

다음 날, 날려 버리지는 않았지만, 오스카는 불바다에 빙 둘러싸여 있었다.

티나샤가 쏜 불의 고리가 그를 크게 둘러싸고 있다. 가만히 서 있기만 해도 땀이 줄줄 흐르고 엄청난 열기에 정신이 아득해진다.

"쓰러지거나 타기 전에 탈출하세요."

허공에 떠 있는 마녀가 오스카를 내려다보면서 말했다. '놀러 갈 거면 점심때까지는 돌아오세요' 라고 말하는 듯한 가벼운 어조다.

"상당히 뜨거워…."

오스카는 시험 삼아 눈앞에 있는 불의 벽을 베어보았다. 화염의 벽은 아카시아를 피하는 것처럼 순간 갈라지는 듯했지만, 칼날이 지나가고 나자 가장자리부터 다시 타오르기 시작했다. 눈 깜짝할 사이에 원상 복구된 불의 벽을 앞에 두고 위에서 마녀의 조언이 들렸다.

"그냥 베지 말고 마력의 흐름을 잘 보세요. 구성의 마디가 되는 지점이 있을 거예요."

"말이 쉽지…."

지난 2주일 동안 알게 된 것이지만, 티나샤는 한번 가르치기로 결심하면 봐주는 법이 없다. 물론 조심하기는 하겠지만, 지금까지 죽지 않은 게 신기할 정도로 가혹하다.

하지만 그만큼 오스카도 몸에 밴 실감은 있었다. 원래부터 검술 실력은 티나샤를 능가했고 실전 감각도 있다. 그는 수호자의 정확한 훈련에 의해 마법사와 싸우는 법을 마른 모래가 물을 빨아들이듯이 흡수해 나갔다.

"마음의 눈으로 보라고는 하지 않겠어요. 당신의 두 눈으로 직접 봐요. 화염 속에 마력의 구성이 있을 거예요."

"알았어."

자칫 긴장을 늦추면 쓰러져 버릴 것만 같다. 오스카는 이마의 땀을 훔치고 화염의 벽을 주시했다. 일렁거리며 색과 모양을 바꾸어가면서도 본질을 유지하는 불꽃은 보는 사람을 현혹하듯 흔들리고 있다.

오스카는 천천히 숨을 마시고, 그리고 멈췄다.

머릿속을 깨끗이 비운다. 오로지 자신의 마녀의 말만을 믿는다.

가늘게 숨을 토하면서 눈을 감았다가 떴을 때… 불꽃 속에 같은 색의 가느다란 실이 떠올랐다.

그것은 나선을 그리며 화염의 벽 속을 휘감아 커다란 원을 이루고 있었다.

오스카는 고개만 돌려 고리를 둘러보았다. 바로 뒤쪽에, 한 군데만 선이 응축된 부분이 있다. 그는 아카시아를 들고 불꽃을 향해 걸어가, 실을 풀듯이 그 부분을 살짝 잘랐다.

칼끝이 마디를 베어 끊은 순간, 화염의 고리는 마치 시간을 되돌린 것처럼 자취를 감추었고 뒤에는 숨 막히는 열기만이 남았다.

"훌륭해요."

그가 아카시아를 검집에 꽂고 올려다보자 마녀는 기쁜 얼굴로 손뼉을 치고 있었다.

마력을 볼 수 있게 된 뒤로는 일사천리였다. 티나샤가 "한 달까진 필요 없었나?" 라고 말했을 정도다. 마법의 구성은 물론, 구성 이전의 마력까지 느낄 수 있게 되자 훈련은 거의 실전 형식이 되었다.

"음, 인간과 한번 싸우게 해 보고 싶네요."

훈련용으로 소환한 마물을 오스카가 단칼에 쓰러뜨리자 티나샤는 벽에 기대어 그렇게 중얼거렸다.

오스카는 검에 묻은 마물의 피를 천으로 닦았다.

"벌레 싸움을 붙이듯이 말하지 마."

"그런 놀이는 한 적 없어요…."

"난 있어."

"어휴… 왕태자가 무슨 그런 놀이를 하고 그래요…."

마녀는 못마땅한 표정으로 손을 내저어 마물의 사체를 치워 버렸다. 오스카는 아카시아를 검집에 꽂았다.

"인간 대전 상대가 필요하면 우리 마법사한테 하라고 할까?"

"무슨 소리예요. 평범한 마법사가 당신을 상대했다간 가위눌려서 밤에 잠도 못 자게 될걸요. 당신과 무관한 상대가 좋아요."

그때 두 사람이 있는 탑의 홀에 하얀 빛이 비쳤다. 쳐다보니 벽의 일부가 소리도 없이 안쪽으로 열려 있었다. 문밖에 사람의 그림자가 몇 명 보였다. 아마 탑의 도전자인 것 같았다. 오스카가 마녀에게 물었다.

"안 닫아놨어?"

"어머, 그랬나 봐요. 실수했네."

티나샤는 반동을 주어 몸을 세우고 홀 중앙에 있는 오스카의 옆으로 다가왔다.

밖에 있는 이들은 모험가로 보이는 남자 다섯이었다. 그들은 조심스럽게 들어오더니 안에 있는 두 사람을 보고 놀란 표정을 지었다.

"당신들은 여기서 뭘 하는 거지? 탑의 도전자인가?"

오스카와 티나샤는 대답을 못 하고 얼굴을 마주 보았다.

하지만 마녀는 이내 어떤 생각을 떠올린 것처럼 미소 짓더니 손뼉을 쳤다. 오스카는 그 이유를 짐작했지만 자신의 짐작이 틀렸기를 진심으로 바랐다.

티나샤는 소리도 없이 허공으로 떠올라, 그 모습을 보고 경악한 다섯 방문자를 관찰했다.

검객이 둘, 활을 가진 중거리 장비 마법사가 하나, 원거리 장비 마법사가 하나, 마지막으로 방어 전문 마법사가 하나. 완벽해! 마녀는 요염한 미소를 지었다.

"나의 탑에 온 걸 환영해요. 갑작스럽게 실례했어요."

그녀의 인사에 남자들이 술렁거렸다. 밑에서는 오스카가 머리를 싸쥐고 있다. 검객 중 한 명이 티나샤에게 검을 들이대고 물었다.

"네가 마녀냐? 정말로?"

"그래요. 나에게 용건이 있어 온 거겠죠?"

"소원을 들어줄 수 있나?"

"힘이 있다면요."

마녀의 대답을 들은 남자들 사이에서 수군거림이 오갔다. 이어서 다른 젊은 검객이 앞으로 나섰다.

"무슨 소원이든지 들어주는 건가? …예를 들면, 꽤 멋진 여자로 보이는데, 당신을 원한다고 해도 들어주나?"

"얼마든지요."

"티나샤!"

마녀는 킥킥 웃으면서, 심기가 몹시 불편한 계약자 옆에 내려와 섰다.

"단, 힘이 있을 경우의 이야기예요. 원래는 탑 꼭대기까지 올라와야 하지만, 오늘은 특별이에요."

그녀가 손가락을 딱 튕기자 열려 있던 문이 스르륵 닫혔다. 퇴로를 잃은 남자들은 숨을 삼켰다.

티나샤는 하얀 손가락으로 오스카를 가리키며 요염하게 말했다.

"이 남자와 싸워서 이겨주세요. 그러면 당신들의 소원을 들어주겠어요."

그 말을 들은 남자들의 긴장감이 눈에 띄게 느슨해졌다. 살아 돌아온 도전자가 없다는 탑에 도전하는 것보다는 쉽다고 생각한 것이리라. 활을 가진 마법사가 앞으로 나섰다.
"1대1인가?"
"아뇨, 모두 한꺼번에 덤벼도 괜찮아요."
티나샤는 다시 허공으로 살짝 떠올라 오스카의 귓가에 속삭였다.
"죽지는 않도록 개입할 테니까 마음껏 싸워 주세요."
"어이…."
"파이팅!"
실로 즐거운 얼굴이다. 오스카는 자신이 마치 벌레가 된 기분이었다.
하지만 그녀가 하는 일에 불만을 토로해 봤자 소용없다. 그는 아카시아를 잡았다.
덩달아 남자들도 속속 전투태세에 들어갔다. 오스카는 공중에서 관전하는 마녀를 올려다보고, 이어서 자신의 상대인 젊은 검객을 보았다. 아까부터 티나샤에게 넋을 잃고 있는 사내다.
"먼저 저 녀석부터 처리해야겠군."
티나샤가 손뼉을 쳤다. 그것을 신호로 전투는 시작되었다.

오스카는 젊은 검객을 향해 번개같이 돌진했다. 그대로 상대 마법사가 친 방어 결계를 아카시아로 돌파한다. 믿을 수 없는 속도에 남자의 얼굴이 경악으로 얼어붙었다.
"아니…!"
피할 수 없는 죽음을 앞두고 젊은 남자는 망연자실했다. 오스카는 망설임 없이 그런 상대의 검을 쳐내고 몸통을 베었다. 하지만 두 동강이 날 뻔한 몸은 아카시아에 닿기 직전에 연기처럼 사라져 버렸다.
치명상으로 판단하고 티나샤가 전이시킨 것이리라. 너무 빠른 동료의 탈락에 남은 네 명 사이에 술렁거림이 일었다. 하지만 다른 검객 하나가 정신을 차리고 부르짖었다.

"방심하지 마! 한꺼번에 덤벼!"

그렇게 외치면서 남자는 오스카를 향해 검을 휘둘렀다.

기세와 힘이 담긴 회심의 일격. 그러나 오스카는 간단히 막아냈다. 반동으로 비틀거리는 검객을 무시하고, 화살을 시위에 메기려는 마법사 앞으로 돌진해 그 몸을 베어 버린다.

경악한 얼굴로 전이된 마법사는 돌아보지도 않고, 오스카는 일단 뒤로 물러났다. 태세를 정비한 검객이 오스카를 향해 돌진했다.

"너는 마녀의 사역마냐!"

"남의 계약자에게 실례되는 말을 하지 마세요."

티나샤의 발끈한 목소리가 들렸지만 오스카는 신경 쓰지 않았다. 그는 그저 자신을 향해 날아드는 검을 막아내면서, 마법사가 주문을 외우기 시작하는 것을 곁눈질로 확인했다. 그리고 다섯 합 만에 상대의 검을 쳐서 떨어뜨리고, 빈 어깻죽지에 아카시아를 휘둘렀다. 검객의 모습이 연기처럼 사라졌다.

그때, 주문 외우기가 끝난 마법이 거대한 바람의 턱이 되어 달려들었다.

"물어!"

상대에게는 필살기였을 마법.

하지만 오스카는 오른팔을 뻗어 턱 안의 핵을 부숴 버렸다. 소용돌이치던 바람이 한순간에 흩어져 버렸다.

상상도 못 한 상황에 넋이 나간 마법사를 향해 오스카는 거리를 좁혔다. 뒤에서 또 다른 마법사가 보이지 않는 주박을 쏘았지만, 오스카는 그것도 순식간에 베어 버렸다. 황급히 다른 주문을 외우기 시작하는 마법사에게 검을 휘두르자 그 모습이 사라졌다.

고개를 돌려 마지막 마법사가 엉덩방아를 찧는 모습을 본 오스카는 상대의 목에 검을 겨누었다.

"끝났어."

잠깐의 사이를 두고 마지막 한 명이 전이되었다. 은방울 같은 마녀의 목소리가 들렸다.

"싱거웠네요."

"취미가 고약해."

"미안해요."

마녀는 사과하면서도 기분 좋은 얼굴로 밑으로 내려온다. 오스카는 아카시아를 검집에 꽂고 가냘픈 그 몸을 받아 안았다. 티나샤는 헝클어진 오스카의 머리를 매만져주면서 미소 지었다.

"예상을 뛰어넘은 완성도예요. 훈련은 오늘로 마치기로 해요."

"괜찮겠어? 아직 닷새가 남았는데."

"여기서 더 해 봤자 의미가 없어요. 수고했어요."

티나샤는 그의 품에서 바닥으로 내려섰다. 그 가냘픈 모습을 보고 오스카는 무심코 중얼거렸다.

"전력을 다하는 너와 싸우면 이길 수 있을까?"

그런 생각을 정말로 한 것은 아니다.

상대는 최강의 마녀다. 그저 무심코 입에서 흘러나왔을 뿐이다.

그러나 티나샤는 고개를 조금 갸웃하더니, 그 눈에 다 담기지 않는 적막을 품고 그를 올려다보았다.

"그건… 지금 알면 재미없잖아요."

그녀는 길고 검은 속눈썹을 내리깔았다. 검은 눈동자에 투명한 빛이 서린다. 작은 입술은 미소를 머금고 있다. 그때의 그녀는 평범한 소녀처럼 보이기도 하고, 긴 시간을 살아온 마녀처럼 보이기도 했다.

무엇으로부터도 먼… 멀리 있으려 하는 모습.

언젠가 그녀는 정말로 어디론가 사라져 버릴지도 모른다.

그런 상상에 사로잡혀 오스카는 저도 모르게 숨을 삼켰다.

하지만 그는 이내 막연한 불안감을 억누르고 작은 머리를 쓰다듬었다.

"내가 이겼으니까 부탁을 들어줘."

"바로 들어줄 수 있는 거라면요. 지금까지 고생했으니까 결혼만 빼고 다 들어줄게요."

"선수를 뺏겼네."

"학습 효과예요."

티나샤는 후후 웃고는 성으로 돌아가기 위한 전이문을 열었다. 그리고 오스카에게 손을 내밀었다.

하얗고 작은 손.

흩어져가는 빛을 모아놓은 듯한 그 손에 오스카는 자신의 손을 포갰다.

살며시 손가락을 휘감자 그녀는 왠지 안도한 것 같으면서도 조금 슬퍼 보이는 미소를 지었다.

9. 오늘 밤, 달빛 아래

돌이 깔린 길바닥에 쏟아지는 비가 흐르는 피를 씻어낸다.

그 냉기는 확실하게 그의 체력을 좀먹었지만, 동시에 길에 점점이 떨어진 혈흔을 지워주기를 카갈은 바랐다. 연신 뒤돌아보며 추적자를 확인하지만 그 모습은 보이지 않는다. 아까부터 내내 그런 식이다. 상대는 모습을 드러내지 않은 채 그를 몰아붙이고 있다.

"제기랄…. 마녀가 보낸 건가…?"

파르사스의 성도를 떠나기 직전, 카갈은 누군가에게 습격을 당했다. 티나샤가 쫓아온 줄 알았지만, 상대는 카갈을 가지고 놀듯이 단속적인 공격을 가해올 뿐이다. 어느덧 날이 저물어 주위에는 인기척도 없다. 카갈은 피가 배어 나오는 옆구리를 감싸 쥐었다.

"전이만 쓸 수 있어도…."

최초의 상처를 입었을 때부터 카갈은 거의 구성을 짤 수 없었다. 적이 봉식 역할을 하는 마법 구성을 체내에 침투시킨 것 같았다. 그는 비에 젖은 길바닥에서 넘어질 듯 비틀거리며 모퉁이를 돌았다.

그 직후, 하얀 빛이 눈앞을 스쳤다.

"아…?"

갑자기 낮아지는 시야. 카갈은 그 자리에 무너지듯이 주저앉았다.

순식간에 고인 피 웅덩이를 보자, 바닥에 널브러진 자신의 한쪽 다리가 보였다.

"힉… 아아아악!"

처절한 비명이 골목 안에 울려 퍼졌다. 그때 철벅거리며 물웅덩이를 밟는 소리가 들렸다.

돌아보자, 빗속에 몸집이 작은 소녀가 비옷도 입지 않고 서 있다. 비에 젖은 은색 머리가 날붙이처럼 번뜩여서 그것만이 카갈의 의식을 끌었다. 그는 흐릿한 시야 속에서 그녀를 향해 손을 뻗었다.

"살려…."

"나에게 도움을 청하는 거야? 누가 자신을 죽이는지도 모르는 모양이네."

차가운 목소리. 카갈은 뒤늦게 그 의미를 이해하고 전율했다. 지금까지 누가 자신을 쫓아왔는지를 깨닫고, 자신을 훨씬 능가하는 마법사가 아직 어린 소녀라는 사실에 할 말을 잃었다.

소녀의 눈동자에 숨길 수 없는 증오가 드러났다.

"뻔뻔하게 내 앞에 잘도 나타났구나. 네 주군은 내 앞에서 그 사람을 죽였어. 무슨 짓을 해도 그 죄는 사라지지 않아. 알아들어?"

어둠 속에 두 개의 붉은 빛이 켜졌다. 낮게 으르렁거리는 짐승의 소리. 소녀의 뒤에서 나타난 그것이 온몸으로 발산하는 것은 오직 살기뿐이다. 카갈은 닥쳐오는 죽음의 예감에 헐떡였다.

"라, 라나크 님…. 힉, 끄아악…."

주인의 이름을 부르는 갈라진 목소리는 곧 처절한 비명으로 변했다. 그렇게 강렬한 피비린내와 함께 무심하게 무언가를 씹는 소리가 나는 가운데, 소녀는 비에 젖은 은발을 쓸어 올리고 성 쪽으로 발걸음을 돌렸다.

※

"문제의 쿠스쿠르에 대해선 사역마가 간신히 결계의 구멍으로 들어갔는데, 마법사가 상당히 많이 모여 있었다고 해요. 정령술사도 많고요."

마녀의 보고를 듣기 위해 집무실에 모인 면면은 젊은 얼굴들이다. 라자르와 밀라리스는 벽 쪽에서 창백하게 질려 있고, 오스카는 작은 도자기 장식을 만지작거리며 듣고 있다. 일이 재미없게 됐다고 생각하는 게 명백한 얼굴이다.

"마법사를 모아서 전쟁이라도 일으킬 셈인가?"

"부정할 수는 없어요. 마족 소환도 시도하고 있는 것 같아요."

"일반 병사의 수는?"

"마법사와 비슷한 정도예요. 200명 정도니까 결코 많지는 않지만, 왕궁까지는 침입할 수 없었기 때문에 더 많은 인원이 있을지도 몰라요."

통상적으로 한 나라가 성에 거느리고 있는 마법사의 수는 20~30명 선이며, 대국인 경우라도 50명이 될까 말까 하는 정도다. 마법사를 200명이나 모은 나라는 세상 어디에도 없다. 오스카는 마녀의 말에 이어 물었다.

"왕궁이라고 했는데, 그럼 왕정이야?"

"그런 것 같아요. 누가 왕인지는 알 수 없지만, 원래의 영주는 아닌 것 같아요."

"마법 중심 국가를 표방한 이상, 그자도 마법사일 가능성이 높겠군."

오스카는 머리 뒤로 팔짱을 꼈다. 이어서 다리를 책상 위에 올린다. 평소에는 하지 않는 무례한 행동은 그가 어려운 문제를 생각할 때 나오는 버릇이다.

"수고스럽게 해서 미안하지만, 일단 정기적으로 조사해 줄 수 있겠어? 아무 일 없이 끝날 것 같지가 않아."

"알겠어요."

불길한 예감은 있지만 지금 단계에서는 어쩔 도리가 없다. 오스카는 다리를 내리고 아직 처리하지 못한 서류를 집어 들었다. 그러다 문득 다른 건을 떠올리고 고개를 들었다.

"참, 에타드의 병세가 좋지 않은 것 같아."

노장군 에타드는 최고령 장군으로 명목상 파르사스를 대표하는 인물 중 한 명이다. 벽 쪽에 선 밀라리스의 얼굴이 눈에 띄게 침울해진다. 라자르가 그것을 알아차리고 위로의 말을 건넸다.

"밀라리스 씨는 에타드 장군님의 소개로 여기 왔다고 했죠."

"네…. 먼 친척인 저에게까지 신경 써주셔서, 지금의 제가 있는 건 다 장군님 덕택이에요."

연한 금발이 수심 때문일까, 약간 빛이 바래 보인다. 그런 그녀의 얼굴은 아직 앳된 티가 남아 있지만 충분히 아름답다. 몇 년만 지나면 성 안에서도 주목을 받게 될 것이다.

올해 열여섯 살이 된 그녀는 에타드의 주선으로 이 성에 왔다. 성에서 예의범절을 배우면 장래 걱정은 일단 없다고 할 수 있다. 왕태자의 시중 담당으로 집무실에 배치된 그녀는 티나샤에게서 차 끓이는 법, 라자르에게서 궁정 지식을 배우면서 날로 성장하고 있었다.

오스카는 자신의 시중을 드는 소녀를 턱을 괴고 바라보았다.

"언제든지 에타드를 만나러 가도 괜찮아. 네가 얼굴을 보여주면 그도 기뻐할 거다."

"가, 감사합니다."

"나이가 나이인지라 어쩔 수 없지만, 최근에는 자리에서 일어나지도 못한다고 하니까."

우울한 기분이 들게 하는 오스카의 말에 마녀가 조용히 말했다.
"너무 갑작스럽네요. 알스도 걱정이 클 것 같아요."
"에타드가 그 녀석을 많이 아꼈으니까. 나도 에타드에게는 신세가 많았어."
알스는 성에 들어오기 전부터 에타드의 집에 드나들며 검술을 배웠다고 한다. 젊은 시절 이 나라 최고의 검객이었던 에타드는 그 검술 실력을 아이들에게 전수하는 수고를 아끼지 않았고, 오스카도 어릴 때부터 자주 그에게서 지도를 받았다.
10년도 더 된 과거의 어느 날, 저주에 대해 알게 된 에타드는 오스카에게 검술을 가르치면서 말했다.
『전하, 절망은 사람을 썩게 합니다. 의지를 강하게 가지십시오. 결과는 거기에 따릅니다.』
성실함을, 인간의 의지를 긍정하는 말. 그 가르침을 지금도 자주 떠올린다.
오스카는 고개를 들고서 자신을 보고 있는 마녀를 마주 보았다.
"너는 나보다 나중에 죽어. 알았지?"
마녀는 조금 놀라더니 난처하다는 얼굴로 웃었다.

에타드는 그로부터 사흘 후, 잠자듯이 고요히 숨을 거두었다.
가족이 없는 그의 유품은 엄숙한 장례식 후, 고인의 뜻에 따라 전부 인연이 있었던 이들에게 맡겨졌다. 그리고 에타드가 알고 있던 마녀의 저주에 대해서도, 왕의 허락하에 알스가 비밀을 이어받게 되었다.
지금은 명실상부 무관의 정점에 선 젊은 장군은 왕태자의 긴 이야기를 듣고 탄식했다.
"그런 저주가 있었다니…."

“민폐스러운 이야기지.”

매장도 순조롭게 끝난 다음다음 날, 집무실에 인사하러 온 알스는 오스카, 라자르, 티나샤와 차를 마시면서 씁쓸하게 감상을 이야기하고 있었다. 그는 같은 테이블에 앉은 마녀를 흘끔 쳐다보았다.

“티나샤 양이 결혼해 주지 않으면 곤란한 것 아닙니까?”

“단절이지.”

“안 해요!”

묘하게 찰떡 호흡을 보여주는 오스카와 알스에게 티나샤는 정색하고 일갈했다.

“해석도 열심히 하고 있다고요! 지금!”

“무리하지 않아도 돼.”

“의욕을 꺾지 말라고요!”

오스카에게 씩씩거리며 화를 내는 마녀를 알스는 의아하다는 듯 쳐다보았다.

“전하의 어떤 점에 불만이…?”

결점이 거의 없어 보이는 주군의 무엇이 문제냐고 묻는 솔직한 질문이 마녀를 직격했다. 처음 듣는 그런 질문에 마녀의 눈이 동그래졌다.

“어… 어떤 점이냐고 물으면…. 어떤 점이죠?”

“나한테 묻지 마.”

그때까지 잠자코 차를 마시고 있던 라자르가 참견하고 나섰다.

“사람을 놀리는 걸 좋아하시는 게 문제 아닐까요.”

“그럴지도요.”

“라자르, 너….”

라자르는 주인의 험상궂은 표정에 목을 움츠렸다. 수렁에 빠져들 것 같은 대화를 마녀가 중단시켰다.

"하지만 계약 기간도 아직 반년 넘게 남았으니까, 어떻게든 될 거예요."

"기대할게."

오스카는 목적어를 언급하지 않고 고개를 끄덕였다. 아무래도 대화의 아귀가 안 맞는 느낌이지만, 깊이 생각하지 않는 편이 좋을지도 모른다. 티나샤는 계약자를 흘겨보면서 자리에서 일어섰다.

그때 그녀의 다리가 테이블에 부딪쳐서 가장자리에 놓여 있던 설탕 그릇이 밑으로 떨어졌다. 바닥에 떨어진 그릇에서 맑은 소리가 났다.

"아… 미안해요."

"괜찮아?"

티나샤는 몸을 숙여 설탕 그릇을 주웠다. 다행히 깨진 것은 뚜껑뿐이다. 마녀가 손을 뻗자 바닥에 쏟아진 설탕이 허공에 떠올라 원래 있던 그릇 안으로 돌아갔다. 라자르에게 설탕 그릇을 맡기고 그녀는 깨진 뚜껑 조각을 손으로 주워 모으기 시작했다. 오스카가 옆에서 그 모습을 보고 의아하다는 표정을 지었다.

"못 고쳐?"

"깨진 걸 되돌릴 수는 없어요. 시간을 지연시키는 건 가능해도 거스를 수는 없으니까요. 파편이 크면 복원이 가능하지만 산산조각이 나 버리면 무리예요. …미안해요."

"아니, 그건 상관없어. 손 다치지 않게 조심해."

알스는 그 모습을 지켜보다가 누구에게랄 것도 없이 탄식했다.

"마법도 만능이 아니구나."

"그것이 반드시 죽게 마련인 생물의 법칙이니까요."

마녀는 웃으며 대꾸했다. 알스는 공감하며 고개를 끄덕이다가 벽에 걸린 시계를 보고 자리에서 일어섰다.

“잠시 거리 순찰을 다녀오겠습니다. 최근에 종종 마물을 목격했다는 증언이 있는 것 같아서요.”

“성도에? 그런 보고는 안 올라왔는데.”

“그게 확실한 이야기가 아니라 그저 ‘마물일지도 모른다’는 정도라고 합니다. 들개 비슷한 생물을 본 사람이 있는데, 들개의 눈이 붉게 빛났던 것 같았다고 합니다. 잘못 봤을 가능성도 높고, 현재까지는 보고된 피해도 없습니다.”

어깨를 으쓱하는 알스와 달리 티나샤는 심각한 표정이었다.

“마음에 걸리는 이야기네요. 그게 정말로 마물이라면 상당히 머리가 잘 돌아가거나, 사역자가 있거나 둘 중 하나예요. 피해 보고가 없는 건 들키지 않게 잘 처리했기 때문일 수도 있고요.”

마녀의 가설에 세 사람은 얼굴을 마주 보았다. 오스카가 머리 뒤로 팔짱을 꼈다.

“현재로서는 좀 알쏭달쏭하군. 뭔가 발견하면 보고하도록. 정말로 마물이 있으면 찾아내야 돼.”

왕태자는 그렇게 말하고 자신도 업무로 돌아가기 위해 자리에서 일어섰다.

※

그것은 이미 돌이킬 수 없는 과거의 꿈이다.

따뜻한 침대 위에서 몸을 웅크리고 잠들어 있던 소녀는 어느새 자신이 침대에서 끌려 나와 있는 것을 깨달았다. 졸음에 겨운 눈을 간신히 떠보니 어두컴컴한 복도를 지나가고 있었다.

"…아이티, 깼니?"

다정한 목소리가 위에서 들린다. 기분 좋은 진동과 팔. 소녀는 자신을 안고 있는 청년을 올려다보았다.

잘 아는, 누구보다도 자신과 가까운 존재. 소녀는 안도의 미소를 지었다.

"무슨 일 있어?"

"이제부터 좋은 일이 있을 거야. 너에게 꼭 보여주고 싶었어."

"중요한 일이야?"

"너만큼이나 중요하지."

청년의 상냥한 말에 소녀는 웃음을 터뜨렸다. 아직 그런 말에 가슴 설렐 나이는 아니었다.

다만 그렇게 생각해 주는 그가 좋았고, 무엇보다도 소중한 것만은 확실하다. 안심하고 나자 다시 눈꺼풀이 무거워졌다.

"하지만 아직 졸려."

"자도 돼."

"…졸려."

소녀는 다시 눈을 감았다.

그리고 두 사람은 긴 복도를 나아갔다.

해가 저물어갈 무렵, 일을 마무리한 오스카는 쿠스쿠르 조사 건에 대해 티나샤에게 확인하기 위해 그녀의 방을 찾았다. 방문을 가볍게 두드렸지만 안에서는 대답이 없다.

"티나샤, 안에 없어?"

문에 손을 대자 잠겨 있지는 않은지 쉽게 안쪽으로 열렸다. 대신 입구에 결계가 쳐져 있는 게 보였다. 오스카는 약간 망설이다가 용기를 내어 그곳을 통과했다. 그녀의 계약자인 덕분일까, 다행히 별 위화감 없이 지날 수 있었다.

방에 들어온 그는 이내 마녀의 모습을 발견했다. 그녀는 문양이 떠올라 있는 수반 옆에서 의자에 앉은 채 잠들어 있었다. 오스카는 그녀의 어깨를 건드려봤지만, 피곤한 모양인지 그녀는 꼼짝도 하지 않았다.

"의자에서 자지 마…."

오스카는 여자의 몸을 안아 올렸다. 평소에 무게가 전혀 없는 그녀는 의식이 없을 때에는 체중이 느껴지지만 그래도 역시 가볍다. 마녀는 몸을 조금 움직였지만 눈을 뜨지는 않았다.

그는 품에 안긴 마녀의 모습에 눈길을 주었다.

"무방비한 녀석."

가냘프고 보드라운 몸.

평소에는 의식하지 않으려 노력하지만, 이 고혹적인 존재를 만지면 자신도 모르게 손에 넣고 싶은 욕구가 고개를 쳐든다. 매끄러운 도자기 같은 피부에 입맞춤해 표식을 남기고 자신의 것으로 만들고 싶다. 가능하고 말고의 문제가 아니라, 그저 갖고 싶다. 나른한 초조감과 비슷한 감정이 가슴에 퍼진다.

하지만 그것이 소원의 본질은 아니라는 사실을 그는 잘 알고 있었다.

그녀는 실로 무심하게 그에게 맡겨온다. 몸과 마음이 아니라 그 목숨을.

언제든지 죽일 수 있다.

알면서 그러는 거라면 불쾌하다.

무의식적으로 그러는 거라면, 사랑스럽다.

어느새 이토록 집착하게 되었을까. 증조부를 비웃을 입장이 아니라고 생각하며 그는 쓴웃음을 지었다.

그녀가 마녀가 아니었다면 하는 생각은 하지 않는다. 만약 그렇다면 아마 만남도 없었을 테니까. 그리고 무엇보다도 그녀가 살아온 긴 시간을, 그리고 쌓아온 결단을 부정하고 싶지 않았다.

그녀는 완벽함을 닮았지만 불안정하다.

그 과거를 전부 알고 싶은 것은 아니다. 그녀가 말하지 않는다면 그래도 상관없다.

자신이 원하는 것은 몸도, 마음도, 영혼도, 목숨도 아닌 그저 그녀의 집착이다. 그녀가 자신에게 집착해 주기를 바란다. 이 손을 잡고 무엇보다도 소중하다고 말해 주기를 바란다. 어린아이나 다름없다. 어리석다고 생각한다.

하지만 지금은 그 어리석음도 나쁘지 않다고 생각했다.

오스카는 그녀를 침대로 데려가 깨지 않도록 살며시 눕혔다.

하지만 몸을 받치고 있던 손을 빼려고 했을 때, 티나샤가 갑자기 벌떡 일어났다. 경악, 혹은 공포에 사로잡힌 눈동자가 오스카를 응시한다.

그는 처음 보는 마녀의 표정에 놀라 반사적으로 그 머리를 얼싸안았다.

"티나샤."

"아… 오스카…?"

"그래, 나야."

품속에서 그녀가 깊은 한숨을 내쉬고 굳었던 몸이 풀리는 게 느껴졌다. 손을 떼자 마녀는 약간 창백하긴 했지만, 그 눈동자에는 평소의 빛이 돌아와 있었다.

"미안해요. 꿈자리가 사나워서…."

"의자에서 자니까 그렇지. 자려면 침대에서 제대로 자."

오스카가 머리에 손을 얹자 그녀는 미소를 지었지만 어딘지 연약해 보이는 미소였다. 티나샤는 촉촉한 눈빛으로 계약자를 올려다보았다.

"무슨 용건이라도 있어요?"

"아니, 나중에 다시 올게. 지금은 좀 자."

쿠스쿠르 조사 건 따위는 이런 상황에서 굳이 물어볼 만한 이야기도 아니다.

오스카는 그녀의 머리 위에 얹은 손으로 흑발을 마구 헝클어놓았다.

꿈에서라도 그녀를 위협하는 것은 무엇 하나 없기를 바라면서.

※

집무 책상 위에 찻잔이 놓인다. 찻잔을 놓은 사람은 수호자인 마녀가 아니라 소녀 여관이다.

오스카는 치하하고 그것을 받아 들었다.

"티나샤는?"

"방에 계시는 것 같습니다. 해석? 그런 걸 하느라 바쁘시다고 들었습니다."

전에는 하는지 마는지 알 수 없었던 저주 해석 작업이지만, 루크레치아의 장난 사건 이후로 도움을 받았는지 순조롭게 진행되는 모양이다. 티나샤도 해석하는 부분에 따라 더 집중해야 할 때가 있는 듯, 방에 틀어박히는 적이 많아졌다. 오스카는 그것이 자신을 위한 일임을 알면서도 유감스러운 기분으로 찻잔을 입으로 가져갔다. 다행히 차 맛은 티나샤가 직접 가르친 덕분에 나무랄 데 없다.

마침 그때 라자르가 서류를 들고 들어왔다. 오스카는 누구에게랄 것도 없이 중얼거렸다.

"또 추가분인가? 빨리 끝내고 티나샤에게 참견하러 가고 싶은데."

"안 됩니다, 전하. 도가 지나치면 미운털이 박힙니다."

"하지만 계약 기간은 한정돼 있으니까, 그때까지 어떻게든 해봐야지."

그녀가 탑으로 돌아가도 다시 한번 탑을 오르면 그만이지만, 그건 그것대로 싫다는 얼굴을 마주하게 될 것 같다.

그때 라자르가 뭔가를 떠올리고 손뼉을 탁 쳤다.

"참, 아까 전하께서 티나샤 님을 부르셨으니까 지금 가셔도 방에는 없을 겁니다."

"아버지께서? 티나샤를 왜 부르셨는데?"

"글쎄요…?"

부왕은 평소에 마녀에게 전혀 신경 쓰지 않는다. 그런 부왕이 그녀를 부를 정도면 뭔가 용건이 있는 것이리라. 얼마 전에 왔던 사자에 관한 일이라 해도, 오스카를 거치지 않고 수호자에게 직접 호출이 간 것은 뭔가 이상하다.

오스카는 답이 나오지 않는 생각을 멈추고 몸을 일으켰다.

"어디지? 나도 간다."

"예? 아뇨, 잠깐만…."

거침없이 집무실을 나서는 오스카를 라자르가 허둥지둥 쫓아갔다. 밀라리스는 그런 두 사람을 무심하게 배웅했다.

성 깊숙한 곳에 있는 넓은 홀에 도착한 오스카는 문지기 병사를 무시하고 문을 열었다.

거기에는 이미 왕을 비롯해 중신들과 마법사장 쿰, 장군 알스의 모습까지 있었다.

각자 자신의 자리에 서 있는 그들 모두가 현재 파르사스를 움직이는 주요 인물이다. 그리고 그들의 시선 한가운데에는 마녀가 서 있다. 티나샤는 고개를 돌려 계약자를 보더니 커다란 눈이 동그래졌다.

오스카는 험악한 표정으로 홀 안으로 걸어 들어가 티나샤를 보호하듯이 그녀 앞에 섰다.

"아바마마, 제 수호자에게 무슨 용건이십니까?"

그의 목소리에는 억누르고는 있지만 칼날과도 같은 날카로움이 있었다.

정면에 앉은 국왕 케빈은 잠시 당황한 듯 보였지만 곧 쓴웃음을 지었다.

"용건은 있지만 네가 생각하는 그런 일은 아니다. 그저 조언을 듣고자 했을 뿐이다."

"조언이요?"

"네 신붓감에 관한 일이다."

'신붓감'이라는 말에 떠오르는 사람은 그의 마녀, 단 한 명뿐이다.

그 외에는 짚이는 바도 없을뿐더러 고려할 생각도 없다. 하지만 그의 마음을 들여다본 것처럼 부왕은 말을 이었다.

"네 비가 될 여성에게는 강한 마력 내성이 필요하지 않느냐. 그래서 그녀에게 폐를 끼치는 중이기도 하고."

"폐는 끼치고 있지 않습니다."

"끼치고 있어요."

오스카는 새침하게 참견하는 마녀를 돌아보고 꼬집어주고 싶은 충동에 사로잡혔다. 하지만 그랬다가는 얘기가 옆길로 새버린다. 말을 삼키는 그에게 부왕은 말을 이었다.

"그럼 그만큼의 힘을 가진 여성이 있다면 어떻겠느냐? 그 여성을 왕비로 삼으면 되는 일이다. 그래서 티나샤 양에게 '그녀'가 그만큼의 힘을 지니고 있는지 판단해달라고 청하고 있었다."

"그녀라고요…?"

마치 구체적으로 특정 인물을 가리키는 듯한 말이다. 하지만 그것이 뒤에 있는 마녀가 아닌 것만은 확실하다.

무슨 말인지 몰라 미간을 찌푸리는 오스카를 무시하고 티나샤는 대답했다.

"아슬아슬하지만 가능하다고 생각합니다. 마법으로 조금만 보조해주면 될 것 같습니다. 그녀 자신은 마법을 쓸 줄 모른다고 하니까, 보조를 위한 구성은 틈나는 대로 만들어 쿰에게 전달해놓겠습니다. 잉태하면 주술을 걸어주세요."

"티나샤?"

자신의 일인데 자신 혼자만 이야기를 쫓아가지 못하고 있다. 오스카가 돌아보자 티나샤는 평소와 다름없는 태연한 얼굴로 그를 보고 있었다.

그 눈이 무언가를 말한 것은 아니다. 단지 그는 자신의 추론으로 정답에 도달했다.

"밀라리스구나."

"그래요."

에타드의 먼 친척 소녀. 예의범절을 배우러 성에 들어와 느닷없이 왕태자의 여관이 되는 것은 상식적으로 생각했을 때 매우 부자연스러운 일이다. 실은 그녀는 처음부터 왕비 후보로 그의 곁에 있게 된 것이다. 그것을 오스카 자신만 몰랐을 뿐이다.

깨닫고 보면 언제나 집무실 구석에 얌전히 서 있는 소녀. 그 외에 그녀에 대한 다른 인상이 거의 없는 오스카는 황당한 기분으로 마녀에게 물었다.

"너는 알고 있었어?"

"직접 이야기를 들은 건 지금이 처음이에요. 하지만 그녀가 마력을 봉인하고 있다는 건 알고 있었어요. 순수한 마력의 양만 놓고 보면 궁정 마법사들을 훌쩍 능가하니까 당신의 신부 후보라는 걸 짐작할 수 있었죠. 듣기로는 그녀는 드물게 핏줄로 마법을 이어가는 집안이라고 해요. 선대가 사망하면 차대가 그 마력을 이어받는…. 에타드도 그걸 알고 성에 들어오게 했을 거예요."

내막을 알고 보니 납득이 간다. 하지만 납득하고 말고는 별개의 문제다. 오스카는 수호자인 마녀를 가볍게 노려보았다.

"왜 나한테 말 안 했지?"

"말하면 당신이 싫다는 얼굴을 할 것 같아서요."

"말 안 해도 지금 하고 있잖아."

"듣고 보니 그러네요."

티나샤는 지금 처음 알았다고 말하고 싶은 것처럼 턱에 손을 대고 감탄하는 시늉을 한다. 표정이 점점 더 험악해지는 오스카를 부왕의 목소리가 만류했다.

"그만하거라. 모두가 너를 위해 할 일을 한 것뿐이다. 네가 그런 태도를 보이면 어쩌자는 게냐. 뭐든지 너 혼자 다 해결할 수 있다고 자만하는 게냐?"

"그런 게 아닙니다. 저는 단지…."

"아직 시간은 얼마든지 있다. 처음부터 거부하지 말고 그녀에게 관심을 가져보거라."

부왕은 거기서 말을 끊고 몸을 일으켰다. 반론을 들을 생각은 없는 듯 그대로 방을 나가 버린다. 그 뒤를 쫓아가려다 문이 잠기는 소리를 들은 오스카는 어느새 마녀가 모습을 감춘 것을 깨닫고, 멀거니 서 있는 라자르에게 갔다.

"…왜 안 기다리고…!"

"전하… 심정은 이해하오나 이러지 마십시오…."

오스카는 분을 못 참고 애먼 라자르의 어깨를 붙잡고 흔들었다. 그런 그에게 라자르는 맥없이 흔들리면서 눈물 고인 눈으로 중얼거렸다.

※

오스카에게 밀라리스의 정체가 알려지고 나서 일주일 동안 티나샤는 거의 집무실에 모습을 드러내지 않았다. 그의 수호자로서 결계는 이미 쳐놨고, 해석은 그와 함께 있지 않아도 가능하다. 지금까지는 그저 차를 끓여주기 위해서만 집무실을 찾았던 것처럼, 그녀는 자신의 역할을 소녀에게 맡겨 버렸다.

마녀가 모습을 보이지 않게 되자 성안 사람들은 어느 정도 안도한 눈치였다. 다만 그녀를 잘 아는 사람들에겐 성안이 휑하게 느껴지는 것 같았다. 실비아를 비롯한 마법사들은 드러내놓고 말은 하지 않지만 안타까워하는 기색이었다.

그것은 오스카도 예외가 아니라서, 그는 수호자가 없는 일상에 점차 초조감을 느끼고 있었다.

"이 상황을 나는 누구에게 화내면 되는 거지…."

집무 책상에 양쪽 팔꿈치를 괴고 오스카는 머리를 싸쥐었다.

평소에는 거의 볼 수 없는 오스카의 모습이다. 라자르는 안쓰러워하면서, 밀라리스는 송구해하면서 왕태자를 지켜보았다. 당사자인 소녀가 결심한 듯 앞으로 나섰다.

“전하, 정말로 죄송합니다….”

“아니, 그건 어쩔 수 없는 일이니까 괜찮아.”

철모르는 소녀를 탓할 생각은 없다. 불평하고 싶은 대상은 부왕을 비롯한 어른들이다. 아마 마녀를 왕비로 삼을 수는 없다고 주장하는 이들이 있었을 것이다.

하지만 지금까지 티나샤는 입으로는 투덜거리면서도 언제나 그의 수호 이외에 잡다한 일에도 힘을 빌려주었다. 그것을 정당하게 평가하지 못하는 인간의 좁은 시야가 마음에 들지 않는다. 국왕인 아버지는 알아줄 거라 생각했지만 아버지마저 다른 신부 후보를 내세우는 형편이다.

오스카는 무의식적으로 긴 한숨을 내쉬었다.

“그 녀석도 그래….”

한편으로 티나샤도 다른 신부 후보가 나타난 것에 대해 전혀 동요가 없었다. 질투까지는 바라지도 않지만 집착을 전혀 보이지 않는 건 솔직히 서운하다. 처음 만났을 때보다는 훨씬 마음을 허락해 주고 있지만, 그녀에게 역시 자신은 스쳐 지나갈 뿐인 존재인 걸까.

“…아무튼 일이나 하자.”

“전하의 그런 면은 정말 감사할 따름입니다….”

“안심해라, 기분은 확실하게 안 좋으니까.”

“그럼 속도를 내서 처리해볼까요…. 티나샤 님과도 이야기하고 싶으시지요? 오늘은 탑에 가셨으니까, 조만간 시간을 만들어보겠습니다.”

오랫동안 곁을 지켜온 죽마고우는 역시 그에 대해 잘 알고 있다. 오스카는 고개를 끄덕이고 서류를 집어 들었다. 시선을 서류에 고정한 채 그는 밀라리스에게 말했다.

“너도 신경 쓰지 마. 그냥 평소처럼 하면 돼. 이쪽의 문제에 끌어들여서 미안하다.”

"죄, 죄송합니다…."

소심하게 사과하는 소녀는 확실히 귀엽고 사랑스럽다. 그녀가 곁에 있으면 언젠가 마음이 바뀔 거라고 생각하는 것도 이해할 수 있다. 하지만 티나샤가 자주 하는 말처럼, 그건 그거고 이건 이거다.

오스카는 소녀 여관에게 물었다.

"그러고 보니까 네 마력은 봉인되어 있다고 들었는데, 누가 봉인한 거지?"

"어머니가 봉인해 주었습니다. 저 자신은 할머니가 돌아가셨을 때 힘을 이어받았지만 어머니에게도 어느 정도의 마력은 있었기 때문에…. 그걸 쿰 님이 강화해 주셨습니다."

"그렇군. 이중 봉인이구나."

마력을 볼 수 있는 훈련을 했지만 전혀 성과가 없는 줄 알고 걱정했는데, 상당히 강고한 봉인인 듯하다. 티나샤가 쉽게 간파한 것은 그녀니까 그런 거라고밖에 할 말이 없다.

오스카는 그래도 무언가가 마음에 걸리는 느낌이 들어 생각에 잠겼다.

하지만 그러면 자꾸 귀중한 시간만 흘러갈 뿐이다. 그는 생각을 멈추고 중요한 일부터 처리한 후, 나머지는 부왕에게 가져가도록 지시하고 저녁이 되기 전에 성을 나섰다.

※

"안녕, 많이 한가해?"

"그래 보여?"

해석을 위해 주문을 외우고 있던 티나샤는 언제 왔는지 탑의 창에 앉아 있는 루크레치아에게 짧게 대답했다. 그녀는 수반에서 고개를 들고 미소를 지었다.

"하지만 네 덕분에 많이 진행됐어. 조금만 더 하면 전부 해석할 수 있을 것 같아."

"앗, 정말? 네 노력과 재능은 진심 존경스러워."

"너보다는 성실하니까."

티나샤는 손을 멈추고 리트라에게 명령해 다기와 뜨거운 물을 가져오게 했다. 마침 휴식을 취하기에 적당한 시간이다. 그녀는 친구를 위해 차를 끓이기 시작했다.

"다음엔 그 과자 만드는 법을 가르쳐줘."

"그래. 별로 어렵지도 않아."

루크레치아는 창에서 내려와 당연하다는 듯이 테이블 앞에 앉았다. 자신의 갈색 곱슬머리를 손가락으로 꼬면서 잔을 준비하는 친구를 올려다본다.

"그렇게 고생하지 말고, 그냥 네가 아이를 낳아주면 되는 거 아냐?"

"진심이야? 그리고 그 건에 대해서는 이미 상황 종료야."

"뭐?"

어리둥절해하는 친구에게 티나샤는 밀라리스에 대한 이야기를 해 주었다. 이야기하는 동안 차가 적당히 우러나 따르기 시작한다. 루크레치아는 일련의 이야기를 황당하다는 표정으로 듣다가, 다 듣고 난 뒤에 어이없어하며 티나샤를 보았다.

"그게 뭐야. 대놓고 수상하지 않아? 네가 있는 지금에야 그런 아이가 나타나다니."

"일단 믿을 만한 사람의 소개니까. …그리고 좋은 아이야. 감시도 붙여놨고."

“흑막이 있으면 어떡할 거야?”

“꼬리를 드러내면 대처해야지. 이제 웬만한 마법사로는 그 사람을 어떻게 할 수 없어.”

계약자에 대한 신뢰로 비칠 수도 있는 그 말에 루크레치아는 순간 못마땅하다는 듯이 인상을 썼다.

“알면 더 고삐를 조여야지.”

“고삐라니, 오스카 말이야?”

“그런 위험인물을 훈련시켜 놓고 자유롭게 풀어놓지 말라는 얘기야.”

티나샤는 아픈 곳을 찔리고 조그맣게 신음했다. 딱히 무언가를 가르친 건 아니지만, 이 친구는 티나샤가 그를 훈련시킨 사실을 아는 것 같았다. 흘겨보는 친구 앞에서 티나샤는 힘없이 고개를 저었다.

“괜찮아. 함부로 과시하는 사람은 아니니까.”

“아무리 그래도 이제 겨우 스무 살 남짓이잖아. 너처럼 시들어 버린 인간과 똑같이 생각하지 마.”

“내가 시들었어…?”

“어떤 의미에서는 아주 많이.”

그 말에 기뻐해야 할지, 화내야 할지 알 수 없었다. 티나샤는 마땅한 대답을 떠올리지 못한 채 찻잔을 루크레치아 앞에 놓았다. 새하얀 도자기 잔에 연분홍색의 맑은 액체가 찰랑거린다. 가슴이 후련해지는 향기를 맡으며 루크레치아는 미소 가득한 얼굴로 찻잔을 입으로 가져갔다.

“네가 끓여주는 차는 정말 일품이야.”

“고마워.”

티나샤는 자신도 의자에 앉아, 에티켓을 무시하고 테이블에 양쪽 팔꿈치를 괴고 턱을 받쳤다. 계약자가 안고 있는 문제에 대해 다시 한번 상황을 돌아본다.

"하지만 선택지가 늘어나는 건 좋은 일이라고 생각해. 특히 결혼 상대는 선택의 여지가 있는 편이 낫지 않아? 나밖에 없으면 좀 불쌍하잖아."

"진심으로 하는 말이야?"

"농담이 끼어들 여지는 없는 것 같은데."

진지한 얼굴로 말하는 티나샤 앞에서 루크레치아는 머리를 싸쥐었다.

그녀는 정말로 모르는 걸까.

다른 사람처럼 두려움에 의해서가 아니라, 레기우스처럼 숭배와 동경을 품고서가 아니라, 그저 거기에 있는 한 인간으로서 오스카가 그녀를 보고 있다는 사실을.

그녀가 자신의 가치를 그 힘과 기술뿐이라고 생각한다면, 그것 때문에 소중히 여겨지는 거라고 생각한다면, 스스로에 대해 모르는 데도 정도가 있다.

구체적으로 지적해 주려다가 루크레치아는 입을 다물었다. 대신 더 본질적인 충고를 했다.

"잘 기억해둬. 너는 마녀이기 이전에 인간이야."

티나샤는 그 말에는 대답하지 않고 그저 수줍어할 뿐이었다.

루크레치아가 돌아간 후, 다시 해석에 집중하고 있던 티나샤는 리트라가 여러 번 부른 후에야 비로소 고개를 들었다. 그녀는 눈앞에 있는 사역마를 내려다보았다.

"왜?"

"아까부터 말씀드렸지만, 도전자가 있습니다."

티나샤는 그 보고에 눈살을 찌푸렸다.

"입구는 닫아놨는데."

"전이진으로 오신 것 같습니다. 오스카 님입니다."

"뭐?"

마녀는 깜짝 놀라 하마터면 해석 중인 문양을 망가뜨릴 뻔했다. 급하게 고정하는 술법을 건다.

"함정은 멈춰놨어?"

"작동하고 있습니다. 하지만…."

"티나샤!"

문을 벌컥 여는 거친 소리와 함께 계약자가 들이닥쳤다. 그녀는 뭐라 말할 수 없는 표정으로 그를 맞이했다.

"우와아…."

"반응이 왜 그래?"

"최소 인원 기록과 최단 시간 기록을 동시에 깨버렸네요…. 정말로 인간의 영역을 넘어섰어요."

"그런 건 중요하지 않아."

오스카는 검을 허리춤에 꽂고 키 작은 마녀를 어린아이에게 하듯이, 그러나 그보다는 어느 정도 거칠게 안아 올렸다. 그는 어안이 벙벙한 표정인 마녀의 얼굴을 올려다보았다.

"왜 집무실에 안 오는 거야?"

"바빠서요."

마녀는 옆에 놓인 수반에 흘끔 시선을 던졌다. 오스카도 그녀의 시선을 따라 그것을 보았다.

받침대에 놓인 수반 위에는 붉은 실이 복잡하게 뒤엉킨 문양이 희미하게 빛을 발하며 떠올라 있었다. 누구보다도 그 의미를 잘 아는 오스카였지만 그는 짜증을 간신히 억누르며 말했다.

"굳이 서두를 필요는 없잖아."

"할 수 있을 때 해 놓고 싶어서요."

솔직하고 담담한 대답은 거리감을 느끼게 한다. 오랜 세월을, 그리고 마녀와 인간을 구분하려 하는 목소리. 그는 한숨을 쉬는 대신 눈을 감고 품에서 마녀를 내려주었다. 가볍게 비틀거리며 마녀가 바닥에 내려서자 오스카는 그 팔을 붙잡고 부축해주었다.

"너, 요즘 묘하게 서두르는 거 아냐?"

그를 훈련시킨 것도, 해석에 대해서도 마치 시간이 얼마 남지 않은 사람 같다. 전에는 담화실에서 책을 읽는 적도 많았는데, 무슨 심정의 변화일까. 티나샤는 눈을 감고 미소 지었다.

"오래 살았으니까요. 새삼스럽네요."

검은 눈동자에는 그늘이 없다. 오스카는 거기에 조금 안도했다. 아직은 곁에 그녀가 있다고 무의식중에 스스로를 타이른다.

"네가 없으면 숨이 막혀. 자꾸 성을 빠져나가고 싶어져…."

"무슨 소리예요. 자중하세요."

평소처럼 가볍게 못 박은 티나샤였지만, 오스카의 표정을 보고는 미간을 모았다.

단순히 농담으로 한 말이 아니라 그가 씻을 수 없는 초조함을 품고 있다는 것을 알아챈 것이다. 그녀는 허공으로 살짝 떠올라 오스카와 눈높이를 맞추었다.

"부왕을 이해해 주세요. 당신을 생각해서 하신 일이에요."

"방향성이 틀렸어."

"그렇다 해도요. 마녀의 저주가 당신에게까지 미친 것에 대해 책임감을 느끼고 계세요. 그 때문에 마녀를 아내로 맞이하는 건 주객전도예요. 부왕께서는 당신을 마녀와 얽히게 하기 싫으신 거라고 생각해요."

"난 아버지와 다르고, 너와 '침묵의 마녀'도 달라."

"오스카…."

나무라는 듯한 마녀의 목소리에 오스카는 양보를 할 필요성을 느꼈다. 의식적으로 머리를 식힌다.

바로 앞에서 검은 눈동자가 자신을 보고 있다. 그것은 드문 존재인 여자의 눈이다.

"알았어. 미안해."

잘못을 인정하자 마녀는 안도한 표정을 보였다. 그녀는 바닥에 내려와 수반을 가리켰다.

"조금만 더 하면 해석도 끝나요. 그러면 다시 당신 곁으로 돌아갈게요. 밀라리스 말고 신부로 맞이하고 싶은 사람이 생기면 언제든지 말해주세요. 그 정도의 자유는 내가 확보할게요."

"조금만 더 하면 끝난다고? 그렇게 많이 진척됐어?"

"노력하고 있으니까요."

그녀가 수반 위로 손을 가져가자 문양은 천천히 회전하기 시작했다. 까닭 모르게 으스스하면서도 섬세한 그것을 오스카는 마녀의 머리 위로 굽어보았다.

"너는 밀라리스에 대해 어떻게 생각해?"

"순수하고 좋은 아이라고 생각해요. 뭔가 있다손 쳐도 일단 감시는 붙여놨으니까 당신은 신경 안 써도 돼요. 내가 알아서 대처할게요."

"평소엔 나보고 조심하라고 맨날 잔소리만 하는 주제에."

"무슨 소리예요. 최소한 당신만이라도 그 아이를 믿어줘야죠."

상냥한 말은 그에 대한 집착이 없음을 보여주는 반증이다. 오스카는 그런 수호자가 조금 얄미웠다.

하지만 아직 시간은 있다. 초조해할 필요는 없다. 신기하게도 그는 자신이 있었다.

티나샤는 두 손을 내밀고 한동안 주문을 외우다가 잠시 한숨을 돌리고 복잡한 문양을 물끄러미 응시했다. 탄식이 바닥 위로 떨어진다.

"내가 이런 헛소리를 한 건 우리 둘만의 비밀로 해 주세요."

"뭔데?"

"'침묵의 마녀'가 당신에게 건 이 '저주'… 실로 아름답다고 생각해요. 복잡하고 섬세한 구성을 군더더기 없이 아름답게 쌓아 올려서 탄성이 나올 정도예요."

"그래?"

자세히 보니 확실히 스무 개 가까운 둥근 고리와 거기에 부속된 실로 구성된 문양은 흡사 하나의 예술 작품 같다. 지금까지 그런 눈으로 자신의 저주를 본 적이 없는 오스카는 새삼스럽게 복잡한 구성을 주의 깊게 응시했다. 바로 옆에서 마녀가 조그맣게 고개를 저었다.

"이걸 보고 있으면 애정과 증오는 종이 한 장 차이란 걸 알 수 있어요. 굉장히… 무서워요."

"무섭다고…?"

오스카는 그 말의 의미를 이해하지 못하고 침묵했다.

무엇이 애정이고 무엇이 증오인가. 그녀는 무엇을 두려워하고 있는가.

하지만 물어봐도 그녀는 아마 대답하지 않을 것이다. 그래서 그는 불안정한 모습인 마녀의 몸에, 뒤에서 두 팔을 휘감았다. 턱을 조그만 머리 위에 올리고 하얀 미모의 얼굴을 내려다본다. 그녀가 보일락 말락 미소 짓는 것을 알 수 있었다.

"시간 나면 저녁 식사를 만들어줘."

"알았어요."

마녀는 따뜻한 손길로 그의 말에 응했다.

※

그날은 흐린 날씨가 이어지는 가운데 드물게 화창한 날이었다.

하지만 중정에 놓인 의자에 앉아 아까부터 고민에 잠겨 있는 알스는 화창한 날씨와 상관없이 울적한 얼굴로 다리를 꼬고 있을 뿐이다.

그는 지난 며칠간 마음 무거운 불안 요소를 안고 있었지만 의논할 만한 사람이 전혀 없었다. 평소의 의논 상대인 멜레디나에게는 말할 수 없고, 말하고 싶은 사람은 보이지 않는다. 그는 차라리 다른 사람에게 털어놓을까 망설였다.

손가락을 튕기며 생각에 잠겨 있던 알스는 시야 가장자리에 빨간색의 무언가를 포착하고 고개를 들었다. 그것은 작은 드래곤으로, 입에 종이 꾸러미를 물고 있었다.

그가 상반신을 들고 그 이름을 부르려고 했을 때, 여자의 목소리가 같은 이름을 불렀다.

"나크!"

가느다란 피리 소리처럼 청아한 목소리. 드래곤은 주인의 부름에 고개를 약간 흔들어 응했다. 흑발의 마녀는 중정에 면한 위층의 회랑에서 둥실둥실 내려왔다. 그 모습을 본 알스는 저도 모르게 크게 외쳤다.

"티나샤 양!"

갑자기 자신을 부르는 목소리에 티나샤는 깜짝 놀라 알스 쪽을 보았다.

"왜, 왜 그러세요?"

"그동안 계속 찾았는데 안 보여서…."

"미, 미안해요."

티나샤는 땅바닥에 내려와 알스 앞에 마주 섰다. 나크가 그 어깨에 앉았다.

"무슨 일 있나요?"

알스는 잠자코 그녀의 손을 잡고서 건물에서 조금 떨어진 나무 그늘로 데려갔다. 한편 나크는 종이 꾸러미를 주인의 손바닥 위에 내려놓고 너울너울 날아가 버렸다. 그 모습을 지켜보고 나서 알스는 작은 목소리로 말을 꺼냈다.

"밀라리스 말이야…. 에타드 님의 유품을 조사해봤는데, 밀라리스와 관련된 게 하나도 없었어. 물론 나도 에타드 님에게서 직접 그녀를 소개받았지만, 먼 친척이 있다는 말은 그때 처음 들었거든. 약간 의심스러운 상황에서 에타드 님이 쓰러지시는 바람에 확인을 못 하고 있었는데…."

밀라리스 본인은 특별할 것 없는 평범한 소녀다. 하지만 아무래도 그 출신이 불투명하다. 그래도 지금까지는 중신인 에타드가 뒤에 있었기 때문에 그냥 넘어갔지만 그가 세상을 떠난 지금, 의문은 여전히 풀리지 않고 있다. 그녀가 왕비가 되든 안 되든, 그걸 떠나 명확한 답이 필요하다.

티나샤는 진지한 얼굴로 이야기를 듣고 나서 조그맣게 신음했다. 그리고 말하기 어려운 듯이 입을 열었다.

"실은 오스카가 야단할 것 같아서 말 안 하고 있었지만, 이 성에 오자마자 대륙 전체를 대상으로 그의 아내가 될 수 있는 가능성을 가진 여성이 있는지 조사해 봤어요. …그리고 그때의 결과로는 마녀 외에는 아무도 없었어요."

"당시에는 밀라리스의 조모가 힘을 갖고 있었기 때문이 아냐?"

"나이로 거르진 않았어요. 그랬으면 마녀는 제일 먼저 제외됐겠죠. 그런데도 지금의 밀라리스만 한 마력을 가진 여성은 없었어요. 그래서 조금 마음에 걸리긴 했는데…."

"다른 사람들도 그걸 알아?"

"말 안 했어요. 모처럼의 기회라 오스카에게 선입관을 심어주고 싶지 않아서…."

알스는 신음하며 하늘을 올려다보았다. 의외의 면에서 둔감하다고 할까, 구멍이 있다고 할까. 이 아름다운 마녀의 핀트 어긋난 배려가 상황을 복잡하게 만들고 있다는 느낌이 들었다.

하지만 알스의 그런 마음을 모르는 티나샤는 팔짱을 끼고 생각에 잠겼다.

"그리고 만약 흑막이 있어서 온 경우라도 파르사스 왕가가 목적인지, 아니면 나를 여기서 떠나게 만드는 게 목적인지는 알 수 없어요. 어느 쪽인지 알 수 있다면 대처 방법도 있겠지만요."

"아, 그렇군."

알스는 두 달 전쯤 찾아왔던 쿠스쿠르의 사자를 떠올렸다. 흑막이 그들이라면, 티나샤가 파르사스를 떠나게만 만들면 왕가에 볼일은 없을 것이다.

대체 목적이 무엇인가…. 다시 생각에 잠긴 알스는 문득 중정에 면한 기둥 그늘에 한 소녀가 서 있는 것을 알아차렸다. 소녀는 알스가 자신을 본 것을 모르는지 무심하게 중정을 바라보고 있다. 그는 가급적 그쪽을 보지 않도록 하면서, 마녀를 향해 짓궂은 장난꾸러기 같은 웃음을 보였다.

"티나샤 양, 좋은 방법이 있어."

"네?"

"당신이 목적인지, 전하가 목적인지 캐보자고."

알스는 그렇게 말하고는 티나샤의 허리에 팔을 감아 가냘픈 몸을 끌어당겼다. 그리고 다른 손으로 그녀의 턱을 잡고 위를 향하게 했다. 그녀는 순간 놀란 눈빛이었지만 곧 그의 의도를 이해하고 쓴웃음을 지으며 눈을 감았다. 하얀 두 팔을 그의 목에 휘감는다.

매끄러운 도자기 같은 볼에 알스는 얼굴을 가까이 가져갔다. 건물 안에서 보면 입맞춤하는 것처럼 보일 것이다. 기둥 뒤에 있던 소녀가 당황한 듯이 자리를 뜨는 기척을 확인한 후, 그는 팔을 풀었다. 티나샤는 소리 내어 웃었다.

"심보가 고약하네요."

"덕분에 난 좋았으니까 일석이조인 셈인가."

알스는 그렇게 말하고 한쪽 눈을 찡긋해 보였다. 기둥 뒤에 있던 소녀가 밀라리스인 것은 알스도, 그녀에게 감시를 붙여두었던 티나샤도 알고 있었다. 알면서 두 사람은 연인 행세를 한 것이다. 밀라리스의 목적이 오스카라면 움직이지 않겠지만, 만약 티나샤가 목적이라면 파르사스의 장군이 티나샤의 연인이라는 사실에 대해 뭔가 대처를 해올 것이다.

알스는 자신의 어깨를 툭툭 쳤다.

"이렇게 해서 확실하게 알 수 있다면 좋겠군."

"위험한 다리를 건넌 보람이 있었어요?"

마녀는 어린아이처럼 장난스럽게 미소 지었다. 남의 일처럼 생각하는 게 명백한 그녀에게 알스는 어깨를 으쓱해 보였다.

"전하께 들키면 죽었다 복창해야지…."

"멜레디나에게 들키는 건 괜찮고요?"

"……."

대답 없는 알스를 보고 킥킥 웃으면서 마녀는 허공으로 둥실 떠올랐다. 그리고 남자의 귀에 입술을 가져갔다.

"뭔가 알아내면 알려줄게요."

"부탁해."

그녀는 그대로 허공으로 사라졌다. 가슴을 짓누르던 불안감에서 해방된 알스는 가벼운 기분으로 훈련장으로 향했다.

3층의 회랑에서 모든 걸 지켜본 인물이 있었다는 사실을 전혀 모른 채.

"알스! 어디 갔었어?"

훈련장으로 이어지는 회랑 입구, 그 앞에서 기다리고 있던 멜레디나는 소꿉친구를 발견하고 검을 닦는 데 쓰는 헝겊을 홱 집어 던졌다. 알스는 그것을 한 손으로 받았다.

"미안, 미안. 금방 훈련에 참가할게."

"전하께서 기다리셔. 대체 무슨 짓을 한 거야?"

"뭐…."

"굉장히 화나신 것 같으니까 각오해."

알스는 금세 사태를 파악했다. 자신의 얼굴에서 핏기가 소리를 내며 가시는 것을 느낄 수 있었다.

이건 진짜로 죽을지도 몰라…. 그렇게 생각하면서, 그는 아무것도 모르는 소꿉친구에게 붙들려 훈련장으로 끌려갔다.

※

자신의 방에서 해석에 전념하고 있던 티나샤는 오스카의 호출을 받고 그의 방으로 갔다. 평소처럼 창문으로 들어갈까도 생각했지만, 실질적인 약혼자인 밀라리스가 있는 이상, 그런 행동은 삼가는 편이 좋다. 그녀는 평범하게 복도 쪽에서 문을 두드렸다. 안에서 금방 대답 소리가 들려왔다.

"오스카, 무슨 일이에요?"

고개를 갸웃하며 들어선 티나샤를, 창가에 서 있던 남자는 말없이 손짓해 불렀다. 마녀는 아무 경계심도 없이 평소처럼 옆으로 다가가 섰다. 오스카는 무표정하게 그녀를 내려다보았다.

"오늘은 뭐 하고 있었어?"

"평소랑 똑같아요. 해석하고 사역마의 보고를 받고. 아… 나크에게 심부름을 시킨 게 있어요. 루크레치아한테서 귀한 찻잎을 얻어 왔으니까 나중에 끓여줄게요."

그녀는 생글생글 웃으며 계약자를 올려다보다가 그가 여전히 무표정인 것을 깨달았다.

"오스카? 무슨 일이에요?"

마녀는 그의 얼굴을 쓰다듬으며 허공으로 떠오르려고 했다. 그 손을 오스카가 냉담하게 붙잡고 떼어냈다. 티나샤는 허공에서 균형을 잃고 남자의 몸에 충돌했다.

"잠깐만, 왜 이래요?"

그때, 찰그랑거리는 가벼운 금속성 소리가 들렸다. 티나샤는 붙잡힌 손으로 눈길을 향했다. 그러자 손목에는 폭이 넓은 은색 팔찌가 채워져 있었다. 그녀는 순간 의아하게 생각하다가 곧 그 의미를 깨달았다.

"이, 이건 설마…."

"아카시아와 함께 전해 내려오는 봉식 세크타야. 재질이 같다고 하더군."

티나샤는 손에 마력을 모으려고 의식을 집중했지만 힘은 형태를 이루지 못하고 퍼져버릴 뿐, 구성을 만들 수 없었다. 그 효과와 함께, 이런 것이 존재한다는 사실에 그녀는 전율했다.

"오스카!"

의미를 알 수 없는 행동을 나무라기 위해 고개를 든 그녀는 남자의 눈을 보고서 그대로 얼어붙고 말았다. 명백한 분노가 거기에서 이글거리고 있었다. 티나샤는 그의 이런 눈빛을 본 적이 없었다.

그리고 마녀가 된 뒤로 처음으로 그녀는 진심으로 '무섭다'고 생각했다.

오스카는 경직한 그녀의 턱을 잡고 위를 향하게 하더니 검은 눈동자를 노려보았다.

"모르는 줄은 알았지만 이 정도인 줄은 몰랐어. 느긋하게 기다리려고 했지만 거기에도 한계가 있어."

"오스카…?"

티나샤는 자신의 목소리가 떨리는 것을 느꼈다. 눈길을 피하고 싶었지만 얼굴이 고정되어 피할 수도 없다. 핏기가 가시고 현기증이 일었다. 남자의 낮은 목소리가 온몸에 전해졌다.

"티나샤, 난 너를 다른 놈에게 주려고 데려온 게 아니야."

그 말에 마녀는 비로소 사태를 파악했다. 아까 오스카도 다른 곳에서 보고 있었던 것이다.

티나샤는 변명하려고 했지만, 그보다 먼저 오스카가 그녀의 몸을 안아 올렸다.

싸늘한 눈빛이 그녀를 스쳤고, 그 시선에 티나샤는 얼어붙었다. 자신을 안은 채 걷기 시작하는 남자를 올려다보고 티나샤는 현기증과 함께 눈앞이 깜깜해지는 것을 느꼈다.

안아 올리는 손, 옮겨지는 몸. 먼 과거의 돌이킬 수 없는 기억이 되살아났다.

숨을 쉴 수 없다. 공포가 온몸을 지배한다.

"…오스카… 안 돼요…. 내려줘요…."

속삭이는 듯한 가냘픈 목소리를, 그러나 그는 무시해 버렸다. 오스카는 침대에 그녀를 눕히고 그 손을 자신의 손으로 구속했다. 그리고 어린아이처럼 겁에 질려 떠는 그녀의 귀에 속삭인다.

"넌 아무것도 모르고 있어. 너무 모르는 것 같은데, 아예 몸에 새겨서 가르쳐줄까?"

오스카는 고개를 들었다. 그녀는 죽은 사람처럼 창백한 얼굴을 하고 있었다. 검은 눈은 초점이 맞지 않는다. 그저 텅 빈 허공을 노려보며 가늘게 떨고 있다. 그는 조그맣게 한숨을 내쉬고 하얀 볼을 가볍게 두드렸다. 하지만 그녀는 그것조차 깨닫지 못한 채 딱딱하게 굳어 있었다.

"…안 돼요…. 싫어…."

"티나샤?"

그녀의 모습이 심상치 않다. 그는 마녀의 상체를 일으키려고 등 밑으로 손을 집어넣었다.

그 손이 거칠게 뿌리쳐진다.

테이블 위에 놓인 물주전자가 요란한 소리를 내며 깨졌다. 제어되지 않는, 구성 이전의 마력이 방 안에 휘몰아치기 시작했다.

위험해! 오스카가 그렇게 생각했을 때, 그녀는 몸을 비틀어 그의 손에서 벗어났다. 티나샤는 침대 위에 엎드려 부러질 것 같은 두 팔로 침대를 짚고 몸을 일으켜서 돌아보았다.

다시 그를 포착한 그녀의 눈은 상처 입은 야수의 그것이었다.

검은 눈동자에 살기가 비친다.

죽이기 위한 것이 아닌, 스스로를 지키기 위한 살기.

오른손에 채워진 봉식은 그녀의 마력을 확산시키고 있었지만, 구성을 짜지 못해도 그녀의 마력이 막대하다는 사실은 변함없다. 봉식으로도 억제되지 않는 그 힘은 방 안에서 미친 듯이 날뛰며 주위에 있는 것들을 모조리 파괴하기 시작했다. 깨진 병 파편이 침대까지 날아오는 바람에 수호 결계가 튕겨냈다.

마치 태풍 한복판에 있는 것 같다. 하지만 오스카는 그래도 그녀에게서 눈을 떼지 않았다. 모두가 두려워할 그 눈을 마주 보며 주저하지 않고 몸을 내밀어 하얀 볼에 손을 뻗는다.

"티나샤."

경직한 작은 얼굴에 남자의 손이 스쳤다.

꿈이 아니다. 확실한 온도.

그 온기에 그녀는 눈을 크게 떴다.

"아…."

순간, 기세등등하던 살기가 사라졌다. 물건이 깨지는 소리가 멎는다. 오스카는 다른 손을 마저 뻗어 마녀의 몸을 품 안으로 끌어당겼다. 작은 등을 가볍게 토닥인다.

"미안해. 겁만 조금 주려고 한 건데, 내가 심했어."

"…아뇨, 내가… 미안해요."

그 하얀 얼굴은 오히려 살기를 보인 것을 부끄러워하는 것 같았다. 그녀는 아직도 가늘게 떨리는 두 손으로 그의 옷자락을 꼭 움켜쥐었다.

"미안해요…. 정말로…."

"아니, 사과할 사람은 나야."

오스카의 말에 티나샤는 아직 핏기가 돌아오지 않은 얼굴을 들고 의아한 표정으로 그를 바라보았다.

"왜요?"

그 천진한 눈빛에 저도 모르게 웃음을 터뜨리고 그는 자신의 마녀를 꼭 끌어안았다.

"앗, 벌써 응징을 하고 온 거예요…?"

"미안."

"사과는 알스한테 해야죠…."

티나샤는 오스카의 무릎 위에서 머리를 싸쥐었다.

"아니, 일단 할 말이 있으면 하라고는 했었어."

"병사들도 다 있는데 거기서 어떻게 말을 해요!"

"'드릴 말씀이 없습니다'라고 하던데."

"알스도 말을 좀 가려서 했어야지!"

오스카는 분개하는 마녀의 머리에 턱을 얹었다. 그녀의 손을 만져 확인해 보니 떨림은 이제 멎은 것 같았다.

"별로 크게 다치진 않았어. 연속으로 한 열 번쯤 시합했으니까 아마 전신에 타박상을 입은 정도일 거야."

"나중에 치료해 주러 다녀올게요…."

품 안의 마녀는 간신히 평소의 모습으로 돌아온 것 같았다.

화가 나서 조금 겁만 주려다가 예상치 못한 반응을 보고 오스카는 어리석은 짓을 했다고 크게 후회했다. 소중히 아껴주고 싶었는데 정작 자신이 상처를 준다면 주객전도가 아닌가. 다시는 그러지 않으리라 마음에 새겨본다.

하지만 그런 속마음을 숨기고 그는 눈앞에 있는 마녀의 볼을 꼬집었다.

"하지만 그런 정보를 나한테 숨기지 마. 누가 봐도 수상하잖아."
"어흑, 당신도 역시 그렇게 생각하나요…?"
밀라리스에 대해 보고를 마친 그녀는 시무룩하게 눈길을 떨구었다.
"하지만 밀라리스 본인은 단순히 이용당하고 있는 걸지도 모르니까…. 그리고 아무튼 예쁜 여자애잖아요. 당신이 그 아이를 좋아하게 될 가능성을 차단하고 싶지 않았어요."
"하여간 너는…."
오스카는 크게 한숨을 짓고 티나샤의 양쪽 관자놀이를 꾹 눌렀다.
"그러니까 모른다고 하는 거야!"
"아얏, 아얏, 아얏!"
버둥거리는 마녀에게서 오스카는 손을 떼었다. 눈물 고인 눈으로 머리를 감싸는 그녀를 보고 있으면 뭐라 형언하기 힘든 피로가 쌓이는 기분이다. 이대로 얼마나 더 똑같은 일을 반복해야 하는 걸까. 지금 손을 써둘 수 있다면 써두는 게 좋을 것이다.
"잠깐 따라와봐."
오스카는 고양이를 안듯이 겨드랑이 밑에 손을 넣어 그녀를 일으켜 세우고 방에서 나와 라자르를 불렀다.
"부르셨습니까? 아니, 가구가 다 부서졌네요…! 대체 무슨 일이…."
"신경 쓰지 마. 잠깐 아버지를 뵈러 가야겠다. 아, 밀라리스도 데려와."
"전하께선 지금 알현실에서 중신들과 탄생 축하식에 대해 의논 중이십니다."
1년에 한 번, 국왕의 탄생일을 축하하는 행사는 실제로는 다른 나라와의 외교를 위해 열리는 행사다. 파르사스는 대륙에서 가장 크고 군사적으로나 문화적으로나 안정된 국가다. 따라서 당일에는 인근 제국의 왕족과 귀족, 정치가들이 파르사스에 모여 서로 간의 관계를 조정하는 게 관례처럼 되어 있었다.

"그래? 마침 잘됐군. 그리로 가겠다."

"예에?!"

"잔말 말고 밀라리스를 찾아서 데려와. 빨리."

라자르가 당황하면서도 밀라리스를 데려오기 위해 자리를 뜨자 오스카는 곤혹스러워하는 마녀의 손을 잡고 걷기 시작했다.

"오스카, 어쩌려고요? 밀라리스의 배후를 조사하려면 그녀에게 알리지 않는 게 낫잖아요."

"그것도 착수해야겠지만, 일단은 네가 먼저야."

"네…? 나는 왜요…? 해석도 열심히 하고 있는데…."

꾸중을 예감한 어린아이처럼 움츠러드는 마녀의 손을 붙잡고 오스카는 홀에 도착했다. 난데없이 들이닥친 왕태자와 마녀를 보고 그 자리에 있던 일동이 놀란 표정을 지었다.

"잠시 실례하겠습니다."

오스카는 그제야 그녀의 손을 놓아주고, 한 단 높은 자리에 앉아 있는 부왕 앞으로 걸어갔다. 중신과 문관들은 허둥지둥 벽 쪽으로 물러났고, 티나샤만 홀로 그 자리에 우두커니 서 있었다.

이어서 라자르와 함께 밀라리스가 들어왔다. 그녀는 약간 난처하다는 얼굴로 주위를 둘러보더니 티나샤 뒤에 와서 섰다. 부왕은 갑작스러운 방문에 어안이 벙벙한 표정이었다.

"무슨 일이냐."

"아직 잘 모르는 사람들이 많아서 이참에 분명히 해둘까 합니다."

오스카는 거기서 일단 말을 멈추고 티나샤를 돌아보았다. 그녀는 여전히 뭐가 뭔지 모르는 표정으로 고개를 갸웃했다. 그 눈동자를 응시하면서, 오스카는 그 자리에 있는 모두가 들을 수 있도록 목소리를 높였다.

"나는 선택지가 없어서 티나샤를 곁에 두고 있는 게 아닙니다. 그녀가 마음에 들어서 곁에 두는 겁니다. 그러니 다른 어떤 여자를 데려와도 의미가 없을뿐더러 오히려 민폐입니다. 티나샤 말고 다른 여자를 선택할 생각은 없습니다."

그 말에 홀 안이 소란스러워졌다. 중신들 중 어떤 이는 놀라서 입을 딱 벌렸고, 어떤 이는 절망에 빠져 낯빛이 어두워졌다.

부왕은 아들의 선언이 예상 범위 내였는지 한 손으로 얼굴을 가리고 한숨을 내쉬었다. 밀라리스는 딱딱하게 굳은 얼굴로 서 있었다.

그리고 가장 놀란 모습인 티나샤는 황당해하며 그를 마주 보았다.

"네?"

그 어리둥절해하는 얼굴을 보고 오스카는 어이없다는 듯이 대꾸했다.

"이렇게까지 분명하게 말해도 모르겠어? 선택지가 하나든, 백이든, 천이든 난 무조건 너를 선택해. 그러니까 배려한답시고 쓸데없는 짓 하지 마. 성가시니까."

마녀는 갑작스러운 상황에 할 말을 잃었다. 그 아름다운 얼굴이 창백해졌다가 다시 빨개지는 것을 오스카는 재미있게 구경했다.

하지만 지금은 일단 마녀를 내버려두고, 그는 밀라리스 쪽을 보았다.

"그러니까 미안하지만 너를 비로 맞이하진 않을 거야. 출신에 대해서도 일단 성 밖으로 내보낸 뒤에 조사하도록 하겠다. 문제가 없으면 다시 수습 여관으로 들어오게 해 주마."

"저어, 전하. 저는 정말로 아무것도…."

"만약을 위해서일 뿐, 너를 구속하려는 건 아니야. 감시는 붙이겠지만.”

오스카가 눈짓하자 문관 한 명이 그녀를 향해 다가갔다. 문관은 겁을 집어먹은 표정인 밀라리스를 데리고 홀을 나가려 했다.

그때 멍하니 서 있던 티나샤가 불쑥 중얼거렸다.

“어라…? 지금 성의 결계가….”

우지끈 하고 무언가가 깨지는 소리가 들렸다.

오스카와 티나샤가 동시에 돌아보았다.

다만, 티나샤가 밀라리스와 더 가까운 곳에 있었다. 그것이 이유다.

마녀는 뛰기 시작하면서 손을 뻗어, 홀을 나가려 하는 문관의 목덜미를 움켜잡고 확 잡아당겼다.

그 시야에 하얀 섬광이 폭발했다.

단순하고 날카로운, 대상을 갈가리 찢어놓을 뿐인 마법 구성.

티나샤는 익숙한 동작으로 방벽을 짜려고 하다가, 자신이 여전히 팔찌를 차고 있다는 사실을 깨달았다.

“아….”

“티나샤!”

오스카가 그녀의 몸을 끌어안았다. 하지만 하얀 섬광이 더 빨랐다.

감긴 왼쪽 눈에 타는 듯한 통증이 퍼졌다. 티나샤는 새빨갛게 물든 시야 속에서 부르짖었다.

“오스카! 떨어져요!”

거기까지가 한순간에 벌어진 일이다. 무슨 일이 일어났는지 이해한 사람은 거의 없었다. 다만 티나샤가 별안간 문관을 끌어당겨 넘어뜨렸고, 그걸 막으려고 한 오스카의 품 안에서 선혈을 뿜었을 뿐이다.

그 의미를 이해한 자는 당사자인 두 사람과 밀라리스뿐이다.

오스카는 여관 복장을 한 소녀를 노려보았다.

"너…."

"미안하지만 성에서 쫓겨나면 곤란해. 아직 볼일이 남았거든."

대담한 눈빛과 말. 얌전하고 소심하던 소녀는 어디에도 없다. 그녀의 두 손에서는 마력의 불꽃이 타오르고 있다. 그리고 그 연한 금발은… 투명한 은발로 변해 있었다.

밀라리스는 이글거리는 눈빛으로 오스카를 쏘아보았다.

"몰랐으면 당분간은 그냥 내버려뒀을 텐데. 하지만 좋은 기회일 수도 있지."

"쿰의 봉인을 혼자 힘으로 깬 건가…. 뭘 어쩔 셈이냐."

오스카는 그렇게 말하면서 품 안의 여자에게 주의를 기울였다. 마법 공격을 당한 티나샤는 다리에서 왼쪽 눈까지 일직선으로 살이 찢어진 상태였다. 오스카가 아슬아슬하게 몸을 끌어당기지 않았다면 내장까지 찢어지는 깊은 상처를 입었을지도 모른다. 그는 힘겹게 숨을 헐떡이는 마녀의 팔찌에 손을 가져갔다. 가벼운 금속성 소리를 내면서 왕가의 봉식구가 바닥에 떨어졌다. 그는 자신의 수호자에게 속삭였다.

"미안해, 티나샤…. 회복 가능해?"

마법만 쓸 수 있었다면 그녀가 이토록 깊은 상처를 입는 일은 없었을 것이다. 피투성이가 된 왼쪽 눈은 어떻게 됐을까. 그 생각을 하면 오스카는 미칠 것 같았다. 마녀는 가쁜 숨을 몰아쉬며 대답했다.

"괜찮… 아요…. 그보다 어서 도망쳐요…."

그렇게 말하는 동안에도 그녀의 상처는 점점 아물어간다. 흰 볼에 생긴 상처가 사라지는 모습을 보고 오스카는 조금 안도했다. 하지만 차마 물어볼 수 없는 것은 그 내용이다.

"너나 물러나 있어. 가서 쿰에게 상처를 봐달라고 해."

그녀가 다친 것은 오스카 때문이다. 그런 그녀를 두고 도망치는 일은 있을 수 없다.

하지만 티나샤는 숨을 한 번 토하고 나서 자신의 발로 똑바로 섰다. 오른쪽 눈으로 밀라리스를 노려본다.

"아뇨…. 그녀의 목적은 당신이에요. 그래서 내가 피를 흘리게 만든 거예요."

"딱히 노린 건 아니야. 내친김에 죽일 수 있으면 좋은 것뿐이지. 당신이 그 사람을 베지 않았으면 그는 죽지 않았을지도 모르잖아?"

"그 사람? 그게 무슨 소리지?"

밀라리스의 입술은 미소 짓고 있지만 눈에는 흔들림 없는 증오가 담겨 있었다.

그 말을 듣고, 진짜 머리 색깔을 보고서 오스카는 소녀가 누구인지를 떠올렸다.

"넌… 혹시 그 마법사의 동료냐?"

오스카와 대치했던 마법사 청년은 성도에 있었을 때 은발 소녀와 함께 있었다. 그 소녀가 머리색을 바꾸고 성에 들어온 것이다. 티나샤는 입술에 묻은 피를 닦았다.

"그때의…? 하지만 너는 축제 때에는 마력이 없었는데, 어떻게 된 거지?"

"어떻게 되긴 뭐가 어떻게 돼. 이미 다 가르쳐줬잖아."

밀라리스는 오른손을 들어 올렸다. 그 손안에 생겨나는 구성을 보고 티나샤는 두 팔을 벌렸다. 마력끼리 부딪쳐 삐걱거리는 소리. 소녀의 음산한 목소리가 울려 퍼졌다.

"우리는 피로 마력을 계승하는 일족, 그가 죽어서 내가 힘을 물려받은 거야."

날아오는 하얀 빛을 티나샤는 방벽을 전개해 막아냈다.

그러면서 그녀는 불길한 예감을 느꼈다.

일직선으로 돌진하는 기척. 성의 결계를 깼을 때부터 명백한 존재감을 드러낸 그것은 인간에 대한 살의로 가득 차 있었다. 티나샤는 사태를 파악하지 못한 채 우왕좌왕하는 다른 사람들에게 외쳤다.

"시간이 없어요. 당장 피하세요…. 이 사람도 함께."

지금 오스카는 그녀를 부축했을 때 그 피를 뒤집어쓴 상태였다. 수호 결계의 효과가 격감해버린 것이다. 물리적인 공격에 대해서는 거의 효력을 잃었다고 할 수 있다. 밀라리스는 훈련장에서 그 이야기를 들었기 때문에 오스카에 앞서 티나샤를 노린 것이리라. 그에게 결계가 있는 한 죽일 수 없다는 걸 알고 있기에.

"쯧… 마녀 체면이 말이 아니네."

온몸에 극심한 통증이 퍼진다. 베인 왼쪽 눈은 회복하는 데 시간이 걸릴 것이다. 지금은 오른쪽 눈 하나로 싸울 수밖에 없다. 티나샤는 숨을 토하고, 집중에 방해되는 통증만 마법으로 지웠다.

그리고 고개를 든 마녀의 시야에 '그것'이 나타났다.

"…성도에서 있었던 목격 정보가 사실이었구나."

소리도 없이 복도를 질주해 다가왔을 은색 늑대.

들개라 하기에는 꺼림칙하게 아름다운 그것은 티나샤가 마법호에서 물리쳤던 '마수'였다.

그녀의 결계를 깨고 침입한 짐승은 원래 크기에 비하면 훨씬 작은, 보통 늑대 정도의 체구였지만, 거기에 소용돌이치는 흉악한 마력은 변함없다. 마녀는 은색 늑대의 이마에 박힌 붉은 돌을 보고 자조적인 미소를 지었다.

“핵을 사용해 재구성했구나. 제법이야.”

“그 사람이 한 거야. 핵을 전부 회수하지 않은 건 당신의 실수지.”

“그 점은 할 말이 없네. 내 실수는 내가 수습해야겠지.”

상황은 악화일로다.

통증은 사라졌지만 왼쪽 눈이 보이지 않는다. 몸은 움직이지만 어딘가 삐걱거린다. 그리고 피가 부족하다. 이런 상태로 어디까지 싸울 수 있는가 하면… 대부분의 상대를 압도할 수 있는 정도일 것이다.

하지만 그것도 상대에게 마수가 없을 경우의 이야기다.

70년 전에는 병사들을 보호하면서 싸웠다. 하지만 그곳은 처음부터 전장이었다. 지금처럼 여관과 문관들이 많은 성안이 아니다. 자신의 움직임에 따라 성안이 피바다가 될 수도 있다.

몇 가지 구성을 궁리하면서 티나샤는 한 발짝 앞으로 나서려 했다. 하지만 그 어깨를 남자의 손이 잡아끌었다. 뭐라고 말할 새도 없이 오스카가 앞으로 나섰다. 넓은 등을 본 티나샤가 정신을 차리고 부르짖었다.

“물러서라고 했잖아요! 자꾸 이러면 강제로 전이시킬 거예요!”

“너야말로 상황을 파악해! 그 눈으로 전위에 서지 마.”

돌아온 것은 평소처럼 장난기 섞인 목소리가 아니다. 낮다. 전장에 선 인간의 목소리다.

티나샤는 반사적으로 숨을 삼켰다. 사람을 다스리는 왕자(王者)로서의 목소리가 그녀에게 말했다.

“무엇 때문에 나를 단련시킨 거지? 나에게 실수를 만회할 기회를 줘.”

“오스카….”

"걱정 마. 내가 알아서 해."

흔들림 없는 자신감. 그것은 그의 천성에서 나오는 것만은 아니다. 어린 시절부터 피나는 노력을 쌓아왔기 때문이다. 왕태자로서, 마녀에게서 저주받은 아이로서 그가 감당해야 했던 중압감은 어마어마한 것이었으리라.

티나샤는 달아오르는 숨을 삼켰다. 뜨거운 고양감은 상처 때문이 아니다. 잊고 있었던 인간다운 감정이다. 그녀는 문득 미소 지었다.

"그래요. 그렇게까지 말한다면 여유 있게 이겨야겠죠. 다치거나 하면 용서 안 할 거예요."

"은근슬쩍 과제를 늘리지 마. 네가 더 다치지만 않으면 그걸로 충분해."

오스카는 아카시아를 움켜쥐고 시선을 조준했다. 그가 보고 있는 적은 밀라리스가 아니다. 그 옆에 있는 은늑대다. 작아진 마수는 낮게 으르렁거리며 사냥감에게 달려들 기회를 노리는 것 같았다. 마수를 부리는 소녀가 냉혹하게 웃었다.

"자신감은 여전하네. 하지만 언제까지 그렇게 여유 부릴 수 있을까? …가라."

은늑대가 바닥을 박찼다. 오른팔을 노리고 달려드는 마수를 향해 오스카는 아카시아를 뽑았다. 그러는 사이에 밀라리스가 주문을 외우기 시작했다.

"형태가 있는 것을 그 손에 의해 소각하라! 불꽃이여! 내 손에 오라!"

"…정의한다."

마녀의 짧은 주문. 그것은 복잡한 방벽을 실내에 쌓아 올렸다. 홀 뒤편과, 전장이 된 장소가 방벽에 의해 나뉜다. 그리고 동시에 밀라리스를 둘러싼 작은 벽도 생겨났다. 그녀가 만들어낸 불꽃이 순간적으로 그녀 자신에게 역류했다.

"앗…!"

소녀는 억지로 방벽을 부쉈다. 그 순간에 맞춰 공격하려 했던 티나샤였지만, 갑자기 뒤로 잡아당겨지는 바람에 구성이 망가져 버렸다. 코앞으로 아슬아슬하게 은늑대의 턱이 휙 지나갔다.

"위, 위험했다…."

"적당히 이동시킬 테니까 넘어지지 마."

그녀 쪽을 보지 않은 채 오스카가 말했다. 그 눈은 은늑대에게 고정되어 있었다. 거대했을 때에도 무섭게 빨랐던 마수의 움직임은 작아진 지금은 티나샤로서는 도저히 쫓아갈 수 없다.

그러나 계약자라면 따라잡을 수 있을 것이다. 마녀는 그에게 속삭였다.

"그 늑대는 마법 내성과 마법 관통이 엄청나요. 주문을 제대로 외우지 않으면 공격도, 방어도 안 통해요. 한마디로 이렇게 좁은 곳에서 싸우면 나는 도움이 안 돼요."

"그러면서 왜 혼자 싸우려고 한 거야…."

"벽을 부숴서 넓게 만들려고 했죠."

"최후의 수단이군. 도저히 방법이 없다면 부숴도 좋아. 밀라리스 쪽은 어때?"

"언제든지 죽일 수 있어요."

그 정도 힘의 차이는 있다. 다만 가능하면 몇 가지 물어보고 싶은 게 있다. 이 성에 온 목적이 무엇인지, 함께 있던 마법사는 누구의 손에 죽었는지. 그러니까 산 채로 붙잡고 싶다.

하지만 밀라리스는 그 역량차를 아는 듯, 품에서 작은 주머니를 꺼냈다. 그리고 주머니를 열어 안에 든 것을 바닥에 쏟았다. 달그락거리는 소리를 내면서 바닥을 구르는 그것들은 수정 구슬이다. 오스카가 의아하다는 얼굴로 미간을 찌푸렸다.

"뭐지…?"

"저건 마법 구슬이에요. 구슬마다 구성이 들어 있는 것 같아요. 주문을 외우는 수고를 덜 수 있어서 나도 큰 마수와 싸울 때 사용했어요."

"나도 마녀와 정면으로 맞서 싸울 수 있다고 생각하진 않아. 그래서 이건 오래전부터 그 사람이 준비해 온 거야. 그는 당신을 우리 편으로 만들고 싶어했으니까. 하지만 그 사람은 이미 없어. 그러니까… 당신을 죽여 버려도 난 상관없어."

굴러가는 수정 구슬 몇 개가 하얀 빛을 발하기 시작했다. 그것을 보면서 마녀는 싸늘하게 웃으며 내뱉었다.

"큰소리치지 마, 애송이."

티나샤는 가볍게 손을 흔들었다. 작은 마법 화살 몇 개가 허공에 나타났다. 그것은 빛을 발하기 시작한 수정 구슬을 향해 똑바로 날아갔다.

하지만 화살이 구슬을 관통하려 한 순간, 모든 화살이 벽에 부딪친 것처럼 한꺼번에 방향을 바꾸었다. 네 개가 두 사람 쪽으로, 두 개가 오스카에게 달려들려 하고 있던 은늑대 쪽으로 향했다.

티나샤는 재빨리 그것들을 지워버리면서 아름다운 얼굴을 일그러뜨렸다.

"궤도 왜곡…!"

작은 마법이 통하지 않게 되면 성가셔진다. 티나샤는 왼쪽 눈을 감은 채 밀라리스 쪽으로 질주하기 시작했다. 그것을 뒤쫓으려고 하던 은늑대가 아카시아를 피해 물러났다.

그 틈에 티나샤는 마법으로 오른손에 단검을 불러냈다. 소녀를 향해 단검을 던지려 한다. 그것을 보고 밀라리스가 외쳤다.

"터져라!"

남은 마법 구슬이 사방으로 흩어진다. 수십 개에 이르는 그것은 밀라리스를 중심으로 방 전체로 퍼졌다. 똑바로 날아가는 게 있는가 하면 궤도 왜곡을 거치는 것도 있어 피할 수 없는 공격이 되어 모두에게 날아든다.

티나샤는 그 구슬들을 방벽으로 막아내다가 어떤 낌새를 느끼고 뒤로 물러났다.

발밑까지 굴러온 구슬 하나가 저절로 녹기 시작한다. 그 순간, 현기증을 느낀 마녀는 자신의 얼굴을 감쌌다.

"……! 이건…."

비틀거리기 시작한 그녀를 놓칠세라 은늑대가 달려들었다. 하지만 그보다 먼저 오스카가 그녀의 팔을 잡고 끌어당겼다. 그는 은늑대의 발톱을 아카시아로 쳐내고, 마녀를 안고서 다시 거리를 벌렸다.

"괜찮아? 지금 그 구슬은 뭐야?"

"…아마 자연 독일 거예요. 나와 교섭할 생각이었다는 건 정말인 것 같아요."

백 개 가까운 마법 구슬 대부분이 시간을 벌거나 전투를 피하기 위한 것들이다. 아마 그중에는 봉식구 역할을 하는 것도 있을 것이다. 한두 개로 영향을 받는 일은 없겠지만 성가시기 그지없다. 티나샤는 식은땀이 배어 나오기 시작한 이마를 손으로 짚고서 조그맣게 주문을 외웠다.

"일단 몸의 시간을 정체시켰어요. 자연 독은 마법으로 해독할 수 없거든요."

원래 같으면 이렇게 티나샤를 무력화시키면서 교섭할 생각이었을 것이다. 하지만 지금은 마수가 있다. 오스카가 아니었으면 벌써 팔 하나쯤은 먹혀 버렸을지도 모른다.

마녀는 은발 소녀를 보았다. 소녀는 강한 분노가 서린 표정으로 팔에 꽂힌 단검을 뽑고 있었다.

티나샤는 계약자에게 속삭였다.

"그쪽은 어때요?"

"짐승인 만큼 포착하기가 힘들어. 벨 수 없을 것 같진 않은데 교묘하게 피해 다니네."

"아카시아라면 털의 마법 저항이 아무리 높아도 돌파할 수는 있을 거예요."

"그리고 때때로 너를 노리는 게 약간 곤란해."

"발목을 잡아서 미안해요. 가급적 빠르게 현상을 개선하고 싶어요."

"나한테 맡겨도 괜찮은데…. 어떡하려고? 대책이 있으면 말해봐."

오스카의 그런 여유는 허세가 아니라 쌓아온 경험에서 나오는 것이다.

하지만 그의 검술 실력이 아무리 뛰어나다 해도 마수를 상대하기에는 나름대로 고충이 있을 것이다. 할 수만 있다면 마법으로 엄호하고 싶지만 은색 털 때문에 그러기도 어렵다.

"…아."

"왜?"

문득 떠오른 방법은 사소한 것이다. 티나샤는 자신의 마법복 안에 손을 넣어 작은 수정 구슬을 꺼냈다.

"남은 돕고 볼 일이네요. 그리고… 말 안 듣는 계약자도 가져야 하고요."

"티나샤, 움직인다."

오스카는 마녀를 안고 옆으로 도약했다. 달려들려고 하는 마수를 향해 아카시아를 휘두른다. 하지만 마수는 엄니로 검을 막아내고 뒤로 물러났다.

아까부터 단속적으로 이어지는 공방은 티나샤와 밀라리스가 끼어들 수 없는 속도였다. 아무리 왕검이 있다지만, 역사상 굴지의 마법 생물을 상대로 전혀 밀리지 않는 오스카의 실력에 티나샤는 감탄했다. 하지만 그것도 오래 지속되는 것은 아니다. 은늑대가 공격 방향을 홀 바깥으로 향하는 순간, 삽시간에 와해되고 마는 종류의 것이다.

그러니까 이 자리의 주도권을 쥐는 건 자신들 쪽이 아니면 안 된다.

"오스카, 성이 반파되는 것과, 반파되지는 않지만 당신이 힘들어지는 것 중에서 어느 게 더 나아요?"

"당연히 후자지. 말해봐."

"그럼 맡길게요. 정공법으로 가죠! 시간을 벌어주세요."

티나샤는 오스카의 왼손을 한 번 잡았다가 놓고 뒤쪽으로 빠졌다.

그것만으로도 그녀의 의도를 이해한 그는 고개를 끄덕이고 앞으로 나섰다.

탑에서 쌓은 훈련을 통해 그 자신이 몇 번인가 직접 경험한 그것은, 전위의 검객과 후위의 마법사로 이루어지는 기본형이다.

평소에는 자신의 검과 방벽으로 방어하는 티나샤가 그것을 전부 계약자에게 맡기고 뒤로 빠진다.

그리고 그녀는 모든 것을 뒤집는 주문을 외우기 시작했다.

뒤에서 소용돌이치는 마력은 그 끝을 알 수 없는 것이다.

수호자의 힘을 피부에 따갑게 느끼면서, 오스카는 은늑대와 그 뒤에 선 소녀를 주시했다.

아까부터 상대하고 있는 마수는 그의 반격을 짐승의 민첩한 몸놀림으로 피하고 있다. 이쪽에서 먼저 치고 나서면 다를 수도 있겠지만, 그러면 저 짐승은 티나사를 덮칠 것이다.

왕검을 고쳐 잡는 오스카를 보고 밀라리스가 웃었다.

"수호 결계가 약해진 상태니까 무리하지 않는 게 좋을걸. 그러다 목을 물어뜯길 거야."

"뭔가 착각하는 것 같은데, 난 이 결계 없이 살아온 시간이 훨씬 길어."

아름다운 마녀가 걸어준 최강의 결계.

하지만 이 비호를 얻기 전부터, 그는 검 하나에 의지해 위험한 다리를 건너왔다. 마녀의 저주를 타개하기 위해 미지의 유적을 답파한 적도 여러 번이다. 최종적으로는 '침묵의 마녀' 본인과 싸울 각오까지 하고 있었던 것이다.

"목적이 뭔지는 몰라도 마수를 끌고 오다니 제법이군. 70년 전의 빚을 갚아주마."

오스카는 볼에 묻은 마녀의 피를 손가락으로 닦아냈다. 그것을 틈타 마수가 도약했다. 목을 노리고 쩍 벌어지는 아가리를 향해 오스카도 달려들었다.

"불꽃이여, 먹어라!"

날카로운 엄니와 아카시아의 날이 부딪치고 하얀 불꽃이 튀었다.

순간적인 대치 상황에 밀라리스가 쏜 불꽃이 날아들었다.

하지만 오스카는 그것을 향해, 마수가 매달린 채로 아카시아를 휘둘렀다. 은색 모피가 불꽃을 막아낸다. 그대로 바닥에 내동댕이쳐진 마수는 번개같이 일어나 사납게 으르렁거렸다.

밀라리스가 짜증스럽다는 표정으로 오스카를 노려보았다.

"마수를 방패로 삼다니 별짓을 다 하네."

"가정교육을 못 받아서 그래."

부왕이 들었으면 땅이 꺼져라 한숨을 쉬었을지도 모르지만, 부왕은 이미 몸을 피했을 것이다. 거기까지 확인할 여유는 없지만, 뒤에 티나샤가 있는 이상 다른 사람들에게 피해는 가지 않을 것이다.

그러니까 단지 이기기만 하면 된다.

"다치지 말라는 건 너무 무리한 요구인걸. 자기는 배에 구멍이 난 주제에 말이야."

방어만 해서는 상황을 타개할 수 없다. 티나샤는 그래도 모든 걸 뒤집어놓겠지만, 부상을 입은 그녀에게 무리를 시킬 수는 없다. 오스카는 그녀가 잡았던 왼손으로 시선을 향했다.

"좋아… 결심했어."

그는 아카시아를 왼손으로 바꿔 잡았다. 밀라리스가 얼굴을 약간 찡그렸다.

"무슨 짓이야?"

"양손잡이니까 신경 쓰지 마."

미래에 결혼을 걸고 승부하는 일도 있을까 싶어 수호자에게는 숨기고 있었지만, 그는 오른손이든 왼손이든 똑같이 검을 다룰 수 있도록 훈련해 왔다. 오스카는 검의 감촉을 확인하고 씩 웃었다.

은늑대는 오스카가 그러하듯이 그에게서 눈을 떼지 않는다. 자신과 맞서 싸울 수 있는 상대는 이 남자뿐임을 아는 것처럼.

마법호에서 태어난 일그러진 마법 생물.

인간에게 조종당해 병기로서 맹위를 떨친 짐승을 향해 오스카는 말했다.

"와라…. 죽을 자리를 마련해 주마."

바닥에 떨어진 숨소리는 누구의 것이었을까.

티나샤가 주문을 외우는 소리가 들린다. 밀라리스가 손을 들어 올렸다.

"무형의 황혼이여, 비틀려라!"

아무것도 없는 허공에 문양이 나타났다. 그것은 오스카를 향해 일직선으로 날아왔다.

동시에 마수의 발이 바닥을 박찼다.

소용돌이치면서 그에게로 향하는 마법. 오스카는 앞으로 돌진해 그 핵을 아카시아로 관통했다. 안개처럼 흩어지는 바람의 칼날이 온몸을 난자해 수많은 상처를 만들었다.

하지만 아랑곳하지 않고 오스카는 은늑대의 정면으로 달려들어, 그를 물어뜯기 위해 벌어진 아가리에 아카시아를 꽂아 넣었다. 하지만 그 검 끝이 마수의 몸을 관통하기 전에 날카로운 엄니가 아카시아를 물었다.

교착하는 듯 보인 순간.

작은 수정 구슬이 거기로 날아들었다.

엄니 사이를 노리고 던져진 그것은 마수의 몸 안으로 들어가 폭발했다.

은늑대의 몸이 크게 경련하며 펄쩍 뛰었다.

"무슨 짓을 한 거야?!"

"내 수면 시간이 부족하면 잔소리를 하는 녀석이 있어서."

마녀가 성 아랫마을에 사는 어린이를 치료해 주고 답례로 받은 수정 구슬. 그녀는 거기에 강제 수면 구성을 담아 놓았던 것이다. 마수의 마력 내성이 아무리 강해도 그것은 은색 털에서 나오는 것이다. 몸 안에 구성을 던져 넣으면 어느 정도는 효력을 발휘한다. 다만 티나샤의 반사신경으로는 그것을 노릴 수 없었을 뿐이다.

마수는 몸을 부르르 떨었지만 움직임을 완전히 멈추지는 않았다. 단단하고 날카로운 발톱이 오스카의 왼팔에 박힌다.

하지만 사방으로 튀는 자신의 살점과 피를 보고도 오스카는 멈추지 않았다.

그는 다시 한 발짝 파고들었다.

은늑대가 물고 있는 아카시아를 그대로 힘껏 바닥에 내리꽂는다.

바닥에 깔려 있던 수정 구슬이 마수에게 깔려 파지직 소리를 내며 터졌다. 하지만 그것들은 전부 은색 털 위를 미끄러져 바닥으로 퍼져 사라져 버렸다. 밀라리스의 안색이 변했다.

"무슨 짓을…!"

"이 크기로 내가 있는 곳에 온 게 불운이었어."

오스카는 모든 체중을 실어 왼팔에 힘을 집중했다.

마수의 붉은 눈이 분노와 증오로 이글거렸고, 아직은 움직이는 사지가 버둥거렸다.

하지만 그는 마수의 배를 발로 짓눌렀다. 왼팔을 할퀴는 발톱이 다시 상처를 만들었지만, 오스카는 얼굴만 조금 찡그렸을 뿐이다. 그는 수마에 사로잡히기 시작한 마수를 향해 속삭였다.

"미안하지만 그 녀석한테서 잔소리를 들을 각오는 되어 있어."

당연히 시간은 충분히 벌어주었다.

하지만 그것만으로는 부족하다. 그녀의 곁에 서려면 이 정도 적쯤은 베어 버릴 수 있어야 한다.

오스카는 감각이 희미해진 왼손에, 상처 없이 멀쩡한 오른손을 가져갔다.

피 묻은 검에 다시 새로운 무게를 싣는다. 팽팽하게 균형을 이루던 힘이 조금씩 움직이기 시작했다.

아카시아의 칼날이 꿀럭거리며 늑대의 머리를 파고들었다. 버둥거리던 사지가 경련한다.

"이제 끝이다. 편히 잠들어라."

왕검에 관통당하는 마수.

그 광경을 바라보는 밀라리스의 얼굴이 창백해졌다. 그녀는 급하게 바닥에 깔린 수정 구슬을 발로 차 올렸다.

"형태 있는 것이여, 소각하라…."

"누구 마음대로!"

마녀의 선언.

주문이 끝난다.

태어난 것은 아무것도 없는 무(無).

마녀의 양손에 펼쳐진 작은 웅덩이 같은 암흑.

하지만 거기에서는 얼어붙을 정도로 싸늘한 냉기가 흘러나오고 있다. 그것을 본 밀라리스는 말을 잇지 못했다.

"그게 뭐야…."

최강의 '푸른 달의 마녀'.

역사에 얼룩을 만들 정도의 힘. 압도적인 그 존재.

티나샤는 아름답게 미소 지었다.

"…의미를 잃어라."

암흑이 퍼져나간다.

그것은 눈 깜짝할 사이에 홀 안을 채우고 모든 것을 덮어 감추기 시작했다.

시각이, 청각이, 마력이, 구성이, 모든 것이 해체되고 사라진다.

천지가 사라지고, 공간과 시간마저 모호해진다. 그저 얼음장처럼 싸늘한 바람이 불 뿐이다. 그것은 모든 것을 얼리기 시작한다. 호흡과 함께 온몸으로 들어가 소리 없이 하나하나 부순다.

사고와 자아마저 빼앗겨버릴 듯한 칠흑. 오스카는 갑작스러운 암흑 속에서 쓴웃음을 지었다.

"나중에 도로 다 내놔."

무엇을 빼앗긴다 해도, 손에 쥐고 있는 왕검의 감촉만은 확고하다. 다만 그 날이 마수를 관통하고 있는지는 이미 알 길이 없다. 하지만 오스카는 검을 거두려 하지 않았다.

그런 그의 귓가에 여자의 목소리가 속삭였다.

"내가 있는 한, 당신은 지지 않아요."

그것은 짜릿할 정도로 달콤한 마녀의 약속이었다.

암흑이 물러간 후, 남은 것은 얼어붙어 깨져버린 마수의 핵과 무수한 파편으로 부서진 수정 구슬뿐이었다.

밀라리스의 모습은 어디에도 없다. 오스카는 아무도 없는 홀 안을 둘러보았다.

"그 아이를 소멸시킨 거야?"

"말도 안 되는 소리 하지 마세요. 놓아준 거예요."

마녀는 오스카 앞까지 걸어와, 만신창이가 된 그를 보고 눈살을 찌푸렸다. 상처가 가장 심한 왼팔부터 치유를 시작한다.

"마수는 내성 무효로 부숴 버렸지만, 마법사라면 그 구성에 휘말리면 끝장이란 걸 금방 아니까요. 멀쩡하게 도망쳤어요."

"일부러 자유롭게 움직이도록 풀어주었군. 어디로 갔는지는 알아?"

"원래부터 감시는 붙여놓았다니까요. 보물고 근처로 전이한 것 같아요."

"보물고라…. 나도 이 봉식을 가지러 갔다 왔었는데."

"그거 어디 멀리 내버리고 와도 될까요?"

마녀의 불평을 무시하고 오스카는 팔찌를 주워 품에 넣었다. 그는 얼굴의 상처에 손가락을 뻗으려 하는 마녀의 손을 잡았다.

"나는 괜찮으니까 너부터 치료해."

"안구를 복원하는 데는 시간이 걸려요…. 섬세하게 조정해야 되거든요. 아프지 않으니까 괜찮아요."

마녀의 감겨 있는 왼쪽 눈을 보며 오스카는 위장이 콕콕 쑤시는 통증을 느꼈다. 하지만 그는 그것을 얼굴에 드러내는 대신 피투성이가 된 눈꺼풀에 입맞춤했다.

"흉이 남으면 책임지고 결혼해 줄게."

"탑에 매달아버릴 줄 알아요!"

그가 머리를 쓰다듬자 티나샤는 고양이처럼 눈을 가늘게 뜨고 만족스럽다는 표정을 지었다. 하지만 곧 그녀는 헝클어진 머리카락을 쓸어 올리고 오른손에 작은 구성을 만들었다.

"아마 보물고에서 멈춘 것 같아요. 난 일단 쫓아갈 테니까 뒤처리를 부탁해요."

"앗, 기다려."

손을 뻗었을 때에는 이미 마녀의 모습은 사라지고 없었다. 마수가 죽은 이상, 밀라리스는 상대가 되지 않는다고 생각한 것이리라. 오스카는 구멍이 숭숭 뚫린 벽과 천장을 올려다보고 한숨을 내쉬었다.

미리 오스카의 뒤를 밟아 보물고의 위치를 알아놓아서 다행이었다.

확보해놓은 좌표로 날아간 밀라리스는 감시병들을 혼절시키고 문을 열었다.

넓은 공간에는 어수선하게, 그러나 어느 정도의 질서를 가지고 현기증이 날 만큼 많은 보물이 보관되어 있었다.

하지만 그녀는 그것들에는 눈길도 주지 않고 마력을 사용해 주변을 살폈다. 얼마 지나지 않아, 감추듯 놓여 있는 작은 돌 상자를 발견하고 집어 들었다.

뚜껑을 열자 거기에는 붉은 보옥이 들어 있었다. 표면에 복잡한 문양이 새겨진, 손바닥보다 조금 큰 보옥. 희미하게 반짝이는 것처럼 보이는 그것을 보고 밀라리스는 몸을 떨었다.

"이거야…!"

이 보옥만 손에 넣으면 파르사스에 볼일은 없다.

밀라리스는 보물고를 나가려고 발길을 돌리다가 그 자리에 얼어붙고 말았다.

거기서 기다리고 있던 것은 최강이라 일컬어지는 마녀였다.

마녀의 두 손에는 이미 거대한 구성이 짜여 있었다. 지금까지는 마수 때문에 충분한 구성을 짜지 못했던 것이리라. 압도적인 힘의 차이를 느끼고 밀라리스는 전율했다.

티나샤는 오른쪽 눈으로 소녀가 들고 있는 상자를 보았다.

"뭘 가져가려고 하는지는 모르겠지만 네 뜻대로 되지는 않을 거야. 그걸 이리 내."

단호한 경고에 밀라리스는 마른 입술을 축였다. 긴장감에 얼어붙는 몸을 애써 지탱한다.

"난 이게 꼭 필요해…. 당신은 아마 평생 모를 거야."

"그건 일단 너에게서 자세한 사정을 들어보고 나서 결정할 일이 아닐까?"

냉담한 말에 밀라리스는 이를 갈았다. 말로 어떻게 할 수 있는 상대가 아닌 것이다. 그것은 마녀와 함께 있던 청년이 몇 번이나 시도한 일이기에 잘 알고 있다. 소녀는 입술을 일그러뜨리고 웃었다.

"우리 이야기를 들어줄 마음 따윈 없는 주제에. 이렇게 된 이상 가르쳐줄게. 이제부터 당신은 찾고 있던 망집과 재회하게 될 거야. 그러니까 혼자 실컷 괴로워해 봐… 여왕 후보님."

"뭐…?"

지금은 아무도 아는 사람이 없는 호칭.

그 말에 허를 찔린 마녀가 빈틈을 보인 순간, 밀라리스가 뛰기 시작했다. 상자를 품에 안고 전이 구성을 짠다.

하지만 그 발을 보이지 않는 덩굴이 휘감았다.

"거기 서!"

티나샤의 포박 구성이 펼쳐진다. 다른 덩굴이 소녀가 가진 상자를 빼앗고 또 다른 덩굴이 그 몸을 포박했다. 밀라리스는 자신을 휘감는 덩굴을 겨냥해 구성을 짰다.

"끊어라!"

덩굴이 흩어진다. 위력이 지나치게 강했던 그것은 그녀 자신의 피를 흩뿌렸지만 밀라리스는 멈추지 않았다. 가벼운 통증에 눈을 감고 소녀는 상자에 손을 뻗었다. 하지만 그 가냘픈 몸을 마녀의 힘이 제압했다.

도저히 손이 닿지 않는 작은 상자.

그것이 잉태한 운명을 생각하고 밀라리스는 입술을 깨물었다.

어떤 대가를 치르더라도 지키고 싶은 소중한 것이 있다는 걸 왜 몰라줄까. 이 몸을 바쳐서라도, 그 무엇과 바꿔서라도 되찾고 싶은 것이 있는데.

시야가 눈물로 흐려진다. 밀라리스는 손을 뻗었다.

힘이… 힘이… 조금만 더 있다면….

의식이 확산한다.

마력이 몸 안에서 소용돌이친다.

"멈춰!"

마녀의 제지가 울려 퍼진다.

그러나 소녀의 귀에는 들리지 않는다.

부디 닿기를, 그것만을 간절히 원하며.

"발트… 미안해…."

그리고 다시는 돌아오지 않는 단 한 사람의 얼굴을 뇌리에 떠올리며.

소녀는 눈을 감았다.

오스카가 경비병을 이끌고 보물고로 왔을 때, 마녀는 의식이 없는 소녀의 몸을 무릎 위에 안고 있었다.

소녀의 얼굴은 백짓장처럼 하얗고 은발에는 광채가 없다. 오스카는 감긴 눈꺼풀을 내려다보았다.

"죽었어?"

마녀는 고개를 저었다.

"몸은 살아 있지만 영혼은 이미 없어요. 스스로 영혼을 힘으로 변환해서… 사라져 버렸어요."

오스카는 다시 소녀의 얼굴을 내려다보았다. 눈물 자국이 거기에 있다.

축 늘어진 가냘픈 팔. 옆에는 작고 하얀 돌 상자가 놓여 있었다.

10. 이름 없는 감정

넓은 침대는 한없이 가라앉을 것처럼 폭신하다.

어쩌면 쌓인 피로가 그렇게 느끼게 하는 걸지도 모른다. 천장을 바라보며 누워 있던 티나샤는 눈을 몇 번 깜빡였다. 천장을 향해 들어 올린 손에 초점을 맞춘다.

"이만하면 된 건가…."

안구를 다친 것은 오랜만이다. 과거에 최상위 마족과 싸웠을 때에는 하마터면 다리를 잘릴 뻔했는데 그때에도 치료가 꽤 성가셨다. 둘 다 치명상까지는 아니지만 전투에는 지장이 생기는 부상이다. 이번에도 혼자였다면 상당히 고전할 수밖에 없었을 것이다.

하지만… 그건 그렇다 치고, 다른 사람 뒤에서 싸운 것도 꽤 오랜만인 느낌이다.

앞에 선 사람을 신뢰하고 모든 것을 맡기고 싸우는 일. 이런 경험은 이미 까마득히 먼 기억 저편의 일이다.

티나샤는 무의식적으로 미소 지었다.

"정말 이상한 사람이야…."

그 계약자는 지금은 '아버지를 닦달하고 올게' 라고 말하고 사후 처리 중이다.

하지만 이번 건에 관해서는 알 수 없는 일들만 남을 것이다. 밀라리스가 에타드의 먼 친척을 빙자해 성에 들어온 것도 아마 어떤 기억 조작에 의한 게 분명하다. 술자인 그녀가 사라진 지금, 진상은 어둠 속에 묻혀 버렸다.

그녀가 조그맣게 하품을 했을 때, 누군가가 방문을 두드렸다.

"티나샤, 일어났어?"

"들어오세요. 일어났어요."

생각보다 이른 방문에 티나샤는 몸을 일으켰다.

방으로 들어온 오스카는 그녀 앞까지 다가와 온몸을 빤히 바라보았다.

"다 나은… 모양이네?"

"왜 의문형이죠? 다 나았어요. 궁금하면 시험해 볼래요?"

오른쪽 눈을 가리고 왼쪽 눈으로 보며 손을 흔들자 오스카도 비로소 납득한 모양이었다. 그는 침대 옆에 앉아 어린애에게 하듯이 그녀의 머리를 마구 쓰다듬었다.

"여러 가지로 미안했어. 폐를 끼쳤군."

"이번에는 피차일반이에요. 밀라리스 일행은 나에게 접촉하고 싶었던 것 같으니까요. 결국 그녀가 가져가려고 했던 그 보옥은 뭐예요?"

"그게… 원래는 파르사스의 것이 아니라 우리 어머니가 가져오신 거래. 어디에 쓰는 건지는 나도 몰라. 아버지는 아실지도 모르지만 대답하지 않으셨어."

"당신 어머님이요?"

그렇다면 이야기는 완전히 달라진다. 티나샤는 한 가지 가능성을 물어볼까 말까 망설였지만, 루크레치아와는 다른 의미에서 만만치 않은 상대다. 물어봐도 가르쳐주지 않을 가능성이 크다. 오스카의 해주가 끝날 때까지는 섣불리 움직이지 않는 편이 나을 것이다.

그보다 마음에 걸리는 것은 밀라리스가 남긴 말이다.

찾고 있던 망집과의 재회…. 그것이 그녀가 찾아 헤매는 인물을 의미한다면, 모든 것이 끝날 때가 가까워진 걸지도 모른다.

"…라나크."

그녀는 까마득한 옛날에 마지막으로 불렀던 이름을 중얼거렸다. 생각에 집중하고 있던 티나샤는 물끄러미 자신을 바라보는 시선을 깨닫고 미간에 주름을 잡았다.

"왜요?"

"그래서 이제 포기하고 나와 결혼할 마음이 생겼어?"

"그건…."

오스카의 선언을 떠올리고 마녀는 달아오르는 두 볼을 손으로 감쌌다.

하여간 그도 터무니없는 소리를 해버린 것이다.

호방하고 대담한 데도 정도가 있는 법이다. 그는 어이없을 정도로 상냥하다. 그녀가 마녀임을 알면서도 당연한 듯이 손을 내밀어 지키려 한다. 전혀 이해할 수 없지만… 그것이 오스카라는 인간이리라.

가슴이 뜨거워진다. 하지만 그것은 그녀가 모르는 감정이다.

티나샤는 소녀 같은 감정을 삼키고 미소 지었다.

"결혼은 절대 안 하니까 당신이 포기하세요."

"거절하겠어. 그보다 저번에, 당장 가능한 소원이라면 들어줘도 좋다고 했었지?"

"그런 말을 했던가요…. 진심으로 잊어 버리고 싶네요…."

그가 또 무슨 말을 할지 몰라 도망치고 싶은 심정으로 티나샤는 눈길을 피했다. 하지만 그렇게 외면한 그녀의 왼쪽 눈꺼풀에 남자의 손가락이 스쳤다.

"쉬워. 나에게서 사랑받고 있다는 자각을 가져줘. 그게 내 소원이야."

"…그게 뭐예요."

참으로 이상한 계약자다. 그렇게 해서 그가 얻는 게 무엇인지 전혀 이해할 수 없다. 그녀가 스스로에 대한 평가를 바꾼다 한들 자신들의 무엇이 달라진단 말인가. 마녀가 마녀인 한, 달라질 건 아무것도 없다.

티나샤는 의미를 알 수 없다고 나무라려 하다가… 문득 미소 지었다.

"알겠어요. 앞으로는 자각을 가지고 구혼을 거절할게요."

"너…. 아니, 기다릴 거니까 상관없지만."

"안 기다려도 돼요."

남자의 팔이 다가와 티나샤를 안아서 무릎 위에 앉혔다. 말 대신 왼쪽 눈꺼풀에 입맞춤이 쏟아진다. 그녀는 쓴웃음을 짓고 남자의 가슴에 몸을 기댔다. 기분 좋은 온기에 눈을 감는다.

설령 그가 자신의 선택지를 그녀 하나에게만 두고 있다 해도.

그것을 잊어 버릴 만큼 무수한 선택지를 그녀는 그에게 선사할 것이다.

마녀와 계약한다는 것은 그런 것이다. 역사의 그늘에서 뻗어 나온 더럽혀진 축복이다.

그러니까 그녀가 끌고 나아가는 과거의 어둠이 결코 그에게 닿지 않도록.

찾아 헤매는 망집이 그가 걸어가는 길에 닿지 않도록.

언젠가 고통 없이 이 손을 놓을 수 있는 날이 오기를 소망한다.

티나샤는 고개를 들고서 자신을 안고 있는 계약자를 흘겨보았다.

"이제 그만 놔주세요. 졸려요."

"나도 오늘은 좀 피곤하네. 같이 잘까?"

"가라고! 전이시켜서 방에다 처박아 버릴 거예요!"

그녀가 허공으로 떠올라 도망가 버리자 오스카는 즐거운 듯이 웃었다. 자신을 올려다보는 그 푸른 눈동자를 티나샤는 응시했다.

이제 막 밤이 된 하늘의 색. 진한 청색이 눈물겹도록 아름답다.

왕검의 주인. 흔들림 없는 강자이자 단 하나뿐인 마녀의 계약자.

그러니까 언젠가, 모든 걸 끝냈을 때에는 그가 그녀를 죽여줄 것이다.

이것은 마녀의 시대가 끝나기까지의 1년간의 이야기.

그리고 한 왕족과 다섯 번째 마녀의 길고 긴 이름 없는 옛이야기다.

— 다음 권에 계속 —

작가 후기

처음이신 분도, 처음이 아니신 분도 「Unnamed Memory」를 읽어주셔서 감사합니다. 후루미야 쿠지라고 합니다.

이 이야기는 2008년에 개인 홈페이지에서 발표한 웹 소설을 수정해 단행본으로 출간한 것입니다. 초고를 쓸 당시에는 아직 소설 투고 사이트도 없던 시절이라, 인터넷 한구석에 약 백만 자의 텍스트를 조금씩 다듬어 한꺼번에 공개했습니다. 지금 돌아보면 거의 미친 짓이었다고 생각합니다.

그렇게 발표한 소설이 기대 이상으로 많은 사람들의 눈에 띄어 수많은 감상이 쏟아지고, 돌고 돌아 지금은 소설가를 생업으로 하게 되었습니다. 그런 시작의 이야기를 이번에 다시 여러분께 전해드리게 되어 감사할 따름입니다.

마법이 당연하게 존재하는 세계, 저주받은 왕태자와 최강의 마녀 이야기.

그 속사정은 한 꺼풀 벗겨보면 '굳이 저주를 풀지 않아도, 저주가 통하지 않는 너와 결혼하면 해결'이라고 주장하는 멘탈 갑인 주인공과, '결혼은 절대 안 해요. 반드시 그 저주를 풀고 말겠어요!' 라고 우기는 마녀가 입씨름을 이어가면서 대륙의 역사를 바꾸어가는 변혁의 이야기입니다.

변혁에 이르기까지 발생한 많은 사건.

기묘한 살인 사건과 은밀한 음모, 국가 간의 알력과 숨겨진 과거의 진실 등에 그 두 사람이 어떻게 대처하는지 그 결말과, 한 걸음 더 나아가 요령 없는 마녀 탓에 진전이 없는 연애담의 행방을 부디 끝까지 지켜봐 주시면 감사하겠습니다!

그럼 이번에도 감사의 인사를!

이 작품 출판을 제안해 주신 담당 편집자님, 그리고 데뷔 당시부터 지원해 주고 계신 담당 편집자님, 진심으로 감사드립니다! 고집이 세서 죄송합니다! 그리고 뽑기에 과감하게 도전하는 모습을 보여드릴 수 있도록 앞으로도 노력하겠습니다!

캐릭터 디자인과 아름다운 일러스트를 담당해주신 chibi 님, 깊이 있는 세계관과 아름답게 표현해주신 캐릭터에 감사드립니다. 대단히 감사합니다! 앞으로도 잘 부탁드립니다!

또한 이 작품 출간에 즈음해 나가츠키 탓페이 선생님께서 환상적으로 멋진 추천문을 써주셨습니다! 웹 시절에 제 소설을 읽어주신 인연으로 부탁드렸는데 흔쾌히 허락해 주셔서 진심으로 감사드립니다. 멋져요…. 환상적이에요…. 아직도 저의 행운을 곱씹고 있습니다!

그리고 마지막으로, 10년이라는 세월 동안 이 작품을 함께해 주신 여러분, 여러분 덕분에 다시 새로운 두 사람의 이야기를 시작할 수 있었습니다. 이 이름 없는 이야기를 재미있게 봐주실 수 있도록 무한한 감사를 이야기로 만들어가겠습니다. 감사합니다!

후루미야 쿠지(후지무라 유키)

보너스

작은 천막 안에 걸려 있는 다채로운 색상의 옷들. 이국의 향기가 느껴지는 그것들 속에서 오스카는 새하얀 한 벌을 골라 옆에 있는 마녀에게 건네주었다.

"다음은 이걸 입어봐. 잘 어울릴 거야."

"…뭐예요, 진짜…."

못마땅하다는 얼굴을 하면서도 티나샤는 받은 옷을 들고 천막 안쪽으로 갈아입으러 갔다.

원래 같으면 성안의 집무실에 있을 시간. 지금 두 사람이 있는 곳은 성도의 광장에 설치된 행상인의 천막이다. "몸이 찌뿌드드해서 밖에 나가고 싶어" 라고 주장하는 오스카와, "절대로 밖에 나가면 안 돼요. 본인의 입장을 생각하세요" 라고 뜻을 굽히지 않는 티나샤의 타협점이었다. 신분을 감추고 놀러 온 곳에서, 오스카는 아까부터 마녀로 옷 갈아입히기 놀이를 하며 즐기고 있었다. 옷자락을 질질 끌며 나온 마녀가 어이없다는 듯이 그를 올려다보았다.

"자, 갈아입었어요. 이제 됐나요?"

작은 얼굴을 감싼 옷깃은 마치 꽃잎 같고, 날씬한 몸매를 감싸며 퍼지는 옷자락은 커다란 꽃송이 그 자체다. 매혹적인 그녀의 자태에 오스카는 싱글벙글 미소를 지었다.

"잘 어울려. 그것도 사자."

"언제 입으라고요, 이렇게 움직이기 불편한 옷을…. 그보다 아까부터 왜 자꾸 내 옷만 사는 거예요?"

"기분 전환이 되니까."

왕태자인 그의 일상은 온갖 집무로 숨 돌릴 새도 없다. 그것을 당연한 책무로 받아들이고는 있어도 가끔은 답답할 때가 있다.

하지만 그런 때라도 수호자인 그녀와 있으면 기분이 좋아졌다. 그것은 그녀가 계약자인 그를 존중하면서도, 그에게 따르는 신분과 책무에 크게 신경 쓰지 않기 때문일지도 모른다.

티나샤는 거울을 보면서 긴 머리를 옷에 맞게 틀어 올렸다.

"자, 이제 직성이 풀렸으면 그만 돌아갈까요. 지금쯤 라자르가 울고 있을 거예요."

"조금만 더 입혀보고 싶은데…. 다음은 장신구를 고르려고 했거든."

"가자고요! 피곤하다고요!"

그녀가 그렇게 부르짖은 이상, 슬슬 한계다. 오스카는 몸집이 작은 마녀의 머리에 손을 얹었다.

"알았어. 그런데 너는 의외로 내 말을 잘 따라주네. 금방 도망칠 줄 알았는데."

지금까지 티나샤는 싫다는 얼굴을 하면서도 그의 기분 전환을 위해 장단을 맞춰주었다. 무슨 변덕인지 묻는 계약자를 마녀는 살짝 외면했다. 이어서 청아한 목소리가 말했다.

"…당신이 매일같이 애쓰는 걸 잘 아니까요."

오스카의 눈이 조금 커졌다.

모두가 귀인으로 대하는 그를 누구보다도 한 인간으로 봐주는 사람은 분명히 그녀다.

그래서 곁에 있으면 기쁘다. 자신을 봐주길 원하게 된다.

"그렇군…. 그럼 슬슬 결혼할까? 안 그래도 신부 의상을 입혀보고 싶었는데.”

“안 해요! 자, 그만 가요! 곧장! 한눈팔지 말고!”

그는 웃으면서 마녀가 내민 손을 잡았다. 그렇게 그녀와 걸어가는 길에, 지루함은 하나도 없었다.

언네임드 메모리 1

2021년 7월 8일 초판 인쇄
2021년 7월 15일 초판 발행

저자 · KUJI FURUMIYA
일러스트 · chibi
역자 · 장혜영
발행인 · 황민호
본부장 · 박정훈
마케팅 · 조안나 이유진 이나경
국제업무 · 이주은 김준혜 장희정 위지명 김부희
제작 · 심상운 최택순 성시원
한국판 디자인 · 디자인 우리
발행처 · 대원씨아이(주)

서울 특별시 용산구 한강로3가 40–456
편집부 : 02–2071–2104 FAX : 02–794–2105
영업부 : 02–2071–2061 FAX : 02–794–7771
1992년 5월 11일 등록 3–563호

http://www.dwci.co.kr/

원제 Unnamed Memory Vol.1 AOKI TSUKI NO MAJO TO NOROWARESHI OU

ISBN 979–11–362–8943–8
ISBN 979–11–362–8942–1 (세트) 04830